청 야

어기선 장편 역사소설

을지문덕 장군 귀양에 대한 변명

뿌리출판사

차례

들어가기 전에 ··· 4

1. 늦가을과 고추잠자리 그리고 떠나는 을지문덕 ······· 9
   늦가을/9 잠자리/9 고구려 장안성/10 배고픔/10 함거/17

2. 신념과 장군의 학문 ·· 27
   약점/41

3. 온달 장군과 비장 을지문덕 ·· 49
   대장군/58 심리전/59

4. 녹족 아가씨 그리고 첫사랑 ·· 67
   여자의 목소리/67 영주/72 여인의 향기/77

5. 배고픔 명림답부 그리고 청야전술 ································· 89
   첫번째 청야전술/101

6. 비와 사람의 심리 ·· 103
   희망/104 사기/118 요택에서의 심리전/120 탈영/121

7. 임유관 전투, 병마도원수 강이식 ·································· 123
   신호/125 날벼락/125 지원군/126 희망/131 벌판의 청야전술/132
   허탈감/133 집중과 분산/137 대패였다/138 진퇴양난/139

청 야

어기선 장편 역사소설

을지문덕 장군 귀양에 대한 변명

8. 녹족부인과의 재회 ·· 145
    파옥/155

9. 토끼몰이 ··· 171

10. 요동성에서 발목 잡힌 양광 ····························· 185
    자존심 전쟁/188 거대한 숫자의 물결/188 집중과 분산/189
    2만대 50만/193 첫 전투에서 패배였다/195 요동성/197
    숫자/198 요동성주/199 신호/200 청야전술/204 별동대/212

11. 청야, 고구려 천하가 모두 불 타오르다 ············ 215
    함거 안에서/215 왕권강화/229 개마부대/234 저승사자/235

12. 여수장우중문시 그리고 압사의 살수대첩 ········ 239
    살수/239 고향/247 군율/248 살수대첩/249 사냥/251 죽음/255
    30만 별동대/258 결정/262 자존심/263

13. 개선 그리고 또 다른 폭풍우 ···························· 265
    식량/282 정치적 싸움/287 머리싸움/287

14. 피할 수 없는 운명, 그리고 패배 ······················ 289
    백성의 숫자/290 의심/298 권력/309 재기/310

15. 뒷마무리 ·· 317

들어가기 전에

수양제을 물리친 을지문덕 장군

수양제의 113만 대군을 물리친 을지문덕. 30만 별동대를 살수에 수장시킨 을지문덕.

전 세계 통틀어 한 전쟁에 113만 대군을 동원한 사례가 없었다. 그리고 30만 별동대를 물리친 사례도 없었다. 그만큼 을지문덕은 희대의 영웅이라 할 수 있다. 하지만 을지문덕에 대한 정보는 어느 곳에서도 구할 수 없었다. 일부 역사서에서 살수대첩에 대한 언급만 있을 뿐 을지문덕의 성장과 살수대첩 이후 어떤 삶을 살았는지에 대한 정보는 어느 곳에서도 없었다. 다만 석다산 인근에서 농부의 자식으로 태어났고 어릴 때 우경거사에게 무예를 배웠다는 전설과 일부 사료가 남아 있을 뿐이다. 그리고 녹족부인과의 인연에 대한 전설만 남아 있다. 하지만 살수대첩 이후 어떤 삶을 살았는지에 대한 것은 아무 곳에서도 발견할 수 없었다.

국내 정치싸움에서 희생양이 되다.

분명 수양제는 살수대첩 패배 이후 두 번이나 고구려를 침략했다.

희대의 영웅이었다면 을지문덕은 이 두 번의 전투에도 참여했을 것이고 기록을 남아 있었을 것이다. 하지만 역사적 기록은 찾아볼 수 없었다.

그러면 왜 이처럼 기록이 없었을까.

작가적 상상력은 여기서부터 시작됐다. 을지문덕 장군이 살수대첩의 승리를 이끈 것은 무엇일까라는 생각을 하다 보니 청야전술을 접하게 됐다. 30만 별동대를 살수에서 이길 수 있는 원동력은 청야전술에 있었다고 생각했다. 청야전술이란 들판의 모든 곡식들을 치워버리고 들판을 태워 적들이 식량을 구할 수 없게 만들고 수성을 하는 것을 말한다. 이는 고구려 차대태왕 국상 명림답부가 처음 시도한 전술로 이후 고구려의 기본 전술이 됐다. 분명 수문제가 쳐들어왔을 때도 청야전술을 사용했고 수양제가 쳐들어왔을 때도 당태종이 쳐들어왔을 때도 사용했던 전술이다.

그런데 수문제가 쳐들어왔을 때는 전투가 요동지역에만 한정돼 있었다. 따라서 청야전술을 사용할 수 있는 지역도 요동지역에 한정됐다. 그러나 수양제의 113만 대군은 다른 양상을 보였다. 30만 별동대가 고구려 장안성(장수태왕이 천도한 평양성과는 다른 성으로 평원태왕 때 만들어진 성이다)까지 밀고 들어왔다. 30만 별동대는 압록수, 살수, 패수를 거쳐야 했다. 압록수, 살수, 패수는 평야지대이다. 아시다시피 고구려의 대부분은 산악지대이다. 유일하게 평야지대가 있는 곳은 요동, 압록수, 살수, 패수 지역이다.

그런데 이 평야지대의 땅의 소유주가 누구였을까. 백성들은 결코 아니었다고 생각했다.

여기서부터 또 다시 작가적 상상력이 시작됐다. 결국 압록수, 살수, 패수 지역 평야의 소유주는 귀족들이었을 것이라고 생각했다. 이런 지역을 불태웠다는 것은 귀족들의 경제적 기반을 위협했을 것이라 생각했다.

또 다른 사실에 주목했다. 평원태왕과 영양태왕은 왕권강화를 위해 노력했던 인물이란 평가가 있다. 즉, 귀족의 발호를 누르고 왕권강화를 노린 인물들이었다. 영양태왕은 수나라와의 전투를 빌미삼아 왕권강화를 위해 노력했을 것으로 생각된다. 수나라와의 전투를 위해 귀족들의 사병을 관군에 편입시켰을 것으로 생각한다. 실제로 역사서를 살펴보면 각 성마다 군사들이 있는데 평상시에는 성주인 욕살이 관리하고 있으나 전시가 되면 국가에서 대모달이란 관직에 있는 사람을 파견해 그들이 관리한다고 적혀 있었다. 수나라와의 전투 때도 그러했을 것으로 보인다. 즉 귀족들은 살수대첩을 거치면서 사병은 관군에 편입되고 청야전술로 인해 경제적 기반의 위기를 맞이하게 됐을 것으로 생각됐다. 결국 귀족들은 을지문덕을 가장 위험한 존재로 생각했을 것으로 생각했다. 귀족들과 을지문덕은 서로 정적이 됐을 것으로 생각했다. 작가적 상상력은 거기서부터 출발했다. 을지문덕 장군이 살수대첩 이후 역사적 기록이 없는 것은 귀족들과의 정치적 싸움에서 패배해 귀양을 갔을 것이라는 것을 전제로 이 소설을 쓰게 됐다.

1. 늦가을과 고추잠자리 그리고 떠나는 을지문덕

강렬히 내리쬐는 햇볕은 한풀 꺾이고 스산한 바람이 사람들의 마음을 휘돌아 감아 모든 힘겨움과 어려움을 위로하는 듯했다. 하늘은 푸른 바다를 향해 치닫고 있는지 눈물 나도록 푸르름을 간직했다.

늦가을.
늦가을의 대명사는 역시 하늘이었다. 하늘은 이 눈물 나는 푸르름 때문에 모든 사람들의 동경과 사랑의 대상이 됐다. 또한 가을 하늘을 파란 바다로 표현하기도 한다. 그런 파란 바다 속에 무엇인가 떠가는 느낌이 보였다.

잠자리.
고추잠자리는 푸른 바다를 헤엄치는 듯 파란 가을 하늘 속에서 유유히 헤엄을 치고 있었다. 늦가을에 고추잠자리를 보기 쉽지 않았다. 하지만 이 고추잠자리는 고구려에서 사라지지 않고 푸른 가을 하늘 속을 유유히 헤엄치고 있었다. 고추잠자리는 심해저에서 먹이를 찾는 물고기 마냥 가을 하늘

속에서 푸르름을 만끽한 채 유유히 헤엄을 치고 있었다. 고추잠자리는 가을 하늘을 헤엄치다 때로는 나무에 앉아 쉬면서 깊은 가을 속 정취를 한껏 누리고 있었다. 고추잠자리는 나무에 그렇게 앉아 고구려 장안성 거리를 살펴보았다.

고구려 장안성.

고구려의 최대 도시이자 수도였다. 그곳에서 아이들은 뛰어 다니고 있었다. 보통 같으면 가을 하늘 아래 아이들은 즐거움에 넘쳐 뛰어다녀야 했다. 하지만 아이들은 마냥 기쁜 표정은 아니었다. 아이들은 길거리를 뛰어다니며 구걸을 하고 있었다.

가을은 풍성함의 계절이다. 들녘이던 산이던 계곡이던 풍성함이 넘쳐흘러야 했다. 하지만 산과 들녘과 계곡 어디에서건 곡식을 찾아보기 힘들었다. 들녘은 새카만 숯 그 자체였다. 가을 들녘 곡식이 넘쳐나야 할 자리에 불 탄 흔적만 남아 있었다. 고구려 장안성 근처는 그래도 좀 나은 편이라는 소문이 곳곳에 있었다. 살수나 대수(압록) 근처는 아예 깡그리 불타 아무것도 없다고 한다.

배고픔.

곡식은 어디에도 없었다. 아니, 있기는 있었다. 하지만 그것은 저 상류층의 창고(부경 : 고구려 초기에는 중산층에도 창고가 있었으나 점차 상류층에만 창고가 있기 시작했다)에서나 구경을 해야 하는 입장이었다. 아이들은 생존을 위해 구걸을 해야 하고 아이들은 살기 위해 먹을 것을 찾아 다녀야 했다.

고추잠자리가 앉아 있는 나무에 다행히 홍시가 한 개 남아있었다. 소위 까치밥이었다. 하지만 아이들은 이 까치밥을 보자 돌을 던지거나 나무막대기를 찾아 까치밥을 건들기 시작했다. 까치밥은 자신은 까치의 먹이라고 시위하듯이 절대 떨어지지 않았다. 애꿎은 고추잠자리만 다시 푸른 바다 속을 헤엄쳐야 했다. 아이들은 까치밥을 따먹겠다는 집념 하에 나무막대기로 까치밥을 흔들기 시작했다. 까치밥은 대롱대롱 매달리면서 아이들에게 호소를 하는 듯했다.

하지만 그것도 잠시 아이들은 갑자기 우르르 몰려가기 시작했다. 저만치 비단옷 입은 사람들의 행렬이 보였다. 아이들은 그 사람들의 행렬로 뛰어갔다. 손을 벌리고는 음식과 돈을 달라고 아우성쳤다. 아이들은 모기였다. 모기가 사람의 피를 빨아먹기 위해 달려들 듯 비단옷 입은 사람들에게 몰려갔다. 하지만 그것도 잠시. 비단옷 입은 사람들의 하인들은 아이들을 거세게 쫓아냈다. 아이들은 길거리 곳곳에 나뒹굴어졌다. 그럼에도 불구하고 아이들은 또다시 일어나 비단옷 입은 사람들에게 다가갔다. 아우성을 쳤다. 아우성은 웅웅 모기소리였다. 며칠 동안 음식을 접하지 못했으니 그럴 법도 했다. 몇몇 아이들은 포기했는지 다시 까치밥으로 다가가서 나무막대기를 흔들어 댔다. 비단옷 입은 사람들의 하인들은 안되겠나 싶었던지 주머니에서 뭔가를 꺼내기 시작하더니 길거리에 뿌렸다. 돈이었다. 아이들은 또다시 우르르 돈 뿌려진 쪽으로 몰려가기 시작했다. 비단옷 입은 사람들은 거만한 표정으로 아이들을 바라봤다. 그리고는 쯧쯧 하면서 혀를 차더니만 다시 걸음을 옮겼다. 아이들은 떨어진 돈을 줍기 위해 혈안이 됐다. 저 돈을 줍지 않으면 자신은 곧 죽게 되리라는 사실을 알고 있기 때문에 필사적으로 덤벼야 했다. 아이들은 곧 자신들끼리 싸우기 시작했다. 힘없는 아이들은 힘 있는 아이들에게 밀렸다. 힘 있는 아이들은 힘없는 아이들을 두들겨 패거나 강제로 돈을 빼앗았다. 힘없는 아이들은 울기 시작했다. 힘없는 아이들도 알고 있다. 자신이 이제 며칠 후면 굶어죽는다는 사실을……

어쩔 수 없었다. 힘없는 사람은 질 수밖에 없는 것이 비정한 생존싸움의 법칙이니깐……

까치밥은 더 이상 건디지 못하고 떨어졌다. 아이들은 또다시 까치밥으로 몰려들었다. 땅바닥에 떨어진 까치밥은 뭉개지면서 흙이 잔뜩 묻었다. 하지만 아이들은 개의치 않았다. 먹어야 했다. 아이들 손에 까치밥은 뭉개졌다. 아이들은 까치밥이 잔뜩 묻은 손마저 먹어치울 기세였다. 다른 아이들의 손을 빼앗아 그것마저 핥아먹었다. 고추잠자리는 그 모습을 파란 바다 속에서 유유히 헤엄치며 바라보고 있었다.

아이들이 또다시 우르르 몰려갔다. 아이들은 물고기 떼였다. 비단옷 입은 사람만 보면 헤엄쳐 갔다. 이번에는 나귀를 탄 관인이었다. 군졸들은 검을 찬 상태에서 아이들에게 겁을 주었다. 나귀를 탄 관복을 입은 사람은 비단옷 입은 사람들처럼 못마땅한 얼굴로 아이들을 처다봤다. 아이들은 그런 모습도 개의치 않고 관인에게 달려들었다. 군졸들은 검을 빼들 듯이 아이들에게 겁을 줬다.

"이놈들 썩 물러나지 못할까!"

아이들은 그런 말은 이미 저 산 너머 메아리나 다름없었다. 아이들은 관인에게 먹을 것이나 돈을 요구했다. 군졸들은 안되겠다 싶었는지 아이들을 떼어내기 시작했다. 나귀를 탄 관인은 헛기침을 몇 번 하더니 나귀에게 채찍질을 가했다. 나귀는 힘겨운 발걸음을 떼냈다. 군졸들은 나귀를 탄 관인을 앞서거니 뒤서거니 하면서 아이들을 쫓아냈다. 아이들 역시 앞서거니 뒤서거니 하면서 나귀를 탄 관인을 쫓기 시작했다.

관인을 태운 나귀는 발걸음을 천천히 내딛었다. 관인은 무슨 고민이 있는지 하늘을 처다보다가 땅을 처다보다가 한숨을 내쉬기도 했다.

"이놈의 나라가 어쩌다가~"

아이들은 그런 모습도 아랑곳하지 않고 관인을 뒤쫓아 갔다. 하지만 어른들은 수근 대며 나귀를 탄 관인을 쳐다봤다.

"저 관인이 왕명을 받잡고 을지문덕 장군 집에 가는 사람이구만"

"그렇다네"

"나라가 어디로 돌아가려는 건지"

"쉿, 조용히 하세. 들으면 치도곤을 면치 못할게야"

어른들은 수근 댔다. 무엇인가 불만에 가득 찬 얼굴들이었다. 자칫하면 관인에게 주먹다툼이라도 할 기세였다. 거대한 빗방울을 머금고 있는 검무티티한 구름이 서쪽 하늘에서 몰려오듯이 어른들의 얼굴에도 그런 표정이 역력했다.

그때였다. 한 무리의 사람들이 저쪽에서 우르르 몰려와 길바닥에 털썩 앉았다. 나귀를 탄 관인은 놀라 잠시 흠칫했다. 한 무리의 사람들은 길바닥에 털썩 앉아서는 관인을 향해 무릎을 꿇고 큰절을 했다. 소위 읍소를 했다.

"이놈들, 뭣 하는 게냐. 이분이 누구신줄 알고! 썩 물렀거라"

군졸 중 대장인 듯한 사람이 외쳤다. 하지만 한 무리의 사람들은 물러날 기세가 아니었다. 군졸은 더욱 당황한 기색이 보였다.

"어허, 이놈들이"

"나으리, 못 가시옵니다. 을지문덕 장군님이 어떤 분이시옵니까. 저 잔악한 서토(수나라) 오랑캐 놈들에게서 우리 고구려를 지킨 대장군이지 않사옵니까. 그런 분에게 귀양이라뇨. 이게 말이나 되는 소리라 사려되시옵니까. 절대 못 가시옵니다. 가시려거든 저희들의 목을 베시고 가시옵소서"

한 무리의 사람들은 완강했다. 그들은 땅바닥을 향해 머리를 조아렸다. 이렇게 한 무리의 사람들이 완강하게 버티면서 머리를 땅바닥에 조아리자 길에 있던 많은 사람들이 그들을 따라 머리를 조아리기 시작했다. 나귀를 탄 관인은 난감했다. 이러지도 저러지도 못하는 것은 군졸들도 마찬가지였다. 검을 빼들 태세를 보였어도 사람들은 움직일 생각을 하지 않았다. 몇 명 잡아 목을 벤다 해도 움직이지 않을 그들이었다. 사실 목을 베고 싶은 생각도 없었다. 어찌할 방도가 없었다. 마침내 관인은 나귀에서 내렸다.

"내 그대들의 마음을 모르는 것은 아니다. 하지만 나는 지엄하신 왕명을 받잡고 가는 길이다. 너희들이 이렇게 내 앞의 길을 가로막는다면 이것은 왕명을 거역하게 되는 대역죄인이 되는 것이다. 을지문덕이 누구인가. 우리 고구려를 저 서토 오랑캐로부터 지켜준 장군이 아니더냐. 태왕 폐하께서도 귀양이라는 왕명을 내리시면서 얼마나 안타까워 하셨는지 너희는 그 마음을 헤아리지 못하고 이게 무슨 망발이냐. 왕명은 지엄하신 것이다. 너희들이 이렇게 한다고 해서 왕명이 거둬질 생각은 절대 하지 말고 괜한 목숨 잃기 싫으면 썩 물러나거라"

관인의 말에 사람들은 서로 눈치를 보기 시작했다. 사실 그들도 목숨은 아깝게 생각하고 있었다. 하지만 왕명이 너무 부당하기에 한번 호소를 한 것 뿐이었다. 결국 사람들은 하나둘 일어나 길 옆으로 비켜주기 시작했다. 그리고 또다시 머리를 조아려 울기 시작했다. 울음은 고추잠자리를 따라서 파란 하늘을 헤엄치기 시작했다. 관인은 다행이라는 표정이 역력했다. 하지만 그 표정을 절대 백성들에게 보이고 싶은 생각이 없었다. 관인은 다시 나귀를 타고 앞으로 나아가기 시작했다. 아이들은 그것을 아는지 모르는지 계속 관인 뒤를 따라 붙으며 먹을 것과 돈을 요구했다.

관인을 태운 나귀는 힘겨운 발걸음을 옮기더니 한 초막에서 정지했다. 관인은 나귀에서 내리자 군졸들은 사립문을 열었다. 이미 마당 한 가운데에는 돗자리가 깔려 있고 한 남자가 무릎을 꿇고 앉아있었다. 을지문덕 장군이었다. 장군은 상투를 풀어헤친 상태에서 하얀 옷을 입고는 무릎 꿇고 관인을 기다리고 있었다. 관인은 그런 장군의 모습을 보자 속이 울컥했다. 도저히 왕명을 받잡을 자신이 없었다. 하지만 왕명은 왕명이었다. 관인은 왕명이 적힌 비단포를 꺼냈다.

"죄인 을지문덕은 들으라. 자고로 전쟁에서 승리한 장수에게는 포상이 내려지고 패배한 장수에게는 관용이 베풀어지는 법이다. 을지문덕 그대는 이번 살수대첩이 승리를 거둔 싸움이라 생각되는가. 짐이 살펴보기에는 살수대첩은 승리를 거둔 싸움이 아니었도다. 승리란 무엇인가. 승리는 우리 편의 피해를 최소화하면서 적군의 피해를 최대화하는 것이다. 하지만 들녘 곳곳을 살펴 보거라. 그대는 살수대첩의 승리를 위해 청야전술을 사용했도다. 그 청야전술로 인해 고구려의 들녘은 황폐화되고 이로 인해 백성들은 굶어죽는 사태가 발생했도다. 이것이 진정한 승리라 볼 수 있겠는가. 자고로 짐은 전쟁의 승리는 백성들의 피해를 최소화하는 것이라 생각하고 있도다. 이런 의미에서 이번 전쟁은 패배한 전쟁이다. 따라서 그대에게 이번 전쟁의 책임을 묻지 않을 수 없도다. 이에 그대의 목숨을 거둬들이는 것은 당연한 일이나 그래도 서토 오랑캐를 물리친 공로는 인정돼 저 멀리 북방의 말갈 지역으로 유배를 보낼 것을 명하노라"

관인이 왕명을 읽어 내려가자 장군 을지문덕은 무릎 꿇고 앉았다가 영양태왕 폐하가 계시는 내성(왕궁)을 향해 절을 하기 시작했다. 장군은 울음이 섞여 있었다. 관인도 측은한 눈빛을 장군에게 보냈다. 군졸들도 하나둘 울기 시작했다.

"태왕 폐하. 신 을지문덕 폐하의 지엄하신 왕명을 받잡지 못한 죄 죽어 마땅합니다. 하지만 이렇게 관용을 베풀어주신 태왕 폐하의 크신 은혜를 어찌 갚아야 할지 모르겠습니다. 모쪼록 만수무강하시며 저 서토 오랑캐가 우리 고구려를 넘보지 않도록 부강한 고구려를 만들기 위해 성심을 다하십시오"

사립문 밖에 있는 백성들의 울음소리와 사립문 안에 있는 군졸들의 울음소리는 한데 어울려 합창을 이뤘다. 그 와중에도 큰 소리를 내는 한 무리가 생겼다.

"죄인 을지문덕은 죽어 마땅하다. 백성들의 굶주림 소리가 들리지 않는가"

하지만 이내 그 소리는 비명소리로 바뀌었다. 백성들이 그들에게 돌을 던지거나 발로 밟아버렸기 때문이다.

장군 을지문덕은 돗자리에서 천천히 일어나 하늘을 바라봤다. 여름 내내 핏빛 하늘만 바라봤는데 이제는 푸른 하늘을 볼 수 있었다. 수없이 많은 영혼이 죽어 저 하늘을 떠도는 듯했다. 참으로 지난 여름은 많은 영혼이 사라졌다. 우리 고구려의 영혼도 그렇지만 장군 을지문덕의 손에 사라진 수나라의 영혼도 많았다. 그들은 자신의 조국의 영광을 위해 그렇게 푸른 하늘로 날아갔고 남아 있는 사람들은 삶의 고통과 괴로움에 몸서리를 쳐야 했다. 푸른 하늘로 떠나가면 그만이다. 하지만 남아있는 영혼은 하루하루 사는 것이 고달프게 된다.

장군 을지문덕은 사립문 밖으로 나갔다. 사람들은 사립문 밖에서 장군 을지문덕이 나오자 모두들 땅에 엎드려 흐느끼기 시작했다. 장군 을지문덕은 그들을 바라봤다. 구걸을 하던 아이들도 장군 을지문덕을 보자 땅에 엎드려 흐느꼈다.

장군 을지문덕은 그들을 말없이 바라봤다. 이들에게 무엇을 해주었는가. 장군 을지문덕은 고민하지 않을 수 없었다. 그저 저 눈물 나도록 푸른 하늘을 제공해준 것 이외에 저들에게 제공해준 것이 무엇이었던가. 저들은 굶주림과 싸워야 하고 죽음과 싸워야 하는 실정이다. 저들은 생존이 가장 큰 목표이다. 지난 여름 거대한 파도가 휩쓸고 간 이 자리에는 생존이라는 처절한 몸부림만 남은 것이다.

  장군 을지문덕은 다시 하늘을 처다봐야 했다. 저들을 도저히 처다볼 수 없었다. 군졸들은 길을 내기 시작했다. 사람들은 흐느껴 울다가 군졸들에게 억지로 떠밀려 길을 내주었다. 어느새 준비했는지 함거가 있었다. 소는 그저 장군 을지문덕만을 기다리고 있었다.

함거.

  장군 을지문덕은 그제야 자신이 커다란 죄인임을 실감했다. 사실 며칠 전 영양 태왕 폐하를 알현할 때만해도 영양 태왕 폐하에게 귀양을 보내달라고 간청을 드리기는 했지만 실제로 함거를 보니 자신이 커다란 죄인임을 실감했다. 영양 태왕 폐하를 알현할 당시 귀양을 보내지 말아달라고 떼라도 써야 하는 것 아니냐는 생각이 퍼뜩 들었다. 장군 을지문덕은 머릿속에 만감이 교차했다. 내가 과연 커다란 죄인일까. 내가 한 것은 무엇일까. 지난 여름 난 무엇을 했단 말인가.

  장군 을지문덕은 함거를 보면서 이 생각 저 생각에 잠겼다.

  "장군, 오르시지요"

  관인은 장군 을지문덕에게 함거에 오를 것을 권했다. 그제야 정신이 퍼뜩 든 장군 을지문덕은 조심스레 함거에 올랐다. 함거 안에서 바라본 세상은 참으로 비좁았다. 가을 하늘 역시 종열로 쪼개진 채 푸르름을 간직했다. 사람들 역시 종열로 쪼개진 채 엎드려 흐느끼기만 했다. 장군 을지문덕이 지난 여름 그렇게 처절하게 사투를 벌였던 모든 것이 한순간에 물거품이 되는 것 같았다. 함거 안에서 바라보는 세상을 만들기 위해 지난 여름 죽음과 사투를 벌여야 했던 것이다.

  "이랴~"

군졸은 소의 볼기를 쳤다. 소는 외마디 소리를 지르더니 천천히 움직이기 시작했다. 드디어 가는 것이다. 말갈 지역으로의 귀양. 사실 말갈 지역도 고구려 땅인 것만은 확실하다. 하지만 사람들이 느끼는 것은 그러하지 못하다. 말갈 지역하면 미개하고 고구려의 힘이 아무리 강하나 지배가 쉽지 않는 곳이다. 몇몇 부족은 고구려에 복속됐으나 몇몇 부족은 아직도 고구려에 반기를 들고 있다. 따라서 자신의 부족들끼리도 "배신자이네, 미개한 족속이네" 하면서 서로 다툼을 하고 있다. 그런 곳은 역시 중앙의 소식은 전혀 들을 수 없다. 그리고 중앙의 명령도 제대로 전달도 안되는 곳이다. 고구려 사람들에게는 죽음의 땅이라 할 수 있는 것이다.

장군 을지문덕은 함거 안에서 하늘을 쳐다봤다. 그래 잘된 일이야. 어쨌든 저 수나라 오랑캐로부터 저 아름다운 하늘을 지켜냈으니…… 나는 잘한 일이야. 이제 내 할 일이 끝났으니 당연히 역사 속에서 사라져야 하는 거야.

장군 을지문덕은 스스로 위안을 했다. 함거는 삐그덕 거리며 움직였다. 사람들은 더욱 흐느끼기 시작했다. 울음. 장군 을지문덕은 지난 여름 살수에서 너무나 큰 울음을 들었다. 수나라 군졸들과 고구려 군졸들을 울음소리를 들었다. 그 속에서 장군 을지문덕도 함께 울었다. 수나라 군졸들과 고구려 군졸들은 무슨 업보가 있어 살수에서 죽어야 했는지…… 30만이라는 거대한 숫자가 살수의 물속에서 울어야 했다. 창에 찔리며 칼에 베이며 화살에 맞으면서 30만이라는 거대한 숫자는 울어야 했다. 창을 찌르며 칼을 휘두르며 화살을 쏘며 고구려의 군졸들도 울어야 했다. 그 해 여름의 살수는 그러했다.

장군 을지문덕은 이제 또 하나의 울음을 들어야 했다. 백성들의 울음소리.

불과 몇 달 전만해도 이 길은 환호성이 울려 퍼졌다. 백성들은 장군 을지문덕을 연호했다. 그리고 영양 태제 폐하에 대한 만세소리가 넘쳐났다. 하지만 몇 달 지난 지금의 이 길은 울음바다이다. 장군 을지문덕은 그 울음소리가 싫어 눈을 감았다.

"울음소리를 들었느냐"

갑자기 스승 강이식의 목소리가 들렸다. 장군은 눈을 떴다. 함거 안에 언제 들어왔는지 스승 강이식이 단아하게 앉아 있었다.

"스승님"

"후회하느냐?"

장군 을지문덕은 스승 강이식이 무엇을 묻는지 알고 있었다. 스승 강이식은 장군 을지문덕의 어린 시절 장군이 장군의 학문을 배우겠다고 했을 때 극구 말렸다. 스승 강이식은 농부의 아들인 장군 을지문덕이 장군의 학문을 배워 무엇 하느냐며 극구 말렸다. 또한 장군의 학문을 배우면 언젠가는 장군 을지문덕에게 피해를 입을 것이라고 말리기도 했다. 하지만 장군 을지문덕은 장군의 학문을 배워야겠다며 스승 강이식의 집 앞에서 몇 날 며칠을 무릎 꿇으며 자신의 의지를 보여줬다. 결국 스승 강이식은 장군 을지문덕에게 장군의 학문을 가르치기로 했다.

"스승님. 저들을 보십시오. 만약 제가 장군의 학문을 배우지 않았더라면 지금쯤 영양 태왕 폐하의 함거를 보면서 울고 있었을 것입니다. 차라리 제 함거 안에서 우는 편이 낫습니다"

"허허허"

스승 강이식은 웃고만 있었다. 장군 을지문덕이 처한 지금의 현실이 불쌍하다는 모습이었다. 하지만 장군 을지문덕은 스승 강이식을 보니 다시 강연한 모습으로 되돌아왔다. 장군 을지문덕의 마음속은 약해져 있지만 스승 강이식에게만큼은 약한 모습을 보여주고 싶은 생각이 없어서였다.

"기억하느냐. 네가 무예를 배우겠다고 너의 부모가 나의 집에 찾아온 그날을······."

　장군 을지문덕은 하도 어릴 때라 기억을 못하지만 부모님으로부터 이야기는 자주 들었다. 고구려에서는 농부의 아들이라도 무예를 배울 수 있었다. 하지만 대부분의 농부의 아들은 무예보다 농사일을 택해야 했다. 왜냐하면 생존이 우선이었으니깐. 하지만 장군 을지문덕의 부모님은 달랐다. 아들에게 무예를 꼭 가르쳐야 했다. 장군 을지문덕의 부모님에게는 그만한 이유가 있었다.

　"이 아이에게 농사일을 가르칠 생각은 마시게"
　스님은 석다산에 사는 농부를 보자 이런 말을 했다. 농부는 의아한 모습으로 스님을 바라봤다.
　"이 아이에게는 살기가 느껴져. 만약 무예를 가르치지 않으면 거리의 불량배가 돼 남들이 받아보지 못한 극형을 받겠지만 무예를 가르친다면 이 아이는 남들에게 추앙받을 인물이 될 것일세"
　농부는 깜짝 놀라는 눈치였다. 아이가 태어난 지 이제 21일밖에 되지 않았다. 하지만 어디서 굴러먹다 온 스님이라는 작자가 집을 한번 휘 살펴보더니만 집에 살기가 느껴진다고 이야기하고는 아이를 보자마자 무예를 배우게 하라고 하니 당황스럽지 않을 수 없었다.
　하지만 고구려에서 가장 고명하다는 스님이 이야기해준 말이었다. 결코 무시할 수 없는 발언이었다. 농부는 고민을 하지 않을 수 없었다. 스님이 지나간 집에는 고민만 쌓였다. 농부와 아내는 마주 앉아 이야기를 나눴다. 가장 고민되는 부분이 바로 경제적인 부분이다. 고구려 전역은 산으로 덮혀 있어 평야가 많지 않았다. 단지 압록수, 살수, 패수 부분에만 평야가 있었다. 이들 평야는 비옥하기 그지없어 귀족들이 대부분 차지했다. 거대한 농장을 이룬 귀족들은 소작농에게 이 땅을 맡겨 경작하게 했다. 소작농들은 열심히 일을 했다. 하지만 그 수확물의 대부분은 귀족들이 차지하고 소작농들에게 떨어지는 것은 얼마 되지 않았다. 그것은 다른 지역도 마찬가지였다. 자영농도 마찬가지 신세다. 왕실의 재정을 위해 빼앗기는 수확물이 너무 많기 때문에 자영농에게 떨어지는 수확물도 한계가 있다. 따라서 빈곤은 악순환이 될 수밖에 없었다.

이런 상황에서 농부의 자식이 무예를 익힌다는 것은 있을 수 없는 일이었다. 물론 나라에서는 농부의 자식도 무예를 익힐 수 있다고 공표했다. 하지만 그것은 말뿐인 구호에 불과한 것이었다.

농부와 아내는 새근새근 자고 있는 아이를 보면서 걱정이 앞섰다. 아이에게 무예를 가르쳐야 하는데 가난이 원수였다. 무엇을 어떻게 해야 할지 막막하기만 했다. 그러면서도 한편으로는 아직 몇 년 남은 일이라 위안을 삼기도 했다.

"뭐라고 무예를 배우겠다고?"

카랑카랑한 목소리는 경당의 지붕을 날리고도 남았다. 붉은 볼과 멋진 수염을 가진 스승 강이식은 농부와 그의 자식을 바라보며 의아한 목소리로 물었다.

아무리 경당이라고 하나 농부의 자식이 무예를 배우겠다고 한 일은 극히 드물기 때문이었다. 하지만 농부는 자식을 앞세우고 경당 마당에 무릎 꿇고 앉아 경당에 입학하게 해줄 것을 요청했다. 아이는 4살도 채 안됐으나 농부는 완강했다.

경당은 태학에 비해 평민 집안의 자제가 입학하는 학교였다. 하지만 농부의 자식이 입학한다는 것은 쉬운 일이 아니었다. 그것은 바로 가난 때문이었다. 따라서 스승 강이식으로는 의아해할 수밖에 없었다.

"네 이름이 무엇이냐"

"소인의 자식의 이름은……"

"내가 네놈에게 묻는 게 아니라 저 아이에게 물었다"

아이는 스승 강이식을 쳐다봤다. 서로간의 눈싸움이 벌어진 것이다. 아이는 스승 강이식과의 눈싸움에서 져서는 안된다는 생각을 했다. 하지만 그렇다고 대놓고 눈싸움하는 것도 안된다고 생각했다. 스승 강이식은 아이의 눈을 뚫어지듯이 바라봤다.

"소인은 을지문덕이라고 하옵니다"

"을지문덕이라…… 을지문덕이라…… 네 부모님이 지어주신 이름이냐"

"아니옵니다. 소인 아기일 때 어떤 스님께서 지어주신 이름이옵니다"

"스님이라……"

스승 강이식은 그 스님이 누구인지 몰라도 아주 잘 지었다고 생각했다. 아이의 눈에는 비범함이 보였다. 아이의 눈은 어떤 것도 담겨있지 않은 맑은 눈이었다. 하지만 그 눈 속에서 세상의 모든 것을 읽을 수 있었다. 스승 강이식은 순간 고민했다. 아이를 받아들이느냐 마느냐의 고민이 있었다. 스승 강이식은 어떤 식으로 처리해야 할지 몰라 고민을 할 수밖에 없었다.

"어머, 눈이 예쁘게 생겼네"

10살 먹은 여자아이가 아이를 보자 이렇게 이야기했다.

"소연아. 아이의 눈이 이쁘더냐?"

"소녀가 생각하기에는 세상의 모든 것을 담긴 듯하옵니다"

"그렇게 생각했냐?"

소연낭자는 그렇다고 대답했다. 스승 강이식은 자신의 의붓딸인 소연낭자의 눈을 살펴봤다. 소연낭자가 갓난아기 시절 누군가 스승 강이식의 집에

버리고 갔고 스승 강이식은 소연낭자를 거둬 길렀다. 소연낭자가 특이하게도 발이 사슴발을 닮아 스승 강이식을 비롯해 많은 사람들이 녹족 아가씨라 부르기도 했다.

　소연낭자 아니 녹족 아가씨의 눈도 세상의 모든 것을 담은 듯하면서도 순수한 눈빛이었다. 그런 눈빛을 저 을지문덕이라는 아이에게도 느껴졌다. 스승 강이식은 고민을 했다. 그 이유는 받아들이고 안 받아 들이고가 아니었다. 받아들이면 저 아이의 부모가 고생을 하는 것을 뻔히 알고 있기 때문이었다.

　"아이를 데리고 가거라"
　농부는 스승 강이식을 쳐다봤다. 농부는 어찌하든 간에 아이를 경당에 입교하고 싶었다. 농부는 더욱 조아리면서 스승 강이식에게 말을 했다.
　"소인의 자식을 경당에 입교 해주시기 바랍니다. 소인의 마지막 소원입니다"
　스승 강이식은 농부의 결심을 떠볼 요량으로 말을 했다. 하지만 농부는 완강하게 경당에 입학시켜달라고 졸랐다. 스승 강이식은 고민을 하지 않을 수 없었다. 아이의 눈을 봐서는 경당에 입학시키기에 충분했다. 하지만 최근 흉년이 들었고 전쟁 준비로 자영농의 곳간들은 씨도 남아 있지 않았다. 그런 상황에서 아이를 경당에 맡긴다는 것은 엄청난 결심을 해야 하는 것이었다. 물론 경당 유지비를 농부에게 받지 않을 수 있다. 하지만 농사에 있어서 인력 하나가 빠져나간다는 것은 엄청난 타격이었다. 하지만 스승 강이식은 농부의 결심을 확인하고는 새로운 결심을 했다.
　"좋다. 내일부터 경당에 나오도록 해라"
　스승 강이식은 알고 있었다. 아이가 내일부터 열심히 무예를 배울 것이라는 사실을……

경당은 귀족들이 아닌 평민들의 자제들이 입학하는 학교였다. 원래는 각종 학문과 더불어 무예를 가르치는 곳이었다. 하지만 평민들의 자제이다 보니 출세가 그리 쉽지 않게 됐고 출세를 위해 학문보다 무예를 가르치게 됐다. 왜냐하면 무예를 익혀서 장군의 반열에까지 오른 사람들이 많았기 때문이다.

따라서 평민의 자제들은 경당에 들어와 무예를 주로 익혔다. 하지만 평민의 자제라 해서 똑같은 사람들이 아니었다. 이들은 평민의 자제 중 잘 사는 사람들의 자제였다. 그렇기 때문에 농민의 자제와 친하게 지낼 수 없었다. 그렇기 때문에 농부의 아이는 홀로 배움의 길을 걸을 수밖에 없었다.

스승 강이식이 먼저 가르쳐준 것은 바로 활 쏘는 법이었다. 고구려는 산악지대가 많아 칼보다 활쏘기를 잘해야 했다.

"활을 집어보아라"

아이는 활을 바라봤다. 아이에게 있어 활은 아직 무리였다. 하지만 스승 강이식의 명령이 있기 때문에 활을 잡아볼 수밖에 없었다.

"어떠냐?"

아이는 활이 그저 무겁다는 느낌밖에 없었다. 다른 생각은 전혀 들지 않았다. 스승 강이식이 어떠하냐고 물은 것은 어떤 물음일지에 대해 아이는 고민을 하기 시작했다. 뭐라고 대답해야 할지 몰랐다.

"네 이놈. 네 느낌 그대로 이야기를 하면 될 것이지. 무슨 잔머리를 그렇게 굴리느냐!"

아이는 그제 서야 정신이 번쩍 났다.

"그저 무겁사옵니다"

"무겁냐? 당연히 무겁겠지. 아이인 네게 있어서 활은 아직 무리이다. 하지만 내가 칼보다 활을 먼저 집어보라고 한 것은 다 이유가 있느니라"

고구려 사람치고 활을 쏘지 못하는 사람이 없었다. 활은 고구려 사람에게 있어서 생활필수품과 같았다. 심지어 농부들에게까지도 활이 있었다. 나라에서 활은 반드시 만들어서 가정에 비치해야 한다고 했다. 고구려는 정복국가이고 정복을 위해서는 무예가 필요했다. 그중 활쏘기는 칼싸움 등 보다 상대방에게 커다란 타격을 주는 무예였다.

특히 고구려 시조인 추모태왕 때부터 활쏘기는 국가적 무예로 자리매김을 해왔다. 고구려 시조인 추모태왕은 원래 동명성왕이라 불렀다. 하지만 광개토태왕부터 각 대왕을 태왕이라 부르기 시작하면서 동명성왕도 추모태왕으로 부르기 시작했다. 이 추모태왕이 동부여의 정치적 압박을 받았던 이유도 바로 활쏘기의 무예가 동부여의 왕자들보다 뛰어났기 때문이다. 이런 정치적 압박 때문에 추모태왕은 동부여를 탈출해 고구려를 세우게 된 것이다. 따라서 고구려에 있어서 활쏘기는 생활화될 수밖에 없었다.

그런 이유 때문에 스승 강이식은 아이에게 활은 버거운 상대이지만 제일 먼저 가르쳐줘야 한다고 생각한 것이다.

"네가 이 활을 쏠 수 있을 때까지 이 활을 갖고 놀아라"

스승 강이식은 이 말만 남기고 사라졌다. 아이는 난감해 했다. 활을 쏘고 싶지만 자신의 체력으로는 도저히 불가능한 일이었다. 아이는 활시위를 당겨봤다. 하지만 꿈쩍도 하지 않은 활이었다. 활은 아이를 조롱이나 하듯 손가락에서 줄이 놓쳐지자 윙 소리만 내고는 움직이지도 않았다.

아이는 체력부터 키우기로 작정했다. 그날부터 아이는 체력단련에 들어갔다. 하지만 활은 아이에게 복종하지 않았다. 아이는 실망하지 않고 열심히 체력단련을 했고 스승 강이식은 그런 아이의 모습을 바라봤다.

2. 신념과 장군의 학문

"못 가시오. 우리의 영웅이 귀양이라니요. 아니되옵니다"

백발이 성성한 노인이 함거를 막고 섰다. 장군 을지문덕은 정신이 번쩍 났다. 스승 강이식을 찾아보았다. 스승 강이식은 함거 안에 없었다. 함거에는 자신만 있었다. 백발이 성성한 노인은 상투를 푼 상태에서 돗자리에 무릎을 꿇었다. 할아버지 앞에는 약사발이 있었다.

"장군. 억울하지 않습니까. 우리 고구려를 지켜낸 장군이 귀양이라니오. 이건 말이 되지 않소이다"

백발이 성성한 노인의 목소리는 우렁찼다. 스승 강이식도 지금쯤 저렇게 백발이 성성해 있을 것이다. 참으로 오랜 인연이었다. 경당에서 시작한 인연은 수나라 문제가 침입했을 때 이어졌다. 만약 수나라 문제가 침입했을 때 스승 강이식이 없었다면 지금의 살수대첩은 없었을 것이다. 그러면 자신이 귀양은 가지 않았을 테고 결국 영양 태왕 폐하가 귀양을 가는 처지가 됐을 것이다.

"네 이놈. 네가 감히 뭔데 왕명을 받잡고 귀양 가는 죄인의 함거를 가로막느냐"

 관인은 백발이 성성한 노인에게 소리를 쳤다. 하지만 백발이 성성한 노인은 움직일 태세를 보이지도 않았다.

 "소인은 평양성 외곽에 사는 이진모수라는 늙은이 옵니다. 을지문덕 장군의 귀양을 철회 해주십사 하는 마음에 이렇게나마 돗자리를 깔고 읍소하고 있사옵니다. 다시 한 번 태왕 폐하께 알현해서 귀양을 철회해주시면 안되겠사옵니까? 만약 태왕 폐하를 알현하지 않겠다 하옵시면 소인은 이 자리에서 사약을 마시고 이 세상을 하직할 수밖에 없사옵니다"

 관인은 난처해했다. 영양 태왕의 알현은 있을 수 없었다. 왕명을 철회해달라는 애기는 곧 죽음을 의미했다. 그것은 왕명을 거역하는 것이 되기 때문이었다. 하지만 백발이 성성한 노인은 죽음을 두려워하지 않는 듯 보였다.

 그러나 왕명은 왕명이었다. 관인은 어쩔 수 없었다.

 "네 이놈. 감히 태제 폐하의 황명을 거스를 참이냐. 어디라고 알현 운운하면서 왕명을 번복하려 드느냐. 네 놈이 그러고도 살아남을 수 있겠느냐. 어서 썩 비키지 못할까"

 백발이 성성한 노인은 관인을 쩌려봤다. 관인도 노인도 어찌할 수 없었다. 무엇을 어찌해야 할지 몰라 서로 당황한 눈빛을 주고받았다. 하나는 귀양을 보내야 하는 입장이고 하나는 귀양을 막아야 하는 입장이었다. 이럴 때 대부분은 힘 있는 사람들이 이기는 법이었다.

 백발이 성성한 노인은 하늘을 처다볼 수밖에 없었다. 통한의 한숨을 내쉬었다. 자신의 운명이 여기까지임을 느끼는 순간이었다. 자신이 돌려놓기에는 이미 운명은 되돌아 올 수 없는 상황이 된 것이다.

 백발이 성성한 노인은 일어나서 내성(왕궁)을 향해 큰절을 했다. 무엇인가 중얼중얼하면서 울음을 터뜨렸다. 지극 정성의 큰절이었다. 그 지극 정성의 큰절을 과연 내성(왕궁)에 살고 있는 영양 태왕 폐하는 알고 계실지 의문이 들었다.

어쨌든 백발이 성성한 노인은 내성(왕궁)을 향해 큰절을 올리고는 앞에 있던 사약을 마셨다. 누가 뭐라고 말릴 틈이 없었다. 관인과 군졸들이 말리려고 할 때는 이미 늦었다. 사약은 노인의 뱃속으로 들어가고 있었다. 관인은 미간을 찌푸리지 않을 수 없었다.

사약을 들이마신 노인은 한참 후 피를 토하기 시작했다. 죽음이 임박했다.

장군 을지문덕은 미간을 찌푸렸다. 노인은 과연 무엇 때문에 죽는 것일까. 노인은 자신의 신념을 위해 죽는 것이다. 장군 을지문덕의 귀양이 부당하다는 것을 알리고 싶었다. 장군 을지문덕의 귀양을 막는 것이 바로 노인의 운명이었다. 장군 을지문덕은 그것을 알기에 막고 싶었다. 하지만 함거 안에 있는 장군 을지문덕으로는 어찌할 도리가 없었다. 그저 노인의 신념에 경의를 표할 수밖에 없었다.

이 세상에는 자신의 신념을 위해 목숨을 내놓는 사람들이 많다. 지난 살수대첩 때 수나라 군졸들도 고구려 군졸들도 그러했다. 그리고 장군 을지문덕 자신도 살수에서 죽을 각오를 했다. 하긴 30만 별동대를 막을 수 있다는 것 자체가 어려운 숙제였다. 그렇기 때문에 목숨을 내놓았던 것이다.

"노인을 보니 어떤 생각이 드느냐?"

스승 강이식은 언제 나타났는지 또다시 함거 안에 앉아 장군 을지문덕을 바라봤다.

"저 노인도 자신의 신념을 위해 죽는 것 같습니다"

"신념이라는 게 무엇이냐?"

스승 강이식의 질문에 무엇이라 대답할 수 없었다. 장군 을지문덕 자신도 아직까지 신념이라는 것을 잘 모르고 있기 때문이다. 그동안 신념을 갖고 살아왔다고 자부했지만 신념이 아직 무엇인지 그 개념을 확실하게 정립하지 못했다.

"동맹행사를 기억하느냐?"

스승 강이식은 동맹행사에 대해 이야기했다. 장군 을지문덕은 열 살 때의 동맹행사를 잊지 못하고 있었다. 처음으로 좌절을 맛보면서 신념이라는 것이 무엇인지 깨닫게 한 행사가 바로 동맹이었다.

"이번에 동맹행사에 나갈 인재로 누가 좋겠느냐?"

경당 안은 갑자기 난리가 났다. 동맹행사에 참가한다는 것 자체가 경당에 있는 인재들로는 엄청난 영광이었다. 하지만 그 행사에 참석할 인원은 한정돼 있었다. 바로 한 명.

이제 아이에서 소년으로 바뀐 을지문덕도 동맹행사에 관심을 보이지 않을 수 없었다. 지난 5년 간 무예를 익혔고 소년 을지문덕 스스로 이제는 동맹행사에 참석해도 될 것이라 생각했다. 하지만 경당 안에는 기라성 같은 인재들이 많았다. 그들과 경쟁해서 경당 대표로 동맹행사에 참가 한다는 것은 무한한 영광인 셈이다.

동맹은 고구려 최대의 축제였다. 하늘에게 제사를 지내면서 고구려 내 인재를 뽑는 행사이기도 했다. 무예와 글 솜씨를 뽐내는 이 행사는 고구려 왕실이 주도하는 몇 안되는 행사 중 하나이다. 사실 백성들의 입장에서는 제천행사보다 인재를 뽑는 행사에 더 관심을 가질 수밖에 없었다. 그 해에 뽑힌 인재는 출세에 있어서 탄탄대로를 달리기 때문에 백성들로서는 관심을 갖지 않을 수 없었다.

"제가 생각하기에는 을지문덕이 괜찮다고 봅니다"

경당에서 동문수학하는 우경이란 이름을 가진 한 소년이 을지문덕 소년

을 추천했다. 스승 강이식은 소년을 바라봤다. 5년 동안 소년 을지문덕의 무예솜씨는 날로 발전한 것을 보아온 스승 강이식의 입장에서는 소년 을지문덕이 출전해도 괜찮다고 생각했다. 하지만 다른 인재들도 많았다. 더욱 걱정이 됐던 것은 농부의 자식을 동맹행사에 참석시켰다가 물의를 일으킬 수 있다는 점이었다.

물론 법적으로는 농부의 자식도 참가의 기회가 주어진다. 하지만 농부의 자식이 참가해서 일등 한 예는 흔하지 않았다.

"그것은 좀 생각해볼 문제이다"

스승 강이식은 다른 사람을 내보내려고 결심했다. 하지만 소년 을지문덕은 입장이 달랐다. 소년 을지문덕은 동맹행사에 참석하고 싶었다. 그것은 바로 고생하고 계시는 부모님을 위해서였다. 동맹행사에서 일등을 차지하면 명예와 부귀는 따논 당상이어서 소년 을지문덕은 참석해서 일등을 하고 싶었다.

"소인을 내보내 주십시오"

소년 을지문덕은 과감하게 이야기했다. 스승 강이식은 소년 을지문덕을 바라봤다. 당돌한 소년 을지문덕의 행동 때문이었다. 한편으로는 자신감에 차있는 소년 을지문덕의 모습을 보니 기뻤으나 한편으로는 다른 목적을 갖고 동맹행사에 참가하겠다고 한 소년 을지문덕의 모습을 보니 괘씸하기까지 했다.

"문덕이 너는 안된다"

"왜 안된다는 것입니까"

사실 경당에서 가장 나이가 어리나 다른 사람보다 무예가 출중한 것은 사실이었다. 동맹행사에 참가하면 일등도 할 수 있을만한 무예였다. 스승 강이식은 소년 을지문덕이 저처럼 빠르게 무예를 익힐지 처음에는 의심을 했다. 하지만 소년 을지문덕은 타고난 무인이었다. 소년 을지문덕의 무예는 날로 발전했고 이제 경당에서도 소년 을지문덕의 무예를 대적할 만한 사람이 없었다. 그러니 당연히 경당 대표로 동맹행사에 참가할 수 있는 자격은 주어졌다. 하지만 신분이 걸렸다.

고구려가 아무리 개방적인 사회라 하나 신분은 신분이었다. 법적으로는 농부의 자식도 출세를 할 수 있었다. 그러나 언제부터인가 그것은 헛된 법률에 지나지 않았다. 귀족들이 조정을 차지하기 시작하면서 귀족의 자제들이 출세를 보장받았고 농부의 자식들은 출세가 더욱 힘들었다.

스승 강이식은 소년 을지문덕이 다치는 것을 원하지 않았다. 그만큼 소년 을지문덕을 아꼈다. 농부의 자식으로 5년 동안 열심히 갈고 닦는 모습을 봐왔기 때문에 소년을 아낄 수밖에 없었다.

"네놈이 자격이 된다고 생각하느냐?"

스승 강이식은 마음에도 없는 말을 내뱉었다. 소년 을지문덕은 순간 움찔해졌다. 평소의 스승 강이식의 모습이 아니었다. 소년 을지문덕은 어찌 대답해야 할지 몰라 한참을 망설였다. 하지만 소년 을지문덕은 이번에 밀리면 또다시 기회가 없을 것 같은 생각이 들어 강경하게 밀고 나가기로 했다.

"소인은 자신이 있다고 생각합니다"

스승 강이식은 소년 을지문덕을 한참 쳐다봤다. 그리고 한마디 했다.

"못난 놈"

그리고는 뒤도 돌아보지 않고 안으로 들어갔다. 소년 을지문덕은 어찌해야 할지 몰랐다. 한참을 서있어야만 했다. 스승 강이식을 따라 들어가서 담판을 지을까라는 생각도 갖고 있었다. 하지만 그것은 결례가 될 것 같았다. 결국 이러지도 저러지도 못하고 서 있어야만 했다.

그것은 스승 강이식도 마찬가지였다. 방안에 들어온 스승 강이식은 소년 을지문덕의 마음이 상해있을까 걱정도 됐다.

"아버님. 문덕이를 동맹행사에 보내시는 것이 어떠하옵니까?"

방안에 들어온 소연낭자 아니 녹족 아가씨는 아버님께 간청을 드렸다.

"나도 보내고 싶다. 하지만 문덕이가 동맹행사에 참가하면 분명 상처를 받게 될 것이다"

"저도 그것을 모르는 바는 아니옵니다. 하지만 상처를 받는 것도 문덕이의 몫이 옵니다"

녹족 아가씨는 단호하게 이야기했다. 스승 강이식은 녹족 아가씨를 쳐다봤다. 이제 15살로 어엿한 규수감이 된 녹족 아가씨를 보니 마음이 뿌듯했다. 그런 녹족 아가씨가 소년의 동맹행사 참가에 대해 조언을 해주니 스승 강이식의 마음이 흔들리기 시작했다.

"아버님. 문덕이가 농부의 자식인 것만은 틀림없습니다. 그것을 깨닫지 못한다면 앞으로도 계속 이 험난한 세상에서 여러 사람들과 부딪힐 것이 분명합니다. 문덕이는 무예나 글 솜씨가 출중해 주머니 속의 송곳과 같이 어디에 내놓아도 관심의 초점을 받을 것이 분명합니다. 결국 다른 사람들의 견제가 들어올 것은 분명합니다. 언젠가는 깨달아야 할 일입니다. 그것을 좀 일찍 깨닫게 해주는 것이 좋을 듯 싶습니다"

스승 강이식은 녹족 아가씨의 말에 고개를 끄덕였다. 과연 그러했다. 소년 을지문덕은 무예와 글 솜씨가 출중해 앞으로도 농부의 삶을 살 운명이 아니었다. 어디에 내놓아도 분명 관심을 받을 것이 분명했다. 그 관심이 높아지면 높아질수록 다른 사람들의 견제는 분명 있을 것이었다. 그것을 미리 깨닫게 해주는 것도 좋을 듯 싶다는 생각이 들었다.

"네놈이 이번 동맹행사에 참가해보아라"

결국 스승 강이식은 소년 을지문덕의 동맹행사 참가를 허락했다. 소년 을지문덕은 동맹행사에서 장원을 차지해 아버지 어머니를 편안하게 모실 것을 생각하니 떨 듯이 기뻤다. 소년 을지문덕은 스승 강이식에게 감사하다는 말을 몇 번을 했는지 모를 정도로 절을 했다.

 소년 을지문덕이 처음 본 고구려 장안성은 웅장했다. 그동안 조그마한 시골마을에 있다가 처음으로 본 고구려 장안성은 세상의 중심 같았다. 고구려 장안성은 크게 외성과 중성이 있고 태왕 폐하가 살고 계시는 내성이 있다. 또한 북성이라고 조그마한 성이 있어 총 4개의 성으로 이루어진 거대한 성이었다. 따라서 거대한 성이기 때문에 장안성은 이 세상의 중심이었다. 모든 문물과 사람들이 이곳으로 집결한 듯 보였다. 소년 을지문덕은 그런 모습에 심장이 터질 것 같았다.
 특히 무예를 익힌 소년 을지문덕으로서는 장안 외성의 견고함에 감탄하지 않을 수 없었다. 장안 외성은 백만 대군이 와도 뚫지 못할 성이었다.
 장안 외성은 돌의 크기가 밑에서 위로 올라가면서 점차 작아지는 형상이었다. 또한 성벽의 겉면은 밑으로 내려가면서 밖으로 내밀리고 있다. 이는 견고성을 보장하고 안정감을 줄 수 있는 것이었다. 게다가 그 사이사이에 작은 돌, 자갈, 흙 등을 다져 넣어 견고성을 더욱 높일 수 있었다. 이는 결국 침식작용을 되도록 적게 받도록 할 수 있게 도와주는 것이었다.
 또한 적군이 성문을 뚫고 들어올 수 없게 방어가 돼 있다. 성문 주변으로 성문과 연결된 조그마한 성을 쌓아 화살을 적군에게 쏠 수 있게 했다. 따라서 성문을 부수러 적군이 몰려든다면 그것은 죽은 목숨이나 다름없었다. 이를 두고 고구려 사람들은 '치'라 불렀다. 이 '치'에 들어온 적군은 그야말로 사냥터에 들어온 먹잇감이나 다름없었다. 활을 잘 사용하는 고구려 군사들에게 있어서 '치' 안으로 들어온 적군은 거의 죽음을 면치 못했다.

소년 을지문덕은 이런 장안 외성의 웅대한 모습을 보고 감탄을 하지 않을 수 없었다. 물론 석다산 근처에도 성곽은 있었다. 고구려 국토 곳곳에는 산성들이 많았다. 하지만 그 산성들 중 일부는 조그마한 산성으로 군사적 요충지의 역할을 할 수밖에 없었다. 그러나 장안 외성은 달랐다. 군사적 요충지의 역할뿐만 아니라 장안성에 사는 주민들에게 있어서 장안 외성은 중요한 요충지였다. 그래서 장안성은 다른 산성에 비해 견고한 것이었다. 소년 을지문덕은 무예를 익힌 덕분에 그런 것이 눈에 띄었다. 몇 십 년 전에 쌓은 장안 외성이지만 그 외성을 보자 선대 사람들의 위대함이 눈에 보였다.

　장안 외성 안은 더욱 번잡했다. 장안 외성에는 일반 평민들이 살았지만 장안 중성에는 귀족들이 살았다. 내성은 태왕 폐하께서 살고 계신 곳이었다. 물론 장안성을 쌓았던 초기에는 이런 구분이 확실했다. 하지만 소년 을지문덕이 살고 있는 지금의 시대에 와서는 중성과 장안 외성의 구분이 많이 없어졌다. 중성에서도 일반 평민들이 많이 기거했다.

　따라서 장안 외성과 중성의 구분은 그저 성곽에만 있었다. 장안 외성은 수많은 종류의 사람들이 기거했다. 특히 장안외성 시장은 백제 및 신라 그리고 양자강 및 황하강에 사는 주민들과 그보다 더 서쪽에 사는 사람들도 장사를 했다. 그렇기 때문에 장안 외성은 국제적 도시가 됐다.

　소년 을지문덕은 장안 외성에서 코가 높고 눈이 클 뿐만 아니라 키도 엄청 큰 처음 보는 사람들을 보고 놀랐다. 그 사람들은 이상한 모자를 썼다. 소년 을지문덕은 그런 사람들을 처음 보았기 때문이다. 소년 을지문덕의 눈에는 장안 외성의 시장은 신기하지 않을 수 없었다. 따라서 자연스럽게 주위를 두리번두리번하게 됐다.

　그런 덕분에 동맹행사를 개최하는 곳을 찾지 못했다. 소년 을지문덕은 어찌해야 할지 모르다가 지나가는 사람을 붙잡기로 했다.

"저기 동맹행사 하는 곳이 어디에 있죠?"

대부분 사람들은 그 말에 그냥 지나쳐갔다. 10살짜리 소년이 동맹행사 하는 곳을 물으니 그저 대답도 안하고 자기 할 일만 하는 것이었다.

"동맹행사 하는 곳을 찾고 있는 게냐?"

소년 을지문덕이 뒤를 돌아보았을 때는 소년 을지문덕보다 약 5살에서 7살은 더 먹은 사람이 있었다. 그는 활을 옆에 끼고 칼을 차고 있었다. 한눈에 봐도 무예를 익힌 사람이라는 것을 알 수 있었다. 그 사람에게서는 고귀한 인품까지도 느껴졌다.

"예, 동맹행사에 가고 싶어서요"

무예를 익힌 사람은 소년 을지문덕을 자세히 쳐다봤다. 행색으로 보아 농부의 자식인 것 같은데 옆에 활과 칼을 차고 있는 것으로 보아 무예를 익힌 사람이라는 것을 직감할 수 있었다.

"너도 시험을 볼 요량인 게군?"

소년 을지문덕은 그렇다고 대답했다. 무예를 익힌 사람은 소년이 아직 활을 제대로 쏠 수 있을까라는 의심까지 했다. 하지만 소년 을지문덕의 눈을 보자 범상치 않은 인간이라는 점을 직감했다. 하긴 나이가 많다고 무예를 잘한다는 법은 없었다. 이 곳 장안성에는 수많은 사람들이 몰려 사는 곳이다. 고구려는 천하의 중심이었고 그 중심의 수도가 바로 이 장안성이었다. 그렇기 때문에 수많은 사람들이 몰리지 않을 수 없었다. 그 사람들 중에는 학문에 뛰어난 사람들이 있는가 하면 무예가 출중한 사람, 장사에 소질 있는 사람 등 수많은 사람이 있었다.

그러니 소년 을지문덕이나 무예를 익힌 사람이나 두 사람 모두 눈을 보았을 때 만만치 않은 사람들이라는 것을 깨달았다.

"나도 동맹행사에 참석할 것인데 따라오려면 따라와라"

무예를 익힌 사람은 소년을 데리고 시험장으로 향했다. 소년 을지문덕은 왠지 무예를 익힌 사람에게 친근함을 느꼈다. 자다가도 코 베어간다는 이 장안성에서 이렇게 자신에게 친절하게 대해준 사람이 처음이니 그럴 수도 있었다.

시험장에는 수많은 사람들이 몰려들었다. 사실 동맹행사 중에서 이만한 볼거리가 없었다. 창술, 기마술, 활솜씨, 씨름 등 여러 무예를 한꺼번에 볼 수 있으니 그러했다. 사실 고구려 사람들은 그 옛날 고조선 사람들의 피를 이어받았다. 또한 고조선 사람들은 창술, 기마술, 활솜씨가 뛰어난 사람들이었다. 그렇기 때문에 고구려 사람치고 무예가 뛰어나지 않은 사람이 없었고 설사 무예가 뛰어나지 않다 해도 관심은 갖고 있었다. 고구려 사람들이 제일 좋아하는 것이 바로 씨름이었다. 씨름이 열리는 날이면 장안성에 있는 사람들 모두 몰릴 정도였다. 소년 을지문덕은 씨름은 참가할 수 없었다. 아직은 참가하기에는 체력이 뒷받침돼 주지 못했기 때문이다. 그러나 다른 종목에는 참가하기로 했다.

"과아아아앙~"

징이 한번 울리자 화려한 옷을 입은 사람이 나왔다. 그리고 화려한 옷 입은 사람 뒤로 수많은 여인과 남정네가 읍소를 하고 뒤따라 나왔다. 소년 을지문덕은 어리둥절했다.

"태왕 폐하 납시오"

소년은 그제야 그 사람이 평원 태왕 폐하임을 알아차렸다. 평원 태왕은 평강공주의 아버지로 유명한 사람이다. 평원 태왕은 사람들을 둘러봤다. 구름떼처럼 몰린 사람들을 바라보며 흡족해했다. 올해의 동맹행사도 대성공이라는 눈빛이었다.

"대신들과 백성들은 듣거라. 무릇 추모태왕께서 이 나라를 창업하신지 어언 700년이라는 세월이 다됐다. 그동안 추모태왕 및 태열제께서 보살펴주신 덕분에 이렇게 나라가 부강하게 된 것이다. 그러하기 때문에 추모태왕를 비롯한 여러 태열제께 감사의 인사를 드리는 것은 당연한 일이라 생각한다. 하지만 그것보다 중요한 것은 백성들이 일 년 동안 열심히 일한 덕분에 이렇게 좋은 수확철을 맞이하게 된 것이다. 그러니 동맹행사는 추모태왕 및 여러 태열제 뿐만 아니라 여기 있는 제군들을 위한 행사이기도 하다. 오늘 그 마지막날로 나라의 동량을 뽑는 시험을 개최하게 됐다. 부디 자신의 모든 것을 보여줘 여기 있는 여러 제군들 모두 나라의 동량이 되기를 바랄 뿐이노라"

평원 태왕의 일장훈시가 끝나고 자리에 앉아 시험은 시작됐다. 참으로 기라성 같은 사람들이 많이 몰렸다. 수많은 사람들이 오직 동맹행사 하나만을 바라보며 무예를 익힌 듯 싶었다. 구경꾼들은 무인들의 창끝을 구경할 수 없었고 검의 움직임은 바람을 가르기에 충분했다. 소년 을지문덕도 그런 모습을 보면서 그동안 자신이 배운 무예는 이름도 못 내밀 정도라는 것을 알았다.

소년 을지문덕은 평원 태왕 쪽을 바라봤다. 수많은 사람들이 평원 태왕을 중심으로 읍소하고 있었다. 그리고 평원 태왕 옆으로 공주들과 왕자마마들이 앉아 있었다. 그 모습을 바라본 직후 소년 을지문덕은 깜짝 놀랐다. 왕자마마 자리에 아까 평양외성에서 만난 무예를 익힌 사람이 앉아있었던 것이다. 소년 을지문덕이 아까 만난 사람이 왕자마마였다니……

소년 을지문덕은 옆에 있는 사람에게 물어봤다.

"저기 앉아있는 사람이 누구에요?"

옆에 있는 사람은 소년을 한심하다는 식으로 쳐다봤다.

"누구인지 몰라? 태자마마의 친동생이자 우리나라에서 가장 무예가 뛰어나신 분인데 무예를 한다는 사람이 그것도 모르셨나?"

소년 을지문덕은 다시 한 번 놀랬다. 왕자마마의 이름은 고건무였다. 고건무는 훗날 영양 태왕의 친동생이었다. 그는 정치적 경륜뿐만 아니라 고구려에서 가장 뛰어난 무예를 갖추고 있어 훗날 영류태왕이 되었다. 물론 살수대첩 때도 승리로 이끌게 한 혁혁한 공을 세우기도 했다.

그런 고건무와 소년 을지문덕과의 만남은 그러했다.

"다음 차례는 석다산의 을지문덕"

소년 을지문덕은 자신의 이름이 불리어지자 앞으로 나아갔다. 가벼운 바람이 소년 을지문덕의 귀를 스치기 시작했다. 소년 을지문덕은 바람의 강도를 재기 시작했다. 바람은 소년 을지문덕의 귀를 간지럽힐 정도였다. 조금 까닥하다가는 명중을 못시킬 수 있다고 소년 을지문덕은 생각했다. 소년 을지문덕은 활을 들어 당기기 시작했다. 묵직했던 활은 엄마품속에 있는 아이처럼 부드러워졌다. 묵직한 소리와 함께 활은 굽어지기 시작했다. 소년 을지문덕은 과녁을 바라봤다. 이제부터 과녁과의 싸움이다. 과녁은 소년 을지문덕의 화살을 받아들이고 싶지 않을 태세였다. 하지만 소년 을지문덕은 과녁에 자신의 화살을 꽂아야 했다. 과녁과 소년 을지문덕의 눈싸움이 시작됐다. 이 싸움은 누가 이길지 모르는 그런 싸움이었다. 특히 바람이 과녁을 도와주기 때문에 소년 을지문덕에게 절대적으로 불리했다.

소년 을지문덕은 계속 활을 당기고 있었다. 적당한 시기를 봐야했기 때문이다. 사람들은 침을 꿀꺽 삼키면서 소년 을지문덕을 바라봤다. 소년 을지문덕은 활시위를 놓아야 했다. 하지만 소년 을지문덕은 활시위를 놓을 수 없었다. 기회가 아직 오지 않았기 때문이다.

그때였다. 갑자기 바람이 소년 을지문덕의 귀에 대고 장난을 치지 않았다. 소년 을지문덕은 그때를 놓칠세라 활시위를 놓았다. 화살은 간드러진 애기의 울음소리를 내며 과녁을 향해 전진했다. 과녁은 화살이 오지 않기를 바라는 듯 했다. 하지만 화살은 과녁에 박혔다. 과녁도 화살도 그런 충격에 몸서리를 쳤다.

"명중이요"

사람들은 명중이라는 소리에 환호성을 질렀다. 소년 을지문덕은 그런 것에 아랑곳하지 않고 두 번째 활시위를 당겼다. 다행히도 이번에는 바람의 장난질이 없었다. 빠른 시일 내 두 번째 활시위를 놓았다.

"명중이요"

소년 을지문덕은 일약 유명세를 타게 됐다. 수많은 사람들이 소년 을지문덕의 세 번째 네 번째 활솜씨에 감탄을 하지 않을 수 없었다. 소년 을지문덕의 인기는 갑자기 치솟기 시작했다. 고구려 사람들이 활을 잘 다룰 줄 알지만 명중은 쉽게 되지는 않았다. 그런 의미에서 소년 을지문덕의 활약은 사람들의 입방아에 오르내리지 않을 수 없었다.

"다음은 연자유 막리지의 자제 동부대인 연태조요"

15살 정도로 보이는 소년이 활을 쏘러 앞으로 나왔다. 소년 을지문덕은 순간 긴장했다. 눈빛이 예사 눈빛이 아니었기 때문이다.

"저기 막리지라면……"

"어허, 이보게. 자네 어느 나라 사람인가. 막리지라면 태왕 폐하 다음으로 높은 직책일세. 우리나라를 다 관장한다 해도 과언이 아니지. 저기 계신 자제분은 우리나라에서 두 번째로 높은 분의 자제분일세"

소년 을지문덕의 머릿속에는 연태조의 이름이 아롱 새겨졌다. 동부대인 연태조 역시 활시위를 당겼다. 그리고 내질렀다. 화살이 활을 떠나자 명중이라는 소리가 온 산야를 덮었다. 동부대인 연태조 역시 소년 을지문덕과 같이 인기를 얻었다. 사람들은 소년 을지문덕과 동부대인 연태조 중 누가 장원을 할지 궁금해 했다.

활시합이 끝나자 창술과 검술시합으로 이어졌다. 소년 을지문덕은 창을 들었다. 상대방은 소년 을지문덕보다 키가 크고 체격이 좋았다. 그리고 온몸이 가벼워 보였다. 상대방의 눈빛은 강렬해 보이지 못했다. 소년 을지문덕은 상대방의 약점을 파악하기 시작했다.

약점.

상대방이 자신보다 더 힘센 사람이라고 생각이 들던 약하다고 생각이 들던 간에 가장 중요한 것은 바로 상대방의 약점을 파악하는 것이다. 이번 상대방처럼 소년 을지문덕보다 키가 크고 체격이 좋다고 해도 분명 약점이 있을 것이다. 그리고 그 약점의 대부분은 바로 사람의 심리에서 나오는 것이다. 상대방이 자신보다 힘이 세다고 해서 키가 크다고 해서 다 지는 것이 아니다. 분명 그 상대방에게는 약점이 있고 그 약점의 대부분은 바로 사람의 심리에서 나오는 것이다.

소년 을지문덕은 상대방의 약점을 살펴봤다. 상대방의 약점은 바로 소년 을지문덕을 깔본다는 점이다. 저렇게 되면 수비가 허술해질 수밖에 없다. 그렇기 때문에 소년 을지문덕은 공격하기 쉽지만 상대방은 수비하기 쉽지 않게 된다. 물론 일격을 가해야 한다. 일격을 가해 상대방이 쓰러지지 않으면 상대방은 곧 소년 을지문덕을 파악해 수비를 단단히 할 수밖에 없다. 그렇기 때문에 일격을 가해야 하는 것이다.

소년 을지문덕은 창을 굳건히 잡았다. 창끝이 예리해야 한다. 상대방의 배를 한 번에 가격해야 한다. 그러자면 상대방은 소년 을지문덕에 대해 지금보다 더 깔봐야 하는 상황을 만들어야 한다. 소년 을지문덕은 그렇게 마음먹고는 창을 어설프게 휘둘렀다. 상대방은 소년 을지문덕의 그런 모습을 보더니 살짝 미소를 보였다. 분명 상대방은 소년 을지문덕을 깔보고 있는 중이었다. 소년 을지문덕의 눈빛이 빛났다. 상대방의 배를 가격해야 한다. 소년 을지문덕은 창을 잡고 수비 자세를 취했다. 아니나 다를까 상대방은 창을 잡고 공격을 해왔다. 하지만 상대방은 이미 늦었다. 소년 을지문덕의 창끝은 언제 그랬냐는 듯 상대방의 배를 가격했다. 상대방은 끄윽 소리도 못 내고 쓰러졌다. 관중들은 경악을 했다. 사실 상대방은 고구려에서 가장 창을 잘 사용한다는 고승이라는 사람이었다. 그런 사람이 소년에게 당한 것이다. 그러니 관중들은 경악할 수밖에 없었다. 소년 을지문덕은 관중들을 향해 큰절을 했다.

하지만 창술을 잘 사용하는 사람은 소년 을지문덕뿐만 아니었다. 동부대인 연태조라는 막리지 아들도 창을 잘 사용했다. 그러나 그 창술은 소년에 비해 예리하지 못했다. 관중들도 당연히 소년 을지문덕이 장원이 될 줄 알았다.

시합은 모두 끝났다. 관중들은 소년 을지문덕과 동부대인 연태조 두 사람 사이에서 내기를 했다. 물론 소년 을지문덕이 우세했다. 시합감독관들은 모두 한 자리에 모여 의논을 했다. 그런데 그 자리에 막리지 연자유가 끼었다.

시합 참가자 및 관중들은 웅성웅성했다.

"막리지께서 시험감독관으로 참가했으니 이번 장원은 연태조가 따논 당상이네"

"그러게 말일세. 지금이라도 내기를 취소해야 겠네. 돈 이리 주게"

소년 을지문덕도 그 소리를 들었다. 기가 막혔다. 소년 을지문덕이 아무리 열심히 해도 소용이 없는 시합이었다. 이미 장원은 정해진 것이었다. 그저 자신은 들러리가 될 수밖에 없는 그런 시합이었다.

아니나 다를까 시합감독관은 이번 장원은 동부대인 연태조라고 외쳤다.

소년 을지문덕은 순간 움찔했다. 그저 엎어버리고 싶은 생각이 들었다. 그 동안 이번 동맹행사를 위해 고된 훈련을 해왔던 일이 생각나기 시작했다. 그리고 스승 강이식도 생각났다. 스승 강이식에게 자신이 장원이 될 것이니 걱정 말고 보내달라고 큰소리까지 쳤었다. 그리고 부모님도 생각이 났다. 부모님이 자신을 위해 얼마나 희생했던가. 그것에 보답하는 길은 바로 장원에 급제하는 것이었다. 하지만 동맹행사는 소년같이 힘없는 사람들은 근본적으로 장원에 급제할 수 없는 구조였다. 소년 을지문덕은 화가 머리끝까지 솟고 있음을 느꼈다. 창을 집고 나가려고 했다. 하지만 누가 자신의 팔을 잡는 것을 느꼈다. 뒤를 쳐다봤을 때 생판 모르는 어른이었다. 그 남자는 소년 을지문덕을 바라보더니 고개를 절레절레 흔들었다. 소년 을지문덕은 이러지도 저러지도 못하고 그저 울분을 속으로 삭혀야 했다.

"따라오게"

남자는 소년 을지문덕을 따라오라고 했다. 소년 을지문덕은 영문도 모르고 따라갔다. 남자는 장안성의 내성으로 들어갔다. 소년 을지문덕은 어리둥절했다. 소년 을지문덕은 무슨 큰 잘못을 한 줄 알았다. 내성은 그야말로 미로 같았다. 여기저기 조그마한 문들을 지나 어떤 조그마한 궁궐로 들어갔다. 소년 을지문덕은 그곳이 어디인지 방에 들어가기 전까지 몰랐다. 방 앞에 오자 남자는 방안을 향해 외쳤다.

"왕자마마 불러들었나이다"

"어서 들라 해라"

남자는 소년 을지문덕에게 눈짓으로 들어가라고 했다. 소년 을지문덕은 어리둥절해 가만히 서 있었다. 남자는 눈짓을 더 심하게 보냈다. 소년은 그제야 방안으로 들어갔다. 왕자마마라는 소리를 들었으니 큰절을 올려야 겠다 생각하고는 방에 들어가자마자 큰절을 올렸다.

"큰절은 됐다. 거기 앉거라"

소년 을지문덕은 그래도 예의가 아니라 싶어 큰절을 올렸다.

"네 이름이 무엇이냐"

"소인의 이름은 을지문덕이라고 하옵니다"

소년 을지문덕은 감히 왕자마마를 볼 생각도 못하고 그저 땅바닥만 쳐다보고 말을 했다.

"허허허, 그렇게 당당하던 네가 내 앞에 있으니 내가 죽이기라도 할 듯이 떨고 있구나. 괜찮다. 어여 고개를 들라"

소년 을지문덕은 그래도 감히 고개를 들 수 없었다. 왕자마마는 고개를 들라고 다정스럽게 이야기했다. 이에 소년은 고개를 들었다. 고개를 든 소년은 깜짝 놀라지 않을 수 없었다.

바로 앞에 앉아 있는 사람은 바로 낮에 평양외성에서 본 고건무였다. 소년은 왕자마마 고건무가 왜 자신을 불렀을까라는 생각을 가졌다.

"을지문덕이라……"

나인이 무엇인가를 들고 방으로 들어왔다. 소년 을지문덕은 나인을 쳐다봤다. 궁 안에 사는 여자들은 저처럼 예쁜 사람만 있는 것인가 생각이 들 정도로 상당한 미인이었다. 나인은 무릎 꿇고 앉아서는 조그마한 그릇에 물을 붓기 시작했다. 소년 을지문덕이 바라본 물 색깔은 특이했다. 약간 푸르스름한 색깔을 띠었다. 소년은 신기한 듯 쳐다봤다. 그런 모습을 왕자마마 고건무는 말없이 바라봤다.

"저 멀리 서쪽에서 넘어온 차라는 것이다"

소년 을지문덕은 그제야 그것이 바로 차라는 것을 깨달았다. 차라는 음료를 말로만 들었지 실제 본 일은 없었다. 차가 고구려에 들어 온지 얼마 되지 않은 터이고 이 차는 귀족들만 애용하는 음료가 됐다.

"마셔보아라. 향이 좋을 것이다"

소년 을지문덕은 찻잔을 들었다. 그윽한 향이 소년 을지문덕의 코끝을 자극했다. 소년 을지문덕은 차를 입에 한 모금 물었다. 입 안 가득 차향이 맴돌았다. 정신이 맑아지는 기분이 들었다.

"어떠냐? 차맛이 좋지 않으냐"

소년 을지문덕은 그렇다고 대답했다. 나인이 나가자 왕자마마 고건무는 소년 을지문덕을 민망할 정도로 쳐다봤다. 소년은 민망한 마음에 몸 둘 바를 몰랐다.

"네놈이 아까 동맹행사 시합장에서 큰일을 저지를 뻔 했더구나"

소년 을지문덕은 영문을 모른다는 듯이 고건무를 쳐다봤다. 한참 쳐다보고 난 후 왕자마마 고건무가 왜 이런 말을 했는지 깨달았다. 바로 동부대인 연태조의 장원에 대한 이야기였던 것이다.

"연태조가 장원 급제한 것이 그렇게 억울했더냐?"

소년 을지문덕은 아무 말 하지 못했다. 왕자마마 고건무는 다시 소년 을지문덕을 쳐다봤다. 무엇을 어찌해야 할지 소년 을지문덕은 캄캄했다. 사실 소년 을지문덕은 왕족이나 귀족이나 백성들의 피를 빨아먹는 다 똑같은 사람이라 생각했다. 그래서 동부대인 연태조의 장원 급제에 대해 이야기를 하고 싶어도 당장 말이 나오지 않았다. 왕자마마 고건무는 소년 을지문덕을 계속 바라봤다.

"내가 사람을 잘못 본 모양이구나"

소년 을지문덕은 그것이 무슨 말이냐는 식으로 왕자마마 고건무를 쳐다봤다. 왕자마마 고건무는 껄껄 웃더니 한 마디 했다.

"네놈에게서는 장군의 학문이 보이지 않는구나"

소년 을지문덕은 장군의 학문이라는 소리를 듣자 그것이 무슨 학문인지 조그마한 머릿속으로 생각해내기 시작했다. 하지만 아무도 장군의 학문에 대해 가르쳐주지 않았다. 그렇기 때문에 장군의 학문이 어떤 학문인지 떠오르지 않았다.

"아직도 연태조가 장원 급제한 것이 억울하다고 생각하냐? 네놈에게서는 장군의 학문이 보이지 않는다. 그런데 어찌 장원을 주겠냐? 네놈은 다시 가서 공부를 더 하고 난 후에 와야겠다"

소년 을지문덕은 그제야 장군의 학문이 따로 있음을 깨달았다. 소년 을지문덕은 읍소를 하고는 외쳤다.

"왕자마마, 장군의 학문이 무엇인지 소인에게 가르쳐 주시옵소서"

왕자마마 고건무는 소년 을지문덕을 바라봤다. 만감이 교차한 듯한 눈빛이었다. 왕자마마 고건무는 서랍에서 책을 꺼내더니만 소년 을지문덕에게 던졌다. 소년은 그 책을 바라봤다. 책의 제목은 바로 손자병법이었다.

소년 을지문덕은 손자병법을 손에 들고 한 장 한 장 넘겨보았다. 소년 을지문덕은 손자병법을 읽어보는 순간 전율을 느꼈다. 이런 책이 있는 줄 몰랐었다. 소년 을지문덕은 이런 것이야 말로 장군의 학문이라는 것을 깨달았다.

왕자마마 고건무와 헤어진 소년 을지문덕은 경당으로 돌아와 스승 강이식에게 장군의 학문을 가르쳐달라고 떼를 쓰기 시작했다.

아침부터 저녁까지 경당의 마당에 무릎 꿇고 앉아 장군의 학문을 가르쳐달라고 했다. 하지만 스승 강이식은 장군의 학문은 만큼은 안된다고 했다. 그것은 계급의 차이를 알고 있었고 소년 을지문덕이 아무리 장군의 학문을 익혀도 계급 상승에는 한계가 있고 소년 을지문덕은 그 한계를 느꼈을 때 좌절을 할 수밖에 없다고 생각했기 때문이었다. 그러나 소년 을지문덕의 신념도 강했다. 소년 을지문덕은 장군의 학문을 배워야겠다는 신념에 차서 스승 강이식을 계속 쫓아다녔다. 스승 강이식은 그런 강직한 소년 을지문덕의 성품을 걱정하지 않을 수 없었다.

어느 날 스승 강이식은 소년 을지문덕 때문에 잠을 못 이루고 경당을 이리저리 배회했다. 그러다가 소년 을지문덕의 방을 가보고 싶다는 생각이 들었다. 소년 을지문덕의 방은 불이 켜져 있었다. 하지만 소년 을지문덕은 깊은 잠에 들어있었다. 방문을 살짝 열은 스승 강이식은 소년 을지문덕이 읽고 있는 책을 바라봤다. 손자병법이었다. 스승 강이식은 놀라지 않을 수 없었다. 그 이유는 고구려 내에서 구하기 힘든 책을 소년 을지문덕은 읽고 있었기 때문이었다. 스승 강이식은 자는 소년 을지문덕의 얼굴을 그윽한 눈빛으로 쳐다봤다. 자고 있던 소년 을지문덕은 인기척이 있어 눈을 떠보았다. 바로 앞에 스승 강이식이 앉아있자 깜짝 놀라 자세를 바로 했다.

"그렇게 장군의 학문을 배우고 싶으냐?"

소년 을지문덕은 그 말에 무릎을 꿇고는 그렇다고 대답했다. 스승 강이식은 측은한 눈빛으로 소년 을지문덕을 바라봤다.

"장군의 학문을 배우는 것에 대해 후회를 하지 않겠느냐?"

소년 을지문덕은 절대 후회하지 않겠다는 말로 배우고 싶다는 의지를 표명했다.

그 날 이후 소년 을지문덕은 장군의 학문을 배우기 시작했다. 소년 을지문덕은 장군의 학문을 배우면서 여태껏 자신은 개인의 무예를 닦았지 사람을 다루는 법을 배우지 못했다는 것을 깨달았다. 활을 잘 쏘고 검을 잘 다루는 것만이 전부는 아니었다. 군사들을 어떻게 다루고 어떻게 적절히 배치해야 전쟁에서 승리로 이끄는지 그런 것에 점차 눈을 뜨기 시작했다.

3. 온달 장군과 비장 을지문덕

"장군님. 이 문을 지나면 장안성을 완전히 떠나는 것이옵니다"

관인은 장군 을지문덕에게 말을 걸었다. 그제서 또다시 정신이 돌아왔다. 장군 을지문덕은 또 함거 안을 살펴봤다. 스승 강이식은 또다시 사라졌다. 스승 강이식은 함거에 나타났다가 사라지는 신출귀몰한 사람이라 생각했다. 그리고 고개를 들어보니 장안 외성에 있는 보통문이 보였다. 이 문을 지나면 자신은 영영 장안성에 발을 들여놓지 못할 것이라는 생각이 들었다. 그동안 수없이 많은 전투를 치러 강건한 마음을 가진 자신이라 생각했지만 보통문을 보는 순간 장군은 울컥한 마음이 들었다. 전쟁에서 승리를 거뒀지만 정치 싸움에서는 패배해 결국 이렇게 함거 안에서 보통문을 바라볼 수밖에 없었다. 고구려 장안성은 문이 많았다. 그중 유명한 문이 사허정(현재 을밀대)이다. 사허정은 장안성 중 북성에 있는 누정(사방이 확 트여진 정자) 역할을 하는 문이었다. 사허정에서 고구려 장안성 밖은 훤히 보였다. 그래서 군사적 요충지이기도 했고 경치가 워낙 좋기 때문에 황실 사람들이 자주 애용하는 곳이기도 했다. 물론 외국의 사신도 사허정에서 먼저 영접을 받아왔다. 외국 사신으로는 수나라 사신의 행렬이 유명했었다.

수나라 사신들도 이 문을 통해 고구려에게 최후 통첩을 해왔던 것이다.

"애들아. 온달 장군 사당에서 제를 올리고 가자"

관인은 온달 장군 사당 앞에서 함거를 멈췄다. 고구려 장안성에서 조금 떨어진 곳에 조그마한 집이 있었다. 그곳은 바로 온달 장군의 사당이었다. 온달 장군은 고구려에서 얼마 되지 않은 불세출의 영웅이었다. 온달은 신흥귀족의 아들이었다. 비록 재산도 없고 배운 지식도 없었지만 신흥 귀족으로서의 면모는 확실하게 갖춘 집안이었다. 더욱이 신흥귀족들은 온달 집안을 중심으로 똘똘 뭉치고 있는 상황이었다. 그렇기 때문에 기득권을 갖고 있던 기존 귀족들의 탄압이 많았었다. 온달의 아버지는 귀족들의 탄압에 못 이겨 죽었으나 신흥귀족들은 온달 집안을 중심으로 계속 뭉칠 움직임을 보였다. 하지만 온달이 아직 어리기 때문에 그게 쉽지 않았다. 따라서 기존 귀족들은 온달을 계속 탄압했다. 오죽하면 바보 온달이라고 기존 귀족들은 놀려댔다. 평원 태왕은 그런 온달을 주목했다. 사실 평원 태왕은 평강 공주를 온달에게 시집보내고 싶었다. 그래야 신흥귀족들은 온달을 중심으로 뭉치고 그렇게 되면 기존 귀족들의 발호를 막을 수 있을 것 같았다. 그래서 평강공주가 울 때 농담 삼아 자꾸 울면 온달에게 시집보낸다고 했다. 평강 공주는 어릴 때에는 아버지인 평원 태왕의 의중을 몰랐었다. 하지만 성인이 되자 아버지의 의중을 파악했다. 혼인 적령기가 되자 평원 태왕는 평강 공주에게 누구에게 시집갈 것이냐 물었다. 평강 공주는 당연히 온달에게 시집간다고 했다. 평원 태왕은 기뻤다. 하지만 기존 귀족들의 반발이 만만치 않을 것 같았다. 그래서 짐짓 평강 공주에게 화를 냈다.

"얘야. 네가 어릴 때 울 때마다 온달에게 시집보낸다는 말은 농담이었다"

평강 공주는 단호했다.

"아바마마. 아바마마는 천하의 중심이옵니다. 천하의 중심께옵서 뱉으신 말에 대해 책임을 지셔야 하옵니다. 그래야 백성들이 아바마마를 따르옵니다. 그러니 저를 온달님께 시집보내주시기 바랍니다"

평원 태왕은 속으로 기뻤지만 기존 귀족들의 눈치 때문에 평강 공주에게 화를 내면서 궁궐 밖으로 내쳤다. 평강 공주도 평원 태제의 심중을 헤아리기 때문에 궁궐 밖으로 나오자마자 온달에게 찾아갔다.

평강 공주를 맞이한 온달은 그때부터 기존 귀족들로부터 대우가 달라졌다. 함부로 하는 귀족들이 없어졌다. 그리고 신흥 귀족들은 온달을 중심으로 빠른 속도로 뭉치기 시작했다. 온달이 무시 못 할 세력으로 커지자 기존 귀족들도 온달을 인정하기에 이르렀고 결국 온달은 조정에 입조할 수 있게 됐다.

장군 을지문덕은 온달 대형을 떠올렸다. 비록 만난 시간은 얼마 되지 않았지만 온달 대형은 장군 을지문덕에게 커다란 영향을 끼친 사람 중 한 사람이었다. 온달 대형의 용감함은 온 고구려뿐만 아니라 신라와 백제 멀리 수나라까지도 알아줬다. 그런 온달 대형은 싸움터마다 앞장 서 싸웠고 군졸 하나하나를 챙겨주는 그야 말로 진정한 장수였다.

지금으로부터 22년 전 평원 태왕 시절 수나라 사신은 고구려를 방문했다. 참으로 수나라 사신의 행렬은 대단했다. 수천 명을 이끈 수나라 사신은 요란한 행보와 함께 고구려 장안성으로 향했다. 고구려 조정은 난리가 났다. 이처럼 많은 일행을 끌고 올지 몰랐다. 평원 태왕는 수나라 사신의 위압에 맞서기 위해서 누구를 영접사로 보내야 할지 고민을 하게 됐다.

"막리지 연자유. 태왕 폐하께 아뢰옵니다. 수나라 사신은 저들이 신흥국임에도 불구하고 자신이 강대국이라는 모습을 우리에게 보여주기 위해 수

천 명의 행렬을 끌고 온 것에 불구하옵니다"

"그렇다면 누가 저들을 맞이하는 영접사로 보내는 것이 좋겠소"

"신이 생각하기에는 온달 대형이 적합한 인물이라 생각하옵니다"

평원 태왕은 온달 대형을 떠올렸다. 평원 태왕의 사위이자 강직한 무인으로 소문이 나 있는 사람이 바로 온달 대형이었다. 온달 대형이라면 저들의 위압에도 굳건히 버텨낼 것 같았다. 그래서 결국 영접사로 온달 대형을 택했다.

온달 대형은 사허정 밖으로 나아갔다. 수나라 사신은 거드름을 피면서 고구려 장안성으로 향했다. 온달 대형의 일행 역시 마상에서 당당한 모습으로 수나라 사신을 맞이했다.

"고구려가 이리도 멀리 있는지 몰랐다. 그대의 이름은 무엇인가"

온달 대형은 기가 막혔다. 아무리 신흥 강대국의 사신이라고 하지만 완전히 자신을 아랫사람으로 대하는 듯한 행동이 너무 마음에 들지 않았다.

"하하하. 그렇소이까. 저 멀리 있는 서쪽에서 천하의 중심으로 오시느라 고생이 많았소이다. 나의 이름은 온달이라고 하오"

수나라 사신은 자신을 반갑게 영접할 것으로 여겼는데 하대하듯 대하는 온달 대형이 마음에 들지 않았다.

"그대는 내가 온 게 반갑지 않은가"

온달 대형은 수나라 사신을 째려봤다. 순간 수나라 사신은 움찔했다. 사실 온달이라는 이름은 수나라에서도 무예가 뛰어난 장수라고 소문이 퍼져있었다. 그리고 한번 화를 내면 대책이 없는 장수라는 소문이 있었다.

"하하하. 어찌 반갑지 않겠소이까. 하지만 귀국은 신흥국이고 우리는 오랜 역사를 간직한 천하의 중심이 아니오. 귀국의 사신이 어찌 천하의 중심국인 고구려에 와서 이리 당당할 수 있는지 저는 그것이 궁금하오"

수나라 사신의 비장들이 이 말을 듣자 덤벼들 기세를 펼쳤다. 하지만 온달 대형의 귀골 장대한 모습과 당당한 모습을 보자 약간 움찔해져 있었다.

"천하의 중심이라…… 그대의 나라가 언제부터 천하의 중심이 되었는가. 내가 알기로는 우리 수나라야말로 천하의 중심인 것으로 알고 있는데……"

"하하하. 그렇소이까. 나는 동서고금을 막론하고 신흥국이 천하의 중심이라는 소리는 처음 듣소이다. 천하의 중심이 되기 위해서는 군사력도 중요하지만 문화와 역사 그리고 주변국의 복속 및 백성들을 얼마나 위하는가도 중요하다고 생각하는데 안그렇습니까"

사실 수나라가 주변국을 복속한 것이 얼마 되지 않았다. 하지만 고구려에 복속된 나라들은 그 옛날부터 고구려와 공고를 다지고 있는 형편이다. 수나라가 주변국을 복속한 것과 비교 할 수 없었다. 수나라 사신도 그것을 잘 알고 었다.

"그대의 나라는 수나라가 세워지기 전부터 조공을 바쳤던 것으로 알고 있는데 안그러한가"

"조공이라…… 나는 그런 것 모르고 그것은 그 옛날에 일어난 일이고 분명 그대 나라는 초창기 나라를 설립할 때 우리 고구려와 동맹을 공고히 하자는 의미로 조공 아닌 조공을 우리에게 바친 것으로 기억하고 있는데 기억이 없으시오"

수나라 사신은 인상이 일그러졌다. 사실이 그러했다. 수문제가 수나라를 세우고 난 후 가장 먼저 한 일이 바로 고구려와의 동맹관계를 돈독히 하는 작업이었다. 왜냐하면 북쪽에 돌궐 그리고 동쪽에 고구려가 있는 상황에서 중원을 통일하기란 쉽지 않았다. 만약 동맹관계를 확실하게 하지 않으면 통일을 위해 남조를 쳐들어갈 때 배후에 위험한 세력을 놔두게 되는 셈이었기 때문이다. 그렇기 때문에 수문제가 수나라를 세울 때 가장 먼저 한 것이 바로 고구려와의 동맹관계를 맺는 것이었다. 고구려도 신흥 강대국인 수나라와 싸워봤자 이득이 없다고 판단해 동맹관계를 맺은 것이었다. 하지만 수나라 군주 양견은 통일을 하자 마음이 바뀌었다. 북쪽의 돌궐과 동쪽의 고구려는 항상 자신에게 위험한 존재였다. 이들을 복속시키지 않으면 자신에게 언제 칼을 들이댈지 모르는 상황이었다. 그래서 통일이 되자마자 수나라 사신을 보내 복속시키려 했던 것이었다. 고구려도 그런 상황을 너무 잘 알고 있는지라 온달 대형을 영접사로 보내 수나라 사신의 기를 꺾으려 한 것이었다.

"으흠, 왜 이리 추운지……"

수나라 사신은 아무런 말을 하지 못했다. 고구려의 기를 꺾으려고 왔던 수나라 사신은 온달 대형의 기세에 눌려 아무런 말을 하지도 못했다. 사허정 앞에서의 공방은 그렇게 끝났다.

수나라 사신이 갖고 온 수문제의 편지를 읽은 조정은 발칵 뒤집어졌다. 수문제의 편지는 오만불손하기 그지없었기 때문이다.

편지의 내용은 동방의 작은 나라로 대대로 자신의 나라에 조공을 바치던 고구려가 최근 국경을 자주 침범해 자신의 나라 백성을 붙잡아 가고 백제, 신라의 국경을 자주 침범하는데 이를 절대 방관할 수 없다는 내용과 함께 만약 백제와 신라의 국경을 계속 침범할 경우 군사를 보내어 고구려를 초토화시키겠다는 내용이었다. 아울러 남조가 어떤 식으로 멸망했는지 기억해야 한다고 언급해 협박 아닌 협박을 해왔다. 게다가 가장 중요한 것은 평원태왕의 입조를 요구하는 것이었다. 이는 결국 고구려가 수나라 속국이 돼야 한다는 소리였다.

"경들은 들으시오. 이 오만불손한 수나라 왕의 편지를 어찌 생각하오?"

"신 연자유 폐하께 아뢰옵니다. 이런 편지에 대해 일일이 대처하는 것은 대국으로서의 모습이 아니라 사려되옵니다. 다만 신흥국인 수나라의 군사력이 대단하다는 소문이 있습니다. 이에 따라 적절한 대응이 필요하다고 생각되옵니다"

신료 대부분은 막리지 연자유의 말에 수긍이 갔다. 하지만 어떤 식으로 대응을 해야 할지 난감해 했다.

"신 온달 대형. 폐하께 아뢰옵니다. 신이 생각하기에는 수나라 왕이 이 편지를 보낸 의도를 파악해야 합니다. 수나라는 이제 통일한지 1년도 안된 신흥국이옵니다. 저들은 우리 고구려를 쳐들어올 형편이 되지 않사옵니다. 저들이 우리 고구려를 쳐들어오기 위해서는 북으로는 돌궐을 서쪽으로는 토번을 상대해야 하옵니다. 그러니 우리 고구려를 쳐들어온다는 것은 거의 불가능하다 생각되옵니다. 다만 저들은 우리의 발호를 막아야 겠다는 생각을 갖고 있어 이렇게 편지를 보낸 것이라 사려되옵니다. 따라서 이런 편지에 대해 일일이 대응할 필요가 없다고 생각되옵니다. 다만 저들이 언제 어느 때 쳐들어올지 모르니 그것에 대한 만반의 준비는 필요합니다. 따라서 요동에 있는 성들을 보수하고 군사훈련을 게을리 하지 않는 것이 중요합니다. 지금 아무런 관직에 있지 않은 강이식 장군을 요동 서부 총관부 총관으로 임명해 요동 방비준비에 박차를 가하면 됩니다. 그렇게 되면 저들은 쳐들어오고 싶어도 오지도 못할 것입니다. 다만 더 중요한 것은 신라의 발호를 막는 것이옵니다. 신라가 수나라와 결탁해 우리 고구려의 남쪽 국경을 침범해 온다면 이야말로 큰일입니다. 사실 수나라는 먼 곳에 존재하는 근심거리이지만 신라는 바로 코앞에 존재하는 근심거리입니다. 따라서 이번 기회에 계립령과 죽령 서부의 땅을 신라에게서 빼앗아오겠사옵니다"

평원 태왕은 사위인 온달 대형이 늘 든든했다. 하지만 신라로 쳐들어가는 것은 만류하고 싶었다. 그 이유는 신라도 요즘 들어와서 군사적 강대국으로

3. 온달 장군과 비장 을지문덕 **55**

거듭나고 있었다. 게다가 자신의 딸인 평강공주를 생각하면 사위를 치열한 전쟁터에 보내고 싶은 마음이 없었다. 무엇보다도 요즘 부쩍 자신의 건강이 안 좋아짐을 느꼈다. 신라와 싸움을 벌이다 혹 자신이 잘못되면 싸움은 패배할 것이 분명했기 때문이었다. 그래서 평원 태왕은 온달 대형의 제안을 거절했다. 다만 강이식을 요동 서부 총관부 총관으로 임명해 언제 쳐들어올지 모르는 수나라의 공세에 대해 요동 방비를 튼튼히 하게 했다.

결국 수나라 군주 양광의 편지는 묵살되고 수나라와 외교 관계만 악화시키는 것으로 결론을 내렸다. 수나라 사신은 불평불만을 품으며 자신의 나라로 돌아갔다. 하지만 수나라 역시 고구려를 쉽게 쳐들어올 수 없었다. 통일한지 얼마 되지 않은 상황에서 강대국인 고구려를 쳐들어간다고 하면 백성들의 반발이 만만치 않을 것으로 예상되기 때문이다.

일단 그렇게 평화가 아닌 평화가 1년 정도 흘렀다. 1년 후 평원 태왕이 승하하고 난 후 영양 태왕이 등극했다. 등극하자마자 온달 대형은 수나라와 신라의 발호를 막기 위해서는 신라땅인 아단산성을 쳐들어가야 한다고 주장했다. 영양 태왕은 매제인 온달 대형의 주장을 받아들여 온달 대형에게 5만의 군사를 이끌고 아단산성을 쳐들어가게 했다. 이때 왕제 고건무가 소년 을지문덕을 군졸로 채용할 것을 온달 대형에게 권유했다. 온달 대형은 영양 태제의 동생인 고건무의 말이 있기에 군졸보다 비장으로 출전시키려 했다. 하지만 왕제 고건무는 그것을 만류하고 그냥 군졸로 출전시키라고 했다.

소년 을지문덕은 이제 군졸로 처음 전쟁에 참여하게 됐다. 온달 대형은 군졸 을지문덕을 유심히 관찰했다. 군졸 을지문덕은 참으로 성실히 병영생활에 임했다. 온달 대형은 군졸의 눈빛이 예사롭지 않다는 것을 느꼈다. 태왕 폐하의 동생인 고건무와는 어떤 관계인지 궁금했다. 사실 소년 을지문덕은 스승 강이식 밑에서 장군의 학문을 배우다가 스승 강이식이 더 이상 가르칠 것이 없다면서 왕제 고건무에게 가보라고 권유했다. 이렇게 해서 소년 을지문덕은 왕제 고건무에게 찾아갔고 왕제 고건무는 온달 대형에게 부탁해 군졸로 쓰이게 된 것이다.

  신라와의 결전 전날 밤 온달 대형은 군졸 을지문덕을 자신의 막사에 불렀다. 왕족인 고건무가 부탁한 아이가 과연 어떤 아이인지 궁금했기 때문이다. 군졸 을지문덕은 고구려에서 유명한 온달 대형을 직접 볼 수 있다는 기쁨에 막사로 한달음에 달려왔다. 군졸 을지문덕은 낮의 훈련 때문인지 피곤한 기색이 역력했다. 온달 대형은 무엇인가 쓰고 있었으나 군졸 을지문덕이 들어오자 붓을 내려놓고 군졸 을지문덕을 유심히 쳐다봤다.

"네 이름이 무엇이냐?"

"을지문덕이라 하옵니다"

군졸 을지문덕은 피곤하지만 똑똑히 대답했다.

"싸움은 처음이냐?"

"그렇사옵니다"

"들자하니 스승이 강이식 장군이었다지?"

스승 강이식은 장군으로 유명한 사람이다. 사실 고구려사 통틀어 몇 안되는 용맹하면서도 지혜가 넘치는 장군 중 한 명이었다. 그렇기 때문에 온달 대형도 고건무도 강이식이라면 일단 접고 들어가야 했다.

군졸 을지문덕은 그렇다고 대답했다.

"보아하니 무예뿐만 아니라 여러 가지를 배웠겠구나?"

군졸 을지문덕은 그저 조그마한 것을 배웠을 뿐이라고 자신을 낮췄다. 온달 대형은 그런 군졸 을지문덕의 모습을 보았다. 믿음직스러워 보였다. 자신의 비장으로 쓰면 크게 될 사람인 것으로 판단됐다.

"이번 싸움에서 너가 혁혁한 공을 세우면 너를 비장으로 삼으마"

온달 대형은 그렇게 약속했다. 군졸 을지문덕은 기뻤다. 비장이라는 이야기는 곧 출세할 수 있는 하나의 길이었다. 그것은 곧 무장이 된다는 것이었다. 무장으로서 열심히 싸우면 곧 장군이나 대장군도 가능하다는 소리이다.

대장군.

고구려에서 대장군의 반열에 오른다는 것은 곧 천하를 호령하는 것과 다름없었다. 사실 신흥국 수나라 이외에 고구려만큼 군사체계를 갖춘 나라가 없었다. 더욱이 천하의 중심은 고구려였기 때문에 대장군의 반열에 오른다는 얘기는 천하의 군대를 지휘한다는 소리이다.

다음날 5만의 군대는 아단산성 밑에서 아단산성을 바라봤다. 군졸 을지문덕도 물론 그곳에 끼어있었다. 창을 들은 군졸 을지문덕은 아단산성의 웅장함에 할 말을 잃었다. 쉽지 않은 싸움이 될 것으로 보였다.

바람은 다행히도 아단산성을 향해 불었다. 이는 화살은 우리 편이라는 것이다. 화살도 바람의 영향을 많이 받는다. 활시위를 당겼을 때 바람의 방향이 어느 방향에서 부느냐에 따라 화살은 멀리 혹은 방향을 바꿀 수 있기 때문이다. 물론 고구려는 맥궁이라는 것을 사용했다. 맥궁은 일반 궁에 비해 사정거리가 상당히 길고 힘이 좋았다. 따라서 바람의 영향을 그리 크게 받지는 않았다.

비장들은 말을 타고 다니면서 독려하기 시작했다. 하지만 5만의 군사들은 아단산성의 웅장함에 눌려서인지 쉽게 용기를 낼 기미가 보이지 않았다.

비장은 말을 탄 상태에서 오른손을 번쩍 들으며 "충(忠)"이라 외쳤다. 그러자 5만의 군사들은 창을 들었다 땅 끝을 치면서 "충"을 반복해서 외쳤다. 대지는 창끝에 맞아 울기 시작했다. 쩌렁쩌렁한 목소리로 울기 시작한 대지와 메아리는 아단산성 주변을 가득 메우기 시작했다. 그 울림은 다시 창끝과 발끝을 통해 군졸 을지문덕의 등을 타고 머리로 올라왔다. 그 울림이 군졸 을지문덕의 몸을 훑고 지나가자 군졸 을지문덕의 등은 소름이 끼쳤다.

심리전.

그것은 심리전이었다. 싸움을 문 앞에 둔 군졸들에게는 죽음이라는 두려움이 엄습했다. 이런 죽음의 두려움을 없애기 위해서는 고도의 심리전이 필요했다. 바로 군졸들에게 용기를 주는 것. 온달 대형은 그들에게 죽음의 두려움을 없애기 위해 그리고 상대인 신라군을 제압하기 위해 군졸들에게 "충"을 외치게 했다.

군졸들이 외친 "충"은 거대한 울림이 되어 다시 군졸들의 등을 타고 뇌로 전달됐다. 비장들의 눈빛은 날카로왔다. 두려움에 떨고 있던 군졸들도 차츰 자신감을 되찾기 시작했다. 여기서 죽어도 여한이 없는 그런 눈빛을 갖추기에 이르렀다.

온달 대형은 군졸들 앞으로 나아갔다.

"장졸들은 들을지어다. 우리 고구려는 위대한 제국이다. 이런 위대한 제국에 도전하는 그런 오랑캐는 없었다. 하지만 저기에 있는 신라만큼은 우리를 괴롭혀왔다. 우리의 형제, 우리의 부모, 우리의 자식들에게 저들은 얼마나 괴롭힘을 당했던가. 이제 우리는 그 복수를 하고자 한다. 저 아단산성이 어떤 산성인가. 광개토태왕 이후 우리가 쭉 지켜왔던 산성이다. 하지만 근자에 신라놈들에게 빼앗겨 저 안에 있는 백성들이 도탄에 빠진 생활을 해왔다. 저 백성들은 누구인가. 바로 우리 고구려 백성들이었다. 이제 우리는 저 간악한 신라놈들에게서 도탄에 빠진 우리의 백성을 구해내고자 한다. 장졸 여러분들 모두 죽기를 각오하고 싸움에 임해 저 간악한 무리로부터 우리의 백성들을 구해내자"

온달 대형의 일장 연설이 끝나자 군졸들은 함성을 질러댔다. 군졸 을지문덕은 주변을 살펴보며 함성을 질렀다. 모두들 결연한 의지를 보여줬다. 군졸 을지문덕도 결연한 의지를 갖고 아단산성을 빼앗아오겠다고 다짐했다.

모든 준비는 완료됐다. 이제 쳐들어가는 일만 남았다. 온달 대형은 흡족한 표정으로 군졸들을 바라봤다. 아단산성에 있는 신라군사들은 두려움 반 걱정 반인 눈빛이었다. 온달 대형은 모든 조건이 갖춰졌다고 생각했다.

온달 대형은 한 손을 높이 들었다. 군졸 을지문덕은 침을 꼴깍 삼켰다. 첫 출전. 모든 것이 두렵고 새롭기만 했다. 한 손을 높이 쳐든 온달 대형은 그 손을 아단산성으로 향했다.

"공격하라"

화살은 울음을 울면서 하늘로 향했다. 결전을 알리는 신호였다. 군졸들은 함성을 질렀다. 군졸 을지문덕도 함성을 울리며 창을 꼰아잡았다. 그리고 아단산성으로 뛰었다. 후방부대에서 화살이 울음을 터뜨리며 아단산성으로 향했다. 수 천대의 화살이 아단산성으로 향했다. 군졸 을지문덕은 그 화살이 평소 훈련 때 사용하던 화살이 아님을 직감했다. 평소 훈련 때 사용하는 화살은 길고 묵직했다. 하지만 싸움터에 사용하는 화살은 훈련용 화살보다 짧고 가벼운 느낌이었다. 그런 수 천 대 화살이 "쉬이익" 소리를 내며 아단산성을 향해 돌진했다. 하지만 아단산성에서도 수 천대의 화살이 울어댔다. 그 울음소리에 맞춰 군졸들이 하나 둘 쓰러지기 시작했다. 전방부대는 방패부대로 날아오는 화살을 방패로 막기 시작했다. 방패를 든 군졸들은 그런 것에 개의치 않고 앞으로 전진 또 전진했다. 화살들은 거대한 공방전을 일으켰다. 성안에 있던 군졸들은 화살에 맞고 성밖으로 떨어져 나갔다. 군졸 을지문덕 옆에 있던 군사 하나가 화살에 맞고 쓰러졌다. 군졸 을지문덕은 그 모습을 보자 두려움이 또 엄습했다. 하지만 대부분의 군졸들이 앞으로 향하고 있기 때문에 어쩔 수 없이 앞으로 뛰어야만 했다.

사다리가 놓아지고 군졸들은 창을 잡고 사다리를 기어 올라가기 시작했다. 아직 군졸 을지문덕 차례가 오지 않았다. 성안에 있는 군사들은 사다리를 붙잡고 있는 군졸들을 향해 화살을 쏘아대기 시작했다. 그리고 거대한 돌과 기름 및 뜨거운 물이 쏟아지기 시작했다. 군졸들은 거대한 꽃잎이 되어 하나 둘 쓰러져 성 밖으로 떨어지기 시작했다. 군졸 을지문덕은 그 모습을 보자 두려움이 앞섰다. 자신도 곧 저렇게 떨어지겠구나라는 생각이 들었다. 사다리를 타고 올라가고 싶은 생각이 없어졌다. 하지만 올라가야 했다. 드디어 군졸 을지문덕이 사다리에 올라갈 차례가 됐다.

그때였다. 화살 하나가 거대한 울음을 울더니 사다리를 붙잡고 있던 군졸 하나가 쓰러졌다. 사다리가 휘청거렸다. 군졸 을지문덕은 어찌할지 몰라 당황해 했다.

"뭐해. 사다리 잡어"

사다리를 잡던 군사 하나가 군졸 을지문덕을 향해 외쳤다. 군졸 을지문덕은 순간 당황해 하다가 사다리를 붙잡았다. 그 사다리를 타고 다른 군졸들이 기어 올라가기 시작했다. 하지만 그것도 잠시 사다리를 기어 올라간 군졸들은 창에 화살에 그리고 칼끝에 쓰러져 꽃잎처럼 떨어졌다. 군졸 을지문덕은 자신의 앞에 쓰러진 군졸들을 보자 눈이 뒤집혀지기 시작했다. 자신의 차례에 올라갔으면 싸늘한 죽음이 되어 저렇게 쓰러졌겠구나는 생각도 들었다. 군졸 을지문덕은 사다리를 꼭 붙들고 있어야겠다고 다짐했다.

그때였다. 퇴각하라라는 명령이 떨어지고 퇴각의 호각소리가 울려 퍼졌다. 군졸 을지문덕은 어안이 벙벙했다. 조금만 밀어붙이면 승리가 눈앞에 보이는 듯했다. 하지만 퇴각의 호각소리는 처량하게 울려 퍼졌다. 무슨 이유일까. 군졸 을지문덕은 한편으로 안심하면서 한편으로는 의아해 했다.

퇴각한 이유는 본대로 복귀한 후에 알았다. 온달 대형이 화살에 맞아 죽음을 맞이했다는 것이다. 문제는 신라군의 공세가 심해 시체를 빼오지 못했다는 것이다. 누구 하나 시체를 빼올 엄두를 못 냈던 것이다. 비장들은 비통한 모습을 했다. 어느 누구 하나 용기를 내 다시 적진으로 뛰어들지 못했다. 군졸 을지문덕은 그 모습을 보니 안타까웠다. 특히 자신에게 너무나 잘 대해 주신 온달 대형의 모습이 떠오르니 더 안타까웠다. 군졸 을지문덕은 창을 잡고 말에 올라탔다. 누가 말릴 틈도 없이 아단산성 밑으로 향했다.

아단산성에 있는 신라군은 갑자기 시끄러워졌다. 군졸 혼자 말을 타고 과감하게 전진해오니 그럴 수밖에 없었다. 군졸 을지문덕은 솔직히 두려웠다. 수많은 신라군을 상대로 자신 혼자 싸워야 하는 상황이 될지 모른다고 생각하니 당연히 두려울 수밖에 없었다. 하지만 온달 대형의 시신을 찾아와야겠다는 생각이 드니 두려운 생각도 점차 사라졌다. 두려운 사람들은 또 있었다. 그것은 바로 신라군이었다. 신라군졸들은 고구려 군졸 한 명이 당당하게 말을 타고 오니 당연히 두려울 수밖에 없었다. 사실 상대에 대한 정보가 없으면 당연히 두려워 할 수밖에 없다. 그 옛날 번개에 대한 정보가 없을 때 번개가 치면 하늘을 향해 큰 절을 올렸던 것처럼 우리는 정보가 없으면 당연히 두려워할 수밖에 없다.

신라군도 마찬가지였다. 고구려 군졸의 정보가 없었다. 혼자 말을 타고 오는 고구려 군졸을 보는 순간 당연히 두려울 수밖에 없었다.

"하하하, 고구려 군졸 네놈이 죽으려고 용을 쓰는구나"

신라 장수 하나가 아단산성 위에서 군졸 을지문덕을 향해 외쳤다.

"나는 고구려 군졸 을지문덕이다. 온달 대형의 시신을 내놓기 바란다"

신라군은 웃기 시작했다. 신라 장수도 너털웃음을 보였다. 그리고 군졸 을지문덕을 향해 두 눈 부릅뜨고 쳐다봤다.

"네 이놈. 내 이번만은 살려줄 테니 네놈이 살고 싶으면 당장 여기를 떠나거라"

그도 그럴 것이 장수는 신라에서 가장 용맹한 장수 중 하나였다. 하지만 군졸 을지문덕은 창을 비껴 잡고는 신라군을 향해 외쳤다.

"너네들도 남자라면 일대일로 당당하게 붙자"

신라장수는 군졸 을지문덕을 바라보다가 안되겠다 싶었는지 주위를 둘러보더니 비장 한 사람을 내보냈다. 비장은 말을 타고 군졸 을지문덕을 향했다. 비장은 군졸 을지문덕을 깔보는 듯한 눈빛이었다. 사실 군졸 을지문덕도 두려웠다. 스승 강이식으로부터 창검술을 배웠지만 실전 전투에서 일대일 싸움은 처음이기 때문이었다. 오로지 하나는 온달 대형의 시신을 찾아와야한다는 생각뿐이었다. 비장은 가소롭다는 듯이 검을 빼어들었다. 군졸 을지문덕은 비장을 쳐다봤다. 스승 강이식의 외침이 들리는 듯했다.

"적의 허점을 찾아 그곳을 찔러야 한다"

스승 강이식은 일대일 싸움의 기술을 가르치면서 상대방의 허점을 찾으라 주문했다. 이를 비장에게 접목시켜야 한다고 생각했다. 비장이 먼저 검을 들고 달려들기 시작했다. 군졸 을지문덕은 까딱하면 검에 찔려 저 세상으로 갈 뻔했다. 하지만 운동신경이 워낙 발달된 군졸 을지문덕이었다. 군졸 을지문덕은 비장의 검을 가볍게 피했다. 하지만 군졸 을지문덕은 비장의 창검술이 기존에 배웠던 창검술에 비해 훨씬 뛰어나다는 것을 깨달았다. 군졸 을지문덕은 날카로운 눈빛으로 비장을 쳐다봤다. 그리고 비장의 행동을 유심히 관찰했다. 비장은 창검술은 날카로왔으나 움직이는 동선이 커다란 편이었다. 그것은 곧 허점이 많다는 뜻이다. 두 번째 검이 군졸 을지문덕의 목을 겨눈다고 생각될 때 비장은 말에서 쓰러져야 했다. 이미 군졸 을지문덕의 창끝이 비장의 가슴속에 박혀있었기 때문이다. 신라군들은 놀랐다. 신라에서도 유명한 비장 중 한 사람이 이름 없는 고구려 군졸의 창끝에 죽음을 맞이해야 했기에 당연히 놀라지 않을 수 없었다.

사기. 신라군의 사기가 갑자기 저하됐다. 신라 장수는 당황하지 않을 수 없었다. 이 상태에서 고구려 군사들이 쳐들어온다면 승리를 보장할 수 없을 정도였다. 신라 장수는 자신이 가장 아끼는 부장을 내보냈다. 이 부장은 신라에서도 알아주는 용맹스런 부장이었다. 부장 역시 검을 차고 말에 올랐다. 부장은 다짜고짜 고구려 군졸을 공격했다. 고구려 군졸은 정신을 잃을 정도였다. 신라 부장의 창검술은 대단했다. 고구려 군졸은 자신의 창검술이 아무리 뛰어난다 해도 신라 부장을 이길 수 없음을 깨달았다. 하지만 상대를 쓰러뜨리지 않으면 자신이 죽는다는 생각이 들었다. 이에 상대방의 공격을 막아내면서 허점을 찾았다. 하지만 허점이 보이지 않았다. 고구려 군졸의 당황스런 모습을 보자 신라 부장은 신이 나서 검을 휘둘렀다. 그때 고구려 군졸은 상대방의 허점을 보았다. 그것은 바로 말에 있었다. 신라 부장은 너무 급하게 나오느라 자신의 애마가 아닌 다른 말을 타고 나온 것처럼 보였다. 고구려 군졸은 창을 들어 신라 부장의 말을 공격했다. 아니나 다를까 말을 꼬꾸라지면서 신라 부장은 말에서 떨어졌다. 고구려 군졸은 창끝을 신라 부장에게 겨누었다. 이 모습을 본 신라군이 동요하기 시작했다. 그리고 몇몇 군졸들이 성문을 빠져나와 싸울 태세를 보였다. 그때였다. 고구려에서도 지원군이 왔다. 이에 신라군은 서둘러 성안으로 들어갔다. 성안에 있으면 지키기는 쉬우나 성 밖으로 나오면 지키기 어렵다는 것을 뻔히 알고 있기 때문이었다. 고구려 군졸은 신라 부장을 데리고 고구려 막사로 돌아왔다. 군졸 을지문덕이 고구려 막사에 도착할 때 이미 군졸 을지문덕은 유명 인사가 됐다.

협상은 시작됐다. 온달 대형의 시신과 신라 부장의 목숨과 바꾸는 협상이었다. 다행히 협상은 잘 끝내 온달 대형의 시신을 찾아올 수 있었다. 이제는 고구려 장안성으로의 회귀만 남았다. 하지만 이상하게 온달 대형의 시신은 움직일 생각이 없었다. 아무리 이리저리 해봐도 관은 꿈쩍도 하지 않았다. 많은 사람들이 온달 대형의 한이 남아 있어서라고 수근거렸다. 이에 긴급회의를 했는데 회의 결과 평강공주를 모셔오는 것으로 했다.

며칠 후 평강공주는 전쟁터로 왔다. 평강공주는 남편의 시신을 보자 오열을 하기 시작했다.

"생사는 하늘에서 정해준 뜻이에요. 산 사람은 산 사람에게 맡기고 이제 당신은 편안하게 주무시기 바래요."

평강공주의 오열이 있은 후 신기하게도 관은 움직이기 시작했다. 다들 평강공주의 영험함에 놀라는 눈치였다. 이윽고 평강공주는 온달 대형 시신을 찾아온 군졸 을지문덕을 막사로 불렀다.

군졸 을지문덕은 그제야 자신이 이제 빛을 발한다고 생각했다. 사실 농부의 아들로 그동안 서러움도 많았다. 그래서 이런 서러움을 없애기 위해 스승 강이식 밑에서 무예를 배웠다. 무예를 통해 좀 더 높은 자리로 올라가야 한다는 생각뿐이었다. 그런 후 온달 대형의 군졸로 들어갔고 온달 대형은 군졸 을지문덕에게 비장의 자리를 준다고 약속까지 했었다. 하지만 온달 대형은 그 약속을 지키지 못하고 화살에 맞아 죽은 것이다.

막사에 단아하게 앉아 있는 평강공주는 보통 여인네와 달랐다. 여타 다른 여자들보다 상당히 빛이 났다. 단아하게 앉아있던 공주는 군졸 을지문덕을 쳐다봤다.

"네 이름이 을지문덕이라고 했나?"

군졸 을지문덕은 그렇다고 대답했다. 평강공주는 군졸 을지문덕을 한참 쳐다보더니 고개를 흔들었다. 군졸 을지문덕은 그것이 의아해했다.

"너는 크게 될 재목이 못 되겠다"

평강공주는 그 말 한마디만 하고 군졸 을지문덕을 내보냈다. 군졸 을지문덕은 의아해했다. 최소한 자신 남편의 시신을 찾아준 것에 대해 고맙다고 한 마디라도 해야 하는 것 아닌가. 그런데 평강공주는 고맙다는 말도 없이 그냥 크게 될 재목이 못되겠다고만 이야기했다. 죽을 고비를 넘겨가며 적진에서 시신을 빼돌려온 자신의 공로를 이렇게 평가한 평강공주가 미워보였다.

4. 녹족 아가씨 그리고 첫사랑

"장군"

장군 을지문덕은 다시 정신을 차렸다. 다시 함거 안에 있는 자신을 발견했다.

여자의 목소리.

그것은 그리운 목소리였다. 너무나도 오래전 하지만 이제는 제법 잊었다고 생각했던 목소리였다. 하지만 꿈에라도 잊지 못했던 그 목소리였다.

"장군"

장군 을지문덕은 함거 안을 두리번거렸다.

40대 중반의 여성이 갑옷을 입고 함거 안에 앉아 있었다.

녹족부인.

꿈에도 잊지 못했던 아씨였다.

"부인"

장군 을지문덕은 차마 말을 잇지 못했다. 하지만 녹족부인의 눈을 지그시 바라봤다. 녹족부인 역시 장군 을지문덕을 바라봤다. 수없이 많은 세월을 장군 을지문덕은 소연낭자를 가슴에 품었다. 소연낭자는 그렇게 장군 을지문덕의 가슴 품에 안겨 있었다.

"부인, 여기는 어인 일이오?"

"장군께서 귀양 가신다니 제가 따라오지 않을 수 없지 않겠습니까"

장군 을지문덕은 새롭게 지난 추억들이 주마간산 이어져갔다.

"부인. 미안하오. 내가 모두 잘못했소이다"

녹족부인은 장군 을지문덕의 머리를 쓰다듬었다.

"엄청난 세월이옵죠. 그동안 강산이 수번이나 변했으니간요"

"부인. 벌써 그렇게 됐소이까"

장군 을지문덕은 녹족부인의 품에서 조근조근 이야기했다.

"장군께서 머나먼 길을 가시는 군요. 하긴 저보다 더 머나먼 길이겠습니까만 이제 혼자 쓸쓸히 고난의 길을 가시는군요"

"부인. 그래도 후회는 없소이다"

"저도 머나먼 길을 향했을 때 후회가 없었습니다. 그리고 지금도 후회가 없고요. 장군께서 지금 가시는 길은 선택을 잘 하셨나이다"

장군 을지문덕은 녹족부인의 말에 힘을 얻었다.

"장군 가시는 귀양길에 동무가 돼드리겠습니다"

"부인. 감사하오. 흑흑흑"

장군 을지문덕은 녹족부인 품에서 울었다. 녹족부인은 그런 장군 을지문덕을 품으로 안고 가슴으로 울었다.

녹족부인과 장군 을지문덕은 그동안 서로가 서로에 대한 마음을 품고 있었지만 자신들 마음속에 품은 마음을 밖으로 표출하지 못했다. 그들은 고구려 풍속이라는 굴레와 고구려 법도라는 굴레 속에서 서로 삭히고 삭혀야 했다. 장군 을지문덕도 녹족부인도 서로가 자신들을 좋아하고 있다는 것을 알고 있었지만 어릴 때의 풋사랑 이후 그들은 육체적 사랑을 넘어 정신적 사랑을 하게 됐다. 하지만 장군 을지문덕은 귀양을 가면서 죽은 녹족부인의 모습이 너무나 그리웠던 것이다.

녹족부인 역시 혼령으로나마 장군 을지문덕과 함께 하기를 원했다. 그렇기 때문에 그들은 함거 안에서 서로 껴안으면서 서로에 대한 마음을 확인하면서 펑펑 울고 있었다. 그들은 결코 자신들의 처지에 대해 울고 있는 것이 아니었다. 그들은 이제 서로가 서로에 대한 진정한 사랑을 할 수 있다 생각했기 때문에 울고 있었다.

군졸 을지문덕은 평강공주를 만남 이후 비장이 되기는 됐다. 하지만 평강공주가 힘써준 것은 아니었다. 영양태왕이 온달 대형의 시신을 되찾아준 것에 대한 보답으로 비장으로 승격시켜주면서 요동성으로 보냈다.

비장 을지문덕은 요동성으로 향했다. 요동성. 고구려 제일 방어기지였다. 요동성이 무너지면 고구려의 장안성 문 앞까지 적들이 밀고 오기 때문에 요동성은 중요한 성 중 하나였다. 더욱이 수나라의 동태가 심상치 않은 요즘 요동성은 중요한 전략적 요충지로 떠올랐다. 그렇기 때문에 조정에서는 요동성주 대신 스승 강이식을 요동 서부 총관부 총관으로 요동성 방어의 장군으로 임명했다. 그와 더불어 스승 강이식의 비장으로 을지문덕을 붙여준 것이다.

"네놈이 비장이 되어 내 앞에 나타났구나"

서부총관 강이식은 비장 을지문덕을 바라보며 이렇게 이야기했다. 비장 을지문덕은 스승 강이식에 장군의 예를 갖췄다. 스승 강이식은 비장 을지문덕을 바라봤다.

"스승님, 그동안 강녕하셨습니까"

"네 이놈. 이제 나는 여기 요동 서부총관부 총관이니라"

서부총관 강이식은 여전히 비장 을지문덕에게 호통을 쳤다. 비장 을지문덕을 움찔했다. 하지만 이제 그 호통도 워낙 많이 들어서 익숙해져 있던 상태였다.

"죄송합니다. 총관님. 그동안 강녕하셨습니까"

서부총관 강이식은 그제야 환한 미소를 보이면서 따뜻하게 맞아줬다.

"네놈의 소식을 들었다. 온달 대형의 시신을 적진에서 찾아왔다고?"

비장 을지문덕은 의기양양한 모습으로 서부총관 강이식에게 그렇다고 대답했다. 서부총관 강이식은 그런 모습을 바라보며 혀를 차기 시작했다.

"네놈은 아직 한참 멀었구나"

"예?"

비장 을지문덕은 의아한 모습으로 서부총관 강이식을 바라봤다.

"그런다고 누가 좋아할 줄 알았느냐? 평강공주님이 남편의 시신을 찾아줬다고 해서 기뻐할 줄 알았느냐? 너는 그것이 큰 용기라고 생각했겠지만 그건 만용이다. 생각해봐라. 만약 그곳에서 네놈의 행동 하나 때문에 또 전투를 벌인다면 온달 대형의 시신 하나 때문에 고구려 병사 수십 명이 또 죽어나갔을 것 아니냐. 시신 하나보다 사람 특히 병사의 생명이 얼마나 소중한지 아직도 그것을 모르겠느냐. 그것이 어찌 용감한 행동이라 할 수 있겠느냐. 그것은 출세에 눈먼 한 사람의 만용으로밖에 보이지 않는 것이다. 네 출세에 때문에 또다시 수많은 목숨이 왔다 갔다 할 뻔했는데 그것을 누가 좋아하겠느냐"

비장 을지문덕은 서부총관 강이식의 말을 듣자 그제 서야 평강공주의 시선이 왜 그리 따가웠는지 느낄 수 있었다. 역시 온달 대형의 부인다웠다. 온달 대형이 장군의 반열에 오른 것도 평강공주의 힘이 컸다고 하는데 그것이 사실이었다는 것을 비장 을지문덕은 느낄 수 있었다. 맞는 말이다. 전투에 있어서 가장 중요한 것은 바로 병사들의 목숨. 병사들의 목숨을 얼마나 아끼느냐가 전투의 승리를 좌우하는 밑거름이라는 사실을 비장 을지문덕은 깜빡했던 것이다. 아니 알고 있었다. 하지만 출세에 눈멀었기 때문에 앞뒤 재지 않고 그저 만용을 부린 것이었다.

"네놈이 출세에 멀어 있는 것은 내가 잘 알고 있다. 하지만 중요한 것은 부하들이나 동료들의 목숨으로 얻은 출세는 결코 바람직하지 않다는 사실을 명심하거라"

서부총관 강이식은 따끔하게 혼을 냈다. 그때 청년장군 한사람이 들어왔다. 비장 을지문덕은 그 장군을 쳐다봤다.

"인사해라. 동부대인 연태조이다"

비장 을지문덕은 동부대인 연태조를 바라봤다. 잊을 수 없는 얼굴이었다. 동맹행사에서 장원을 빼앗아갔던 바로 그 사람.

동부대인 연태조와 비장 을지문덕은 그렇게 만났다.

비장 을지문덕은 묵례를 했다.

"그대가 온달 대형의 시신을 찾아온 을지문덕인가?"

"그러하옵니다. 동부대인"

"대단하구만"

청년장군은 비장의 어깨를 두들겼다. 칭찬을 하지만 그의 손에는 상대를 깔보는 듯한 느낌이 들었다. 자신은 귀족이고 상대는 농촌 출신의 비장이라는 생각 때문일 것이라는 생각이 비장 을지문덕의 머릿속에서 떠나지 못하고 있었다.

"자자, 지난 신라와의 전투는 이제 잊어버리고 이제 수나라를 생각해야할 때이다. 알다시피 수나라는 이제 좀 있으면 우리 대고구려를 넘볼 것으로 예상된다. 그리고 그 전초기지는 이곳 영주가 될 것이다"

서부총관 강이식은 지휘봉으로 지도의 한쪽을 가리켰다.

영주.

영주는 수나라에 있어서 고구려를 치기 위해서 가장 필요한 전략적 요충지이다. 때문에 수나라는 영주를 전초기지로 삼을 것으로 예상된다. 더욱이 최근 영주에 물자와 군졸들이 속속 집결한다는 소문이 돌고 있다.

"첩자를 영주에 보내야 합니다"

동부대인 연태조는 첩자를 영주에 보내야 한다고 주장했다.

"나도 그렇게 생각하네. 그리고 이미 첩자를 보냈었네"

서부총관 강이식의 말에 다들 놀라는 분위기다. 서부총관 강이식이 이와 같이 치밀할 줄은 몰랐다. 회의에서 여러 가지 이야기가 논의됐다. 그중에서 요동성의 수비 강화에 대한 논의가 깊이 이어져 갔다.

회의 끝나고 비장 을지문덕은 밖으로 향했다.

"오랜만이네"

여자 목소리였다. 비장 을지문덕은 깜짝 놀라 뒤를 돌아봤다. 녹족 아가씨였다. 소연낭자는 이미 성숙한 아가씨가 됐다. 어릴 때 보던 그 낭자가 아닌 이제 어엿한 낭자가 된 것이다.

"아씨"

비장 을지문덕은 한동안 아무 말도 못했다.

"그동안 잘 지내셨습니까?"

비장 을지문덕은 묵례를 했다. 차마 녹족 아가씨를 똑바로 쳐다볼 수 없었다. 자신보다 약 5살 많기도 하지만 여자이기 때문에 똑바로 쳐다볼 수 없었던 것이다.

"호호호, 이제 어엿한 청년이 됐네"

"그동안 어디로 가셨기에 총관님 곁에 있지 않으셨나이까?"

"호호호, 아버님 잘 계신가요? 영주에 좀 다녀오느라고요"

비장 을지문덕은 순간 퍼뜩 떠오른 것이 있었다. 첩자. 비장 을지문덕은 서부총관 강이식이 참으로 무서운 사람이라 생각 들었다. 첩자로 자신의 딸을 보내는 경우는 그리 흔하지 않기 때문이다.

"왔느냐. 영주 상황은 어떠냐"

"어머, 아버님. 그간 강녕하셨나이까"

"오냐, 들어가자"

"네"

두 사람은 그렇게 방으로 들어갔다. 비장 을지문덕은 녹족 아가씨가 들어갈 수 있게 하기 위해 자리를 비켜줬다. 녹족 아가씨는 비장 을지문덕 옆을 스치면서 지나갔다. 화장품의 냄새가 살짝 났다. 순간 가슴이 울렁거리기 시작했다. 녹족 아가씨의 모든 모습을 훑어 내려가며 보느라 여념이 없었다.

순간 눈빛 하나를 봤다. 동부대인 연태조였다. 동부대인 연태조의 눈빛이 수상했다. 동부대인 연태조의 눈빛에는 연모의 정이 느껴졌다.

비장 을지문덕은 녹족 아가씨가 들어간 방을 한번 보고는 동부대인 연태조를 바라봤다. 동부대인 연태조는 순간 정신 차리고는 어디론가 사라졌다.

비장 을지문덕은 무예훈련장으로 향했다. 그리고 검을 잡았다. 정신이 혼미해져서 도저히 업무를 볼 수 없을 것 같아서 검을 잡은 것이다.

불과 수년 전만해도 녹족 아가씨를 봐도 별다른 감흥을 못 느꼈다. 하지만 오늘 녹족 아가씨를 보니 갑자기 가슴 한 구석에서 뭔가 올라오는 듯한 느낌이 들었다.

검을 휘둘렀다. 하지만 그 검술은 기존의 검술이 아니었다. 그냥 휘두르는 것이다. 기존의 검술과는 다르게 그냥 허공을 향해 무한정 흔들어대는 깃발과 같은 검술이었다. 그것은 비장 을지문덕의 마음 속에는 오로지 녹족 아가씨가 있었기 때문이다.

그냥 무조건 검을 휘둘렀다.

"어머, 무슨 검술이 그래?"

비장 을지문덕은 정신을 차렸다. 녹족 아가씨가 있었다. 비장 을지문덕은 녹족 아가씨에게 묵례를 했다.

"검술은 많이 익혔어? 이제 어엿한 청년이 돼서 나랑은 상대가 안되겠구나"

녹족 아가씨는 비장 을지문덕의 팔을 만졌다. 비장 을지문덕은 순간 움찔했다.

"어때? 나랑 검술시합하지 않을래?"

"제가 감히 어찌"

"호호호, 한번 해보자"

녹족 아가씨는 검을 들었다. 그리고 검을 휘둘렀다. 비장 을지문덕은 순간 움찔했다. 녹족 아가씨의 검술은 비장 을지문덕의 목을 겨누었다. 순간 놀란 비장 을지문덕은 그제야 검을 휘두르기 시작했다. 하지만 땀을 빼질 흘릴 수밖에 없었다. 녹족 아가씨의 칼날은 날카로왔고 비장 을지문덕은 그 칼끝을 피하느라 정신없었다.

"아직도 검술이 이것밖에 안돼냐?"

비장 을지문덕은 순간 오기가 생겼다. 비장 을지문덕은 녹족 아가씨의 칼끝을 노려봤다. 더 이상 당할 수 없다 생각했다.

"이제 진정 봐드리지 않겠습니다"

비장 을지문덕은 검을 휘둘렀다. 녹족 아가씨는 순간 움찔했다. 녹족 아가씨의 칼끝은 날카로우나 문제는 힘이 부족하다는 것이었다. 칼과 칼은 서로 부딪쳤고 얼굴과 얼굴이 마주치게 됐다. 녹족 아가씨의 숨결이 느껴졌다. 헉헉 대는 녹족 아가씨의 숨소리에 비장 을지문덕은 순간 정신을 잃었다. 여자의 숨결을 이처럼 가까이서 느껴보기는 처음이었다.

그때였다. 녹족 아가씨의 칼이 휘둘렀다. 얼마 후 녹족 아가씨의 발이 비장 을지문덕의 가슴에 닿았다. 비장 을지문덕은 쓰러졌다.

"어머, 괜찮니?"

녹족 아가씨는 손을 내밀었다. 비장 을지문덕은 녹족 아가씨의 손을 잡았다. 그리고 일어나는 도중 순간 녹족 아가씨의 중심이 흐트러지면서 비장 을지문덕의 몸과 포개졌다.

녹족 아가씨는 순간 벌떡 일어났다. 그리고 부끄러운 듯 뒤돌아섰다.

"아씨, 죄송합니다"

"죄송하기는 무슨…… 나 이제 간다"

녹족 아가씨는 순식간에 사라졌고 비장 을지문덕은 사라지는 녹족 아가씨의 뒷모습을 바라봤다. 그러다가 문득 다른 눈빛이 있다는 사실을 느꼈다. 동부대인 연태조였다. 동부대인 연태조가 녹족 아가씨를 흠모하는 듯한 눈빛이었다. 비장 을지문덕은 동부대인 연태조의 눈빛을 바라봤다. 흠모의 눈빛이자 비장 을지문덕에게는 질투의 눈빛이었다.

두려웠다. 무엇인가 큰일을 저지를 듯한 눈빛이었다. 비장 을지문덕은 조심해야겠다고 생각했다.

며칠 후 녹족 아가씨는 비장 을지문덕을 찾았다.

"요동성은 처음 와보는 거지? 이따 업무 끝나고 나면 나랑 같이 요동성 시내를 구경나가자꾸나"

　녹족 아가씨는 비장 을지문덕에게 이와 같은 제안을 했다. 비장 을지문덕으로서는 마다할 이유가 없었다.

　그들은 요동성 시내를 구경하기 위해 요동성 관아를 은밀히 빠져나갔다. 하지만 그들의 행적을 밟은 사람이 있었다. 바로 동부대인 연태조였다.

　비장 을지문덕보다는 상당히 나이가 있는 동부대인 연태조로서는 녹족 아가씨의 얼굴을 보자 한눈에 반할 수밖에 없었다. 동부대인 연태조는 녹족 아가씨를 요 며칠 사이 계속 예의주시해왔다. 그렇지만 별다른 말을 붙이지는 못했다. 그런데 갑자기 비장 을지문덕이 나타나 녹족 아가씨와 대화를 나누는 모습을 보니 눈이 뒤집힐 수밖에 없었다.

　더군다나 비장 을지문덕이 녹족 아가씨와 함께 요동성 시내를 구경하러 나가고 있었으니 그 시샘은 더욱 심했다.

　비장 을지문덕은 날아갈 듯 기뻤다. 녹족 아가씨는 비장 을지문덕의 손을 잡아끌고 상점 곳곳을 돌아다녔다. 상점 곳곳에서는 수나라에서 넘어온 수공예품과 함께 대식국에서 넘어온 공예품이 즐비하게 있었다.

　대식국은 수나라 서쪽에 있으며 그 사람들은 코가 약간 높고 이상한 말을 썼다. 그 대식국에서 생산하는 양탄자는 고구려에서 없어서 못 팔 정도로 인기가 많았다.

　"어머 신기하네. 이리 와봐. 이 양탄자 봐. 이게 대식국에서 생산하는 양탄자라는구나"

　"네, 아가씨. 신기하네요"

　녹족 아가씨는 환한 미소를 지으며 비장 을지문덕을 쳐다보고는 다시 양탄자를 쳐다봤다. 비장 을지문덕은 그런 모습을 쳐다보았다.

여인의 향기.

그 옛날 경당에서 볼 때만해도 이런 느낌이 없었다. 하지만 지금 녹족 아가씨를 보니 이상한 감정이 들었다. 그냥 덥석 손을 잡고 싶어지고 덥석 안고 싶어졌다.

"어머, 저거 원숭이라는 건가?"

녹족 아가씨는 비장 을지문덕의 손을 잡고 원숭이가 있는 곳까지 이끌고 갔다. 줄에 묶여 있는 원숭이는 재주를 넘었다.

"자, 날이면 날마다 오는 것이 아닙니다. 이 동물이 무엇이냐. 그 유명한 원숭이라는 것입니다. 이 동물을 보니 어떤 느낌이 드시느냐. 그렇습니다. 바로 사람처럼 생겼다는 것. 그럼 이 동물이 어디서 왔느냐. 저 바다너머 왜국이란 오랑캐에서 온 동물인데 이 동물 신기하게도 재주를 넘는답니다. 자 이 동물의 재주를 보시고 신기하시면 돈을 적선해주시기 바랍니다"

원숭이 주인은 이렇게 외치고서는 채찍을 들어 원숭이 근처 바닥을 내리쳤다. 그러자 원숭이는 훌쩍 뛰기 시작하더니 한 바퀴 데구르르 구르기 시작했다. 사람들은 그런 모습을 보고 신기해했고 녹족 아가씨도 신기해했다.

그렇게 시장에서 시간을 보내고 다시 요동성 관아로 둘은 들어왔다. 요동성 관아에서는 단 한 명만 제외하고는 아무도 그들이 요동성 시장 구경을 단둘이 했다는 사실을 모르고 있었다. 동부대인 연태조는 그들이 돌아오는 모습을 보자 질투어린 시선으로 그들을 쳐다봤다.

요동성을 비롯한 인근 성들은 그야말로 바빠졌다. 서부총관 강이식은 요동인근 성주들을 모아 회의를 열었다. 인근 백암성을 비롯한 안시성 등 요동 인근 성들의 성주들은 요동성으로 모였다.

"태왕 폐하께서 저에게 과분한 임무를 맡기셨소이다. 그만큼 최근 수나라의 움직임이 심상치 않다는 것이오. 태왕 폐하께서는 저에게 요동성을 비롯한 인근 성의 전쟁준비에 신경을 쓰라고 명을 내리셨소이다. 일부 성주들께서는 이런 상황에 대해 의아해할 수도 있습니다. 전쟁이 일어날리 없다고 하실 수도 있습니다. 하지만 전쟁은 방비가 가장 최우선이란 점을 분명히 아시기 바라며 부디 저에게 협조해주시기 바라오"

"저희들은 총관님의 명에 따르겠사옵니다"

그야말로 일사천리였다. 예전 같으면 성주들의 반발이 심했을 것이다. 하지만 전쟁의 기운이 점차 퍼져나가고 있었다. 또한 귀족들의 수장인 막리지 연자유의 아들 동부대인 연태조가 서부총관 강이식 밑에서 일하고 있다는 사실로 인해 요동 인근 성주들은 일단 불만을 잠재웠다.

요동성을 비롯한 인근 성들은 그날부터 성벽 보수 공사에 들어갔다. 남성들은 자발적으로 나와 성벽 보수공사를 했고 노약자들은 화살 등 무기를 만드는데 여념이 없었다. 이렇게 시간은 흘러갔고 비장 을지문덕과 녹족 아가씨의 사랑은 더욱 커져갔다.

비장 을지문덕은 성벽 보수공사를 하기도 하고 때로는 군사들에게 훈련을 시키기도 했다. 그러던 어느 날 밤이었다. 그날은 달빛이 너무나 밝아 비장 을지문덕은 처소에 앉아 달빛에 기대어 글을 읽고 있었다. 낭랑한 목소리는 달빛을 타고 하늘로 퍼져나가고 있었다.

그러다가 글 읽는 것을 멈췄다. 비장 을지문덕은 달을 쳐다봤다. 달빛이 너무나 밝았고 따스했다. 달빛이 마치 자신의 몸을 감싸고도는 듯했다. 비장 을지문덕은 소매에서 무엇인가를 꺼내들었다. 비녀였다. 녹족 아가씨에게 주려고 낮에 시장에 갔다 샀던 물건이었다. 하지만 줄 기회가 없었다. 다시 달빛을 바라보았다. 녹족 아가씨가 자신을 보고 환히 웃는 듯했다. 갑자기 녹족 아가씨가 무엇을 하고 있는지 궁금해졌다. 비장 을지문덕은 자신도 모르게 이미 녹족 아가씨 처소로 향했다.

녹족 아가씨 처소에 불이 아직 꺼지지 않았다. 한지에 비친 녹족 아가씨의 모습은 그야말로 아름다움 그 자체였다. 녹족 아가씨는 자수를 하고 있었다. 비장 을지문덕이 생각해도 녹족 아가씨는 알 수 없는 인물이었다. 무예도 뛰어날뿐더러 문장도 뛰어난데 저렇게 자수에 뛰어날 줄은 몰랐었다. 비장 을지문덕으로서는 완벽한 이상형이었다. 더군다나 지금까지 여자를 구경해본 일이 없었다. 비장 을지문덕의 마음은 동요될 수밖에 없었다. 문득 자신도 모르게 녹족 아가씨 방문 앞까지 자신의 발걸음을 옮기고 있었다.

"누구냐?"

비장 을지문덕은 당황해 했다. 이 야심한 밤에 너무나 깊숙한 곳까지 온 것이었다. 다시 돌아가고 싶었다. 하지만 이미 때는 늦었다.

"예, 을지문덕입니다"

녹족 아가씨는 문을 살며시 열었다. 비장 을지문덕은 호롱불 사이로 비쳐진 녹족 아가씨의 모습을 보고 얼굴을 들지 못할 정도로 부끄러움을 탔다.

"네가 여기 무슨 일이냐?"

"저, 저, 저기"

비장 을지문덕은 말을 잇지 못했다. 속으로는 녹족 아가씨가 보고 싶어 이곳까지 왔노라고 대답하고 있지만 정작 그 말이 입으로 나오지 못하고 있었다.

"달빛이 너무 아름다워 그만……"

비장 을지문덕은 변명 아닌 변명을 했다. 녹족 아가씨는 비장 을지문덕을 살며시 바라봤다. 그리고 살며시 미소를 지었다.

"정말 달빛이 아름답구나. 이리와 툇마루에 앉아 달빛을 구경하자꾸나"

비장 을지문덕과 녹족 아가씨는 툇마루에 나란히 앉아 달빛을 구경했다. 하지만 그들은 아무런 말을 하지 못했다. 비장 을지문덕은 이런 자신이 미웠다. 무엇인가 말을 해야 하지만 정작 무슨 말을 해야 할지 몰랐다. 어색한 시간은 계속 흐를 수밖에 없었다.

그때 낮에 사온 비녀가 생각났다. 비장 을지문덕은 비녀를 살며시 꺼내들었다.

"저기, 아가씨"

비장 을지문덕은 비녀를 녹족 아가씨에게 건넸다. 녹족 아가씨는 어안이 벙벙한 표정으로 비녀를 받아들었다. 그리고 이내 환하게 웃었다.

"어머, 정말 예쁜 비녀구나"

녹족 아가씨는 비녀를 이리저리 살펴보았다. 그리고 자신의 머리에 꽂으려 했다. 그러다 비장 을지문덕을 바라보았다. 그리고 살며시 웃으면서 비녀를 다시 비장 을지문덕에게 건넸다.

"네가 꽂아줘 봐라"

비장 을지문덕은 놀랬다. 순간 당황해 했고 비녀를 꽂아도 될지 혼란스러웠다. 하지만 비녀를 이내 받아들었다. 녹족 아가씨는 뒤돌아섰고 등을 비장 을지문덕에게 보였다. 비장 을지문덕의 손을 바들바들 떨렸다. 녹족 아가씨 머리에서 향기로운 냄새가 났다.

거의 매일 사나이들 속에서 무술을 연마하거나 성벽을 보수하느라 땀 냄새 밖에 맡지를 못했던 비장 을지문덕으로서는 정신이 혼미해지는 상황이었다. 비장 을지문덕은 떨리는 손으로 비녀를 녹족 아가씨 머리에 꽂았다.

그때부터 비장 을지문덕은 정신을 잃었다. 녹족 아가씨 처소의 불은 그 이후 꺼졌고 비장 을지문덕은 다음날 새벽 녹족 아가씨 처소에서 몰래 빠져나와야 했다.

비장 을지문덕은 전날 밤에 녹족 아가씨 처소에서 벌어진 일은 꿈이라 생각했다. 처음으로 경험한 진정한 어른의 세계였다.

비장 을지문덕은 그날 이후 콧노래를 흥얼거렸다. 이제 자신에게도 진정으로 사랑하는 여자가 생겼기 때문이다. 비장 을지문덕은 서부총관 강이식이 시키는 일을 완벽히 그것도 빠르게 수행했다.

요동성에서 비장 을지문덕과 즐거운 나날을 보내고 있던 녹족 아가씨는 자신에게 질투어린 시선이 있다는 사실을 전혀 모르고 있었다. 하지만 동부대인 연태조는 질투어린 시선으로 녹족 아가씨를 바라보고 있었다. 동부대인 연태조는 녹족 아가씨를 품고 하룻밤 잤으면 소원이 없겠다고 생각했다. 결국 동부대인 연태조는 녹족 아가씨와 단둘이 있는 시간을 계속 노리고 있었다. 하지만 그런 시간이 쉽게 나타나지 않았다.

그러던 어느날 왕제 고건무가 요동성으로 시찰을 나왔다. 수나라와의 전투가 임박한 느낌이 들면서 왕실은 요동성 방비에 각별히 신경을 쓰고 있었다. 때문에 영양태왕은 왕제 고건무에게 요동성 방비 사정에 대해 각별히 알아오라고 시킨 것이었다.

왕제 고건무는 요동성에 당당하게 입성했다. 서부총관 강이식, 동부대인 연태조, 비장 을지문덕 그리고 녹족 아가씨는 왕제 고건무를 반갑게 맞이했다. 하지만 왕제 고건무는 동부대인 연태조를 보자 못마땅한 눈치를 보였다.

"신, 동부대인 연태조. 왕제 전하께 인사드립니다"

동부대인 연태조가 이처럼 인사를 함에도 불구하고 왕제 고건무는 한번 쳐다보기만 했지 눈길을 두 번 다시 주지 않았다. 반면 서부총관 강이식과 비장 을지문덕이 인사를 하니 환한 웃음으로 답을 했다.

"오오, 서부총관 오랜만이옵니다. 지난 번 궁궐에서 뵙고 난 후 꽤 됐습니다. 제가 어릴 때 참으로 많은 것을 가르쳐주시지 않으셨습니까! 하하하"

"신도 왕제 전하를 오랜만에 뵙사옵니다"

왕제 고건무는 비장 을지문덕을 쳐다봤다.

"오, 자네가 이 요동성에서 서부총관을 도우느라 애쓰고 있구만"

"신, 비장 을지문덕. 왕제 전하께 인사드리옵니다"

"하하하, 진짜 오랜만일세. 그래, 일은 하기 어떠한가"

"배려해주신 덕분에 잘하고 있나이다"

왕제 고건무의 입장에서 동부대인 연태조를 탐탁지 않게 생각하고 있었다. 동부대인 연태조는 자신의 인사를 제대로 받아주지 않은 왕제 고건무에 대해 상당히 섭섭해 했다.

"요동성을 비롯한 인근 성들이 현재 수나라 침략이 있을지 모르는 것에 대해 최대 방비를 하고 있나이다"

서부총관 강이식은 왕제 고건무와 함께 요동성과 인근 성들의 방비에 대해 시찰을 나갔다. 왕제 고건무는 흡족한 마음으로 고개를 끄덕이며 시찰에 나섰다.

"다 이게 서부총관의 노력 덕분이오. 태왕 폐하께서 서부총관 덕분에 단잠을 이루실 것 같소이다"

"신, 태왕 폐하의 하해와 같은 성은을 어찌 갚아야할 지 모르겠나이다"

왕제 고건무는 흡족한 듯 이리저리 살펴보았다. 왕제 고건무의 시찰에 동부대인 연태조는 빠졌다. 왕제 고건무가 동부대인 연태조를 별로 탐탁지 않게 생각하고 있다는 사실을 안 서부총관 강이식은 이번 시찰에서 일부러 동부대인 연태조를 제외시켰다.

왕제 고건무 일행은 요동성을 시찰하고 안시성을 시찰하고 백암성에서 하루를 묵기로 했다. 왕제 고건무는 서부총관 강이식과 비장 을지문덕과 함께 저녁에 술자리를 가졌다.

"서부총관은 저에게 스승이나 다름없습니다. 제자의 술잔을 받아주시옵소서"

"왕제전하의 과분한 은혜 어찌 갚아야 할지 모르겠나이다"

왕제 고건무와 서부총관 강이식 그리고 비장 을지문덕은 술 몇 순배 오가기 시작했다.

"그래, 수나라 사정은 어떠합니까"

"수나라는 현재 아직까지 미동은 없나이다. 하지만 고구려를 침략하고 싶어 안달이 나있는 것은 사실이옵니다. 저들은 하늘 아래 두 해가 없다고 하면서 고구려의 침략 구실을 찾고 있나이다. 하지만 수나라가 아직 통일된 지 얼마 되지 않은 상황이라 쉽게 침략할 수 없습니다. 일단 내부가 어느 정도 안정이 된다면 아마 눈을 고구려로 돌릴 것으로 예상됩니다. 그 시간이 이제 얼마 남지 않았다 생각됩니다"

"저도 그리 생각하옵니다. 역시 서부총관의 정세파악은 대단하옵니다"

"과찬의 말씀이옵니다"

"저렇게 수나라가 우리 고구려를 넘보려 하는데 아직도 중앙에서는 권력다툼을 하고 있으니……"

서부총관 강이식과 비장 을지문덕은 왕제 고건무의 한숨에 서로 쳐다보았다.

"중앙에서는 아직도 권력다툼이 심합니까"

"알다시피 동부대인 연태조의 아버지 막리지 연자유가 국정은 농단하고 싶어 안달이 났습니다. 하늘 아래 태왕 폐하께서 계시거늘 자신이 이 나라의 태왕이 된 것처럼 국정을 좌지우지 하고 있습니다. 막리지 연자유는 지난 안장태왕에서부터 양원태왕 때까지의 귀족연립정권이 세워진 것처럼 태왕 폐하를 제쳐두고 귀족연립정권을 세우려 구상하고 있는 것 같습니다"

"설마, 그리하려구요. 어쨌든 막리지도 폐하의 백성입니다. 아마도 태왕 폐하께서 하시고자 하는 일에 대해 그리 큰 방해는 하지 않을 것으로 예상되옵니다"

"사실, 평원태왕 때부터 시작된 왕권강화 정책으로 인해 제일 피해를 본 가문이 바로 연씨가문이 아닙니까. 평원태왕께서는 왕권강화의 일환으로 온달대형을 왕족으로 편입시키고 새로운 세력을 만들려 하셨나이다. 하지만 그 꿈을 이루시기도 전에 승하하셨고, 그리고 현 태왕 폐하 역시 온달대형을 통해 왕권 강화를 이루려 하셨나이다. 하지만 온달 대형께서 그리 허망하게 가시는 바람에 왕권 강화의 꿈 역시 흔들거리고 있는 실정이옵니다. 막리지 연자유 입장에서 보면 자신의 정적이 없어졌습니다. 이제 자신의 세상이 도래하고 있다 판단하고 있는 것이옵니다"

서부총관 강이식은 심각한 표정을 지었다. 사실 그러했다. 귀족들은 안장태왕에서부터 양원태왕까지 귀족연립정권을 만들었고 그 수장은 대대로였다. 대대로의 임기는 3년이어서 3년마다 선출을 해야 했다. 선출과정에서 귀족들과의 합의가 필요했다. 그 합의는 때로는 대화로서 풀기도 했지만 대부분은 무력으로 풀었다. 이런 과정을 거치다보니 많은 귀족들이 죽음으로 내몰리기도 했다. 그리고 태왕들은 귀족들 간의 싸움을 피하기 위해 궁궐을 잠그기까지 했다.

평원태왕은 이런 폐단을 없애기 위해 또한 왕권을 광개토태왕이나 장수태왕 시절로 되돌리게 하기 위해 귀족연립정권의 싹을 없애고 새로운 세력을 만들기 위한 노력을 기울였다. 그 노력의 일환으로 온달을 자신의 사위로 앉히고 새로운 세력을 결집시키려 노력했다. 때문에 귀족들은 온달이 사위로 앉히는 것에 대해 극렬 반대했었다. 하지만 평원태왕은 온달을 사위로 앉히고 새로운 세력을 규합하기 시작했다. 이에 귀족들은 바짝 긴장하기에 이르렀다.

즉, 평원태왕은 귀족들 간의 다툼에 자신의 신흥세력이라 할 수 있는 온달을 대형으로 앉히고 그들의 싸움에 뛰어들게 했다. 이에 귀족들은 온달이란 존재에 대해 바짝 긴장할 수밖에 없었다. 귀족들이 분열하면 자칫하면 대대로 자리에 온달 대형이 앉을 수도 있다 판단했다. 그들은 더 이상 자신들이 대대로 자리를 놓고 다퉈서는 안된다는 절박한 상황에 이르렀다. 이에 결국 귀족들은 대대로라는 관직 대신 기존의 막리지 체제에서 태대형의 관직을 갖고 있는 사람에게 막리지 자리를 주는 것으로 합의를 보게 됐다. 이렇게 된 이유는 바로 온달 대형의 출현 때문이었다.

그런데 온달 대형이 사망하고 나니 막리지 연자유는 자신이 갖고 있던 권력을 내려놓고 싶지 않았다. 그러하다보니 막리지 연자유는 태왕을 압박하면서 자신의 권력을 급속도로 구축하려 했다. 이를 바라본 태왕으로서는 막리지 연자유의 행동에 탐탁지 않게 생각하게 됐다. 이에 결국 태왕은 막리지 연자유의 권한을 제한하려는 노력을 기울였다. 그 핵심인물로 서부총관 강이식과 왕제 고건무를 선택했다. 그리고 온달 대형의 수하로 있던 많은 장수들을 끌어들였다. 영양태왕은 막라지 이하 귀족들이 갖고 있던 군사력 역시 자신에게 편입시키려는 노력에 기울였다. 그 일환으로 수나라 침략 야욕을 이용하려 했다.

영양태왕은 수나라의 출현을 최대한 이용하려 했다. 이런 이유로 강이식 장군을 요동 서부총관으로 임명해 수나라 침략에 대비하도록 했다. 이는 일석이조나 다름없었다. 일단 수나라 침략을 대비하는 차원도 있지만 외부의 적을 출현시킴으로 인해 내부를 태왕 중심으로 강화시키려 했다. 막리지 연자유도 이런 사실을 알고 있었지만 울며 겨자 먹기로 수나라 침략에 대비를 하지 않을 수 없었다. 이에 서부총관 강이식의 행동을 견제하지 않을 수 없었다. 막리지 연자유는 자신의 아들 동부대인 연태조를 서부총관에 배치시

컸던 이유는 바로 그것이었다. 왕제 고건무로서는 동부대인 연태조를 탐탁지 않게 생각하는 것도 당연지사였다.

"어쨌든 막라지 연자유와 그의 아들 동부대인 연태조의 행동을 각별하게 예의주시할 필요가 있습니다"

"왕제 전하의 말씀이 맞사옵니다. 저들은 언제 폐하를 배신할 지도 모릅니다"

"그러기에 제가 서부총관에게 이렇게 부탁하는 것 아니옵니까. 아참, 을지문덕이라 했지? 자네에게도 부탁하네. 저들의 발호를 이제 막아야 하네"

비장 을지문덕은 이런 권력다툼에 대해 큰 생각을 갖고 있지는 않았다. 하지만 왕제 고건무와 서부총관 강이식의 대화를 들어보니 일단 귀족들의 움직임이 심상치 않다는 것을 깨달았다. 어릴 때부터 스승 강이식이게 배워왔던 것이 태왕에 대한 충성이었다. 하지만 귀족들이 태왕에 대한 충성을 빌미로 자신들의 배를 채우고 있다는 사실에 분노를 느끼지 않을 수 없었다. 그러나 지금 당장 급한 것은 바로 동부대인 연태조의 행동이었다. 며칠 전부터 동부대인 연태조가 녹족 아가씨를 대하는 눈빛이 너무나 달랐다. 그것은 사모의 눈빛이었다. 그렇기 때문에 비장 을지문덕은 너무나 불안했다. 왕제 고건무를 따라 순시 나온 것이 어쩔 수 없지만 요동성에 남겨둔 녹족 아가씨가 걱정이 됐다.

그 걱정은 얼마 지나지 않아 현실로 나타났다. 왕제 고건무와 함께 요동성 인근 성에 대한 순시가 끝난 이후 요동성에 돌아왔을 때 녹족 아가씨가 사라졌다. 녹족 아가씨는 이렇다 말도 없이 사라진 것이었다. 다만 장군 우경이 영양태왕께 바칠 황금 거북을 훔쳐 동부대인 연태조가 장군 우경을 옥사에 가뒀는데 녹족 아가씨가 파옥하고 두 사람이 달아났다는 것이었다. 서부총관 강이식은 많은 수하들에게 녹족 아가씨의 행방을 물었다. 하지만 알고 있는 사람은 아무도 없었다. 동부대인 연태조에게 녹족 아가씨의 행방에 대해 물어봐도 아무런 대답이 없었다.

하지만 비장 을지문덕은 동부대인 연태조와 녹족 아가씨와의 관계에 뭔가 있다라는 것을 직감할 수 있었다. 비장 을지문덕은 녹족 아가씨가 사라진 것은 동부대인 연태조 때문이란 것을 직감할 수 있었다. 하지만 아무런 증거도 없이 무조건 추궁할 수 없었다. 더군다나 자신은 비장이고 동부대인 연태조는 귀족의 자제였다. 함부로 예단했다가는 큰 곤경에 빠질 수도 있다는 것을 알았기에 함부로 움직이지 못했다. 그저 가슴에 한으로 남을 뿐이었다.

5. 배고픔 명림답부 그리고 청야전술

"내놔. 내 꺼란 말야"

"야 이놈들아. 여기서 떠들지 말고 썩 저리 물러가라"

장군 을지문덕은 순간 또 다시 정신을 차렸다. 함거 밖에는 아이들이 먹을 것을 놓고 치열한 싸움을 벌였다.

군졸들이 아이들을 쫓아내려고 하지만 아이들은 먹을 것에만 정신 팔려 군졸들의 호통소리는 들리지도 않았다. 그저 먹을 것을 놓고 치열한 싸움을 할 뿐이었다. 군졸들은 창끝으로 위협을 했다. 하지만 꿈쩍도 없이 그냥 먹을 것을 놓고 치열한 싸움만 있었다.

저 아이들은 배고픔에 시달리고 있었다.

배고픔. 배고픔은 무서운 것이었다. 배고픔은 아무 것도 생각하지 못하게 한다. 배고픔은 위아래도 없다. 배고픔은 생존이다. 그렇기 때문에 다른 것은 생각할 필요도 없고 오로지 먹는 것밖에 없다. 그렇기 때문에 누가 뭐라고 해도 먹을 것에만 매달리는 셈이다.

인간에게 있어 가장 중요하게 해결해야 할 세 가지가 있다. 의식주. 그중에 제일 으뜸은 밥 먹는 것이었다. 인간은 배고픔을 이겨내지 못하면 아무 것도 할 수 없는 존재였다. 옷은 없으면 발가벗고 놀아다닐 수도 있고 집이 없으면 아무데나 잘 수 있지만 밥이 없다면 그야말로 며칠 되지도 못해 죽음을 맞이해야 하는 게 인간이었다.

죽음 앞에 인간은 두려움에 떨게 되고 무슨 짓을 할지 모르는 하나의 악마가 되기도 한다. 성선설과 성악설로 동양철학은 커다란 철학적 싸움을 했다. 성선설이 이기는 듯 보였다. 하지만 배고픔 앞에서 죽음 앞에서는 성선설도 소용없었다. 성악설이 인간을 지배하게 됐다. 백성들은 지난 수나라와의 전투에서 장군 을지문덕이 사용한 청야전술로 인해 배고픔에 시달리고 있었다. 저들 백성들은 저렇게 배고픔에 시달리다가 결국 죽음을 맞이해야 하는 존재였다.

장군 을지문덕은 그런 사실을 너무나 잘 알고 있었다. 자신도 그런 상황에 직면한 일이 있었기 때문이다.

함거를 호송하던 군졸이 장군 을지문덕에게 주먹밥을 내밀었다. 장군 을지문덕은 주먹밥을 먹으려 했다. 그런데 아이들이 그 모습을 보고 함거 쪽으로 달려오기 시작했다. 처량한 눈빛으로 함거 안에 있는 장군 을지문덕을 바라봤다. 장군 을지문덕은 주먹밥을 한 입 깨어 물려고 하다가 아이들을 바라봤다.

차마 주먹밥을 입에 털어 넣을 수 없었다. 장군 을지문덕은 주먹밥을 아이들에게 들이밀었다. 아이들은 장군 을지문덕이 내민 주먹밥을 덥석 쥐더니 달리기 시작했다. 하지만 그것도 잠시 다른 아이들이 몰려와 주먹밥을 빼앗기 시작했다. 결국 아이들끼리 싸움이 일어났고 주먹밥은 땅에 떨어졌다. 주먹밥이 떨어지자 한 아이가 주먹밥을 손에 쥐고는 먹으려 했다. 그러자 다른 아이들이 그것을 빼앗으려고 달려들었다. 아이들은 뒤엉키기 시작했다. 군졸들은 그런 모습을 보고 아이들을 쫓아내려 했다. 결국 군졸들은 아이들을 발로 밟기 시작했다. 하지만 아이들은 끝까지 주먹밥을 손에서 놓지 않았다.

아이들은 굶주림에 시달리고 있었다. 아이들은 경쟁해야 했다. 아이들은 살아남기 위해 처절한 몸부림을 펼쳐야 했다. 하지만 그 누구도 아이들에 대해 관심을 두지 않았다. 왕실이나 귀족들은 전쟁이라는 미명 아래 서민들을 더욱 핍박했다. 앞으로 수나라가 쳐들어 올 것이라며 전쟁준비를 해야 한다는 명목 하에 서민들을 더욱 핍박했다. 서민들은 그런 핍박을 받으면 받을수록 더욱 고통에 시달려야 했다. 수나라를 물리쳤으나 서민들은 결코 즐거운 것이 아니었다. 서민들에게 있어 수나라보다 더 큰 도적은 따로 있었다.

장군 을지문덕은 아이들의 모습을 바라보았다. 자신이 저 아이들을 굶주림으로 내몬 것 같아 가슴이 찢어졌다. 그러면서 귀족들을 원망했다. 사실 귀족들이 조금만 서민들에게 배려를 했더라면 저 아이들은 저렇게 굶주림에 허덕이지 않았을 것이다. 하지만 귀족들은 위기가 곧 기회였다. 서민들이 죽어 나가거나 말거나 서민들을 더욱 핍박했다. 그렇기에 서민들은 더욱 더 죽어나가야 했다.

영양태왕의 이름은 원인데 대원이라 불리었으며 평원태왕의 맏아들이었다. 그는 풍채가 준수하고 쾌활했으며, 세상을 구제하고 백성을 안정시키는 것을 자신의 임무라 생각했다. 평원태왕 재위 7년에 태자가 됐으며 평원태왕이 32년에 별세하자 태자가 태왕위에 올랐다.

평원태왕에게 조서를 보낸 수 문제는 대원태자가 태왕에 오른 지 6년 만에 또다시 조서를 보냈다. 이번에도 수나라 군주 양견을 배알하라는 것이었다.

영양태왕은 분노를 감추지 못했다.

"수나라 군주가 고구려 태왕인 짐에게 보낸 조서를 다들 읽어봤을 것이오. 비록 수나라가 땅이 넓고 인구가 많고 군사력이 막강하나 어찌 이처럼 무례한 조서를 보낼 수 있다 말이오. 대신들은 대책을 내놓아 보시오"

"신 막리지. 태왕 폐하께 아뢰옵니다. 수나라 군주의 방자함은 이를 데가 없을 정도이옵니다. 하지만 상대하기에는 너무 벅찬 상대인 것도 사실이옵니다. 그러니 부득이 그에게 화답하는 표문을 보내는 것이 좋을 듯합니다"

영양태왕은 막리지 연자유를 바라보았다. 막리지 연자유의 말도 일리가 있었다. 분노가 가슴 속에 올라오지만 그렇다고 해서 섣불리 움직일 수 없는 실정이었다. 하지만 막리지 연자유가 너무나 미웠다. 수나라와 전쟁을 하는 날에는 막리지 연자유가 갖고 있는 권력 기반이 많이 무너질 것이기 때문에 막리지 연자유가 전쟁을 반대한다는 사실이 너무나 미웠다.

그때 요동 서부총관 강이식이 앞으로 나아갔다.

"태왕 폐하. 그건 아니되옵니다"

"무슨 소리인가. 그렇다면 대책은 있단말인가"

"수나라 군주가 보낸 이런 오만무례한 글은 붓으로 화답할 것이 아니라 칼로 화답해야 합니다. 군사를 이끌고 나아가 수나라 군사를 격파해야 합니다. 수나라 군사들은 수천 리를 넘어와야 합니다. 저들이 아무리 대군이긴 하나 농민군들이 모인 오합지졸에 불과합니다. 산악지형이 많은 우리 고구려 강토에 들어온다면 저들은 아무런 힘도 못쓰고 돌아갈 것이 분명합니다. 게다가 저들을 격파할 특단의 대책이 신에게 있사옵니다. 그 대책을 말씀드리기 위해 독대를 신청하옵니다"

영양태왕은 요동 서부총관 강이식을 바라보았다. 그리고 은밀히 독대를 했다. 대전에서 영양태왕과 서부총관 강이식은 서로 마주 보았다.

"요동 서부총관은 특단의 대책이 있다고 하는데 그것이 무엇인가"

"신 강이식. 태왕 폐하께 아뢰옵니다. 일단 저들의 영주지방을 선제공격해야 합니다"

"선제공격이라"

영양태왕은 깜짝 놀랐다. 아무리 수나라와의 전쟁이라고 하지만 선제공격을 하는 것은 생각지도 못했던 전략이었다.

"영주지방이 무엇입니까. 호구수는 겨우 751호(3천 명 정도)이지만 수나라 군사기지입니다. 더군다나 요서지방은 발해만의 요충지라 할 수 있사옵니다. 게다가 수나라 군주는 우리 고구려를 치기 위해 수많은 곡식을 영주지방에 쌓았다고 합니다. 영주지방을 공략한다면 저들에게 있어 보급로가 끊기는 것이라 할 수 있습니다. 저들을 일단 자극해서 우리 고구려 강토로 유인하는 것입니다. 그리고 저들의 보급로를 끊어버린다면 저들은 피로와 굶주림에 물러날 것으로 예상되옵니다. 또한 다른 효과를 기대할 수 있습니다"

"다른 효과라? 그것이 무엇인고?"

"귀족들의 발호를 막을 수 있습니다. 요즘 막리지 연자유를 비롯해 많은 귀족들이 또다시 발호하려고 하고 있습니다. 평원태왕께서 그의 부마이신 온달 대형을 통해 귀족들의 발호를 막으시려 했지만 온달 대형께서 돌아가신 이후 귀족들의 발호를 막을 사람이 없습니다. 하지만 전쟁을 치른다면 귀족들로부터 사병을 거둘 수 있습니다. 결국 귀족들의 권한을 많이 약화시킬 수 있는 절호의 기회입니다. 그러니 요서지방을 선제공격하셔야 하옵니다"

"좋네. 그렇다면 요동 서부총관은 수나라를 격파할 수 있는 세부전략을 짜보게"

요동 서부총관 강이식은 그날부터 병마도원수 강이식으로 바뀌었다.

그날로 병마도원수 강이식은 궐 밖으로 나가 고민에 빠졌다. 수나라 군대를 이길 전략을 짜기 위해서였다. 병마도원수 강이식은 큰 소리를 쳤다. 그리고 선제공격을 한다면 이길 자신은 있었다. 그러나 그 후가 문제였다. 엄청난 대군을 어떤 식으로 막아야 할 지 고민됐다.

"총관님. 무슨 고민이 있으시옵니까"

비장 을지문덕은 병마도원수 강이식이 아직 병마도원수에 오른지 모르고 있었다. 이는 모든 장수들에게 아직 알리지 않아서였다.

"모든 것은 숫자이니라. 숫자가 문제노라. 문덕아. 너는 수나라를 어떻게 생각하느냐. 수나라는 우리가 넘지 못할 산이라 생각하느냐"

"태왕 폐하와 총관님께서 계시온데 뭔들 못하옵니까"

병마도원수 강이식은 가만히 비장 을지문덕을 쳐다봤다. 어릴 때부터 자신의 밑에서 열심히 무예연습을 했던 비장 을지문덕. 도저히 장수로서의 기질이 보이지 않았지만 그래도 나름대로 열심히 해서 지금은 비장의 자리에 올랐다.

"그런 입 바른 소리 말고 진정으로 수나라를 이길 수 있다 생각하느냐"

"적이 많은 것은 사실이오나 적은 오랑캐일 뿐이옵니다. 오랑캐를 싹 쓸어버려야 합니다"

수나라 오랑캐를 쓸어버린다. 병마도원수 강이식도 그렇게 하고 싶었다. 하지만 숫자 면에서 고구려를 압도했다. 거대한 숫자를 쓸어버릴 묘책이 필요했다.

"숫자가 거대하면 뭐합니까. 하늘이 우리를 돕고, 땅이 우리를 돕고, 인화(人和)를 이룬다면 승리는 우리 편일 것입니다"

병마도원수 강이식은 비장 을지문덕이 내뱉은 말을 곰곰이 곱씹었다.

"하늘이 우리를 돕고, 땅이 우리를 돕고, 인화를 이룬다?"

전쟁에 있어 가장 중요한 세 가지가 있다. 첫 번째가 하늘이 돕고 두 번째가 땅이 돕고 세 번째가 사람이 인화를 이루는 것이었다. 이 세 가지가 충족돼야 전쟁에서 승리를 할 수 있는 것이었다. 때문에 전략가들은 이 세 가지를 충족하기 시키기 위해 고민을 했다.

삼국지에 나오는 제갈량도 마찬가지였다. 적벽대전에서 승리하기 위해 하늘에게 도와달라고 했고 하늘은 동남풍을 주었다. 땅은 육군보다 수군에 강한 오나라를 위해 적벽이란 지역을 주었다. 그리고 오나라와 유비군이 하나로 합쳐져 조조군을 물리쳤다.

이처럼 천리·지리·인화를 파악해야 전쟁은 승리할 수 있는 것이었다. 병마도원수 강이식은 천리·지리·인화를 생각하지 않을 수 없었다.

병마도원수 강이식은 다시 고민에 들어갔다.

그로부터 다음날 병마도원수 강이식은 비장 을지문덕을 불렀다.

"나랑 어디 좀 가자"

병마도원수 강이식은 비장 을지문덕과 함께 고구려 장안성을 빠져나왔다. 그리고 무작정 산길을 걸었다.

"스승님. 어디로 가시나이까"

"그저 날 따라와라"

비장 을지문덕은 의아해 했다. 병마도원수 강이식은 무척이나 빠른 걸음으로 산길을 걸었다. 비장 을지문덕이 훨씬 나이가 젊음에도 불구하고 병마도원수 강이식의 발걸음을 쫓아가지 못했다.

"스승님. 좀 천천히 가요. 그리고 물 좀 마시고 싶어요"

"물은 안된다. 밥도 안된다"

병마도원수 강이식은 비장 을지문덕에게 밥과 물을 먹지 못하게 했다. 금방 지친 비장 을지문덕은 밥과 물을 먹고 싶어 했다. 하지만 병마도원수는 그런 것에 아랑곳 하지 않고 그저 산길을 탔다. 비장 을지문덕은 병마도원수의 그런 행동에 대해 의구심을 품었다.

　　도저히 이해가 되지 않았다. 비장 을지문덕을 이렇게 굶주리면서 어디로 데리고 가는지 병마도원수 강이식의 행동을 이해하지 못했다.

　　그렇게 하루 종일 끌려 다니고 결국 해가 지려하고 있었다. 그러자 병마도원수 강이식의 발걸음이 멈췄다.

　　비장 을지문덕은 가쁜 숨을 내쉬었다. 자신을 이렇게 고단하게 끌고 어디로 가려는 것인지 모르겠지만 이제 때려 죽여도 못갈 정도로 힘들었다.

　　"스승님. 스승님이 때려죽인다고 해도 못갑니다. 힘도 들거니와 배가 고파서 이제는 아무것도 하기 싫습니다"

　　"내가 진정 때려죽인다 해도 못가겠느냐?"

　　"네, 그러하옵니다. 도대체 어디로 가고자 하시는 겁니까?"

　　"못난 놈. 이제 겨우 하루 걸었다. 하루 걸은 것 갖고 이렇게 엄살을 부리다니"

　　"엄살이 아니옵니다. 어떻게 하루를 굶기고 걸으라 하시옵니까? 전 못 걷겠습니다"

　　"내가 너의 목에 칼을 들이대도?"

　　"들이 대십시오. 이제는 스승님이건 태왕 폐하이건 간에 아무리 뭐라 하셔도 못 걷겠습니다"

　　"하하하. 만약 이런 식으로 열흘을 걸으라면?"

　　"예? 열흘씩이나요? 차라리 절 죽이십시오. 아니, 제가 스승님을 죽여야겠습니다"

"어허, 농담이라도 지나치다"

"아니옵니다. 하루 굶으니 눈에 뵈는 것이 없사옵니다. 그런데 열흘이면 더욱 그러하옵니다. 만약 열흘을 이런 식으로 걸으라 하시옵시면 전 그 누가 그런 명령을 내려도 못 걷고 그 명령 내린 사람을 죽이겠사옵니다"

"하하하. 자칫하면 내 목이 날아가겠구나. 그렇게 걷기 싫었느냐?"

"네"

"하하하. 그럼 됐다. 수나라 군사들은 앞으로 이런 것보다 더 고통의 나날을 보낼 것이다"

"네?"

비장 을지문덕은 병마도원수 강이식의 말을 이해하지 못했다. 하지만 병마도원수 강이식은 이번 실험을 통해 굶주림과 피곤이 얼마나 사람의 심리를 변하게 하는지 여실히 깨달았다. 비책은 거기서 얻었다.

사람은 배고픔에 닥치면 무슨 일이든 하는 동물이다. 배고픔 앞에서 가장 추악한 면모를 보여주는 것이 인간이다. 인간은 이성과 감성 두 가지 면이 지배하는 동물이다. 평소에는 이성과 감성이 제대로 조화를 이루는 법이었다. 하지만 배고픔 앞에서는 이성은 그야말로 쓰레기에 불과하게 된다.

배고픔에 몰린 군사들도 역시 마찬가지다. 군대를 움직이는데 있어 가장 중요한 것은 장수들의 명령이다. 명령 하나에 군대가 움직이고 승패를 좌우하게 된다. 하지만 배고픔에 시달리게 되면 군대는 장수의 명을 듣지 않게 된다. 아무리 뛰어난 장수가 내린 명령이라 해도 배가 고픈 군사들은 자신이 살아남기 위해 명령을 듣지 않고 독자적인 행동을 할 수밖에 없다. 이렇게 되면 아무리 많은 숫자라 해도 오합지졸일 수밖에 없다.

"명림답부를 아느냐"

병마도원수 강이식은 비장 을지문덕에게 질문을 던졌다. 비장 을지문덕은 안다고 대답했다. 고구려 사람치고 국상 명림답부를 모르는 사람이 없었다.

"한나라의 침략으로부터 우리 고구려를 구한 국상 아니옵니까"

병마도원수 강이식은 고개를 끄덕였다.

명림답부는 차대태왕 사람이었다. 고구려 제7대 태왕인 차대태왕은 고구려 태조대왕의 동생으로 74세에 왕위에 오른 사람이었다. 당시 고구려 왕위는 장자상속뿐만 아니라 형제상속도 이뤄졌는데 태조태왕 집권 당시 차대태왕의 왕위 계승 문제가 거론됐었다.

이에 차대태왕은 장자상속 원칙을 내세우며 거부의사를 밝혔다. 차대태왕은 내심 왕위에 욕심을 갖고 있었지만 외부로는 사양을 한 셈이었다. 그 이유는 당시 차대태왕은 이미 정치와 권력을 장악하고 있는 상태라 형제상속에 대한 여론과 전망이 매우 우수했다.

하지만 태조태왕이 무려 100세가 넘게 장기집권하자 차대태왕은 불안감에 휩싸였고 급기야 노골적으로 왕위계승 문제를 거론했었다.

결국은 일부 중신들과 더불어 형제상속에 반대하는 신하들을 숙청했고 결국은 차대태왕이 왕위를 계승하기에 이르렀다.

이후 차대태왕은 왕위 계승에 가장 큰 역할을 했던 미유를 좌보에 임명했고 왕위계승에 끝까지 반대했던 고복장을 처형했고, 왕위계승을 주도했던 자신들의 측근들을 조정의 요직에 올려놓았다.

당초, 왕위계승의 정당성이 부족했던 차대태왕은 결국은 언론탄압정책을 펼쳤다. 왕위계승에 문제를 삼은 신하나 백성들을 그 자리에서 무자비하게 처형을 했다. 차대태왕으로서는 어쩔 수 없었다. 자신의 권력을 지키자면 반대 의사를 밝히는 세력들을 제거할 수밖에 없었다.

더군다나 태조태왕이 향년 113세에 숨을 거두자 민심은 차대태왕이 독살을 했을 것이라고 들끓었다. 또한 태조태왕의 장자를 참살하는 사태가 일어났다. 민심은 차대태왕을 태왕으로 인정하지 않았다.

그 중심세력이 바로 명림답부였다. 명림답부는 차대태왕의 측근들까지 포섭해 반정을 일으켰다. 차대태왕은 세력도 민심도 전부 잃었기에 허수아비 무너지듯이 무너질 수밖에 없었다. 결국 명림답부는 차대태왕을 참살하고 왕의 아우인 백고를 신대태왕으로 옹립했다.

일종의 고구려 최초로 반정을 일으킨 셈이었다. 차대태왕은 신하에 의해 최초로 죽임을 당한 왕이 됐고 신대태왕은 신하에 의해 옹립된 최초의 태왕이 됐다.

명림답부는 이후 패자로 승진됐고, 고구려 최초의 국상이 됐다.

이후 고구려는 한나라 현도태수 경림의 침입을 받았다. 엄청난 대군이 밀려들어왔다. 고구려 중신들은 갈팡질팡했다. 항복하자는 신하들도 꽤나 많았다. 그럴 수밖에 없는 것이 한나라에 맞서 이길 가능성은 거의 없었기 때문이다.

또 다른 신하들은 응전을 하자고 외쳤다. 적은 멀리서 왔기 때문에 피곤할 것이고 이런 피곤한 틈을 타서 공격하면 승산이 있다는 것이다.

이에 재상 명림답부는 다음과 같이 말하며 수성전을 주장했다.

"한나라는 국토가 크고 백성이 많은데다 지금 굳센 군대가 멀리 와서 싸우니 그 칼날을 당해 낼 수 없습니다. 또 군사가 많은 경우에는 마땅히 싸워야 하고, 군사가 적은 경우에는 지켜야 하는 것이 병가의 상식입니다.

지금 한인은 천 리 밖에서 군량을 실어 왔으므로 오래 버티지는 못할 것입니다. 만약 우리가 참호를 깊이 파고 성루를 높이 쌓으며, 들판의 농작물을 치우고 기다리면 적들은 반드시 만 일 개월이 지나지 않아 굶주리고 피곤해서 돌아갈 것이니, 그때 우리가 날랜 군사로써 몰아치면 뜻을 이룰 수 있습니다"

재상 명림답부는 그야말로 고구려의 환경과 한나라의 환경을 제대로 간파한 것이라 할 수 있었다. 고구려는 산악이 많은 지역이다. 또한 산성이 많은 지역이다. 때문에 적들은 군량 수송에 있어서 애를 먹을 수밖에 없었다. 군량 수송 길목을 차단한다면 적들은 군량을 제대로 공급받지 못하는 상황이 된다. 이런 상황에서 들판의 농작물을 치운다면 적들은 그야말로 배고픔에 오도 가도 못하는 상황이 된다. 무엇보다도 대군은 산성을 공격하기에 쓸모가 없다.

대군은 들판에 있는 성들을 공격하기에는 너무나 최적의 조건이지만 산성을 공격하는데 있어 대군은 그야말로 쓸모없는 것이다. 산성은 소수 병력으로 최대한 방어를 할 수 있는 최적의 조건이라 할 수 있다.

재상 명림답부는 들판을 불태웠다. 들판에 있는 모든 식량을 산성으로 옮기고는 모두 불태웠다. 들판에는 아무 것도 없는 그야말로 죽음의 들판이 됐다. 그리고 군량 수송길에 기마병을 배치시켰다.

한나라 현도군대는 산성을 에워쌌다. 그리고 공세를 퍼부었다. 하지만 대군이 몰려왔다 해도 산성을 쉽게 점령할 수 없었다. 소수의 병력으로 지키고 있는 산성을 점령한다는 것은 쉬운 일이 아니었다.

한나라 현도군대는 쓸데없는 시간만 보내고 있었다. 그 사이 군량 수송부대는 고구려 기마병에 당해서 아무 것도 수송을 할 수 없게 됐다. 한나라 현도군대는 결국 앞뒤로 에워싸임을 당한 것이었다.

현도군사들은 배고픔에 곡식들을 찾았다. 하지만 들판 곳곳에서 곡식은 그 어디에도 없었다. 배고픔만큼 무서운 것이 없었다. 사방을 둘러봐도 현도군대를 도와줄 아무 것도 없었다. 현도군사들은 서로 잡아먹을 기세였다.

조금만 더 버틴다면 오히려 모반을 꾀할 그런 기세였다. 현도군대의 장수들은 겁을 먹기 시작했다. 조금만 더 버틴다면 오히려 자신들이 부하들에 의해 죽임을 당할 것 같았다. 결국 아무런 것도 이루지 못한 채 현도군대는 철수할 수밖에 없었다.

재상 명림답부는 이를 가만두지 않았다. 기병 수천 명을 이끌고 추격해 좌원에서 현도군대를 몰살시켰다.

이에 신대태왕은 크게 기뻐해 좌원과 질산을 식읍으로 줬다.

재상 명림답부가 고구려 최초로 반정을 했다는 점에서 두고두고 평가가 갈렸지만 한나라 대군을 물리친 것에 대해서는 두고두고 회자됐고 고구려 영웅으로 떠받쳤고 고구려에서 무술을 조금 할 줄 아는 인물이라면 재상 명림답부의 이 이야기를 누구나 다 알고 있었다.

첫번째 청야전술.

국상 명림답부가 청야전술을 처음으로 사용한 것이었다. 이후 고구려는 청야전술을 기본적인 전술이자 기초적인 전술로 여겼다.

"청야전술에 대한 이야기옵니까"

비장 을지문덕도 청야전술에 대한 이야기를 알고 있었다. 그래서 이렇게 물었다.

"맞느니라. 저들은 필경 대군을 이끌 것이다. 저들을 물리칠 수 있는 것은 청야전술밖에 없느니라. 거기에 하늘과 땅이 도와준다면 금상첨화지"

병마도원수 강이식은 회심의 미소를 보였다.

"나는 저들을 고구려 땅으로 유인할 작정이다. 저들 대군을 유인해 고구려 땅에서 섬멸할 것이다. 저들이 고구려 땅으로 들어온다면 그야말로 굶주림에 아무 것도 하지 못하고 패해서 돌아가게 될 것이다"

비장 을지문덕은 병마도원수 강이식이 나름대로 전략을 짰다는 것에 기쁨을 감추지 못했다.

6. 비와 사람의 심리

"비가 오려나"

고구려 장안성을 빠져나온 함거는 거지촌을 지나고 있었다. 그때 한 노인 거지가 자신의 어깨를 만지며 이와 같이 이야기했다.

함거 안에 장군 을지문덕은 그 소리를 듣고 하늘을 보았다. 하늘은 아직 맑은 그대로였다. 하지만 노인의 천문을 보는 솜씨가 대단하다는 것을 이미 경험한 바 있었다.

장군 을지문덕은 그것보다도 비가 오면 큰일이라 생각했다. 지금 고구려 온 강토가 식량이 부족한 상황에서 비가 내리면 백성들은 더욱 곤란에 빠지기 때문이다.

차라리 눈이 오면 그나마 좀 낫지만 비가 오면 백성들은 추위와 굶주림에 더욱 시달려야 했다. 그것이 걱정됐다.

"비가 오니 걱정되느냐"

스승 강이식은 다시 장군 을지문덕에게 물었다. 스승 강이식은 다시 함거 안에 나란히 앉아 있었다.

"저들을 보십시오. 저들은 그저 죽음을 기다리는 시체일 뿐이옵니다. 저들에게 있어 비란 죽음을 재촉하는 것에 불과합니다"

"딴은 그렇기는 하지. 하지만 저들에게도 희망은 있단다. 희망을 주는 것이 바로 고구려 조정이 해야 할 일이고 나와 그대가 해야 할 일이 아니었던가"

"저도 그리고 싶었습니다. 저들에게 희망을 주고 싶었습니다. 수나라 오랑캐를 무찌르고 고구려 귀족들을 처단하고 왕실의 권한을 두텁게 해 백성들을 배불리 먹이게 하고 싶었습니다. 하지만 이제 저는 이렇게 함거에 갇힌 신세가 됐습니다"

"후회하느냐"

"후회는 하지 않습니다. 다만 저들에게 희망을 주지 못한 점이 안타까울 뿐이옵니다"

"이번에 내리는 비는 또 다른 희망을 줄 것이다. 저들은 비에 의해 죽어가겠지만 또 다른 희망은 비를 타고 오는 법이니라. 우리가 임유관 전투 때 비 때문에 살고 수나라는 비 때문에 죽지 않았냐. 비를 어떻게 준비하느냐에 따라 죽고 살고가 나타나는 법이니라"

"그러하옵니다. 임유관 전투는 확실히 스승님의 탁월한 전략 덕분이었사옵니다"

"딴은 그렇기는 하지"

희망.

장군 을지문덕은 저들에게 희망이 있을까라는 생각을 했다. 저들은 지금 가장 시급한 것은 죽음과의 싸움이었다. 그런 저들에게 희망이란 단어는 과연 사치일까라는 생각을 갖지 않을 수 없었다. 장군 을지문덕은 수나라 격

파라는 미명 아래 고구려 군사들과 백성들에게 희망을 불어넣었다. 고구려가 수나라를 격파해서 천하 제일의 나라가 되자고 외쳤다. 고구려 군사들과 백성들은 그런 장군 을지문덕의 말에 희망을 가졌다. 하지만 지금 고구려 백성들은 굶주림에 싸워야 했다. 희망을 불어넣어주려다 오히려 희망을 잃고 있는 것이었다.

희망을 잃은 백성들은 죽음과 싸우면서 처절하게 살아가야 했다. 그들에게 있어 나라라는 것은 단지 빈껍데기에 불과했다. 죽음을 앞둔 그들에게 있어 나라의 발전은 그저 빈껍데기였던 것이다.

거지들은 군사들에게 돈을 달라고 요구했다. 군사들은 거지들을 쫓아내느라 바빴다. 소는 한 번 울음을 내더니만 묵묵히 자신의 갈 길을 갔다.

장군 을지문덕은 잘 알고 있었다. 이번 오는 비로 인해 저들 중 일부는 죽어나가고 또 다른 생명이 그 자리를 채울 것이라는 것을.

비는 만물을 죽이기도 하지만 만물을 소생시키는 것이었다. 비는 대지를 적시면서 만물을 새로 만들기도 한다. 하지만 많은 비는 만물을 죽이기도 한다. 이를 전쟁에 이용하면 대단한 무기가 될 수 있다. 비는 수나라 군사를 죽여버렸지만 고구려에게는 승리를 안겨줬다. 임유관 전투는 그러했다.

영양태왕은 병마도원수 강이식과 함께 요동성으로 향했다. 그와 함께 말갈족 1만 군사도 말갈지역에서 요동으로 향했다. 태왕과 말갈족 1만 군사가 요동으로 향하는 것에 대해서는 일절 비밀로 붙였다.

그로부터 열흘 후 태왕과 말갈군사 1만이 요동성에 도착했다.

막리지 연자유는 이번 작전은 무리수가 있다고 극렬 반발했다. 하지만 영양태왕의 의지는 강렬했다. 제가회의 상에서도 영양태왕은 수나라 선제공격에 대한 작전을 피력했다. 처음에 귀족들은 상당한 반발을 했다. 하지만 영양태왕의 결심은 대단했다. 결국 귀족도 손을 들어줄 수밖에 없었다. 그리하여 고구려는 영주를 공격하기로 했다.

"진짜 선제공격을 해도 괜찮을까?"

"신 강이식을 믿어보십시오. 이번 선제공격은 적들의 지역을 점령하는 것이 아니라 약탈이 목적이옵니다. 약탈을 해서 저들을 자극 시키는 것이옵니다"

"하필이면 이런 찬바람 부는 계절인 2월에 공격한단 말인가. 좀 따뜻할 때 하지"

"지금 공격은 그야말로 저들을 유인하고자 하는 것입니다. 지금 공격하면 저들은 필경 여름에 고구려를 침략할 것이 틀림없습니다. 여름에 침략한다면 저들은 우리에게 죽기보다는 자연재해로 인해 죽을 확률이 더 높을 것입니다. 그렇게 하자면 영주 지역을 약탈하는 것이 중요합니다. 영주 지역이 초토화된다면 저들은 고구려를 침략하기 위해 물자를 본토에서 운송해 와야 하는데 그 시간이 대개 3~4개월 정도 됩니다. 결국 여름에 침략할 수밖에 없는 것이지요"

요하의 바람은 매서웠다. 1만의 말갈 군사들은 온갖 준비를 다했다. 말갈 군사들은 신났다. 영양태왕이 이번 선제공격에서 얻는 물자는 모두 말갈족이 가져도 좋다는 성은을 발표했기 때문이다. 이번 선제공격으로 인해 고구려가 얻는 이득이 결코 물자에만 있는 것이 아니었기 때문에 이런 성은을 발표했다. 한 겨울이라 식량이 부족했던 말갈족에게는 희소식이 아닐 수 없었다. 그동안은 고구려 조정에서 식량을 보내주기는 했지만 이번처럼 약탈을 통해 그것도 모든 물자를 말갈족이 가져도 좋다는 것은 없었다.

말갈족에게 있어서는 이번 선제공격이 너무나 관심의 대상이었고 사기가 충천했었다.

"태왕 폐하. 이제 공격 명령을 내려주시옵소서. 폐하의 충성스런 말갈족 속이 앞으로 나아가겠나이다"

동부대인 연태조가 태왕에게 나아가 이렇게 고했다. 동부대인 연태조는 영양태왕을 만류할 수 없다는 사실을 너무나 잘 알고 있기 때문에 오히려 선봉에 나아가겠다고 영양태왕께 올렸다. 영양태왕은 그를 흡족한 눈빛으로 바라봤다. 도박. 확실한 도박이었다. 더군다나 태왕이 직접 나서서 요서를 치는 것이었다.

"이번 선제공격은 기동성이옵니다. 전광석화처럼 움직여야 합니다"
병마도원수 강이식은 동부대인 연태조에게 이렇게 주문했다.
"병마도원수님의 말씀을 받잡아 한 치의 어긋남도 없겠습니다"
"영주총관 위충의 부대가 나오면 임유관까지 물러나야 합니다"
"알겠습니다"

영양태왕은 출격 명령을 내렸다. 그날 밤 어둠을 틈타 1만의 말갈군사는 요하를 건너갔다. 1만의 말갈군사들은 요하를 건너자마자 말을 타고는 진격했다.

동부대인 연태조가 이끄는 말갈족 부대는 노도와 같은 소리가 내면서 요서지방을 지나 영주지역으로 진격했다. 요서지방은 하루아침에 아수라장이 됐다. 수많은 사람들이 죽음으로 내몰렸고 식량창고는 불타오르고 창고마다 황금을 빼앗겼다. 동부대인 연태조의 말갈부대는 무기고마저도 털어 무기고를 불태웠다.

영주총관 위충은 기겁을 했다. 설마 고구려가 선제공격해오리라 몰랐다. 요서지방으로 진격해야 했다. 그러지 않으면 더 큰 피해가 닥칠 것이라는 것을 직감했다.

영주총관 위충이 요서지방에 도달했을 때는 동부대인 연태조가 이끄는 말갈부대는 요서지방을 거의 점령했을 때였다.

"저기 저 장수가 수나라 장수 위충이란 사람이냐"

동부대인 연태조가 주변에 있는 비장에게 물었다.

"네, 그러하옵니다"

"내가 저 위충을 사로잡지 않으면 요서지방을 쳐들어온 것에 아무런 의미가 없다"

동부대인 연태조는 창을 비껴 잡으며 영주총관 위충을 향해 달려갔다.

영주총관 위충도 창을 비껴 잡고 나왔다.

"네 이놈. 위충아. 나의 창을 받아라"

"네 이놈. 감히 여기가 어디라고 함부로 쳐들어 오느냐"

창과 창은 빛과 소리를 냈다. 영주총관 위충의 창솜씨가 빛이 났지만 동부대인 연태조의 창솜씨 또한 대단했다. 영주총관 위충은 얼마 가지 않아 목이 달아나야만했다.

고구려 군사들은 영주 지역을 공략했고 수많은 약탈을 했다. 그 이후 고구려 군은 곧바로 임유관으로 철수 했다. 이번 영주 지역 공략은 수나라 군주 양견을 자극하는 것이었기 때문에 그 성과는 대단했다.

수나라 군주 양견은 대노했다. 요서지방을 내준 것도 모자라 고구려 침략을 위해 준비했던 무기와 식량을 모두 빼앗기고 영주총관 위충마저도 잃어버렸다.

"고구려가 감히 우리에게 선제공격을 해와. 짐이 친히 그들을 친국하겠노라"

"아바마마. 저를 보내주십시오"

한왕 양량이 수나라 군주 양견에게 이렇게 말했다. 한왕 양량으로서는 이번에 고구려를 격파시켜 형제 양광보다 우월한 능력을 갖고 있다는 모습을

아버지에게 보이고 싶었다.

"한왕이 직접 나서겠다?"

수나라 군주 양견은 그런 아들의 모습에 대견해 했다. 사실 한왕 양량도 전쟁터에서 뼈가 굵은 사람이었다. 아버지를 따라 정복전쟁을 다니면서 수없이 많은 전승을 올린 인물이었다. 그렇기 때문에 믿음직한 아들 중 하나였다.

"한왕이 직접 나서준다면야 이 애비는 편안하게 두 다리 뻗고 승전보를 기다릴 수 있지"

그만큼 한왕 양량을 믿었다.

"하지만 지금 당장 출격은 곤란하옵니다. 이미 영주지방을 잃어버렸기 때문에 고구려를 치기 위해서는 다시 군수물자를 비축해야 합니다. 그렇게 하자면 약 삼 개월 정도 필요할 것으로 예상됩니다"

수나라 군주 양견은 왕세적의 말에 동조했다. 아무리 속에서 분노가 치밀어 올라도 물자가 있어야 전쟁을 했다. 한왕 양량은 삼 개월 간 고구려를 치기 위해 준비에 박차를 가했다.

그런 소식이 고구려에 전해지자 고구려도 바빠졌다. 병마도원수 강이식은 임유관까지 나와 임유관의 지형지물을 확인했다.

고구려도 이제 수나라와의 일전은 피할 수 없는 일이 됐다. 고구려 조정에서는 귀족들로부터 사병을 걷기 시작했다. 그리고 병마도원수 강이식은 그 사병들을 관군에 편재시켰다.

그러는 사이 한왕 양량도 고구려 침략준비를 착착 마쳤다.

드디어 고구려와 수나라의 피할 수 없는 한판 승부가 펼쳐지기에 이르렀다.

한왕 양량은 고구려가 영주 지방을 약탈한 그해 초여름 임유관으로 향했다.

그때 병마도원수는 병마도원수 강이식은 임유관을 포기한다는 청천벽력 같은 명령을 내렸다.

"임유관을 포기한다"

임유관을 포기한다는 것은 있을 수 없는 일이었다. 고구려 군사들을 비롯해 비장들은 병마도원수 강이식이 한왕 양량의 30만 군대를 도저히 이길 수 없기 때문에 저런 결정을 내린 것이라는 생각이 들었다.

하지만 싸워보지도 못하고 임유관을 포기하기에는 너무나 아쉬웠다. 하지만 병마도원수 강이식의 명령은 너무나 강인했다.

동부대인 연태조는 너무나 허탈해 했다. 자신이 영주지방을 선제공격한 이유를 아직도 몰랐다. 하지만 영양태왕과 병마도원수 강이식은 이번 선제공격의 의미를 너무나 잘 알고 있기 때문에 임유관에서 철수를 했다.

결국 고구려 군사들은 임유관을 포기해야만 했다. 임유관을 최전선 방어선으로 생각했던 고구려 군사들에게 있어 임유관 포기는 너무나 당황스럽다. 그것은 수나라 군사들도 마찬가지였다.

수나라 군사들은 너무나 허탈해 했다. 특히 한왕 양량은 더욱 그러했다. 한왕 양량은 고구려 군사들과 한바탕의 전쟁을 생각했다. 그리고 첫 전투에서 승리를 안겨 사기를 진작 시키고 고구려로 진격을 하려고 했다. 하지만 너무나 허탈하게 임유관을 고구려가 내어준 셈이었다.

"하하하. 내가 온다니 고구려 군사들이 벌벌 떨고 도망을 갔구려"

한왕 양량은 임유관을 너무나 손쉽게 점령했다. 자신이 이렇게 손쉽게 점령할 것이라고는 생각도 못했다. 임유관을 점령했다는 것은 결국 고구려의 목을 죄는 것과 같았다. 이제 고구려 장안성을 향해 진격을 하는 일만 남았다. 하지만 임유관을 정비해야만 했다.

대원수 왕세적은 한왕 양량에게 임유관을 정비하자고 했다.

"한왕 전하. 임유관에 병사 5만은 남겨놓아야 합니다"

한왕 양량은 대원수 왕세적의 말이 이해가 되지 않았다. 이미 겁먹고 물러난 고구려 군대는 요동성 저쪽에 있는데 임유관에 군대를 그것도 5만을 배치하라는 것이 이해가 되지 않았다.

"대원수. 그게 무슨 말이오"

"임유관은 고구려의 목이지만 우리에게도 목에 해당합니다. 우리가 고구려 정벌을 간 사이에 임유관이 함락되는 날에는 우리는 앞에도 적을 맞이하고 뒤에도 적을 맞이하는 셈입니다"

한왕 양량은 대원수 왕세적이 쓸데없는 고민을 하고 있다고 생각했다.

"무슨 소리요. 1만 정도면 임유관을 지킬 수 있을 것이오. 게다가 이미 고구려 군사들은 요동성 저쪽으로 도망간 지 오래요. 무슨 5만씩이나"

한왕 양량은 대원수 왕세적의 말을 무시했다. 그리고 임유관에 노약병 1만 군사를 놔두고 다시 요동으로 진격했다.

한왕 양량은 임유관을 지나오면서 더욱 자신감이 붙었다. 고구려 군사들은 이제 자신의 적수가 되지 못한다고 판단했다.

"임유관 근처에서 오래 산 노인분들을 모셔오라"

비장 을지문덕은 의아해했다. 이 전쟁 상황에서 갑자기 왜 노인분들을 모셔오라는 것인지 궁금해했다.

"무슨 사유 때문인지 여쭤 봐도 되겠사옵니까?"

"노인분들을 위해 잔치를 열고 싶어서이니라"

비장 을지문덕은 순간 자신의 귀를 의심했다. 전쟁 상황에서 참으로 한가한 소리라 생각했다. 하지만 병마도원수 강이식의 명령인지라 수행해야 했다.

　그 다음날 비장 을지문덕은 노인분들 20여 명을 군 막사로 모시고 왔다. 병마도원수 강이식은 그 노인분들과 술자리를 같이 했다. 서로 웃고 떠드는 소리가 군 막사 밖으로 새어나왔다. 군사들은 저마다 병마도원수가 참으로 한가한 생활을 하고 있다고 판단했다.

　병마도원수 강이식과 노인분들의 술자리는 오후부터 시작해서 새벽까지 이어졌다. 가끔 노랫가락도 흘러나오고 했다.

　그 다음날 병마도원수 강이식은 비장 을지문덕을 불렀다.

　"날래고 똑똑하며 수나라 말을 잘하는 군사들을 모아서 한왕 양량의 군대에 침투시켜라"

　"침투 말입니까?"

　"그래, 양량 군대에 침투시켜 앞으로 닷새 후가 되면 큰 비가 올 것이고 그렇게 되면 수나라 군사들은 임유관에서 시체가 돼 산을 이룰 것이라고 소문을 내거라"

　비장 을지문덕은 의아해했다. 이 뜨거운 여름에 무슨 큰 비가 내린다는 것인지. 그리고 그것이 이번 전쟁과 무슨 관련이 있는지 의아해할 수밖에 없었다.

　비장 을지문덕은 의구심에 가득 찬 얼굴로 병마도원수 강이식의 명령을 수행했다.

　한왕 양량은 임유관을 지나오면서 자신이 붙었다. 자신의 친형제인 양광보다 자신이 뛰어난 인물이란 점을 아버지 양건에게 보여주고 싶었다.

　양건은 그동안 자신과 양광을 비교하면서 자신을 더욱 비참하게 만들었다. 그런데 가장 무서워하는 고구려를 멸망시킨다면 자신은 수나라에서 가

장 큰 영웅으로 탄생될 것이라 믿었다. 임유관을 지나면서 한왕 양량은 군사들에게 행군속도를 높이라고 채근했다.

그러던 어느 날 군대 내에 이상한 소문이 돌기 시작했다.

"며칠 후 큰 비가 내리게 되면 우리는 고구려 군에게 대패해 우리는 임유관에서 죽음을 맞이해야 할 것이다. 하지만 큰 비가 내리지 않는다면 수나라는 승리를 얻을 것이다"

수나라 군사들은 이 소문을 놓고 서로 의견을 나누기 시작했다. 어떤 군사들은 비가 올 턱이 있냐며 이번 전쟁은 수나라의 승리가 될 것이라고 장담했다. 어떤 군사들은 비가 올 것이고 고구려 군이 대승을 거둘 것이라고 진단하기도 했다.

하지만 며칠 지나지 않아 수나라 진영에는 비가 오는 것이 기정사실화되면서 임유관에서 죽음을 맞이할 것이라는 소문이 기정사실화됐다.

불확실한 소문은 빠르게 퍼지는 법이었다. 특히 자신에게 불리한 소문은 형체도 없이 빠르게 퍼지는 법이었다. 죽음이란 단어, 패배란 단어는 수나라 군사들의 목을 죄어왔고 수나라 군사들로서는 목숨이 달린 일이라 당연히 여러 사람에게 회자될 수밖에 없었다.

이런 소문이 대원수 왕세적의 귀에 들어갔다.

"한왕 전하. 지금 진중에 이상한 소문이 돌고 있는 것을 아시옵니까?"

"대원수. 그게 무슨 소리요?"

"며칠 후 큰 비가 오면 수나라가 대패하고 임유관은 수나라 시체로 산을 이룰 것이라는 것입니다. 하지만 비가 오지 않는다면 수나라 군대는 대승을 거둘 거랍니다"

"하하하. 이 한 여름에 무슨 큰 비오? 다 쓸데없는 소문에 불과하오. 내가 천문을 볼 줄 아는데 이 여름에 비는 오지 않소이다. 대원수는 쓸데없는 걱정을 하지 않으셔도 될 것 같소"

대원수 왕세적은 불안한 마음은 여전했다. 하지만 한왕 양량이 워낙 자신 있는 모습을 보이고 있기 때문에 더 이상 언급하지 않았다.

대원수 왕세적은 군 막사를 빠져나와 주변을 살펴봤다. 가뭄이 들어 대지는 거북등껍질처럼 갈라져 있었다. 풀 한 포기 없었고 따가운 햇볕은 대원수 왕세적의 머리 위로 쏟아졌다. 이런 날씨에 비라……

대원수 왕세적은 어쩌면 자신이 괜한 걱정을 하고 있다는 생각을 했다.

하지만 수나라 진중에는 비에 관한 소문이 날로 퍼져 나갔고 일부 군사들은 비가 온다 안온다로 내기까지 하는 상황이 벌어졌다.

그렇게 시간은 흘러 병마도원수 강이식이 비 올 것이라고 장담한 약속된 날짜가 다가왔다.

그날도 하늘에 해는 뜨고 구름 한 점 없었다. 도저히 비가 올 상황이 되지 않았다.

한왕 양량은 대원수 왕세적을 향해 큰 소리로 웃었다.

"하하하. 대원수께서는 쓸데없는 걱정을 하셨소이다. 이렇게 창창한 날에 무슨 비 옵니까! 물 한 방울도 구경하기 힘들겠소이다. 하하하"

대원수 왕세적은 머쓱했다. 하지만 유비무환이라고 했기 때문에 그동안 자신은 조심하고 또 조심한 것이라고 위안을 삼았다.

그날 아침부터 유난히 더웠다. 물론 바람은 남쪽에서 북쪽으로 불고 있었지만 더위를 식혀주기에는 역부족이었다. 그럼에도 불구하고 수나라 군대는 동으로 동으로 행군을 계속했다. 수나라 군사들은 땀을 닦으면서 더위에 지쳐가며 행군을 계속했다.

"젠장, 이렇게 더우면 차라리 비가 오는 게 낫겠다"

"예끼, 이 사람아. 비가 오면 자네나 나나 죽어"

이렇게 농담도 섞어가며 행군을 계속했다.

행군 속도는 오후가 되면서 유난히 느려졌다. 무더위가 수나라 군사의 목을 죄어오는 듯한 느낌을 주었다. 일부 군사들은 혀를 빼내면서 걷고 있었고 비장들은 행군을 채근하다가 더위에 지쳐 행군을 더 이상 채근하지도 않았다.

"이렇게 무더운 날 비가 온다? 하하하. 고구려 놈들이 실현불가능 한 것에 매달려 이기고 싶었던 모양이군. 내가 이제 고구려 장안성에 가서 고구려 놈들을 완전히 쓸어버려야겠소이다. 대원수. 아니 그렇소이까?"

"그렇사옵니다"

대원수 왕세적은 아직까지도 불안한 기색을 보이면서 한왕 양량의 말에 맞장구 쳤다.

그렇게 시간은 다시 또 흘러갔다. 그런데 갑자기 웅성거리는 소리가 들렸다.

"남쪽을 봐. 남쪽에 저것이 무엇이야?"

수나라 군사들은 너도나도 남쪽을 바라봤다.

검은 구름. 먹구름이었다. 저 지평선에서 먹구름이 한 점씩 보이다가 그 먹구름이 점차 커지기 시작했다. 먹구름이 북으로 북으로 북상 중에 있었다.

군사들은 동요하기 시작했다. 저 정도 구름이면 분명 비 그것도 큰 비를 머금고 있을 것이라 판단했기 때문이다.

군사들은 행군을 멈추고 웅성거렸다. 대원수 왕세적은 그런 군사들의 낌새를 알아차리고 한왕 양량에게 나아갔다.

"보셨사옵니까"

"저도 봤소. 대원수. 저거 비구름이오?"

6. 비와 사람의 심리

"한왕 전하. 불행히도 그런 거 같사옵니다. 군사들이 동요하고 있사옵니다"

"나도 알고 있소이다. 하지만 임유관은 이미 지나왔고 임유관에서의 전투는 없을 것이오. 따라서 비가 온다고 해도 그 소문은 실현되기 힘들 것이라 사려되오"

대지에 비가 한 방울씩 떨어지기 시작했다. 비는 대지를 적시기 시작했다. 하지만 그것도 잠시 비 때문에 앞을 분간하기 힘들 지경에 이르렀다. 수나라 군사들은 행군을 당분간 포기해야 할 정도가 됐다.

며칠 동안 비는 쉬지도 않고 내렸다. 덕분에 짝짝 갈라졌던 대지는 비를 머금더니만 물을 토해내기 시작했다. 대지는 진흙탕이 돼버렸다. 고구려로 가는 길은 이제 보이지 않았고 곳곳은 연못으로 변해버렸다.

한왕 양량은 비가 그치기를 마냥 기다릴 수 없다 판단해 결국 행군을 하기로 했다. 하지만 큰 비 때문에 행군속도는 늦어질 수밖에 없었다. 비장들은 행군속도를 채근했다. 하지만 무릎까지 파여지는 진흙탕 속에서 행군은 쉽지 않았다.

하지만 더 두려운 것은 바로 소문이었다. 큰 비가 오면 자신들은 임유관에서 시체가 될 것이라는 소문이 두려워졌다.

불확실한 소문은 또 다른 괴소문을 낳는 법이었다. 그 괴소문은 급속히 퍼지기 마련이었다. 수나라 군사들에게 있어 이번 전투에서 가장 궁금한 것은 승리할 것이냐의 여부이고 자신의 목숨이 살아남느냐였다. 때문에 진중 내에 퍼지는 소문에 대해 관심을 갖지 않을 수 없었다.

불확실한 소문 수나라 군사들을 괴롭혀왔었다. 자신의 죽음과 연관되기 때문에 수나라 군사들은 비가 오지 않는 시기에도 비가 오느냐 여부를 놓고 팽팽하게 의견대립하면서 괴소문을 키워나갔다. 원래 자신에게 부정적인 소문은 더 넓게 더 빨리 퍼져나가는 법이었다. 수나라 군사들은 부정적인 소문을 공유함으로써 자신이 처해 있는 불안감을 해소하고 있었다. 죽음에 대한 불안감 그것은 불안한 소문을 공유함으로써 안도의 한숨을 쉴 수 있게 해줬다. 하지만 수나라 장수들이 괴소문의 확산을 막기 위해 백방으로 노력했다. 그러나 소용이 없었다. 자신과 관련된 불확실한 정보는 아무리 막는다 해도 퍼지기 마련이었다.

  불확실한 정보는 확대재생산하는 법이었다. 그런 확대재생산은 기정사실화되고 그런 기정사실화된 소문은 급속도로 퍼져나가기 마련이었다.

  이제 비가 오니 그 불확실한 괴소문은 점차 사실화 돼버렸다. 수나라 군사들은 이제 임유관에서 자신이 죽을 것이라는 것을 기정사실화 해버렸다.

  옛말에 삼인성호라 했었다. 한 어머니가 한 마을에 살고 있었는데 그 마을 주민 중 한 명이 어머니에게 자식이 살인을 저질렀다고 이야기했을 때 믿지 않았다. 하지만 자식이 살인을 저질렀다고 이야기하는 주민이 점차 늘어나자 믿어버린 것이었다. 이때 나온 고사가 바로 삼인성호. 세 사람이 모이면 없던 호랑이도 생겨난다는 것이었다.

  수나라 군사들은 임유관을 빠져나온지 오래였다. 그리고 수나라 장수들은 임유관에서 죽을 일은 없을 것이라며 소문을 퍼트리는 자는 엄벌에 처한다고 했다. 하지만 그 괴소문은 점차 퍼지면서 자신들은 임유관에서 죽을 것이라는 것을 기정사실화해버렸다.

  이런 상황이 닥치자 고구려로 진격하는 것 자체가 수나라 군사들에게는 의미가 없게 됐다. 수나라 장수들의 명령도 이제 소용없게 됐다. 수나라 장수들은 수나라 군사들 중 몇 명을 본보기로 목을 뺐지만 그때뿐이었다. 불확실한 정보에 의한 괴소문은 진중에 퍼져나가고 기정사실화 돼버렸다.

  큰 비가 오기 전에 수나라 진중에는 큰 비가 오면 자신들의 시체가 임유관에 산을 이룰 것이라고 소문이 났었는데 큰 비가 왔기 때문에 자신들은 이제 죽는 것 아니냐는 불안감이 휩싸였다. 행군을 하다 잠시 쉬는 시간이나 저녁때는 삼삼오오 모여 비와 소문에 대해 이야기를 했다.

사기.

군대에 있어서 가장 중요한 것 중 하나가 군사들의 사기였다. 군사들이 불안한 마음을 가지면 그 군대는 싸울 용기를 잃게 되고 곧 패배로 연결되는 것이다. 수나라 군사들은 점차 사기를 잃기 시작했다. 수나라 군사들은 요택을 넘어 고구려로 쳐들어가는 것이 무슨 의미가 있을까라는 회의감에 젖어들었다. 더군다나 비가 오면 자신들은 곧 죽을 것이라는 소문이 퍼졌기 때문에 더욱 그러했다.

더군다나 수나라에서는 구경도 하지 못했던 큰 비를 멀리 타국에서 구경하게 됐고 이로 인해 앞으로 나아가지도 뒤로 물러나지도 못하게 되는 상황이 된 터라 수나라 군사들은 동요하기 시작했다.

"장군님. 우리는 어떻게 되는 것입니까?"

"무슨 어떻게 된다는거냐?"

"소문 들어 아시겠지만 큰 비가 오면 임유관에 우리의 시체가 산을 이룰 것이라 했는데 이렇게 큰 비가 내리니 소인들은 불안합니다"

"떽, 쓸데없는 생각하지 말고 행군 준비나 잘해라"

장군들과 비장들은 군사들을 이런 식으로 독려했다. 하지만 정작 자신들도 불안해했다.

결국 행군 속도는 엄청 느려질 수밖에 없었다.

"여기가 어디냐? 여기가 어딘지 어여 알아보아라"

한왕 왕량의 다급한 목소리가 이어졌다.

"여기가 요택이란 곳입니다"

어느 비장이 이렇게 대답했다.

요택. 요동에 위치한 요택은 그야말로 늪지대였다. 늪지대인 요택은 허리 혹은 사람의 몸 길이 보다 더 깊은 늪지대를 이루곤 했다. 하지만 지난 겨울부터 가뭄이 들면서 요택은 물 구경을 하기 힘들었다. 그런 요택이 물구경을 했으니 자연스럽게 늪지대로 변한 것이다.

한왕 양량은 요택이 늪지대인지도 모르고 행군을 했던 것이었다. 한왕 양량 입장에서 보면 지리를 전혀 파악하지 못한 셈이었다.

문제는 3일째가 되는 날부터 행군 도중 일부 군사들이 발바닥에 피가 나면서 발바닥을 부여잡고 고통을 호소하기도 했다. 일부 군사들은 늪지대에 빠지면서 허우적거리면서 늪지대의 물을 조금 마시기도 했다.

"대원수님. 늪지대가 이상합니다"

비장이 대원수 왕세적에게 다가갔다.

"뭐가 이상하다는 것이냐?"

"늪지대에 철심들이 박혀있어 군사들이 행군에 어려움을 겪고 있습니다. 게다가 늪지대에서 이상한 냄새가 나는 것이 꼭 똥물 같습니다"

대원수 왕세적은 군사들의 발바닥을 살펴봤다. 철심에 찔려 군사들의 발바닥은 피범벅이 됐다. 더군다나 군사들의 몸에서는 아주 지독한 똥냄새가 났다.

뭔가 이상했다. 보통 큰 비가 오면 아무리 물이 더럽다고 해도 똥물까지는 아니었다. 그런데 요택에서는 똥냄새가 진동을 하고 있는 것이다. 그것도 몇 개월 묵혀둔 똥냄새였다.

"제가 농사를 지어서 알고 있는데 이건 똥물이 아니라 몇 개월 묵혀둔 거름냄새이옵니다"

일부 군사들의 증언을 듣자 대원수 왕세적은 그때서야 이것이 고구려 군의 소행임을 직시했다.

비장 을지문덕은 군사들을 이끌고 다시 진중으로 돌아왔다. 병마도원수 강이식은 비장 을지문덕을 맞이했다.
"그래, 내가 하라는 대로 했느냐"
"네, 도원수님. 도원수님께서 시키는 대로 요택 군데군데 철심을 박아두고 군데군데 몇 개월 묵은 거름을 뿌리고 왔습니다"
"비오는 날 수고가 많았다. 그래 수나라 진중은 어떠하냐"
"동요가 있지만 아직은 그다지 큰 동요는 없사옵니다"
"하하하. 그렇구나. 하지만 두고 봐라. 이제 내일부터 수나라 군사들은 당황해 할 것이다. 너는 지금 동부대인 연태조에게로 가서 수나라 후방에 있는 군량창고를 불태우고 수송부대를 격파하라"
비장 을지문덕은 병마도원수 강이식에게 인사를 하고 다시 말을 타고 군사들을 몰고 서쪽으로 향했다.
병마도원수 강이식이 요택 지방 노인분들과 술자리를 함께 하고 난 후 이상한 소문을 내라고 했을 때 비장 을지문덕은 그야말로 의아해했었다. 하지만 지금은 병마도원수 강이식의 심리전이었다는 사실을 깨닫게 됐다.

요택에서의 심리전.

전쟁에 있어서 심리전은 확실히 필요하다. 적의 숫자가 아무리 많고 우리 편 숫자가 아무리 적어도 사기만큼 중요한 것은 없다. 어느 편 사기가 더 높으냐에 따라 전쟁의 승패가 가름된다 해도 과언이 아니다. 따라서 전쟁에 임하는 수장들은 우리 편 사기를 높이기 위한 노력을 하고 상대편 사기를

꺾기 위한 노력을 하는 것이다.

이런 면에서 이번 병마도원수 강이식의 전략은 주효했다. 이미 상대편은 전쟁을 하기 전에 병마도원수 강이식의 심리전에 말려들어갔다. 게다가 자연이 고구려를 도와주고 있는 셈이다. 수나라 군사들은 사기가 땅바닥을 헤매고 있다.

이런 상황에서 요택 곳곳에 철심을 뿌리고 곳곳에 몇 개월 된 거름을 뿌렸으니 전염병이 창궐하는 것은 당연지사. 거기에 지금 적의 군량을 끊어버리기 위해 움직이고 있는 셈이다.

수나라 군사들은 행군 자체에 대해 거부감을 표시했다. 그리고 곤욕스런 행군보다는 탈영이란 것을 택했다. 수나라 군사들은 불확실한 정보에 의한 괴소문을 사실로 믿고 이 행군을 계속 한다면 자신은 죽은 목숨이나 마찬가지라 생각했다. 탈영하다 붙잡혀 죽나 행군하다 죽나 마찬가지라 생각했다. 게다가 전염병이 창궐한 군대에 있고 싶지 않았다. 수나라 군사들의 유일한 희망은 탈영밖에 없었다.

탈영.

군사들이 탈영을 한다는 것은 곧 명령체계가 무너지고 그 군대의 수장에 대한 신뢰가 무너졌다는 것을 의미한다. 수나라 장수들은 수나라 군사들에게 목숨을 보호해주겠다는 약속을 했지만 그 약속을 전혀 믿지 못하는 상황이 된 것이다.

수나라 군사들은 이미 싸우고자 하는 의지는 꺾였다. 다만 탈영을 해서 살아남는 것이 중요했다.

반면, 고구려 군사들의 사기는 대단했다. 고구려 진영에도 며칠 전부터 괴소문이 나돌았다. 비가 오면 고구려가 임유관에서 대승을 거둘 것이라는 괴소문이었다. 하지만 비가 오면서 그 괴소문은 기정사실화 돼버렸다. 고구려 군사들은 하루빨리 싸우고 싶었다.

싸우고 싶어 하는 자와 싸우기를 거부하는 자가 부딪힌다면 싸우고 싶어 하는 자가 이기는 것은 당연지사.

비장 을지문덕은 확신을 가졌다. 지금까지 한 번도 제대로 된 싸움을 해보지는 않았지만 이미 승패는 갈렸다고 생각했다. 이번 전쟁에서 고구려가 승리하는 것은 당연한 일이라 생각했다. 새삼 스승 강이식을 존경하게 됐다.

어릴 때부터 전략과 전술을 가르쳐준 스승 강이식이지만 실전에서 이렇게 무섭게 적용될 줄은 꿈에도 몰랐다.

7. 임유관 전투, 병마도원수 강이식

"이런 지독한 늪지대는 처음이니라"

한왕 양량은 이렇게 외마디 소리를 질러댔다.

요택은 점차 수나라 군사들의 허리를 감싸기 시작했다. 이런 상태에서 요택을 건너기란 쉽지 않았다. 대원수 왕세적은 더 이상의 진군은 불가능하다는 것을 깨달았다. 이제는 철군을 해야 한다는 생각뿐이었다. 하지만 한왕 양량의 성정으로 봐서 절대 철군을 하지 않을 것이라는 것도 잘 알고 있었다. 하지만 진군을 한다는 것도 불가능했다.

발바닥에 부상을 입었던 군사들은 행군을 하다말고 고열을 내면서 쓰러졌다. 그리고 똥물을 들이켰던 군사들 역시 고열을 내며 쓰러졌다. 그 주변에 있던 군사들 역시 고열을 내며 쓰러지기 시작했다.

이미 진중에는 전염병이 돌기 시작했다. 군사들이 하나둘 쓰러지거나 죽어나가기 시작했다. 하지만 대원수 왕세적은 아직 안심은 했다. 그것은 진중에 식량과 약초가 많이 남아 있고 후방에서 식량과 약초가 며칠 후에는 도착하기 때문이다. 따라서 행군을 잠시 늦추면서 휴식을 취한다면 전염병은 금방 없어질 것이라 장담했다. 더군다나 비록 하늘은 흐려있지만 비는 소강상태에 접어들었다.

"대원수. 군사들에게 식량과 약초를 넉넉히 지급해주시기 바라오. 무엇보다 군사들의 건강해야 행군을 할 수 있으니 최선을 다해주시기 바랄 뿐이오. 또한 식량과 약초가 우리 진중에 당도하기 전까지는 행군을 멈추고 휴식을 취할까 하는데"

"한왕 전하. 생각 잘 하셨사옵니다. 무엇보다 중요한 것은 군사들의 사기와 건강이옵니다"

대원수 왕세적은 한왕 양량의 말에 전적으로 동조했다.

이로써 길고도 긴 행군은 잠시 휴식에 들어갔다. 군사들은 일단 허리까지 오는 늪지대를 건너지 않아도 된다는 것에 안심했다. 하지만 요택 한 가운데에서 마른땅을 찾기란 쉽지 않았다. 정작 마른땅을 찾아도 그 자리는 식량을 저장하는 장소가 됐다. 식량이 젖으면 일단 군사들에게 배불리 먹일 수 없었기 때문이다.

그날 밤 수나라 군사들은 간만에 휴식을 취했다. 하지만 그것도 잠시 뿐이었다. 어딘가 불이 났기 때문이다.

비장 을지문덕은 군사들을 이끌고 수나라 진중을 향해 조심스럽게 다가갔다. 칠흑같이 어두운 밤 비장 을지문덕은 기병 1천 명을 이끌고 수나라 진중을 향해 조심스럽게 다가갔다. 말발굽은 헝겊으로 감쌌고 말 주둥이에는 헝겊을 물렸다.

그날 밤은 참으로 유난히 어두운 밤이었다. 이런 밤에 수나라 군사들은 세상모르고 곯아 떨어졌다. 요 며칠 사이 강행군을 한 탓에 수나라 군사들은 이 꿀맛 같은 휴식을 즐기고 있었다. 이 밤에 고구려 군사들이 올 것이라고

꿈에도 생각 못했다. 그저 고향에 있는 가족들과의 달콤한 재회를 즐길 뿐이었다.

하지만 그날 밤 비장 을지문덕이 이끄는 군사들은 저승사자처럼 조용히 그리고 은밀하게 수나라 진영으로 다가갔다.

고구려 군사들은 화살의 사정거리에 다다랐고 화살에 불을 먹이기 시작했다. 화살촉 끝에 불이 붙은 화살은 비장 을지문덕의 신호만 기다렸다. 비장 을지문덕은 손을 올렸다. 그리고 이내 손을 다시 내렸다.

신호.

공격하라는 신호였다. 그 신호에 맞춰 고구려 군사들은 말을 몰고 화살을 쏘아댔다. 곳곳에서 불이 일어났고 고구려 군사들의 함성이 하늘을 찔렀다. 단잠에 빠져있던 수나라 군사들은 우왕좌왕했다.

날벼락.

그날의 현장을 수나라 군사들의 입장에서 이렇게 표현할 수 있다. 단잠을 자고 있던 수나라 군사들은 불이 나자 우왕좌왕해야만 했다. 천막이 덮여있던 식량창고는 곧 불바다로 변했다. 수나라 군사 30만을 먹이던 군량은 점차 불길로 덮혔다.

"불이야"

"불이 났다"

수나라 군사들은 불이 났다는 소리를 곳곳에서 질러댔다. 영문을 모르던 비장들은 잠에서 일어나 불을 끄기 위해 수나라 군사들을 독려했다. 하지만 어디서 나타났는지 모르는 고구려 군사들의 화살에 이내 쓰러져야 했다.

수나라 군사들은 불을 끄느라 고구려 군사들을 막느라 정신이 없었다. 고구려 군사들은 그야말로 사냥이나 다름없었다. 어릴 때 산을 누비면서 활로 토끼와 사슴 등을 잡았던 그 실력을 이제 마음껏 발휘하고 있다.

고구려 남자들이라면 농사를 짓던 물건을 만들었던 간에 어릴 때부터 활을 만졌다. 빈부의 격차나 귀천을 따지지 않고 모두 활을 만졌다. 어릴 때 전쟁놀이 자체가 활 쏘는 연습이었다. 게다가 산에서 활로 사냥을 해왔었다. 따라서 활을 어릴 때부터 갖고 놀던 장난감이었다. 비장 을지문덕도 동부대인 연태조도 병마도원수 강이식도 모두 활을 갖고 놀았던 사람들이었다.

고구려 기병들은 어릴 때부터 말을 타고 놀았던 사람들이었다. 말 위에서 잔재주를 부리고 활을 쏘아댔던 사람들이었다. 수나라 군사들을 향해 화살을 쏘는 것쯤은 일도 아니었다. 말 위에서 정확하게 수나라 군사들을 향해 화살을 쏘았다.

비장 을지문덕도 그러했다. 수나라 군사들은 이미 군사들이 아니라 하나의 사냥감이었다. 너무나 익숙한 상황에 비장 을지문덕은 오히려 편안함을 느낄 정도였다.

불은 순식간에 식량창고 전체로 번져나갔다. 식량창고 특성상 마른 상태를 유지해야 하기 때문에 불은 너무나 쉽게 번져나갔다. 수나라 군사들이 재빨리 물을 날라 불을 끄기 시작했다. 하지만 고구려 군사들 때문에 불을 끄는 것도 쉽지 않았다.

지원군.

수나라 군사들에게 있어서 지원군이 필요했다. 수나라 본영에서 한왕 양량이 깨어났다. 저 멀리 식량창고에서 불길이 일어 하늘을 찌르고 있는 모습을 보였다.

"저게 무엇이오"

한왕 양량은 대원수 왕세적에게 질문을 했다.

"소장이 보기에는 식량창고에서 불이 난 것 같습니다. 제가 군사들을 이끌고 알아보겠습니다"

대원수 왕세적은 군사들을 이끌고 식량창고로 향했다.

"퇴각하라"

비장 을지문덕은 고구려 군사들에게 퇴각명령을 내렸다. 비장 을지문덕은 수나라 본영에서 지원군이 올 것이라는 것을 직감했다. 식량창고 대부분을 불바다로 만들었기 때문에 소기의 목적을 달성했다 판단했고 이제는 퇴각을 하는 일만 남았다 생각했다.

비장 을지문덕을 비롯한 고구려 군사들은 말을 이끌고 퇴각을 하기 시작했다.

대원수 왕세적이 식량창고에 도달했을 때는 식량창고 대부분이 불에 탔고 고구려 군사들은 이미 빠져나간 상태였다.

망연자실에 빠질 수밖에 없었다. 수나라 군사들이 고된 행군에도 불구하고 버틸 수 있었던 것은 먹을 것 때문이었다. 하지만 내일 아침 당장 먹을 것도 이제 없는 실정이다. 난감해했다.

더욱 난감한 사람은 한왕 양량이었다. 진중에 전염병이 퍼지고 있기는 하지만 군사들을 배불리 먹이고 약을 지어 먹이면 전염병은 금방 없어질 것으로 생각했다.

그런 생각이 이제는 물거품이 돼버렸다. 이제 유일한 희망은 이틀 후 후방에서 오는 식량이었다. 그것만이 유일한 희망이었다.

한왕 양량도 수나라 군사들에게 배불리 먹이시 못한다면 수나라 군사들이 자신에게 무엇을 할지도 모른다는 사실을 너무나 잘 알고 있었다.

배고픔에 시달린 사람들에게 명령이란 소용없는 것이었다. 배고픔에 시달리면 위에서 무엇이라 해도 자신은 살 궁리를 할 수밖에 없었다.

그것이 탈영으로 끝나면 다행이었다. 하지만 탈영이 아니라 칼로 윗사람의 목을 거누는 경우도 왕왕 있었다. 그렇기 때문에 한왕 양량도 지금 수나라 군사들의 움직임에 대해 예의주시할 수밖에 없었다.

비장 을지문덕은 수나라 식량창고를 초토화시킨 후 군사들을 이끌고 서쪽으로 향했다. 수나라 식량부대를 치기 위해 준비하고 있는 동부대인 연태조 군대와 합류하기 위해서다.

"오느라 수고했소"

숲에 숨어서 수나라 식량부대를 기다리던 동부대인 연태조는 비장 을지문덕을 맞이했다.

"수나라 본진의 식량창고를 불태웠다는 소식을 들었소. 아주 혁혁한 공을 세웠더군"

동부대인 연태조는 비장 을지문덕을 칭찬했다.

"소장이 할 일을 다 했을 뿐입니다. 수나라 식량부대는 어디쯤 왔습니까?"

"척후병의 소식에 의하면 여기서 반나절 거리에 있다고 하던데"

동부대인 연태조와 비장 을지문덕은 숲에 숨어서 수나라 식량부대가 통과하기를 기다렸다.

수나라 식량부대는 동으로 동으로 향했다. 이제 며칠 후가 되면 수나라 본진에 합류할 수 있을 것이다.

"서둘러라. 수나라 군사들이 우리를 기다리고 있다"

수나라 장군은 군사들을 독려했다. 수나라 군사들은 곧 자신에게 닥쳐올 운명을 꿈에도 생각 못했다.

수나라 식량부대는 혹시 모를 공격에 대비하면서 동으로 행군을 계속했다. 동쪽으로 향할수록 숲이 점차 보이기 시작했다. 수나라 장군은 약간 겁이 났다. 만약 여기서 기습을 받는다면 쉽게 무너질 수도 있다 판단했다. 하지만 수나라 본진이 식량을 기다리고 있기 때문에 행군속도를 빨리 내야만 했다.

더군다나 척후병의 소식에 의하면 수나라 본진의 식량창고가 고구려 군사들에 의해 소각됐다고 한다. 따라서 수나라 본진은 자신을 무척 기다리고 있을 것이라 판단했다.

그때였다. 숲속에서 말발굽 소리와 함성소리가 나더니 화살이 비 오듯 쏟아졌다.

"적의 기습이다. 적을 맞이하라"

고구려 기병들이 쏟아져 나오더니 수나라 식량부대를 무참히 도륙했다. 고구려 기병들은 말을 타고 나오면서 수나라 군사들을 향해 화살을 갈겼다. 워낙 어릴 때부터 말 위에서 화살을 쏘는 연습을 해온 터라 활 쏘는 솜씨가 정확했다. 백발백중이라 해도 과언이 아니었다.

수나라 군사들은 속수무책으로 고구려 기병들이 쏘는 화살에 쓰러져야 했다. 점차 수나라 군사들의 숫자가 줄어들었다.

어느 정도 숫자가 줄어들었다 생각될 때 고구려 보병들이 나타났다. 고구려 보병들은 창으로 칼로 수나라 군사들을 도륙했다. 고구려 기병들이 이미 수나라 진형을 무너뜨리고 정신없게 만들었기 때문에 고구려 보병들은 주워 먹는 기분으로 수나라 군사들을 죽여 나갔다. 수나라 군사들이 점차 줄어들자 수나라 장군은 겁이 나기 시작했다. 퇴각을 하지 않으면 자신들 중 살아남는 사람이 한 사람도 없을 것이라 판단했다.

"퇴각하라"

수나라 군사들은 식량을 버리고 도망가기 시작했다. 고구려 군사들은 그들을 뒤쫓지 않았다. 대신 식량을 이끌고 고구려 본진으로 향했다.

동부대인 연태조와 비장 을지문덕은 이런 식으로 고구려 길목 곳곳에 숨어 수나라 수송부대를 격파했다. 수나라 수송부대가 격파 당하니 한왕 양량의 30만 군대는 굶주림에 전염병과 싸워야 했다. 이중고를 겪을 수밖에 없었다.

병마도원수 강이식은 동부대인 연태조에게 2만의 군사를 내어주었다. 동부대인 연태조는 2만의 군사를 데리고 임유관으로 향했다. 임유관은 이미 수나라가 함락시켰고 1만의 군사가 남겨져 있었으나 노약병이기 때문에 2만의 군사로 충분히 함락시킬 수 있었다. 게다가 임유관 내부에는 이미 비장 고승과 그의 부하들이 잠복해 있었다.

동부대인 연태조가 임유관에 도착한 날 임유관 성문은 비장 고승과 그의 부하들에 의해 열렸다. 그리고 임유관을 재정비했다. 이제 한왕 양량은 독 안에 든 쥐였다. 수나라 수송부대는 임유관을 통과해야지만 한왕 양량의 군대에게 식량과 물자를 보급할 수 있었다. 하지만 임유관이 고구려에게 넘어가면서 상황은 역전됐다.

그러는 사이 비장 을지문덕은 임유관으로부터 나왔던 수나라 수송부대를 모두 섬멸시켰다.

수나라 본진에는 청천벽력 같은 소식이었다. 전염병이 돌고 있는 상태에서 후방에서 오는 구호물자만이 유일한 희망이었다. 그런 희망이 고구려 군사들에게 무참히 패배했다는 소식이 이곳저곳에서 들리자 이제는 어찌할 방법이 없었다. 더군다나 임유관이 함락됐다는 소식은 엄청난 것이었다.

희망.

희망이 보이지 않는 군대는 쓸모가 없었다. 고구려로 진격하고 있는 한왕 양량의 30만 대군은 이제 아무런 희망이 보이지 않았다. 식량도 조달할 수 없는 상황이었다. 전염병은 창궐한 상황이었다. 괴소문으로 인해 수많은 군사들은 탈영을 하고 있었다. 이런 상황에서 고구려로 진격한다는 것 자체가 무리였다. 오로지 퇴각밖에 희망이 없었다.

한왕 양량과 대원수 왕세적을 비롯한 수나라 장수들은 군 막사에 모여 대책을 강구했다. 많은 장수들이 퇴각을 해야 한다고 진언했다. 하지만 한왕 양량은 그 말을 듣지 않았다. 우선 수나라로 돌아가면 양광의 비웃음을 살 것은 뻔한 것이었다. 게다가 아버지 양견의 진노 역시 대단할 것이라 생각했다. 무엇보다도 진중에 퍼진 소문 역시 무시를 못하게 됐다. 만약 이대로 퇴각을 할 경우 임유관을 지나야 하는데 고구려 군사들을 만날 경우 분명 엄청난 싸움이 될 것으로 예상했다.

하지만 이 요택만은 벗어나야 했다.

"오로지 전진뿐이옵니다. 이 요택만 지나면 우리는 수군 장수 주라후가 배에 식량을 싣고 요동에서 우리를 기다리고 있을 겁니다. 그러니 전진을 해야 합니다"

대원수 왕세적은 저절로 한숨이 나왔다. 하지만 한왕 양량의 고집은 대단했다. 오로지 전진만 있었다. 더 이상 말릴 수 없는 상황이었다. 대원수 왕세적은 한왕 양량의 결정을 꺾을 수 없다면 이 요택을 빨리 벗어나야만 했다.

대원수 왕세적은 군사들에게 행군을 독려했다.

"우리가 살아남을 방법은 이 요택을 빨리 벗어나는 것이다"

하지만 이미 진중에 전염병이 번졌고 늪지대가 된 요택을 빠져나가기 쉽지 않았다. 행군속도는 더딜 수밖에 없었다. 진중에 식량과 약초도 없으니 전염병은 더욱 빠른 속도로 번져나가기 시작했다. 시간이 지날수록 쓰러지는 군사들이 많아졌다. 이제 멀쩡한 군사들보다는 전염병에 걸린 군사들의 숫자가 더욱 많아지기 시작했다.

수나라 군사들은 낮에는 행군을 하고 밤에는 시체를 모아 불태우는 작업을 해야만 했다. 수나라 후방에서 오는 식량부대는 계속적으로 고구려 군대에게 패배해 돌아가야만 했다.

한왕 양량은 오기가 생겼다. 이제 조금만 가면 요택을 벗어날 수 있고 그렇게 되면 맛있는 식사를 배불리 할 수 있을 것이라 판단했다.

그렇게 며칠이 지나고 드디어 요택을 벗어날 수 있었다. 요택을 벗어나니 요서지방의 유성이었다. 임유관을 지나온 지 거의 20여일 가까이 됐다.

"한왕 전하. 드디어 요택을 빠져나왔습니다"

일단 안심을 했다.

"지금부터 근처에서 식량을 찾아보시오"

한왕 양량의 명령이 떨어지자 대원수 왕세적은 군사들을 이끌고 식량을 구하러 돌아다녔다. 하지만 이미 온 천지가 시커멓게 변해있었다.

벌판의 청야전술.

적이 쳐들어오면 들판을 불태우고 민가에 있는 식량들을 챙겨서 적들이 식량을 찾지 못하도록 하는 전술이었다. 이미 요동 벌판은 불에 탔고 식량은 어디에서든 찾을 수 없었다.

수나라 군사들은 식량을 찾으려 했으나 도저히 찾을 수 없었다. 쌀 한 톨도 구경을 못하는 그런 상황이 됐다.

"지독한 놈들. 식량을 모두 가져가고 들판을 불태우다니"

수나라 군사들은 초근목피를 하고 싶었지만 뿌리며 나무껍질도 없는 그

런 들판에서 망연자실 할 수밖에 없었다.

허탈감.
  유일한 게 남아 있던 희망마저 잃어버렸을 경우의 허탈감은 사람의 모든 것을 무너뜨리게 했다. 수나라 군사들은 이제 수나라 장수들의 말을 믿지 못하게 됐다. 수나라 장수들은 요택을 빠져나올 때까지 온갖 감언이설로 수나라 군사들을 달랬다. 그리고 수나라 군사들도 가장 어려운 환경 속에서도 요택만 벗어나면 배불리 먹을 수 있을 것이라는 희망을 품었다. 하지만 이제는 아무런 꿈도 희망도 없는 상황이 됐다. 수나라 군사들은 점차 수나라 장수들에게 분노하기 시작했다. 이제는 대놓고 불평불만을 토로하기 시작했다. 수나라 장수들은 불평불만을 내놓는 군사들의 목을 칠 것이라고 엄포를 놓았지만 그 엄포가 수나라 군사들의 귀에 들어갈리 만무했다.
  수나라 군사들은 수나라 장수들이 엄포를 놓을 때마다 콧방귀를 뀌었다. 그리고 대놓고 퇴각해야 한다고 주청을 했다. 그리고 퇴각하지 않을 경우 무슨 짓을 벌일지 모른다고 대놓고 떠벌리고 다녔다.
  한왕 양량을 비롯한 수나라 장수들은 바짝 긴장하지 않을 수 없었다. 이제 한왕 양량에게 남은 것은 수나라 수군 장수 주라후가 이끄는 수군 식량부대만을 기다리는 수밖에 없었다. 수군 장수 주라후가 배에 식량을 가득 싣고 바다를 건너 이곳 요동으로 오고 있는 중이었다. 따라서 수군 장수 주라후가 수나라에게서는 유일한 희망이 됐다.
  한왕 양량은 군사들을 모아놓고 일장연설을 했다.
  "수나라 장졸들은 들어라. 우리가 고생 끝에 요택을 벗어났다. 난 여기서 더 이상 행군을 하지는 않겠다. 다만 장졸들에게 조금만 참아달라는 이야기를 하고 싶다. 그것은 바로 수군 장수 주라후가 수군 식량부대를 이끌고 며칠 안에 이곳을 당도한다고 방금 전 전령이 왔기 때문이다. 식량부대만 여기에 도착한다면 여러 장졸들은 배불리 먹을 수 있게 될 것이다. 그때까지만 참고 기달려달라"

거의 읍소였다. 한왕임에도 불구하고 군사들에게 읍소를 할 수밖에 없었다. 아무런 희망도 보이지 않는 군사들에게 명령을 내릴 수도 없었다. 다만 기다려달라고 외치는 것밖에 없었다. 수나라 군사들은 기다려주느냐 퇴각하느냐를 놓고 동요했다.

일단 수군 장수 주라후가 이끄는 수군 식량부대가 도착하기를 기다리기로 했다. 아무것도 먹지 않은 상황에서 요택을 다시 건너기 두려웠던 것이었다.

수군 장수 주라후가 배에 식량을 가득 싣고 요동으로 향했다. 이미 고구려 곳곳에 세작들을 보내 평양성을 칠 것이라고 소문을 냈다. 하지만 정작 향하는 곳은 평양성이 아니라 비사성이었다. 요동에 있는 한왕 양량의 군사 30만을 먹여 살리기 위해 바다를 건너고 있었던 것이다.

병마도원수 강이식은 그것을 간파했다. 왕제 고건무에게 명령을 내렸다. 비사성에서 적을 맞이하라고 주문했다.

왕제 고건무도 병마도원수 강이식이 어떤 주문을 하는지 알았다. 수나라 수군들은 애초부터 평양성 진격이 아니라 요서에서 고전하고 있는 한왕 양량의 30만 군사들에게 먹을 것을 대주는 그런 역할을 할 것이라고 판단했다. 왕제 고건무는 고구려 수군이 평양성으로 향하고 있다고 거짓정보를 수나라 진중에 흘렸다. 수나라 수군 장수 주라후는 회색의 미소를 지었다. 하지만 왕제 고건무는 고구려 수군 대부분을 이끌고 비사성으로 향했다.

비사성은 천혜의 요새였다. 비사성 망루에서 바라보면 발해만이 보이고 그리고 평양성으로 오는 수군들을 격파할 수 있는 가장 좋은 요새였다.

바다 위 절벽에 세워진 비사성은 성이라기는 보다는 망루에 가까울 정도였다. 물론 많은 사람들이 비사성에 살기는 했지만 거의 군사적 요충지나 다름없었다. 망루에 있는 노궁은 먼 바다에 있는 배에 도달할 정도로 사정거리가 길었다. 비사성에서 쏘는 노궁화살을 적들은 온몸으로 받아내야 할 정도였다.

반면 바다에서 비사성을 향해 화살을 날려도 비사성에 도달하지 못했다. 천상 비사성을 공략하기 위해서는 해안에 상륙을 해야 하고 그리고 난후 공성전을 펼쳐야 했다. 하지만 해안에 닿기도 전에 비사성에서 노궁화살들이 비 오듯 쏟아지기 때문에 해안 상륙은 쉽지 않았다. 따라서 비사성은 완전 천혜의 요새였다.

이런 비사성의 사정을 제대로 인지하지 못한 수나라 수군 장수 주라후는 왕제 고건무가 비사성에서 자신들을 기다리는지는 꿈에도 모르고 비사성을 향했다. 수나라 수군이 평양성을 칠 것이라고 거짓정보를 흘렸기 때문에 고구려 수군 대부분이 평양성 근처에 집중해있고 비사성은 말 그대로 수비를 위한 소수 병력만 있을 것으로 판단했다. 수나라 수장 주라후는 비사성을 넘어 요서로 진출해 한왕 양량에게 식량을 전해주면 자신의 임무는 그것으로 끝이다고 생각했다.

비사성 근처에 다다를 때는 새벽 정도였다. 비사성 앞바다는 안개가 끼어 있었다. 비사성은 너무도 조용해보였다. 자신들이 설마 비사성 앞바다로 오랴라고 생각했을 것이다. 비사성만 공략하고 난 후 요서로 진출하면 이번 전쟁은 승리를 거둘 것으로 생각했다.

하지만 비사성 앞바다에서는 이미 왕제 고건무가 이끄는 수군이 수나라 수장 주라후 부대를 기다리고 있었다.

"전하, 적들이 비사성 앞바다까지 당도했습니다"

왕제 고건무는 선실에서 고구려 수장들을 불러다 작전회의를 열었다.

"적들은 현재 장사도의진을 펼치고 있습니다.

왕제 고건무는 회심의 미소를 지었다. 장사도의진은 뱀이 길게 늘어진 모양으로 기동력이 뛰어나 지형이 험준한 산악이나 이동이 불편한 늪지, 숲 등에서 많이 사용하는 진법이다. 전후로는 공격과 방어에 효과적인 대비를 할 수 있지만 좌우에서 공격을 받을 시 위험한 진법이었다.

"이제 우리 수군은 수나라 수군 허리를 끊어야 한다. 적의 허리를 끝을 경우 전후 부대들이 혼란을 겪을 것이다. 따라서 수나라 수군 허리를 보강하기 위해 진법이 일시적으로 혼란을 겪게 될 것이다. 그때 총공세를 펼친다면 우리 수군은 승리를 할 수 있을 것이다"

왕제 고건무는 비장들에게 장황하게 설명했다. 비장들도 그 전법이 가장 탁월한 전법이라는 것을 잘 알고 있었다.

새벽의 비사성 앞바다는 안개가 끼어 시야확보가 어려웠다. 수나라 수군으로서는 경계를 늦출 수 없었다. 하지만 지리를 워낙 잘 알고 있는 고구려 수군에게 있어서 안개는 큰 장애물이 되지 못했다.

고구려 수군 일부가 수나라 수군 허리를 끊기 위해 출발했다. 수나라 수군 허리가 끊어진다면 그 다음에는 수나라 수군 전후에서 대대적인 공세를 펼칠 계획이었다.

수나라 수장 주라후는 그것이 걱정됐다.

"경계를 늦추지 마라. 적들은 언제 쳐들어올지 모른다"

수장 주라후는 부하장수들에게 경계를 엄히 설 것을 채근했다. 하지만 고구려 수군 대부분이 평양성에 주둔해 있고 소수 병력만 비사성에 있을 것이라고 판단했다. 그러는 사이 고구려 수군 일부는 이미 수나라 수군 허리에

바짝 다가왔다.

한동안 정적이 흐르는 듯 하더니 함성소리와 함께 화살이 수나라 수군으로 쏟아졌다.

"적이다. 적이 나타났다"

수나라 수군들은 분주히 움직였다. 적들의 기습공격을 알았기 때문에 침착하면서도 분주하게 움직였다. 하지만 장사도의진법은 잠시 잠깐 무너질 수밖에 없었다. 수나라 수군 전후에 있던 부대는 허리를 향해 이동했다.

그때였다. 수나라 수군 전후에서 함성소리가 나면서 고구려 수군이 나타났다. 수나라 수군은 앞뒤에서 그리고 중간에서 고구려 수군을 맞이해야 했다.

집중과 분산.

왕제 고건무는 그것을 노렸다. 수나라 수군 허리를 노리면 일단 집중을 하기 위해 수나라 수군들은 허리로 몰릴 수밖에 없다. 그걸 틈타 고구려 수군은 수나라 수군 전후를 집중시켰다. 수나라 수군 입장에서는 집중을 하려다 분산된 꼴이다. 수나라 수군은 전후에서 그리고 허리에서 고구려 수군을 맞이해야 했다. 그러나 고구려 수군은 수나라 수군 전후를 집중해 공격했다. 애초 비슷한 전력을 갖고 있다면 누가 집중하고 누가 분산하느냐에 따라 승리가 갈려지게 돼있었다. 수나라 수군은 분산된 꼴이고 고구려 수군은 집중을 하는 꼴이 됐다.

수나라 배들은 점차 불에 타거나 침몰하는 숫자가 늘어났다. 식량을 실은 배들은 기동성이 약했다. 식량은 워낙 무겁기 때문에 고구려 배들을 따라잡을 수 없었다. 고구려 배들은 날렵하게 수나라 수군 진영을 휘젓고 다니며 수나라 배들을 침몰 시켰다. 반면, 수나라 배들은 전투에 적합한 배들이 아니기 때문에 속수무책으로 당해야 했다.

수나라 수장 주라후는 낙담할 수밖에 없었다. 그저 침몰하는 배들만 쳐다봐야 하는 상황이었다.

대패였다.

참담한 상황이었다. 분명 고구려에게 평양성을 진격한다고 거짓정보를 흘렸다. 하지만 고구려는 이를 간파하고 비사성에 병력을 집중한 것이다. 차라리 평양성으로 그냥 진격했다면 고구려는 상당한 혼란에 휩싸였을지 모른다. 물론 그렇게 되면 요서에 있는 한왕 양량의 30만 대군도 힘든 상황에 부딪혀야 할 수도 있다. 하지만 고구려 역시 수군은 비사성에 집중시키고 육군 역시 요동에 집중시켰기 때문에 평양성을 공략할 수 있는 절호의 기회가 된 셈이다. 그런 기회를 놓친 것이다. 수나라 수장 주라후는 땅을 치고 후회했다. 하지만 어쩔 수 없었다. 그저 다시 산동으로 퇴각할 수밖에 없었다.

"임유관이 함락됐습니다"
"주라후 장군의 수군이 전멸됐습니다"

한왕 양량에게는 청천벽력 같은 소식이 연달아 들렸다. 날마다 늘어나는 전염병 환자들을 살리기 위해서는 든든한 먹을 것과 약재밖에 없었다. 하지만 요택을 빠져나온 지금은 식량도 없고 약재도 없었다. 이런 상황에서 수나라 수군 장수 주라후가 이끄는 식량 보급선이 고구려 왕제 고건무에게 격파 당하고 임유관 마저 동부대인 연태조에게 함락 당한 것이었다.

이제 식량을 구할 수 있는 곳은 아무 곳도 없었다. 한왕 양량은 고민에 빠졌다. 회군을 해야만 했다. 하지만 임유관에서 고구려 군사들은 한왕 양량의 군대를 기다리고 있을 것이 뻔했다. 그렇다고 앞으로 진격할 수 있는 상황이 아니었다.

진퇴양난.

한왕 양량은 이 사자성어가 자신을 위해 탄생한 단어라 생각했다. 뾰족한 수가 없었다.

"한왕 전하. 이제는 뾰족한 수가 없습니다. 이대로 회군을 하는 수밖에 없습니다"

"알고 있소이다. 하지만 임유관으로 가면 고구려 군사들이 있을 텐데 그 군사들을 어떻게 막을 것이며 설사 회군을 한다 해도 아바마마를 어찌 뵈올지"

"한왕 전하. 이것저것 생각하다보면 할 것이 아무것도 없사옵니다. 이제는 무조건 살고 보아야 할 것입니다. 수나라 본토로 회군하는 것이 사는 길이라 사려되옵니다"

한왕 양량도 회군하는 것만이 수나라 군사들을 죽음으로부터 구할 수 있는 것이라는 사실을 잘 알고 있었다. 하지만 임유관에서 고구려 군사들이 떡하니 버티고 있는 것이 두려웠다.

그때서야 소문의 진상이 이렇게 무섭다는 것을 알게 됐다. 큰 비가 내리고 난 후 임유관은 수나라 군사들의 시체로 넘쳐날 것이라는 소문이 이제는 자신의 목을 죄고 있다는 것을 알게 됐다. 하지만 회군을 해야 했다.

"적들이 임유관에 올 때까지 싸우지 말거라"

병마도원수 강이식은 전군에게 이렇게 명령을 내렸다. 그리고 임유관으로 총집결했다.

"동부대인 연태조는 2만의 군사를 이끌고 임유관 동쪽 산에 매복하라. 적들이 임유관을 쳐들어 올 경우 매복하고 있다가 수나라 군대 왼쪽을 공격하라. 비장 을지문덕 역시 5천의 군사를 이끌고 임유관 서쪽 산에 매복해 있어라 역시 마찬가지로 임유관을 공략할 때 오른쪽 공격을 강행한다"

병마도원수 강이식의 명령은 일사불란했다. 그로부터 며칠 후 한왕 양량의 군대가 임유관에 보이기 시작했다. 그들은 패잔병이었다. 먹을 것을 먹지 못하고 제대로 치료를 하지 못하니 군대라 할 수 없었다.

수나라 군사들은 이미 군대가 아니었다. 이미 여러 군사들이 탈영해 각자 수나라 땅으로 향했다. 수나라 군대에 남아 있는 군사들 역시 먹을 것 제대로 못 먹고 제대로 치료하지 못해 이미 군대라 할 수 없었다. 게다가 임유관이 가까워오자 공포의 빛은 얼굴에 더욱 드리워졌다. 임유관에서 싸우고 싶지 않았다. 임유관을 피해 수나라 땅으로 들어가고 싶었다. 수나라 군사들 중 일부는 탈영을 왜 안했을까라는 뒤늦게 후회를 하기 시작했다.

오로지 한왕 양량과 대원수 양세적만이 눈빛이 빛났다.

"한왕 전하. 우리가 저 임유관을 넘지 못한다면 우리는 수나라 본토로 돌아갈 수 없습니다"

"나도 알고 있소. 하지만 우리가 임유관을 넘지 못한다면 우리는 수나라 본토로 돌아갈 수 없기 때문에 우리는 저 임유관을 넘어야 하오"

하지만 수나라 군사들은 이미 겁에 질려있었다. 그것은 소문 때문이었다. 큰 비가 오고 나면 수나라 군사들은 임유관에서 시체가 돼 산을 이룰 것이라는 소문이었다. 자신들의 무덤이 여기구나라는 생각이 들었다. 도망치고 싶었다. 벌써 몇몇 군사들은 도망치기 바빴다. 수나라 장수들은 그들을 쫓을 생각도 하지 않았다.

수나라 장수들은 임유관 공격준비에 들어갔다. 한왕 양량은 수나라 군대

앞으로 나아갔다.

"장졸들은 들어라. 비록 우리가 고구려 침략에 실패를 했다고 하나 우리는 무적의 수나라 군대다. 이제 우리는 수나라 본토로 돌아가야 한다. 하지만 저 임유관을 넘지 못하면 우리는 죽은 목숨이나 마찬가지다. 임유관을 함락시키고 따뜻한 고향의 품으로 가야한다. 그리운 가족 품으로 가기 위해 우리는 여기서 승리를 쟁취해야 한다"

한왕 양량이 이렇게 외쳤으나 수나라 군사들은 이미 겁에 질린 상황이었다.

한왕 양량은 손을 들었다. 이제 곧 공격신호가 떨어지는 것이었다. 공격신호가 떨어지면 승패도 모르는 싸움을 시작해야 한다. 수나라로서는 상당히 불리한 싸움인 셈이다. 하지만 해야 했다. 그러지 않으면 모든 군사들이 이 역만리에서 죽어야 하기 때문이었다. 한왕 양량은 손을 내렸다. 공격신호였다.

이내 뿔 나팔이 불고 북소리가 나기 시작했다. 공격신호에 따라 수나라 군사들은 임유관을 향해 진격했다.

임유관은 그때까지만 해도 조용했다. 조용히 수나라 군사들이 바짝 다가오기만을 기다렸다. 그리고 얼마 지나지 않아 성벽 위에서는 궁수들이 나타났다. 궁수들은 이내 수나라 군사들을 향해 화살을 쏘아댔다. 수나라 군사들은 방패부대를 앞으로 내보냈다. 방패부대들이 고구려 궁수들의 화살을 막아냈다. 하지만 고구려 궁수들의 화살에 하나둘씩 무너지기 시작하더니 많은 수나라 군사들이 쓰러지기 시작했다. 그럼에도 불구하고 수나라 군사들은 임유관을 넘기 위해 진격하고 또 진격했다. 수나라 군사들은 사다리를 성벽에 대고 기어오르기 시작했고 고구려 궁수들은 기어오르는 수나라 군사들을 향해 화살을 날렸다. 수나라 군사들은 화살에 맞아 창에 맞아 칼에 맞아 쓰러지고 죽어나가기 시작했다. 수나라 군사들이 비록 그 숫자가 많이 줄어들었다고 하나 아직까지는 대군이었다. 임유관을 고구려 군사들이 튼튼히 막고 있다고 하지만 대군 앞에서 까딱 잘못하면 함락될 뻔했다.

하지만 병마도원수 강이식은 망루에서 여유롭게 군사들을 지휘했다. 병마도원수 강이식은 성에 있는 봉화에 연기를 피우라고 명령을 내렸다. 이내 봉화에 연기가 올랐다.

그러자 산천 곳곳에서 뿔 나팔 소리와 북소리가 나기 시작했다. 그리고 산 곳곳에서 대군이 쏟아져 나오기 시작했다. 진정한 싸움은 이제부터 시작이었다.

비장 을지문덕과 동부대인 연태조가 이끄는 대군이 산에서 쏟아져 나오기 시작하면서 한왕 양량은 당황하기 시작했다. 모든 병력을 임유관에 쏟아 부었기 때문에 후방에 남아 있는 병력이 얼마 남지 않아 후방의 안전은 보장할 수 없는 상황이었다.

대원수 왕세적이 한왕 양량에게 바짝 다가갔다.

"한왕 전하. 임유관을 공격하는 병력을 후방으로 빼야 합니다. 그러지 않으면 후방이 무너집니다"

"대원수. 이제 곧 있으면 임유관은 함락될 것이오. 조금만 시간을 주시오"

"아닙니다. 이대로 간다면 후방이 무너지게 되고 후방이 무너지면 임유관을 함락해도 소용 없습니다"

한왕 양량은 입술을 깨물었다. 거의 다된 밥이었다. 하지만 고구려 대군이 후방을 노리고 있기 때문에 어쩔 수 없이 퇴각 명령을 내려야 하는 상황이었다. 만약 퇴각 명령을 내리지 않으면 자신이 고구려에 붙잡혀 죽게 생겼다.

"후방을 보호하라"

"임유관으로 진격했던 군사들은 후방으로 와서 한왕을 보호하라"

퇴각의 북소리가 나기 시작했다. 임유관으로 진격했던 수나라 군사들이 퇴각의 북소리를 듣고 물러나기 시작했다. 병마도원수 강이식은 그 모습을 보며 빙그레 웃었다. 그리고 손을 들어 신호를 보냈다.

그 신호에 맞춰 성문이 열리고 고구려 기병들이 쏟아져 나왔다. 고구려 기병들은 후퇴하는 수나라 군사들을 도륙하기 시작했다. 수나라 군사들의 걸음이 아무리 빠르다고 한들 고구려 기병의 속도와 비교를 할 수 없었다. 수나라 군사들은 후퇴하랴 고구려 기병들을 막으랴 정신이 없었다. 진형은 진형대로 무너진 것이었다. 임유관에 나아갔던 군사들이 고구려 기병들에게 막혀 퇴각을 못하는 그런 상황이 돼버린 셈이다.

한왕 양량은 마음이 조급했다. 후방에서 비장 을지문덕과 동부대인 연태조의 군사들을 막느라 정신이 없었다. 임유관으로 나아간 수나라 군사들은 고구려 기병에 의해 도륙을 당하고 있었다.

"한왕 전하. 이제 임유관을 버리고 퇴각해야 합니다"

대원수 왕세적은 임유관을 버리고 도망가야 한다고 한왕 양량에게 이야기했다.

"대원수. 여기서 어떻게 수나라로 들어간단 말이오"

"대군을 이끌고 수나라로 들어가는 것은 이제 힘듭니다. 한왕 전하께서만이라도 수나라로 들어가셔야 합니다"

"뭐라고요? 30만을 이끌고 온 나에게 30만 대군을 버리고 혈혈단신으로 수나라로 돌아가란 말이오. 그게 말이 된다 생각하오"

"말이 되건 안되건 한왕 전하께서는 살아남으셔야 합니다. 어서 퇴각하십시오"

"그럼 대원수는?"

"저는 여기서 고구려 군사들을 막고 있을테니 어서 피하십시오"

한왕 양량은 처음에는 그리 할 수 없다고 버텼다. 하지만 대원수 왕세적의 고집 또한 대단했다. 결국 한왕 양량은 수나라 군사들을 버리고 도망치기 시작했다. 한왕 양량을 따르는 군사들은 수백도 채 안된 숫자였다.

처참한 패배를 했다. 30만 대군을 이끌고 고구려를 침범했던 한왕 양량은 불쌍한 몰골을 하고 수나라로 돌아간 셈이었다. 한왕 양량은 자연이 자신을 도와주지 못해 패배를 했다고 생각했다. 탁군에 도착했을 때쯤에는 1만 명의 군사만 되돌아 왔다. 그 군사들 중에는 대원수 왕세적도 포함돼 있었다.

수나라 군주 양견은 한왕 양량의 패배 소식을 듣자 상당히 실망을 했다. 그리고 고구려 침략이 힘들다는 사실을 알고서는 자신의 재위기간 동안 고구려를 침략해서는 안된다고 발표까지 했다. 그리고 실제로 수나라 군주 양견이 죽을 때까지 수나라는 고구려를 한 번도 침략하지 않았다.

8. 녹족부인과의 재회

"돈 좀 주세요"

저 멀리 일행이 보이자 아이들이 우르르 몰려갔다. 일행들은 아이들이 귀찮다는 듯이 아이들을 쫓아내려 했다.

저 멀리 일행은 점차 함거 일행에게 다가오고 있었다. 멀리서 다가오는 일행은 돌궐 일행들이었다.

"그대들은 어디서 오는 일행인가"

함거를 호송하던 장수가 앞으로 나아가 물었다.

"우리는 저 멀리 돌궐 지방에서 오는 사신이옵니다. 이번 전쟁에서 고구려가 승리했다는 소식을 듣고 태왕 폐하께 감축 드리러 이렇게 찾아왔소이다. 그대들은 누구시오?"

"우리는 귀양 가는 죄인을 호송하는 군사들이다. 태왕 폐하를 찾아온 돌궐 사신이구만"

함거를 호송하던 장수는 이렇게 묻고 가던 길을 가려 했다.

돌궐은 수나라의 모함에 의해 동돌궐과 서돌궐로 나뉘었는데 동돌궐의 계민가한은 특히 수나라 공주와 결혼해서 수나라와 상당한 친분을 가졌다. 이번 전투에서도 수나라 군주 양광은 계민가한을 고구려에까지 불러들여 이번 전투를 구경하게끔 했다. 수나라 군주 양광은 자신의 군대가 승리하는 모습을 보여주고 싶었던 것이었다. 하지만 계민가한은 고구려의 저력을 보게 됐다. 계민가한으로서는 고구려의 심기를 불편하게 해서는 안된다는 생각을 했다. 그렇기 때문에 사신을 보내 일단 친하게 지내보자는 몸짓을 보이고 있는 셈이었다.

"함거 안에 죄인은 누구인지"

"그대들은 알 것 없다. 그냥 가던 길을 가거라"

"그래도 누군지 궁금하옵니다"

"죄인 을지문덕이니라"

돌궐 사신들은 깜짝 놀랐다. 이번 전투에서 승리를 일군 장군 을지문덕이 죄인으로 귀양을 간다는 것에 대해 궁금하지 않을 수 없었다. 돌궐 사신들은 이번 전투에서 장군 을지문덕의 활약을 그대로 전장에서 보아왔었다. 그렇기 때문에 장군 을지문덕의 이름만 들어도 존경해 마지않았다. 그래서 한 번이라도 얼굴을 보고 싶다는 생각을 해왔었다. 돌궐 사신들은 함거 안을 보았다. 장군 을지문덕은 순간 자신이 무슨 구경꺼리가 된 것처럼 되자 기분이 별로 좋지 않았다.

"저들에게 자신을 보이니 부끄럽사옵니까"

녹족부인이 어느새 함거 안에서 장군 을지문덕에게 대화를 걸었다.

"부인. 사실 딴은 그러했소. 나는 돌궐사람들에게 얼마나 당당한 모습을 보였소이까. 하지만 이제 이렇게 죄인이 돼서 귀양을 가게 되는데 저 돌궐 사신들에게 나의 이런 모습을 보이게 되니 얼마나 부끄럽소이까. 꼭 우리 고구려의 치부를 보이는 것 같소이다"

장군 을지문덕은 저 돌궐 사신들이 고구려 장안성으로 향하면서 고구려의 모든 모습을 보았을 것을 생각하니 얼굴이 화끈거렸다. 비록 전쟁에서 승리했다고 하나 백성들은 초근목피도 힘든 상황인 모습을 보면 돌궐 사신들은 무슨 생각을 할지 그것도 궁금했다. 고구려의 가장 큰 약점을 보여주는 꼴이 됐다. 돌궐 사신으로서는 이번에 어떤 선물을 들고 왔을지는 모르지만 협상에 있어 우위를 차지할 수 있는 좋은 기회가 될 가능성도 있다.

"장군께서 지난 번 사신으로 돌궐을 방문했을 때를 기억하십니까"

"부인. 내가 그걸 기억 못하겠소이까. 덕분에 부인과 재회를 하지 않았소이까"

장군 을지문덕은 하늘을 바라보며 옛날을 추억했다.

"돌궐을요?"

장군 을지문덕은 깜짝 놀랐다. 그도 그럴 수밖에 없는 것이 돌궐이라면 수천 리 밖에 있는 나라이기 때문이다. 그곳을 강이식 대장군이 혈혈단신으로 가겠다니 놀랄 수밖에 없다. 하지만 알고 있다. 지난 임유관 전투 이후 한동안 잠잠했던 수나라가 다시 무엇인가 일을 벌이려고 하고 있다는 것을. 때문에 돌궐과의 관계를 회복하는 것이 중요하다는 것을 뼈저리게 깨닫고 있었다.

임유관 전투가 끝난 후 세월이 많이 흘렀다. 병마도원수였던 강이식은 대장군 강이식으로 관군을 통솔했다. 그리고 비장이었던 을지문덕도 임유관 전투로 인해 장군으로 승진했다.

수나라 역시 변화를 겪었다. 양광이 자신의 아버지인 수나라 군주 양견을 죽이고 자신이 황제에 올랐다. 이후 수나라는 호시탐탐 고구려를 넘보려 하고 있었다.

수나라가 중국을 통일하기 전에 돌궐의 무한가한은 동쪽의 거란을 복속시키고 고구려와 국경을 마주하게 됐다. 그런데 돌궐이 유연의 잔여세력을 추격하는 과정에서 고구려땅을 침략·충돌해 전쟁이 일어났었다. 그 후로 돌궐과는 사이가 서먹서먹해져있는 상태였다.

하지만 수나라가 통일을 한 후 점차 강성해지고 있기 때문에 고구려로서는 돌궐과 손을 맞잡지 않을 수 없게 됐다. 이에 대장군 강이식은 돌궐로 가서 담판을 지으려 했던 것이었다.

문제는 강이식 대장군이 요 근래 부쩍 머리가 하얘지면서 주름도 많이 늘어났다. 이런 상황에서 돌궐을 방문한다는 것은 건강에 상당한 무리가 있을 것으로 장군 을지문덕은 판단했다.

"소장도 동행하겠나이다"

대장군 강이식은 그런 장군 을지문덕을 가만히 쳐다봤다. 대장군 강이식의 머릿속에서는 장군 을지문덕을 동행시켜야 하느냐를 놓고 고민을 했다. 결코 쉽지 많은 않은 원행이자 시간이 많이 필요한 원행이기 때문에 장군 을지문덕을 데리고 가야 하는지 고민이 될 수밖에 없었다.

그러나 장군 을지문덕은 단호했다. 대장군 강이식을 모셔야 한다는 생각도 있었지만 돌궐의 상황을 장군의 눈으로 직접 보고 싶었기 때문이다.

"그래, 같이 가자꾸나"

그때부터 대장군 강이식과 장군 을지문덕의 파란만장한 원행길이 펼쳐졌다. 두 사람은 서로가 서로를 의지하며 수천 리가 되는 돌궐을 향해 걷고 또 걸었다.

그렇게 돌궐로 향한 발걸음이 며칠 지나서 압록수에 도달했다. 대장군 강이식과 장군 을지문덕은 압록수를 건너기 위해 배를 찾았다. 그때 저 멀리서 배 한 척이 다가왔다. 그 배에는 사공과 더불어 갑옷을 입은 여인네가 있

었다.

대장군 강이식과 장군 을지문덕은 처음에 그 여인이 누군지 몰랐다. 그런데 그 여인은 배가 강가에 다가서자 땅에 내려 대장군 강이식에게 넙죽 절을 했다.

"아버지. 저 소연입니다"

대장군 강이식과 장군 을지문덕은 깜짝 놀랐다. 실로 십 수 년여 년 만이었다. 대장군 강이식은 녹족 아가씨의 손을 꼭 잡았다. 그리고 말없이 눈물을 뿌렸다. 녹족 아가씨 역시 대장군 강이식의 손을 잡고 눈물을 뿌렸다.

"아니, 아가씨. 어디에 있었어요?"

녹족 아가씨는 장군 을지문덕을 바라보았다. 그리고 자신의 처지에 대해 털어놓기 시작했다.

그 옛날 대장군 강이식이 요동 서부총관을 맡고 있을 때 왕제 고건무가 요동 지역 순시를 위해 요동성을 방문한 일이 있었다. 왕제 고건무와 서부총관 강이식 그리고 비장 을지문덕은 요동 지역 순시를 나갔고 동부대인 연태조는 요동성 방비에 힘을 쏟고 있었다.

하지만 동부대인 연태조는 다른 마음을 품고 있었다. 그것은 녹족 아가씨였다.

그때 녹족 아가씨는 자신의 몸에 변화가 생겼음을 직감했다. 비장 을지문덕과의 사랑의 싹이 자신의 몸속에 커나가고 있다는 사실을 깨달았다. 녹족 아가씨는 비장 을지문덕이 돌아오면 아버지인 서부총관 강이식에게 말씀드려 혼인을 하려 했었다.

녹족 아가씨는 매일 배를 쓰다듬으면서 비장 을지문덕이 돌아오기를 기다렸다.

일이 생긴 그날 밤도 녹족 아가씨는 처소에서 배를 쓰다듬으며 비장 을지문덕을 기다렸다. 그런데 갑자기 인기척이 나기 시작했다.

"걔 누구냐"

밖에서는 적막이 흘렀다. 녹족 아가씨는 문고리를 단단히 잡았다.

"그 누구냐 물었다"

밖에 있는 사내는 아무런 말이 없다가 이내 말을 꺼냈다.

"아가씨. 동부대인 연태조입니다"

녹족 아가씨는 문을 열고 밖을 내다봤다. 동부대인 연태조 혼자 마당에 있었다.

"아니, 동부대인께서 여기에 어인 일이옵니까"

"녹족 아가씨께 드릴 말씀이 있어 이리 염치 불구하고 찾아왔습니다"

"도대체 무슨 일이기에 이 야심한 밤에 찾아오신겁니까"

녹족 아가씨는 의아해 했다. 하지만 온 손님을 밤이 늦었다고 내치기도 뭐했다. 결국 동부대인 연태조를 방으로 들어오라 했다.

동부대인 연태조는 녹족 아가씨 방에 들어왔다. 동부대인 연태조는 들어오자마자 요동성 방비에 관련된 이야기를 주절주절 내놓기 시작했다. 하지만 동부대인 연태조가 요동성 방비 때문에 찾아온 것은 아니라는 사실을 녹족 아가씨는 깨닫기 시작했다. 여자의 직감은 무서웠다. 이렇게 되자 동부대인 연태조를 경계하기 시작했다. 녹족 아가씨가 동부대인 연태조를 경계하자 동부대인 연태조는 더욱 초조하기 시작했다.

이 시간 안에 내 자신의 모든 것을 보여줘야 한다. 그리고 녹족 아가씨의 마음을 사야 한다.

이런 생각이 동부대인 연태조의 마음속에 가득했다. 하지만 녹족 아가씨는 이미 경계의 눈빛이 역력했다. 동부대인 연태조는 녹족 아가씨의 마음을 사기 위해 온갖 말을 붙였지만 이미 계획은 틀어져 버렸다.

"동부대인. 무슨 말씀인지 알겠습니다. 하지만 너무 야심하니 낮에 대화하면 안되옵니까"

동부대인 연태조는 뭔가 일이 그르쳤다는 것을 직감했다. 그래서 그냥 녹족아가씨의 손을 확 잡았다.

"어마, 이게 무슨 짓이에요"

녹족 아가씨는 화들짝 놀라면서 손을 빼려했다. 하지만 동부대인 연태조는 녹족 아가씨의 손을 놓지 않으려 했다.

"아가씨. 저는 아가씨를 사모하고 있습니다. 아가씨. 제 이 마음을 알아주시기 바랍니다"

녹족 아가씨는 순간 당황해 했다.

"이러시면 소리를 지를 겁니다. 이거 놓으세요"

"아가씨. 아가씨가 제 마음을 받아주시기 전까지 이 손을 놓지 못하겠습니다"

"젊잖은 분이 왜 이러셔요. 어서 손을 놓아주세요"

동부대인 연태조는 녹족 아가씨를 와락 껴안았다. 녹족 아가씨는 소리를 질렀다. 그때였다. 방문이 열리면서 장군 우경이 들어왔다. 장군 우경은 비장 을지문덕과 동문수학한 사람으로 나이는 비장 을지문덕보다 상당히 높았다.

"동부대인. 대인께서 이게 무슨 짓입니까"

동부대인 연태조는 순간 놀라 일어나면서 장군 우경을 때려눕히려 했다. 하지만 장군 우경에 비해 동부대인 연태조는 상당한 어린아이에 불과했기 때문에 주먹질은 헛방에 그쳤다. 장군 우경은 그 사이에 동부대인 연태조의 안면을 가격했다.

"어이쿠야"

동부대인 연태조는 순간 넘어졌다.

"동부대인. 당신의 직책을 보아 더 이상 이 일에 대해 왈가왈부 하지 않을 테니 어서 처소로 돌아가십시오"

동부대인 연태조는 일어나면서 장군 우경을 째려보았다.

"당신이 날 쳤소이까. 나는 동부대인이오. 동부대인. 이 일에 대해 반드시 그냥 넘기지 않겠소이다"

장군 우경도 동부대인 연태조를 째려보았다.

"그냥 넘기지 않겠다면 어찌 하겠다는 것입니까. 부끄러운 줄 아십시오"

동부대인 연태조는 그 길로 녹족 아가씨 처소를 빠져나갔다. 장군 우경은 녹족 아가씨에게 다가갔다.

"아가씨. 괜찮습니까"

"예, 괜찮습니다. 감사합니다. 그런데 제가 곤경에 처하신 것을 어찌 아셨습니까?"

"을지문덕이 왕제 전하와 순시를 가기 전에 녹족 아가씨를 잘 보살펴달라고 제게 부탁을 하더군요. 그래서 하루에 한 번씩 녹족 아가씨 처소를 살피고 있었습니다. 오늘도 아가씨의 처소를 살피는데 인기척이 나서 들어와 보니 이런 황망한 일이 생겼더군요. 그래도 이만하니 다행입니다"

장군 우경은 녹족 아가씨를 달래고 자신의 처소로 돌아갔다. 녹족 아가씨는 동부대인 연태조의 일 때문에 거의 밤잠을 자지 못했다.

그렇게 뜬 눈으로 아침을 맞이했는데 관아가 갑자기 들썩이기 시작했다. 녹족 아가씨는 하인들을 불러 그 연유를 물어보았다.

"아가씨. 이게 웬일입니까. 글쎄 어젯밤에 동부대인 처소에서 태왕 폐하께 바칠 황금 거북이 없어졌는데 그 범인이 우경 장군이라고 하더군요. 그

래서 지금 우경 장군이 붙잡혀 옥사에 갇히셨습니다"

녹족 아가씨는 깜짝 놀랐다. 분명 이것은 어젯밤 일에 대한 모함이 분명했다. 녹족 아가씨는 동부대인 연태조를 만나러 처소를 빠져나왔다. 때마침 관아로 가고 있던 동부대인 연태조와 마주하게 됐다.

"동부대인. 이게 무슨 일이옵니까"

"우경 장군이 무엄하게 태왕 폐하께 바칠 황금 거북을 훔쳤다고 하더군요. 황금 거북이 우경 장군 처소에서 발견됐습니다. 아시다피 황금 거북은 장수를 기원하는 물건입니다. 그런데 그 물건을 훔쳤다는 것은 태왕 폐하에 대한 불경죄에 해당합니다. 이것은 죽음으로 다스려야 할 것이외오"

녹족 아가씨는 동부대인 연태조를 측은한 눈빛으로 바라보았다.

"동부대인. 설마 어제 일 때문에"

"아가씨. 그게 무슨 말씀이옵니까. 어제 무슨 일이 있으셨습니까"

동부대인 연태조는 시치미를 뗐다. 녹족 아가씨는 할 말을 잃었다.

"동부대인. 우경 장군을 풀어주시오"

동부대인 연태조는 음흉한 눈빛으로 녹족 아가씨를 바라보았다.

"그러게 아가씨께서 제 마음을 받아주셨으면 이런 일은 일어나지도 않았을 겁니다"

녹족 아가씨는 화가 나서 동부대인 연태조의 뺨을 치려했다. 하지만 동부대인 연태조는 그녀의 손을 확 잡아 낚아챘다.

"아가씨. 이게 무슨 짓이옵니까. 제 수하들 앞에서 저를 욕보이시려 하십니까"

녹족 아가씨는 동부대인 연태조의 눈을 바라보았다.

"동부대인. 대인의 오늘 행동을 영원히 잊지 않겠소이다"

녹족 아가씨는 동부대인 연태조에게 이렇게 쏘아붙이고서는 옥사로 향했다. 옥사 안에서는 장군 우경이 칼을 차고 앉아 있었다.

"상군. 이게 무슨 일이옵니까"

녹족 아가씨는 장군 우경을 보자 눈물을 뿌리기 시작했다. 장군 우경은 녹족 아가씨가 온 것을 보자 미소를 머금었다.

"아가씨. 슬퍼하지 마시옵소서. 왕제 전하께서 오시면 모든 것이 해결되옵니다"

"그래도 그렇지. 저 때문에 이게 무슨 고초이옵니까"

"하하하. 저는 괜찮습니다. 지내는데 불편하지 않으니 걱정 마시고 처소에서 기다리시기 바랍니다"

장군 우경은 녹족 아가씨가 처소로 돌아가기를 간곡히 부탁했다. 녹족 아가씨는 처음에는 눈물을 뿌리며 안타까워하다가 장군 우경의 간곡한 부탁에 의해 다시 처소로 돌아갔다. 그리고 왕제 고건무가 돌아오기를 기다렸다. 왕제 고건무가 돌아오면 시시비비를 가려 풀려날 수 있을 것이라 생각했다.

그날 오후가 되자 하인이 녹족 아가씨를 급하게 찾았다.

"아가씨. 아가씨"

"왜 이리 호들갑이냐"

"아, 글쎄. 우경 장군이 내일 아침에 장안성으로 호송된다고 합니다. 폐하의 황금거북을 훔친 불경죄이기 때문에 장안성으로 호송해 그곳에서 처벌을 내릴 것이라 하더군요"

녹족 아가씨는 순간 아찔했다. 장군 우경이 장안성으로 끌려가면 분명 대역죄인으로 귀양이나 목이 달아나는 형벌이 내려질 것이기 때문이었다.

왕제 고건무 일행이 돌아오자면 한참은 남았다 생각하니 앞뒤 생각할 것이 없었다.

파옥.

녹족 아가씨에게 있어 지금 생각난 것은 파옥 밖에 없었다. 장군 우경이 자신 때문에 고초를 겪고 있다 생각하니 장군 우경을 살려야한다는 생각밖에 없었다. 녹족 아가씨는 갑옷을 입기 시작했다. 여차하면 자신도 커다란 난관에 봉착할 것이라 생각했다. 하지만 자신 때문에 희생당하는 장군 우경의 모습을 가만히 두고만 볼 수 없었다.

녹족 아가씨는 야심한 밤에 옥사로 접근했다. 하지만 옥사를 관리하던 옥사장은 이내 인기척을 알아차렸다.

"누구냐"

옥사장은 불빛을 녹족 아가씨에게 비추었다.

"아니, 아가씨?"

옥사장은 녹족 아가씨를 아래위로 훑었다. 갑옷을 입은 녹족 아가씨를 보니 녹족 아가씨가 무슨 일을 하려는지 알 수 있었다.

"아가씨. 이런 위험한 일을……"

옥사장은 멍한 모습으로 녹족 아가씨를 바라보았다. 옥사장과 녹족 아가씨는 상당한 친분이 있었다. 더군다나 옥사장도 장군 우경이 억울한 누명을 뒤집어쓰고 옥에 갇혀 있다는 사실을 알고 있었다.

"옥사장. 이번 한 번만 도와줘"

녹족 아가씨는 옥사장에게 간청했다. 옥사장은 곰곰이 생각하기 시작했다.

"아가씨. 이번 한 번만입니다"

옥사장은 결심을 하더니 옥문을 자신이 직접 열어줬다. 그리고 장군 우경보고 나오라 했다. 장군 우경은 어리둥절한 모습으로 나왔다. 그리고 녹족 아가씨를 보자 무슨 일인지 그제야 깨달았다.

"아가씨. 이게 무슨 일입니까"

"장군. 어서 여기를 빠져나가야 합니다"

"아니되옵니다. 저 때문에 아가씨가 곤란에 빠지시면 안됩니다"

"그런 것을 생각할 겨를이 없습니다. 어서 빠져나가야 합니다"

"제가 나가면 아가씨께서는?"

"저도 도망가야죠. 어제 동부대인의 그 행동을 보셨지 않으셨습니까. 동부대인은 조만간 저에게 짐승만도 못한 짓을 하려 할 것입니다. 그러니 저도 어서 피신해 있다가 왕제 전하가 돌아오시면 그때 돌아오도록 해야죠"

장군 우경은 골똘히 생각하다가 그것이 현명하겠다 싶어 녹족 아가씨와 같이 도망가기로 결심했다.

장군 우경과 녹족 아가씨는 말을 타고 도망치기 시작했다. 동부대인 연태조가 이들의 도망을 알게 된 것은 얼마 지나지 않아서였다.

"죄인과 소연(녹족 아가씨)이란 계집이 같이 도망쳤다. 두 명 모두 잡아오너라"

동부대인 연태조의 명령이 떨어지자 군사들은 장군 우경과 녹족 아가씨를 잡으러 수색하기 시작했다. 하지만 장군 우경과 녹족 아가씨를 찾기란 쉽지 않았다.

장군 우경과 녹족 아가씨는 밤낮을 도와 비사성 인근으로 도망쳤다. 원래는 비사성 성주를 찾아가려 했다. 비사성 성주는 장군 우경과 그리고 서부총관 강이식과 상당한 친분이 있었다. 그런데 비사성 성주를 찾아가는 것이 무리가 있다는 것을 깨닫기 시작했다. 그렇다고 요동성으로 돌아가기도 무리가 있다는 것을 깨달았다.

서부총관 강이식이 분명 아버지이기는 하나 원리 원칙에 밝으신 분이었다. 모든 것을 이해한다 해도 파옥한 사실에 대해서는 불호령이 떨어질 것이 분명했다.

이제 요동성은 돌아갈 수 없는 곳이 돼버렸다.

"아가씨. 저 때문에 상당히 고생이 많습니다"

"아닙니다. 장군께서 오히려 저 때문에 이런 욕을 보셨으니"

"이제 조금만 참아주십시오. 왕제 전하께서 요동성에 오시면 모든 것이 다 해결됩니다"

"저는 요동성에 돌아가지 않으려 합니다"

장군 우경은 깜짝 놀랐다.

"아니, 아가씨. 그게 무슨 말입니까"

"아시다시피 저의 아버지는 원리원칙이 분명하신 분입니다. 저희가 돌아가서 하소연한다 해도 아마도 장군과 저를 함거에 가둬두시고 장안성으로 보내실 분입니다. 저희는 요동성에 가면 죽은 목숨이옵니다"

딴은 그러했다. 장군 우경도 녹족 아가씨의 말에 동조했다.

"저는 이 근처에서 농사를 지으며 생활을 하렵니다. 세월이 지나고 나면 아버님께서도 저를 용서해주시겠지요"

녹족 아가씨의 말에 장군 우경은 난감해했다.

"아가씨. 그러면 저와 함께 농사를 짓는 것이 어떨런지요?"

장군 우경은 조심스럽게 물었다. 녹족 아가씨의 마음속에는 비장 을지문덕이 있었다. 하지만 현실은 뱃속에 자라나고 있는 아이에게 아버지가 필요했다. 아버지에게 돌아가자면 상당한 세월이 지나야 하는데 혼자 애를 낳고 키울 자신이 없었다. 장군 우경이 좋지만은 않았지만 그렇다고 싫은 것도 아니었다. 결국 녹족 아가씨는 큰 결심하고 장군 우경과 부부로 지내기로 했다.

그렇게 세월은 흘러 두 해가 흘러갔다. 녹족 아가씨 아니 이제는 녹족 부인은 비장 을지문덕의 아이를 낳았다. 그것도 쌍둥이었다. 장군 우경과 녹족부인은 쌍둥이 아이와 함께 농사를 지으며 행복한 나날을 보내고 있었다. 물론 녹족부인은 아이들을 보면 비장 을지문덕이 생각났고 장군 우경에게 미안한 감정을 느꼈다. 하지만 자신의 운명이 여기까지란 생각을 갖고 나름대로 행복한 나날을 보냈다.

그것도 잠시였다.

어느 날 녹족 부인은 장군 우경에게 시장에 나갔다 오겠다고 했다.

"서방님. 저 오늘 장날이라 비사성 장에 다녀오겠습니다"

"부인. 장에 가신다고요? 부인 오늘 가지 않으면 안되오? 어제 꿈자리가 워낙 뒤숭숭해서……"

"호호호. 힘이 장사 같으신 서방님께서 별 소리를 다하십니다. 금방 다녀 올테니 아무런 걱정하지 마세요"

장군 우경은 녹족부인을 바라보았다. 뭔가 기분이 찜찜했다. 그런 장군 우경을 뒤로 한 채 녹족부인은 오랜만에 비사성 장터 나들이를 나갔다. 비사성 장터는 요동지역으로 물품을 대기 위해 많은 상인들이 오가는 지역이었다. 그러다보니 수나라 상인을 비롯해 서역 상인까지 비사성 장터에 와서 물건을 판매했다. 그러다보니 각종 진귀한 물건들이 많이 있었다. 녹족부인은 그런 물품에 한눈을 팔고 있었다. 그런 녹족부인의 모습을 지켜보는 사람이 있었다. 그는 동부대인 연태조의 수하들이었다.

"틀림없이 녹족 아가씨란 말이지?"

녹족부인 본 사람은 그의 수장인듯한 사람에게 달려가 녹족부인을 보았다고 고했다.

"그 년을 따라가면 분명 우경이 그놈도 볼 수 있을 것이다. 그 년을 따라가야겠다"

그 수장은 녹족부인을 쫓아가기로 했다. 녹족부인은 그런 사실도 모른 채 비사성 장터에서 장을 본 후 집으로 향했다. 집에 오니 장군 우경은 아이들을 돌보고 있었다.

"서방님. 저 왔어요. 서방님 좋아하시는 고기도 사왔어요"

녹족부인이 들어서자 장군 우경은 환한 미소로 녹족부인을 맞이했다. 하지만 그것도 잠시 갑자기 건장한 사내들이 집으로 들이닥쳤다.

"우경. 오랜만이군"

장군 우경은 갑자기 경직됐다. 드디어 올 것이 왔다. 한눈에 봐도 동부대인 연태조의 수하들이란 것을 직감했다. 그것은 녹족부인도 마찬가지였다.

장군 우경은 녹족부인과 아이들을 뒤로 보냈다.

"너희들은 지독하구나. 여기까지 쫓아오다니"

"하하하. 우경. 숨어있다고 다 해결되느냐. 오늘 나는 장땡을 잡았구나. 내 너를 붙잡아 우리 주군에게 보낼것이다. 그러면 나는 엄청난 상금을 받겠지"

"내가 순순히 잡혀갈 줄 아느냐"

장군 우경은 옆에 있던 농사에 쓰던 삼지창을 잡았다. 동부대인 연태조 수하들은 칼을 잡아 뺐다. 장군 우경은 뒤에 있던 녹족부인과 아이들을 향해 소리 질렀다.

"부인. 어서 아이들을 데리고 달아나시오"

"하오나, 서방님. 어찌 저만 달아날 수 있단 말입니까"

"부인. 내 곧 뒤따라 갈테니 어서 가시오"

그렇게 소리를 지르고는 동부대인 연태조의 수하들과 한바탕 싸움을 벌였다. 녹족부인은 안타까운 마음으로 보다가 자신이 여기에 계속 있는 것이 장군 우경에게 도움이 안된다는 사실을 직감하고 달아나기로 작정했다.

녹족부인은 아이들을 안고 바닷가로 뛰기 시작했다. 동부대인 연태조의 수하 몇 사람이 녹족부인을 뒤쫓기 시작했다. 녹족부인은 바닷가를 향해 열심히 달렸고 때마침 바닷가에 그물을 치고 있던 어부를 보았다. 녹족부인은 급한 마음에 어부에게 아이들을 맡겼다. 그리고 뒤쫓아 오는 수하들과 싸움을 벌였다.

다행히 녹족부인은 수하들을 몇 명을 때려눕혔고 무서움을 느꼈던 수하들은 달아나기 시작했다. 한숨 돌렸다 판단한 녹족부인은 아이들을 찾으려고 어부를 찾았다. 그런데 그 배는 보이지 않았다. 바닷가 어디에서도 보이지 않았다. 다만 먼 곳에 수나라 깃발이 꽂힌 상선이 보였고 그 어부가 탄 배는 그 수나라 상선을 향해 가고 있었다.

녹족부인은 순간 그 어부가 수나라 상선에 아이들을 팔아넘기려는 사실을 직감했다. 하지만 이미 때는 늦어버렸다. 녹족부인은 바닷가에 앉아 망연자실한 채로 울기 시작했다.

"아들들아. 이 어미가 잘못했다. 네 이놈들. 내 아들들을 다오. 내 이놈들……"

눈물을 바닷가에 뿌려지기 시작했다. 하지만 이미 떠난 아이들은 돌아오지 않았다. 다만 녹족부인에게 다가온 사람들은 동부대인 연태조의 수하들이었다. 동부대인 연태조의 수하들은 칼에 피를 묻히고서는 녹족부인을 향해 뛰어왔다.

"네 년이 달아난다해도 부처님 손바닥이다. 너도 네 낭군 따라 죽음의 길을 가거라"

동부대인 연태조의 수하들은 칼로 녹족부인을 내리치려 했다. 하지만 무예로 단련된 녹족부인은 순간 피하면서 칼을 잡았다. 그리고 동부대인 연태조의 수하들을 향해 거침없이 칼을 내리쳤다. 동부대인 연태조의 수하들 몇 명이 칼을 맞고 쓰러지자 도망가기 시작했다.

녹족부인은 그 후에도 바닷가에서 한참 동안 망연자실하면서 바다를 바라보았다. 모든 것이 미웠다. 동부대인 연태조도 미웠고 아이들을 잡아간 수나라 상선도 미웠다. 수나라를 불구대천의 원수라 여기고 언젠가는 복수를 하겠다고 다짐했다. 그리고 자신을 이렇게 만든 동부대인 연태조를 언젠가는 죽이겠다고 다짐했다.

그후 녹족부인은 동굴로 들어가 무예연마에 힘을 쓰기 시작했다. 그렇게 세월은 흘러 어느날 대장군 강이식과 장군 을지문덕이 돌궐로 향한다는 소문을 듣고 그들 앞에 나서기로 결심했다.

세월이 한참 흘렀기 때문에 이제 아버지와 장군 을지문덕에게 나타나도 될 것이라 판단했다. 그래서 그렇게 대장군 강이시과 장군 을지문덕 앞에 나서게 됐다.

"내 딸아. 그런 고초를 겪었구나. 그동안 고생 많았다"

녹족부인은 그 아이들이 장군 을지문덕의 아이들이라 차마 이야기는 하지 못했다. 다만 장군 우경의 아이들이라고 이야기했다.

대장군 강이식은 눈물을 뿌렸다. 장군 을지문덕도 녹족부인이 그동안 상당한 고생을 했다는 사실에 비통함을 감추지 못했다. 그리고 이 모든 고초의 원인이 동부대인 연태조란 사실에 분노를 느꼈다.

"감히, 아가씨에게 이런 일을 겪게 하다니 내가 두고 보지 않겠다"

장군 을지문덕은 주먹을 불끈 쥐었다. 너무나도 보고 싶었던 여인이었다. 사무치게 사모했던 여인이었다. 그런 여인이 어느 날 갑자기 소리 소문 없이 사라졌다. 처음에는 무슨 일이 있겠지. 언젠가는 돌아오겠지라고 했다. 하지만 세월이 흐를수록 녹족부인을 사모하는 마음이 깊어져갔고 그럴수록 애증은 싹트기 시작했다. 녹족부인이 돌아오면 욕을 퍼부어주고 싶었다. 보고 싶다 말하고 싶었다. 하지만 정작 자신의 눈앞에 녹족부인이 서있자 아무런 말을 할 수가 없었다. 그저 지난 세월이 미울 뿐이었다. 장군 을지문덕은 그 사이에 결혼도 하고 아이도 있었다. 이제 녹족부인은 남의 처일뿐이었다. 애증이 남아있지만 더 이상 어떻게 할 수 없는 관계였다.

녹족부인은 대장군 강이식을 붙잡고 눈물을 흘렸다. 그들의 재회는 그렇게 이뤄졌다.

그날 밤에 장군 을지문덕은 녹족부인 처소를 방문했다. 녹족부인은 인기척이 나자 누구인지 확인했고 장군 을지문덕인 것을 알자 마당으로 나와 읍소를 했다.

"아가씨. 이러지 마세요"

"아닙니다. 장군. 이제 장군님은 저의 주인이십니다. 장군을 위해 신명을 바치겠습니다"

"옛날의 아가씨로 돌아와주세요"

장군 을지문덕의 바람은 애절했다. 녹족부인은 을지문덕을 바라봤다.

"장군. 비록 제가 장군보다 나이가 많고 어릴 때 제가 장군을 하대했다고 하나 이제는 장군의 신분이고 저의 주인이시옵니다. 저는 장군을 위해 목숨을 바칠 각오가 돼있습니다"

장군 을지문덕은 녹족부인이 왜 이런 행동을 하는지 너무나 잘 알고 있었다. 이제 더 이상 깊은 관계를 맺을 수 없는 인연이었다. 서글픈 인연이었다. 꼬인 인연이었다. 그리고 다시 장군 을지문덕에게 나타난 것은 녹족부인 안에 싸여있는 한을 풀기 위한 것이었다. 장군 우경에 대한 한 그리고 자식들에 대한 한을 풀기 위한 것이었다. 그것을 장군 을지문덕은 너무나 잘 알고 있었다.

"아가씨"

"저를 이제 녹족부인이라 불러주시옵소서. 저는 이미 결혼했던 몸이옵니다"

"아"

장군 을지문덕은 아가씨란 말을 더 하려다 이내 멈췄다. 녹족부인은 이미 과거의 여인이 아니었다. 아가씨라 부르면 녹족부인에 대한 무례일 것이라 생각했다.

"부인"

입이 제대로 떨어지지 않았다. 하지만 호칭을 그렇게 불러야 했다.

"부인. 부인의 심정을 잘 알겠나이다. 제가 부인의 한을 갚도록 노력하겠습니다. 부인의 가슴속에 응어리지게 만들었던 동부대인과 수나라를 제 손으로 허물겠나이다. 부인께서 도와주시기 바랍니다"

녹족부인은 말없이 눈물을 떨구었다. 그런 모습을 장군 을지문덕은 측은한 듯 바라보았다.

인기척이 느껴졌다. 대장군 강이식이었다. 대장군 강이식은 녹족부인과 장군 을지문덕의 손을 꼭 잡았다.

"소연아. 너는 이제부터 을지문덕을 주인으로 받들어 모셔라"

"네 아버님"

녹족부인은 그날부터 장군 을지문덕의 그림자 호위무사가 됐다. 그렇게 그들은 돌궐을 향해 떠났다.

돌궐은 거센 찬바람이 몰아쳤다. 돌궐땅에 들어선 그들은 고구려보다 상당히 추운 지방이란 것을 느꼈다. 이제 돌궐 계민가한을 만나 담판을 지어야 했다. 계민가한에게 수나라를 버리고 고구려와 동맹을 맺게 해야 했다.

비장한 각오가 필요했다.

고구려를 떠나온 지 상당한 시간이 됐다. 그 사이 수나라 군주 양광은 서부지역을 시찰하고 있었다. 아버지를 죽이고 황제가 된 수나라 군주 양광은 당초 서쪽 지역에 대해 상당한 신경을 써야 했다. 토번(지금의 티벳) 지역에서 꾸준한 반란이 일어났었다. 그런 반란을 잠재워야 수나라 전체가 안정을 가져왔다. 때문에 서부지역 시찰은 어쩌면 당연한 일이었다. 대장군 강이식과 장군 을지문덕은 그런 사실을 알기 때문에 그 틈을 노려 돌궐로 들어온 것이었다.

"그대가 고구려 장수 강이식인가"

계민가한의 막사에 들어선 대장군 강이식과 장군 을지문덕 그리고 녹족부인은 계민가한과 마주섰다.

"고구려 대장군 강이식. 돌궐의 군주 계민가한께 문안 여쭈옵니다"

"그래, 짐에게 찾아온 이유가 무엇인가"

"단도직입적으로 말씀드리자면 지금 돌궐이 수나라와 고구려 사이에서 상당한 고민을 하고 계신 것으로 알고 있사옵니다. 그래서 그런데 돌궐은 수나라와 손을 끊고 고구려와 손을 잡으시기 바랍니다"

계민가한은 대장군 강이식의 눈을 바라보았다.

"왜 그래야하지?"

"수나라 군주 양광이 돌궐에게 상당한 이득을 제안하면서 자신의 나라와 손을 잡으라고 한 것으로 알고 있습니다. 하지만 수나라 군주 양광은 포악한 사람입니다. 자신의 아버지를 살해한 사람이옵니다. 자기 아버지를 배신한 사람인데 또 다른 배신을 하지 말라는 법이 없지 않겠습니까. 더군다나 수나라가 어떤 나라이옵니까. 변방의 조그마한 나라이자 돌궐의 속국이었습니다. 그런 나라가 이제 나라가 조금 커졌다고 돌궐을 자신의 속국으로 만들려고 하고 있습니다. 반면 고구려는 700년을 이어온 동방의 강대국입니다. 그런 기나긴 역사 속에서 돌궐을 한번도 속국으로 생각해본 일이 없습니다. 돌궐은 고구려의 형제국이옵니다. 돌궐이나 고구려나 그 옛날 쥬신의 나라였지 않사옵니까"

"딴은 그러하이. 하지만 세월은 흘러 수나라가 강대국이 된 것은 사실이다. 그들의 요구를 마냥 무시할 수는 없는 것이다"

"하하하. 고구려와 손을 잡으면 수나라쯤은 한방에 보낼 수 있사옵니다"

"수나라를 한 방에 보낼 수 있다?"

"수나라가 아무리 강대국이나 돌궐을 집어삼킬 수 없듯이 고구려도 집어삼킬 수 없습니다. 수나라 군주 양광은 폭군에 불과합니다. 그런 폭군이랑 결탁을 한다면 자손만대에 오점을 남기게 되시는 것입니다. 이제 돌궐은 형제국인 고구려와 함께 자손만대 번영을 누리느냐 폭군 밑에 들어가 모든 오점을 남기느냐 이런 기로에 놓여 있습니다"

대장군 강이식은 여기서 물러나면 안된다 생각했다. 계민가한은 고민하는 흔적을 보였다. 흔들리고 있었다. 하지만 그 흔들리는 것이 다른 이유라는 사실을 대장군 강이식은 모르고 있었다.

"알았다. 그만 나가 쉬어라"

계민가한은 담판을 짓기도 전에 마무리 하려 했다. 대장군 강이식은 무엇인가 있다는 사실을 직감했다. 대장군 강이식 일행이 계민가한의 막사를 나가자 수하들이 계민가한에게 말을 붙였다.

"가한. 내일이면 수나라 군주 양광이 온다고 합니다. 이를 어찌하면 좋습니까"

"한꺼번에 고구려와 수나라 그리고 우리 돌궐이 한 자리에 모인다? 이거 참 난감하군. 고구려 편을 들자니 수나라가 가만 두지 않을테고 수나라 편을 들자니 아까 강이식 말대로 폭군의 편을 드는 꼴이 되니 이거 난감하네"

"가한. 양단 간의 결정을 내려야 합니다. 수나라 편을 들 것이면 저들을 오늘 안에 내치셔야 합니다. 하오나 만약 저들의 편에 선다면 수나라 군주 양광이 오는 것을 막아야 합니다"

계민가한은 골머리를 앓을 수밖에 없었다. 어찌할 방법이 없었다. 그때 한 수하가 이렇게 말을 했다.

"가한. 그러지 말고 수나라 군주 양광과 고구려 사신을 만나게 주선하는 것이 어떠하련지요"

"수나라 군주 양광과 고구려 사신을 만나게 한다? 그것도 좋은 방법이겠군. 차라리 우리는 지금 제삼자의 입장에서 있는 것이 낫겠군. 그렇게 하면 오히려 우리에게 이득이 더 많이 올 수 있겠구나. 옳거니 그 방법이 가장 최선의 방법이겠다"

계민가한은 수나라 군주 양광과 고구려 사신들을 서로 만나게 하기로 결심했다. 그편이 돌궐에게 상당한 이득이 될 것이라 판단했다. 이 만남으로 인해 고구려와 수나라는 또 한 번의 전투를 치러야 했고 장군 을지문덕이 청사에 길이 남을 살수대첩을 이룬 것이었다.

다음날 녹족부인은 일어나자마자 돌궐 장막들이 분주하다는 사실을 깨달았다. 큰 손님이라도 온 것일 것이라 판단했다.

녹족부인은 돌궐 병사에게 무슨 일이냐 물었다.

"무슨 일은 수나라 군주 양광이 온다고 이리 난리를 치지 않소이까"

녹족부인은 깜짝 놀랐다. 어서 이 사실을 대장군 강이식에게 알려야겠다고 생각했다. 대장군 강이식과 장군 을지문덕이 그 사실을 접하자 적잖이 당황해 했다.

"계민이 고구려와 수나라 사이에서 줄타기를 하고 있군"

"그러게 말이옵니다. 저들은 수나라 군주 양광과 우리를 놓고 줄타기를 하고 있사옵니다. 어찌해야 할까요?"

"어찌하기는 뭘 어찌하나. 분명 계민은 우리와 수나라 군주 양광과의 만남을 주선하려 할 것이네. 그것만이 그들에게 가장 유리한 방법이니 말이야"

돌궐 장막은 상당히 분주해있었다. 그때 저 멀리 호각소리와 북소리가 들렸다. 거대한 대군이 돌궐 장막을 향해 천천히 다가오고 있었다. 수나라 군주 양광이었다. 계민가한은 수나라 군주 양광을 맞이하러 나왔다. 수나라 군주 양광은 어가에서 내려 계민가한을 반갑게 포옹했다.

"오호. 가한. 그대 이게 얼마만인가"

"폐하. 오랜만입니다. 저의 누추한 곳에 오셔서 감사합니다"

"그대가 이리 환대해주니 감사하오"

"별 말씀은요"

수나라 군주 양광과 계민가한의 만남은 그러했다. 장막에 들어선 이후에 술자리가 벌어졌다. 두 사람은 화기애애한 분위기가 이어졌다. 이 와중에 계민가한은 고구려 사신이 왔다는 사실을 수나라 군주 양광에게 알릴 기회를 엿보고 있었다.

"폐하. 제가 폐하께 보고 드릴 것이 있사옵니다"

"오호, 가한. 무슨 일이오"

"다름이 아니라 제 막사에 고구려 사신이 왔사옵니다"

수나라 군주 양광은 술잔을 들다가 술잔을 떨어뜨렸다. 그러자 황문시랑 배구가 급하게 술잔을 주었다.

"폐하. 술잔을 떨어뜨렸나이다"

황문시랑 배구의 말에도 수나라 군주 양광은 아랑곳하지 않고 멍한 상태를 유지했다. 수나라 군주 양광이 놀랄 수밖에 없었다. 고구려 사신이 돌궐을 왔다는 것은 돌궐과 고구려의 수교를 의미하는 것이었다. 그것은 곧 자신의 뒤통수를 치는 것이었다. 만약 두 나라가 교류를 갖게 된다면 두 나라가 합심해서 수나라를 위협할 수 있기 때문이었다.

"음, 고구려 사신이라…… 가한. 짐이 고구려 사신을 볼 수 있을까"

계민가한은 속으로 쾌재를 불렀다. 계민가한이 원하던 바였다.

"폐하. 폐하께서 원하신다면 제가 이 자리에서 그들을 불러드리겠나이다"

"오오, 그렇게 해주시게"

대장군 강이식과 장군 을지문덕 그리고 녹족부인은 수나라 군주 양광 앞에 불려갔다.

"그대는 고구려에서 온 사신인가"

"저는 고구려 대장군 강이식이라 합니다"

"강이식? 강이식이라…… 그러면 지난 임유관 전투 때 총지휘했던 그 장수인가"

"맞사옵니다"

수나라 군주 양광은 더욱 놀랐다. 지난 임유관 전투의 가장 혁혁한 공을 세웠던 강이식이 자신의 눈앞에 있는 것이었다.

"음, 이렇게 보니 반갑구만. 그대는 돌궐에 어인 일인가"

"폐하. 제가 여기에 온 것은 돌궐과 고구려와의 일이옵니다. 수나라 황제께서 아실 필요는 없다고 생각합니다"

대장군 강이식이 이 소리를 하자 황문시랑 배구를 비롯한 수나라 신하들이 동요하기 시작했다. 수나라 군주 양광은 그들을 제지했다.

"알 필요가 없다. 하하하. 당돌하기 그지없군. 짐이 불경죄로 그대를 다스릴 수도 있다"

"폐하. 제가 폐하의 신하가 아닌 이상 폐하께서 저를 어찌 하신다면 그것

은 고구려와의 전면전을 의미하옵니다"

수나라 신하들은 저런 무례한 놈이 있냐는 식으로 비난을 했다. 하지만 수나라 군주 양광은 그들은 제지했다.

"하하하. 당돌하구나. 기왕 이렇게 만났으니 그대들 왕에게 할 말이 있도다. 그대들 나라는 수나라의 속국임에도 불구하고 왜 입조를 하지 않느냐"

"폐하. 하늘 아래 해가 둘이 있을 수 없사옵니다. 폐하의 나라는 이제 생긴 지 얼마 되지 않은 나라이옵니다. 하지만 우리 태왕 폐하께서 다스리시는 고구려는 700년이 넘은 유구한 세월을 가진 나라이옵니다. 유구한 세월을 가진 나라가 신생국에게 입조하는 사례는 없는 줄 아뢰옵니다"

"신생국? 신생국이라…… 하하하. 저놈들이 죽고 싶어 환장을 했구나"

수나라 신하들은 고구려 사신의 목을 베야한다고 주청을 했다. 하지만 수나라 군주 양광은 고구려 사신을 겁박만 주려 할 뿐 실제 목을 베고 싶은 생각이 없었다. 다만 고구려 태왕의 입조만 받아내면 될 것이라 생각했다.

"짐이 그대의 왕에게 전하노라. 짐이 서부지역을 시찰하고 이제 돌궐 계민가한과 친분을 쌓았노라. 이제 남은 것은 고구려 그대의 나라이노라. 얼마 지나지 않아 그대의 나라에 갈테니 그대의 왕은 맨발로 뛰어나와 짐을 맞이하라"

"저의 태왕께 폐하의 말씀을 전하겠나이다"

수나라 군주 양광은 고구려 사신들을 술자리에서 쫓아냈다. 수나라 군주 양광은 더 이상 술자리에 흥이 나지 않았다. 모든 사람들을 내보내고 황문시랑 배구와 함께 고민에 빠졌다.

수나라 군주 양광으로서는 고구려 사신들과 고구려 태왕의 이런 오만불손한 행동과 아버지 수문제의 참패를 어떻게 해서든지 갚아야 할 의무를 느꼈다. 이때 황문시랑 배구가 충돌질 했다.

"고구려의 땅은 거의 한사군의 땅인데, 중국이 이를 차지하지 못하는 것은 수치입니다. 선제가 일찍이 고구려를 토멸하려 했으나 양양 장군이 재능이 없어서 성공하지 못했지만 폐하께서 어찌 이를 잊으시겠습니까"

수나라 군주 양광은 황문시랑 배구의 말을 듣고 곧바로 공격을 하고 싶었다. 하지만 고구려가 만만치 않은 상대라는 것을 알고 있었다. 또한 자신이 고구려를 공격하는 동안 만리장성 밖의 북방기마민족의 침략을 우려해 섣불리 군사를 움직일 수 없다는 사실도 잘 알고 있었다.

수나라 군주 양광은 돌궐에서 돌아오자마자 만리장성을 수리하면서 변방의 수비를 강화했다. 여기에 동원된 사람이 약 100만 명 정도 됐다.

또한 수나라 군주 양광은 전국의 조선 기술자들을 산동으로 집결시키고 군함 500척을 건조케 했다. 그 당시 건설된 함선에 대한 상세한 기록은 남아 있지 않지만 당시 만들어진 전선 한 척의 도면을 보면 오층 누선으로 최고 1,000명을 태울 수 있는 그야말로 거대한 군함으로 알려졌다.

또한 회수와 황하를 연결하는 통제거를 열어 즉 운하를 건설했다. 그리고 여기에 양자강에서 장안까지 이르는 수로를 관통하게 했고 양자강의 남안으로부터 항주에 이르는 강남하(江南河)를 완성했다.

수나라 군주 양광이 대운하를 건설한 이유는 강남에서 생산되는 식량을 북쪽으로 운반하는 것이었다. 즉, 고구려 침략을 위해 대운하를 건설한 것이었다.

그리고 수나라 군주 양광은 공부상서 우문개에게 명령을 내려 각종 신무기 개발에 힘썼다. 그렇게 고구려 침략 준비를 착착 해내고 있었다.

9. 토끼몰이

"게섰거라"

함거 안에 있던 장군 을지문덕은 다시 정신을 차렸다. 멀리서 아이들이 활을 갖고 토끼를 쫓고 있었다. 고구려 백성들은 어릴 때부터 활을 갖고 놀기 때문에 아이들이 활을 집고 노는 장면은 당연한 것이었다. 하지만 지금 아이들이 활을 갖고 토끼를 쫓고 있는 것은 일종의 놀이가 아니었다. 아이들의 눈빛은 생존의 눈빛이었다. 저 토끼를 잡지 않으면 자신들은 굶어죽을 것이 분명했기 때문이었다. 지난 청야전술에서 토끼가 살아남은 것이 신기했지만 저 토끼도 이제 곧 아이들에게 붙잡혀 식량으로 사용될 것은 불을 보듯 뻔했다.

고구려 백성들은 뭐라도 잡아먹어야 하는 실정이었다. 벌레라도 보이면 벌레를 먹어야 했다. 그만큼 생존에 절박해했다. 고구려 전역에는 아무런 먹을 것도 보이지도 않았다. 하지만 고구려 백성들은 생존을 해야 했다.

수나라와의 전쟁은 끝났지만 백성들의 실제 싸움은 이제부터였다. 보이지 않는 굶주림과의 싸움에서 승리해야만 했다. 승리를 위한 전략과 전술은 없었다. 그저 먹을 것만 구하면 그것으로 족한 것이었다. 먹을 것을 구하기 위해서는 어떤 수단과 방법을 가리지 않았다.

"토끼몰이라"

스승 강이식은 아이들이 활을 갖고 토끼몰이 하는 모습을 보고 읊조렸다. 장군 을지문덕은 스승 강이식이 다시 함거 안에 들어와 앉아있다는 사실을 깨달았다.

"예, 스승님. 저 아이들이 활을 갖고 저리 토끼몰이는 하네요"

"저 아이들이 우리 고구려의 미래다"

"맞습니다. 하지만 저들이 과연 이 혹독한 겨울을 날 수 있을까요?"

"글쎄다. 어쨌든 혹독한 겨울은 오겠지. 그러나 저들 중 몇 명은 살아남아 다시 고구려를 지탱할 것이라 믿는다. 그렇지 않느냐"

"저도 그러기를 바랄 뿐입니다"

장군 을지문덕은 저 아이들 중 몇 명은 살아남으리라 생각했다. 그들은 살아남아 고구려를 지탱해야 한다고 속으로 읊조렸다. 온갖 고통에 시달려야 할 것이다. 때로는 죽음에도 직면해야 할 것이다. 하지만 살아남고 살아남아 고구려를 지탱해야 하는 것이 저 아이들의 운명인 것이다.

장군 을지문덕은 속으로 저 아이들이 살아남기를 기원했다.

"문덕아. 토끼몰이 하니 옛날 영양태왕과 너와 녹족이가 사냥을 나간 것이 기억나는 구나"

장군 을지문덕은 스승 강이식의 말에 새삼 옛날 생각이 났다. 영양태왕은 사냥을 무척 좋아했고 사냥을 통해 무예 훈련과 새로운 인재를 선출하기도 했다. 그렇기 때문에 사냥을 자주 나가는 편이었다. 영양태왕이 사냥을 나갈 때 항상 장군 을지문덕을 대동했다. 그날도 그리했다.

"하하하. 태대형. 이렇게 같이 사냥을 나오니 무척 좋구려"

그 사이 고구려도 상당한 변화를 겪었다. 대장군 강이식은 자신의 생명의 끈을 놓아야 했다. 다행이도 천수를 누렸다. 이는 막리지 연자유도 마찬가지였다. 임유관 전투 이후 막리지 연자유는 영양태왕에 대한 별다른 견제를 하지 않은 채 힘의 균형을 유지했다. 그렇게 된 이유는 수나라가 언제 어느 때 공격해올지 모른다는 생각 때문이었다. 외부의 적이 있으면 내부의 균열은 봉합되기 마련이었다. 이런 상황을 유지하다 막리지 연자유도 생명의 끈을 놓았다.

막리지 연자유의 뒤를 이어 동부대인 연태조가 막리지 자리에 올랐다. 장군 을지문덕 역시 태대형에 올랐다. 이렇게 오르게 된 것은 왕제 고건무 때문이었다. 왕제 고건무는 왕권 강화를 위해 온달대형의 수하을 비롯한 수없이 많은 신진세력을 조정에 등용시켰다.

막리지 연태조는 왕제 고건무의 행동에 별다른 제재를 가하지는 않았다. 수나라는 외부의 칼 앞에서 또 다른 칼을 보이기 싫어했다. 대신 수나라와의 결전은 가급적 피하고픈 생각을 가졌다.

하지만 영양태왕과 왕제 고건무는 자신의 왕권 강화를 위해 서진정책을 국시로 내걸었다.

그런 이유로 영양태왕은 사냥을 자주 나갔다. 대장군 강이식이 살아 있을 때는 대장군 강이식과 왕제 고건무와 함께 사냥을 즐겼다. 하지만 대장군 강이식이 죽고 난 이후 태대형 을지문덕과 더불어 같이 사냥을 나가는 경우가 많아졌다.

하지만 그날은 유독 왕제 고건무와 태대형 을지문덕 그리고 막리지 연태조와 함께 사냥을 나갔다.

"신 연태조. 폐하께 아룁니다. 오늘 다행이도 날씨가 상당히 좋습니다"

"오, 막리지. 그러게요. 아마도 한울님께서 짐을 보살펴 주는가 보오"

"제가 생각하기에도 그러하옵니다"

사냥터는 장안성 인근 산이었다. 군사들은 징과 꽹과리를 준비했다. 그리고 산 아래서부터 징과 꽹과리를 치면서 사냥감을 몰아가기 시작했다.

영양태왕과 왕제 고건무, 태대형 을지문덕 그리고 막리지 연태조가 담소를 나누는 동안 산 아래에서 요란한 소리가 들리기 시작했다.

"자, 경들은 오늘 사냥 솜씨를 마음껏 발휘해보시구려. 짐도 간만에 사냥감을 듬뿍 잡아 경들께 좋은 안줏거리를 제공해드리리다"

영양태왕은 이렇게 호언장담하고는 말을 몰기 시작했다. 태대형 을지문덕과 왕제 고건무 그리고 막리지 연태조는 그런 모습을 흐뭇한 모습으로 지켜보았다. 징과 꽹과리 소리는 점차 가까워졌다.

"부인도 동참하세요"

태대형 을지문덕은 뒤에 있던 녹족부인에게도 이야기를 나눴다. 지난번 돌궐을 다녀오고 난 이후서부터 녹족부인은 태대형 을지문덕의 그림자 호위장수가 됐다. 서로 사랑하는 감정은 있었으나 태대형 을지문덕도 결혼한 상황이고 녹족부인 역시 미망인이었다. 그렇기 때문에 서로 애틋한 감정은 있었지만 그 이상의 진도는 나가지 않았다. 다만 대장군 강이식의 부탁에 의해 녹족부인을 태대형 을지문덕의 그림자 호위무사가 됐다. 그래서 태대형 을지문덕이 가는 곳 어디든지 뒤에서 호위하면서 쫓아다녔다.

그런 모습을 본 사람들은 처음에는 수근거렸다. 어떤 사람들은 둘이 밤마다 한 이불 덮고 잔다고 하기도 하고 이미 아이가 있다는 소문도 났었다. 하지만 태대형 을지문덕과 녹족부인은 그런 소문에 개의치 않았다. 태대형 을지문덕의 정부인 역시 그런 소문에 개의치 않았고 태대형 을지문덕의 성품을 믿었기 때문에 녹족부인이 그림자 호위무사가 됐다고 해서 질투를 하지

도 않았다.

돌궐에서 돌아오자마자 막리지 연태조는 뒤로 자빠질 듯 놀라버렸다. 죽은 줄만 알았던 녹족부인이 살아서 돌아왔기 때문이었다. 한때 어린 마음에 실수를 범한 것에 대해 계속 후회는 하고 있었다. 하지만 이제 다 지난 일이라 생각하고 묻어뒀다. 그렇기 때문에 살아서 돌아온 것에 대해 한편으로 기쁘기도 하고 한편으로는 지난 세월이 미안하기도 했다. 그렇기 때문에 태대형 을지문덕의 그림자 호위무사가 된 것에 대해 별다른 이의를 제기하지도 않았고 이상한 소문을 퍼트리려는 자에게는 오히려 질책을 하기도 했다.

"오호. 맞아요. 녹족장군 역시 무예가 출중하다고 들었소이다. 녹족장군. 솜씨를 한 번 보여주시오"

막리지 연태조는 녹족부인에게 이와 같이 말을 걸었다. 녹족부인은 별다른 말도 없이 태대형 을지문덕에게 묵례만 하고는 말을 타고 앞으로 전진했다.

"태대형. 태대형은 든든한 호위무사를 두셨구려"

막리지 연태조는 태대형 을지문덕이 어릴 때는 평민 출신이고 해서 하대했었는데 이제 태대형이란 신분을 갖고 있기 때문에 함부로 하대할 수 없었다. 이는 왕제 고건무도 마찬가지였다.

"제 호위무사의 솜씨를 그처럼 칭찬해주시니 부끄럽소이다"

태대형 을지문덕은 사실 막리지 연태조에 대해 껄끄럽게 생각했다. 그것은 왕제 고건무도 마찬가지였다. 막리지 연태조는 왕권강화에 걸림돌이 되는 인물이라 생각했기 때문에 껄끄럽게 생각하는 것은 당연했다. 막리지 연태조 역시 태대형 을지문덕의 출현에 대해 탐탁지 않게 생각했다. 영양태왕과 왕제 고건무 이후 가장 강력한 정치적 우두머리라 생각했는데 태대형 을지문덕의 출현은 그야말로 청천벽력이나 마찬가지였다. 실제로 막리지 연태조의 행동반경이 상당히 위축될 수밖에 없었다. 하지만 사냥터에서의 그들의 겉모습은 그야말로 화기애애한 모습이었다.

이렇게 담소를 나누는 상황에서 녹족부인은 활을 들고 사냥을 하기 시작했다. 워낙 무예를 좋아하고 어릴 때부터 무예를 익혀왔기 때문에 화살을 쏘면 백발백중이었다. 여자 신분이었지만 화살은 힘이 들어갔고 사슴이나 토끼 등에 깊숙이 박혔다.

영양태왕 역시 대단한 무예를 지닌 인물이었다. 활을 들어 화살을 쏘면 거의 백발백중이었다.

"거기 누구냐"

영양태왕과 녹족부인이 한참 신나게 사냥을 즐기고 있을 때 영양태왕의 수비대장이 인기척이 나는 소리를 듣자 갑자기 소리를 쳤다. 수상한 사람들이 숲속에서 갑자기 도망치기 시작했다.

"저 놈들을 쫓아라"

수비대장의 명령에 군사들이 움직이기 시작했다. 녹족부인 역시 그 소리를 듣자 인기척이 나는 곳으로 말을 달리기 시작했다. 수상한 사람들은 숲속 곳곳으로 도망을 쳤다. 녹족부인은 그 중 한 사람을 계속 쫓았다. 그러자 수상한 사람은 칼을 꺼내들고 녹족부인과 맞이해 싸우려 했다. 하지만 녹족부인이 워낙 무예가 출중해 쉽게 제압을 했다.

군사들은 수상한 사람들을 죽이거나 생포를 했다. 녹족부인 역시 수상한 사람을 생포해 영양태왕 앞에 대령했다.

"너희들은 누구냐"

수비대장은 수상한 사람들을 향해 질문을 했다. 하지만 수상한 사람들은 아무런 대답을 하지 않았다.

"어허, 어느 안전이라고 대답을 하지 않느냐"

수비대장이 추상같은 목소리를 냈다. 하지만 수상한 사람들은 말을 하지 않았다. 수비대장은 수상한 사람들을 살피기 시작했다. 그리고 영양태왕에게 보고를 올렸다.

"이 사람들은 혀가 없사옵니다"

영양태왕과 왕제 고건무, 태대형 을지문덕 그리고 막리지 연태조는 깜짝 놀랐다.

"저들은 도대체 누구냐"

군사들은 수상한 사람들의 주머니를 뒤지기 시작했다. 그러자 고구려 전역이 그려져 있거나 고구려 정보가 자세하게 기재된 헝겊이 나왔다.

"폐하. 이것을 보시기 바랍니다"

수비대장이 그 헝겊을 영양태왕에게 내밀었다. 영양태왕은 심각한 표정으로 살펴보았다. 그리고 나머지 사람들도 살펴보았다.

"폐하. 신 고건무가 살펴보니 아무래도 이자들은 수나라 간자(간첩)인 것 같습니다"

"수나라 간자라"

영양태왕은 심각한 표정을 지었다. 수나라 간자가 고구려에 들어와서 활동한다는 소문을 들었지만 실제로 만나본 것은 처음이었다. 고구려 관련된 정보가 기재된 것으로 보아 수나라 간자가 분명했다. 수나라 저들은 고구려 침략에 대해 차근차근 준비를 하고 있는 것이 분명했다.

사냥은 갑자기 중단됐다. 그리고 산 중턱 들판에 천막을 치고 대책회의에 들어갔다. 왕궁으로 들어가 신하들과 회의를 하기에는 너무나 상황이 급박했다.

"경들이 보기에 어떻소이까. 분명 수나라 간자가 맞다고 보오"

"신 막리지 연태조 폐하께 아룁니다. 제가 보기에도 수나라 간자가 틀림

없습니다"

"음~"

수나라 간자가 맞다면 분명 고구려 침략을 위해 정보를 수집하는 것이었다.

"왕제 고건무, 폐하께 아룁니다. 수나라 간자가 맞다면 저들은 필경 고구려 침략을 준비하고 있다고 보아도 무방할 것입니다"

"경들도 그리 생각하오?"

영양태왕은 그렇게 물었다.

"신 막리지 연태조. 폐하께 아룁니다. 수나라 간자가 나타났다고 해서 이것을 갖고 수나라가 고구려 침략을 준비하고 있다고 판단하기에는 조금 과하다 생각됩니다"

진중에 있던 많은 신하들이 막리지 연태조의 말에 의아심을 보였다. 수나라 간자가 붙잡혔다면 필경 수나라가 고구려를 침략하기 위해 준비하는 것이 분명한데 막리지 연태조는 엉뚱한 소리를 하고 있는 것이었다.

"막리지는 그리 생각하는가?"

"폐하. 적국이 아국의 정보를 수집하는 것은 전시 때뿐만 아니라 평상시에도 흔히 있는 일이옵니다. 신이 판단컨대 수나라 군주는 고구려에 대한 정보를 끊임없이 수집하고 있다고 합니다. 그것이 단순히 고구려를 쳐들어오기 위한 것인지 아니면 평상시의 정보 수집인지 헤아려야 한다고 판단합니다. 단순한 정보 수집인데도 불구하고 수나라가 쳐들어올 것이라 판단해 버려서 백성들을 동요시킬 필요는 없다 생각합니다. 이번 사건을 갖고 수나라가 고구려를 쳐들어올 것이라고 소문을 낸다면 백성들은 동요하기 마련입니다. 백성들을 헤아려 주시기 바랍니다"

영양태왕은 막리지 연태조를 바라보았다.

"딴은 그러한 것 같소이다"

"신 고건무. 폐하께 아뢰옵니다. 막리지의 말도 맞으나 만약 수나라가 쳐들어올 의지를 갖고 있는데 단순히 평상시 정보 수집으로 치부해버리고 준비를 하지 않는다면 타격을 받을 수 있사옵니다. 때문에 단순 정보 수집이라 판단하시면 안됩니다"

왕제 고건무는 이번 일을 계기로 전시체제로 전환할 것을 강력하게 주문했다. 그럴 것이 이번 사건을 계기로 전시체제로 전환하면 당분간 귀족들의 발호가 잠잠해지기 때문이다. 전시체제로 전환될 경우 귀족들이 갖고 있던 사병을 관군으로 편입시킬 수 있게 된다. 그리고 전시체제라는 명목 아래 귀족들은 재산을 왕실에 헌납해야 했다.

왕제 고건무는 그런 속사정을 너무나 잘 알고 있었다. 그렇기에 전시체제로 전환해야 한다고 주장하는 것이었다.

하지만 막리지 연태조는 전시체제로 전환되는 것에 대해 반대할 수밖에 없었다. 물론 막리지 연태조도 수나라가 쳐들어올 것이라는 사실을 너무나 잘 알고 있었다. 하지만 전시체제 전환으로 인해 귀족들의 힘이 약해지고 왕실의 힘이 강해지게 되는 결과를 낳게 된다. 더군다나 언제 쳐들어올지 모르는 상황이기 때문에 전시체제가 오래간다면 사병들은 관군으로 완전 복속되고 그 관군이 귀족들의 목을 노릴 수 있다. 막리지 연태조는 그것을 걱정하고 있는 것이다.

"폐하. 수나라가 언제 쳐들어올지도 모르고 쳐들어온다는 보장도 없는데 무작정 전시체제로 전환한다는 것은 있을 수 없는 일이옵니다. 헤아려주시기 바랍니다"

"폐하. 지난번 돌궐에 갔을 때 양광을 만나봤는데 확실히 쳐들어올 의사가 있었다고 태대형은 그리 말하고 있사옵니다. 그리고 이번 수나라 간자 사건이 그것을 방증하는 것입니다. 전시체제로 전환해야 합니다"

영양태왕은 어찌할 바를 몰랐다. 수나라가 쳐들어온다는 것은 기정사실이었다. 그리고 전시체제로 전환하는 것은 당연한 것이었다. 하지만 언제 쳐들어온다는 보장도 없는데 전시체제로 전환시킬 경우 백성들과 귀족들의 원성을 들어야 하는 입장이었다. 무턱대고 전시체제로 전환시킬 수 없었다. 뭔가 뾰족한 대책이 필요했다.

"지금 당장 전시체제 전환은 없을 것이오. 하지만 지난 돌궐 사건도 있고 이번 수나라 간자 사건도 있고 하니 일 년에 보름 정도는 군사훈련을 해야 한다고 판단하오. 경들은 들으시오. 짐은 이번 사건으로 수나라는 확실히 쳐들어온다 보고 있소. 하지만 당장 전시체제 전환은 없을 것이오. 대신 5부 소속 욕살들은 일 년에 보름씩 사병들을 관군으로 편입시켜 관군과 함께 군사훈련을 시킬 것을 명하는 바이오. 그리고 수나라가 쳐들어온다는 증거가 확실해지면 그때 전시체제로 전환시킬 것이오. 그때는 경들의 사병들을 내놓아야 할 것이오"

"삼가 영을 받들겠나이다"

영양태왕은 당장 전시체제 전환은 하지 않으나 사병들이 일 년 중 보름 동안 관군과 함께 군사훈련을 할 것을 주문했다. 왕제 고건무의 주장이나 막리지 연태조의 주장 모두를 절충하는 대책이었다. 왕제 고건무나 막리지 연태조나 모두 불만족스러웠지만 한 발 물러나야만 했다.

"태대형은 들으라. 수나라가 쳐들어온다는 징조가 보이고 있다. 그러니 이에 대한 대비책을 내놓아라"

영양태왕은 태대형 을지문덕에게도 수나라 침략에 대한 대책을 강구할 것을 주문했다.

"삼가 영을 받들겠나이다"

태대형 을지문덕은 그날부터 사택에서 고민에 빠졌다. 수나라 대군이 고구려를 쳐들어온다. 이제껏 듣도 보지도 못한 엄청난 숫자가 밀려오는 것이었다. 정보에 의하면 100만 대군이 넘을 것이라는 것이다. 고구려는 관군과 사병을 아무리 탈탈 털어도 30만이 되기는 힘들 것으로 예상했다. 그나마 귀족들이 아무리 전시체제라 해도 사병들을 전부 내놓기 만무했다. 관군 역시 장안성을 방어하는 군사들을 제외해야 하는 상황이었다. 결국 사병 일부와 관군으로 저들을 막아야 한다는 것이다.

고민이 됐다. 저들은 백만 대군으로 밀고 오지만 막을 숫자가 한참 모자랐다. 임유관 전투 때는 그나마 자연이 도와줬고 스승 강이식의 전략이 주효했고 또한 숫자의 차이가 그리 많지 않았다. 하지만 이번에는 엄청난 숫자의 차이가 있다.

저들을 막을 방법을 찾아야 했다. 태대형 을지문덕은 생각했다. 거대한 숫자가 밀려온다는 것은 결국 속도에 약하다는 것이었다. 거대한 숫자가 밀려온다는 것은 그만큼 힘은 거대한 대신 속도가 약하다는 단점을 갖고 있다. 저들은 거대한 숫자로 성 하나하나를 깨부술지 아니면 그 거대한 숫자를 다시 분산시켜 깨부술지 궁금했다.

집중과 분산. 이에 대한 고민이 필요했다.

저들의 일차 목표는 아무래도 요동성이 될 것으로 판단했다. 수나라 군주 양광은 회원진을 자신의 후방지역으로 삼고 요동성을 격파한 후 요동성을 다시 후방지역으로 만든 후 일부 부대는 고구려 전역으로 일부 부대는 고구려 장안성으로 진격할 것으로 태대형 을지문덕은 예상했다. 요동성주는 수백만 대군이 와도 막아낼 자신이 있다고 장담했다. 실제로 막을 만한 능력을 갖춘 성이라 생각했다. 그렇게 만든 것은 스승 강이식과 자신의 노력이라 생각했다. 게다가 1년 이상을 먹을 수 있는 식량이 확보돼 있는 상황이었다. 무기도 넉넉해 수백만 대군이 밀려와도 끄덕없다 판단하고 있다.

문제는 집중을 시킬 것이냐 분산을 시킬 것이냐였다. 아무리 요동성이 튼튼하다고 하지만 수백만 대군이 몇 개월에 걸쳐 계속 공격한다면 분명 요동성은 함락될 수밖에 없다. 그리고 소규모 숫자로 수백만 대군을 깨부술 수 없는 것이었다. 저들이 쪼개지고 분산돼야 했다. 그래야 소규모 숫자를 한 곳에 집중시켜 격파해낼 수 있다 판단했다.

저들은 분산을 시키고 우리는 집중을 시키는 것. 이것이 전투의 기본이고 수나라 수백만 대군을 물리칠 방안이라 생각했다.

수백만 대군이 요동성으로 몰리면 요동 벌판을 불태워야 했다. 청야전술. 청야전술은 저들을 배고픔으로 몰고 가는 가장 최적의 전술이자 사기를 떨어뜨리고 명령체계 혼란을 주는 최적의 전술이라 판단했다.

요동벌판을 불태우고 저들의 식량부대를 공격하는 것. 이것은 명림답부 때부터 내려왔던 가장 기본적인 전술이었다. 그렇기 때문에 태대형 을지문덕은 수나라 침략에도 이 전술은 기본적으로 사용 해야겠다 마음먹었다.

또한 확실한 타격을 줘야 했다. 고구려 전역에서 탈탈 털어도 30만이 채 안되는 군사력이었다. 그 군사력을 모두 동원할 수 없는 것이었다. 요동성주가 자신의 사병으로 잘만 버텨준다면 관군 일부와 사병 일부를 갖고 적들에게 확실하게 타격을 줘야 했다.

그러자면 적들의 진법을 무너뜨려야 했다. 진법을 무너뜨리는 것이 가장 중요했다. 진법을 무너뜨리기 위한 방안을 세워야 한다고 생각했다. 적들은 수백만 대군이 진법을 튼튼히 갖추고 들어올 것이 분명했다. 진법이 튼튼한 적들을 공격해 물리친다는 것은 바위에 계란치기나 다름없다. 그렇기 때문에 진법을 무너뜨리는 것이 필요했다.

그러자면 적들을 배고프게 만들어야 하고 지치게 만들어야 하고 이 전쟁이 너무나 허망하다는 것을 깨닫게 하고 상부의 명령을 듣지 말게 해야 한다.

태대형 을지문덕은 고구려 전역 지도를 바라보았다. 적들은 분산시키고 적들은 지치고 배고프게 만들고 이 전쟁이 너무나 허망하다는 것을 깨닫게 할 지역을 골라야 했다.

일단 요동성이 잘 버텨준다면 적들은 고민을 하게 될 것이다. 적들은 요동성을 내버려둔 채 장안성으로 쳐들어갈 것이냐 아니면 요동성을 함락시키고 장안성으로 쳐들어 갈 것이냐 고민을 하게 될 것이다.

만약 장안성으로 쳐들어가겠다고 결정을 내린다면 적들은 그야말로 도박을 하는 셈이다. 일단 요동성에서 장안성까지 식량부대의 운송이 험난할 것이 분명했다. 태대형 을지문덕은 만약 그렇게 된다면 운송부대에게 타격을 줘 식량을 구하지 못하도록 하면 된다고 결정을 내렸다.

만약 그렇게 된다면 수나라 군대는 배고픔에 시달리면서 장안성으로 쳐들어 올 것인데 장안성을 함락시키지 못한다면 허망하게 다시 돌아갈 것이 분명했다. 그렇게 된다면 배고픔에 시달리면서 상부의 명령을 듣지 않게 될 것이다.

태대형 을지문덕 눈에 한 지역이 들어왔다. 바로 살수. 물을 건넌다는 것은 진법이 무너지는 것을 의미한다는 것이었다. 군대가 아무리 배고프고 힘들고 지치고 상부의 명령을 듣지 않는다 해도 진법은 고수하기 마련이다. 그렇기 때문에 섣불리 공격할 수 없다. 다만 물을 건널 때는 필경 진법은 무너지기 마련이었다. 물을 이용한 공격. 그것이었다. 물은 진법을 무너뜨리고 진법이 무너진 군대는 오합지졸에 불과한 것이었다.

태대형 을지문덕은 살수를 쳐다보며 미소를 지었다. 아마도 수나라 군사

9. 토끼몰이 **183**

들의 죽어야 할 자리가 실수가 될 것이다.

문제는 수나라 군대가 장안성까지 밀려온다면 고구려 전역이 불바다가 될 수 있다는 것이었다. 저들을 분산시켜야 한다는 것은 당연했지만 적들을 분산시킴으로써 고구려 전역이 전쟁터가 되면서 불바다를 이룰 것이 뻔하다는 것이었다.

집중을 시켜야 할 지 분산을 시켜야 할지에 대한 고민도 근본적으로 다시 할 수밖에 없었다. 청야전술을 고구려 전역으로 확대시키고 싶지 않았다.

태대형 을지문덕은 적들을 집중 시킬 지 분산시킬 지는 일단 수나라가 고구려를 쳐들어온 상황을 보고 결정키로 했다.

10. 요동성에서 발목 잡힌 양광

"이제 고구려를 쳐들어가도 될 것 같다"

수나라 군주 양광은 신하들을 불러 모았다. 수나라 군주 양광이 고구려를 쳐들어가기 위해 몇 해를 거쳐 노력했던가. 이제 그 노력의 결실이 맺어졌다. 운하를 파서 식량 보급에 만전을 기했다. 게다가 고구려 산성을 깨부수기 위한 만반의 대책도 마련했다.

"신 우문개. 폐하께 우리가 개발한 신무기를 보여드리겠습니다"

공부상서 우문개는 토목분야와 무기 제조에 일가견이 있었다. 게다가 무술마저도 잘해 수나라 군주 양광이 총애를 했다.

"오, 우문개. 한번 보여줘봐라"

공부상서 우문개는 부하들에게 수신호를 보냈다. 그러자 연병장에 수많은 무기가 쏟아져 나왔다.

수나라 군주 양광은 고구려가 청야전술과 수성작전을 쓸 것이라는 것을 너무나 잘 알고 있었기 때문에 보급품 조달과 공성전에 신경을 많이 썼다.

"운제이옵니다"

운제는 고구려의 철옹성 같은 성벽을 넘기 위한 장비로 수레에 탄 군사들이 밧줄을 잡아당기면 약 30척(현재로는 10미터) 가량의 사다리가 펼쳐졌다. 운제는 규모에 따라 사륜·육륜·판륜차로 불리었다.

"다음은 소차이옵니다"

소차는 상하로 움직일 수 있는 것으로 성 안의 동태를 살필 수 있는 정찰용 차량이었다.

"다음은 전호피차이옵니다"

전호피차는 성벽 가까이 접근해 땅을 팔 수 있도록 만든 장갑무기로 터널을 만들어 성안의 진입을 꾀할 때 사용했다. 성 위에서 아무리 화살을 쏜다 해도 장갑이기 때문에 상자 안에 있는 군사들에게는 전혀 피해가 없었다.

"다음은 발석차입니다"

발석차는 거대한 돌을 공격목표 지점까지 날려보내는 무기로 성벽을 파괴하거나 성벽 위의 적군과 방어무기를 공격했다.

"다음은 당차입니다"

당차는 거대한 쇠망치를 앞뒤로 흔들어 성벽이나 성문을 파괴했다. 충차와 비슷하지만 당차는 쇠망치를 의미하고 충차는 뾰족한 통나무를 의미했다.

"폐하, 이처럼 신무기가 상당히 많이 만들어 졌으니 이제 고구려 멸망은 불 보듯 뻔합니다"

"하하하. 아직 많이 남아 있으니 그대는 더 들어보거라. 우문개 다시 시작하게"

"네, 폐하. 다음은 삼단노이옵니다"

삼단노는 대형 활이었다.

"다음은 호차와 접첩교이옵니다"

호차와 접첩교는 성 밖에 설치돼 있는 해자를 건너는데 부교로 사용했다. 해자는 적의 공격을 막기 위해 성 주변을 파 물을 채워둔 것을 말한다.

"다음은 충차이옵니다"

"그 다음은 누차이옵니다"

누차는 운제와 충차를 결합한 초대형 구조물로 대체로 팔륜으로 제작됐다.

"폐하. 이상이옵니다. 이들 무기들의 특징은 불화살이나 기름 등에 절대 안전하다는 것입니다"

실제로 공성용 무기는 생나무로 만들고 공격 직전까지 물기를 머금게 했다. 게다가 충차의 경우는 아예 물을 저장하는 상자를 만들어 불화살을 맞을 경우 즉각 불을 끄게 할 수 있었다. 게다가 물기 머금은 나무는 성 안에서 아무리 큰 돌로 공격을 해도 끄덕없었다. 특히 장갑을 이중으로 했고 지붕 부분을 삼각형으로 했기 때문에 돌이 미끄러져 떨어지도록 해 피해를 최소화시켰다.

"우문개가 나의 근심을 덜었구나. 이처럼 훌륭한 무기를 만들다니 너무나 수고했도다"

"폐하. 이제 고구려는 폐하의 손에 있사옵니다"

"하하하. 고구려야. 이제 나의 맛을 보거라"

수나라 군주 양광은 커다란 웃음을 보이며 동쪽을 보고 소리를 질렀다. 옆에 있던 많은 신하들 역시 파안대소를 하면서 공성용 무기의 성능에 감탄을 보냈다.

수나라 군주 양광이 이처럼 신무기에 공을 들이는 이유가 있었다. 수나라 땅에서의 전투는 그야말로 숫자 싸움이었다. 하지만 고구려는 산성이 대부분이었다. 숫자가 아무리 많다 해도 산성을 상대로 공성전을 하기에는 힘들었다. 게다가 고구려 산성 대부분이 수나라 땅에 있는 성보다 더욱 견고한 것으로 알려졌다.

때문에 숫자 싸움도 중요하지만 신무기를 많이 확보하는 것도 중요했다.

자존심 전쟁.

고구려 영양태왕과 수나라 군주 양광의 전쟁은 서로 간의 자존심 전쟁이었다. 수나라 입장에서 보면 이번 전쟁을 통해 동부 지역을 평정하면 명실상부한 천하의 중심이 될 것이었다. 반면 고구려는 서쪽으로 진출을 해야 했다. 이미 백제와 신라를 제후국으로 만든 이상 더 이상 진출할 곳이 없었던 고구려는 서쪽으로 진출을 해야 했다. 그리고 귀족들의 발호를 막고 왕권을 강화하기 위해서는 수나라와의 전투는 필요악이었다.

때문에 두 군주의 불꽃 튀는 전쟁은 피할 수 없는 운명이 됐다.

태대형 을지문덕 역시 수나라와의 전투를 피할 수 없을 것이라 판단했다. 문제는 승리였다. 과거 임유관 전투처럼 하늘의 도움을 바랄 수는 없었다. 게다가 수나라 군주 양광은 수나라 군주 양견과는 상상도 할 수 없을 정도로 많은 숫자를 확보했다는 소리가 들렸다.

태대형 을지문덕은 기존의 싸움과는 전혀 다른 싸움을 준비해야만 했다.

거대한 숫자의 물결.

그것이 곧 고구려를 덮칠 것이라는 생각에 태대형 을지문덕은 몸서리를 쳤다. 막아야 했다. 고구려를 살리기 위해서는 막아야 했다. 하지만 태대형 을지문덕이 알고 있는 전술이라고는 청야전술 밖에 없었다.

청야전술로 수나라의 거대한 군대를 막아야 했다.

집중과 분산.

그것도 필요했다. 100만이 넘는 군대가 몰려온다고 하는데 100만 군대를 한 지역에서 모두 막아내기란 불가능하다는 것을 깨달았다. 어쨌든 수나라 군주 양광의 군대를 요동성에 묶어 버리고 또 다른 군대를 또 다른 지역으로 끌어들여야 한다는 것을 깨달았다. 그렇게 분산을 시켜 하나하나 격파해 나간다면 100만이 아니라 1,000만 군대가 와도 문제 없을 것이라 생각했다.

태대형 을지문덕에게는 시간이 별로 없었다. 수나라 군대를 일단 요동성에 묶어놓을 비책을 강구하기 시작했고 수나라 군대를 둘로 쪼갤 비책을 강구하기 시작했다.

그맘때쯤 수나라 군주 양광은 113만 병사들에게 고구려 공격에 정당성에 대한 조서를 내렸다.

"하찮은 고구려 무리들이 어리석고 부공하여 발해와 갈석 사이에 모여들어 요와 예의 경계를 거듭 잠식하였다. 비록 한, 위 때 주륙을 거듭 당하여 그들의 소굴이 잠시 엎어졌어도, 난리로 막힘이 많아지자 무리들이 다시 모여들어 지금은 지난 시대보다 더 많아졌다. 돌아보니 중국의 땅이 잘리어 오랑캐 땅이 되었다. 세월이 흐르면서 악이 쌓이고 가득 차니, 하늘의 도는 음란한 자에게 재앙을 내리므로, 이미 망할 징조다. 도를 어지럽히고 덕을 무너뜨림이 헤아릴 수 없고, 악을 가리고 간사함을 품은 것이 하루를 세어도 다 헤아릴 수 없을 정도다. 일찍이 조서를 내려 보내 고하여도 조칙을 받아들인 적이 없고, 조공도 몸소 하지 않았다. 도망간 자들을 받아들임이 그치지 않고, 변방의 봉화자를 수고롭게 하며, 하루도 조용한 날이 없으니, 그로 인하여 백성들은 생업을 폐하게 되었다. 옛날에 정벌하면서 하늘의 그물에서 빼주어, 사로잡힌 자의 죽음을 늦추어주고, 후에 항복한 자도 죽이지 않았는데, 그 은혜를 생각지 않고 도리어 악을 쌓아, 거란의 무리를 합쳐 바다의 수나라 군사들을 죽이고, 말갈의 습관을 익혀 요서를 침범하였다. 또 청구의 바깥에서 모두 직공을 닦고, 함께 정삭을 받드는데, 다시 왕래하는 길을 막아 보물을 빼앗고, 죄 없는 사람들에게 잔학한 짓을 하였으니, 정성을 바치려는 사람들이 도리어 화를 당하였다. 수레를 탄 사신이 해동에 이르러, 번국의 경계를 지나려 해도 길을 막고 사신을 거절하여 임금을 섬길 마음이 없으니, 어떻게 신하의 예라 할 수 있느냐? 이를 참는다면 무엇인들 용서 못하랴? 또 법령이 가혹하고 조세가 무거우며, 힘센 신하와 호족들이 국정을 농단하고, 붕당끼리 결탁하며, 뇌물을 주고받음이 마치 시장에서 물건을 사고파는 것과 같으니, 백성들의 억울함이 풀어지지 않는다. 해마다 거듭된 재앙과 흉년으로 기근이 들고, 병사들은 토벌로 쉬지 못하며, 요역의 기한이 없고, 군량 운반으로 힘이 다하여, 몸뚱아리는 구덩이나 골짜기에 구른다. 고통스러운 백성들은 누구를 따를 것인가? 경내의 백성들이 그 폐해를 견디지 못하여 슬프고 두려워도, 생명을 도모하기 위하여 고개를 숙이고 머리를 돌리니, 노인과 어린이도 혹독함에 탄식한다. 나는 풍속을 살피려 유주, 삭주에 왔는데, 조문하고 죄를 묻는 것을 두 번 걸음 할 수 없어, 친히 6군을 거느리고 9벌을 펴서, 위급한 자를 구해주며, 하늘의 뜻에 따라 달아난 무리를 멸하여 선조의 가르침을 이을 것이다. 이제 마땅히 군율에 따라 행군하되 대오를 나누어 목적지로 향할 것이니, 우레 같은 진군소리는 발해를 뒤덮게 하고, 부여를 지나 번개같이 휩쓸 것이다. 방패를 가지런히 하고 갑옷을 살피고, 군사들에게 경계하여 일러둔 후에 출행하며, 거듭 알리고 타일러서 필승을 기한 후 싸우라"

참으로 긴 내용이었다. 그만큼 수나라 군주 양광은 고구려를 치고 싶다는 마음뿐이었다. 이제 고구려로 갈 준비가 됐다.

수나라 군주 양광은 113만 군사들에게 명령을 내렸다.

"왼쪽 12군은 누방, 장잠, 명해, 개마, 건안, 남소, 요동, 현도, 부여, 조선, 옥저, 낙랑 등 길로 진군하고, 오른쪽 12군은 점선, 함자, 혼미, 임둔, 후성, 제해, 답돈, 숙신, 갈석, 동이, 양평 등 길로 진군하되 앞뒤 부대끼리 서로 연락이 끊어지지 않도록 하여 모두 장안에 집결하라"

수나라 군대는 남쪽의 상건수 가에서 사제를 지냈고, 임삭궁 남쪽에서 상제에 제사를 지내고, 계성 북쪽에서 마조성에 제사지냈다. 수나라 군주 양광은 군사들을 직접 편제했는데 군대마다 상장과 아장을 각각 1명씩 두고, 기병은 40대로 하고, 각 대는 100명, 10대가 1단이 되게 했으며, 보병은 40대로 하고 나누어 4단으로 하였으며, 단마다 각각 편장 1명을 두었다. 각 단마다 갑옷, 투구, 갓끈, 인장끈, 깃발의 색깔을 다르게 했다.

매일 1군씩을 40리 간격으로 파송해 40일이 지나야 발진이 다 끝났고 깃발이 960리에 뻗쳤다. 그 뒤 어영과 내외전후좌우 6군이 출발하니 또 80를 뻗쳤다.

"참으로 장쾌하옵니다. 신이 살면서 이런 장면은 처음이옵니다"

"하하하. 참으로 천하에 보기 드문 구경거리 아니냐. 출병하는 군마의 말발굽 소리가 지축을 흔들고 흙먼지는 하늘 가리우는구나. 천하의 진시황도 이런 대군을 호령하지 못했을 것이다"

"신 배구 폐하께 아뢰옵니다. 역대 어느 황제도 하지 못한 일을 폐하께서 하시고 계시옵니다"

딴은 그러했다. 수나라 군주 양광 역시 이런 장관은 처음이었다. 세계 역사상 이처럼 대규모 군대의 이동은 거의 없었다. 삼국지에서 조조가 유비와 손권을 치기 우해 80만 대군을 동원했다고 하지만 113만 대군을 동원한 것은 이때가 처음이자 마지막이었다.

113만 대군을 상대로 맞서겠다는 것은 계란으로 바위를 치는 것과 같다고 수나라 군사들은 생각했다. 자신들이 불과 몇 개월 후 참혹한 모양으로 수나라에 다시 돌아올 것이라고는 꿈에도 생각 못했다.

"병부시랑. 고구려로 진격하기 위해서 어떻게 해야 하는 게 좋겠나"

"신 병부시랑 곡사정 폐하께 아뢰옵니다. 고구려에는 많은 성들이 있고 이 성들을 깨자면 많은 시간이 필요합니다. 최대한 빠른 시일 안에 고구려 장안성을 도모하자면 반드시 요동성을 거쳐야 합니다. 요동성을 깨면 곧바로 고구려 정안성을 깰 수 있다고 판단됩니다"

"하하하. 고구려 성들을 일일이 깨는데 많은 시간이 필요하다? 병부시랑이 제대로 몰라서 그러하다. 우리는 요하를 넘는 순간부터 제장들이 각기 흩어져 고구려 주요성을 묶을 것이다. 그리고 짐이 친히 요동성을 깰 것이다. 그러니 그 부분에 대해서는 걱정할 필요가 없다"

"너무 많사옵니다"

요수에 있는 비장 양만춘은 요수 건너에서 수나라 군사를 보았다. 요수 건너편에 수나라 군대가 당도했다. 그 숫자는 너무 많아 세기가 힘들 정도였다. 그야말로 새까만 개미떼들이 몰려 있는 형국이었다.

장군 온사문은 역시 요수를 바라보았다. 살면서 저렇게 많은 적은 처음이었다. 대대형 을지문덕이 요수를 필사적으로 막으라 명을 내렸지만 도저히 엄두가 나지 않았다. 저들은 그야말로 개미떼였고 죽이고 죽인다 해도 쉽게 물러날 수나라 군대도 아니었다. 그저 여기에 뼈를 묻을 각오를 하고 싸워야 한다는 생각뿐이었다.

2만 대 50만.

상상하기 싫지만 분명 이번 첫 전투는 패배할 것이 분명했다. 저 수나라 오랑캐를 얼마나 막아내느냐가 관건이었다.

반면, 수나라 군주 양광은 만연의 미소를 지었다. 첫 전투부터 승리를 할 수 있을 것이라 장담했다. 그러기 위해서는 부교 설치가 중요했다. 수많은 군사들을 몰고 가자면 부교가 필요했다.

"공부상서. 부교를 설치해야 하는데 얼마나 걸릴 것 같나"

"신 공부상서 우문개. 계산을 해보니 3일 정도 걸릴 것 같사옵니다"

"음, 그러면 부교를 만들어 보게나. 제장들은 군사들을 일단 쉬게 하라"

공부상서 우문개는 그날부터 부교를 만들기 시작했다. 수나라 군사들은 강변을 가득 메운 채 배와 통나무 그리고 널빤지를 이용해 부교를 만들고 있었다. 그 후 3일이 지나 부교가 완성됐다.

"2만 대 50만이라…… 병부상서. 이번 첫 전투는 어찌 될 것 같나"

"신이 보기에도 이번 전투는 승리할 것으로 보입니다. 하지만 방심은 금물이라 판단되옵니다"

"방심은 금물이라. 병부상서의 말도 맞다. 하지만 2만 대 50만이야. 이번 전투는 배패 할 수 없는 전투란 말이야. 이번에 맥철장이 한번 선봉에 나서 봐라"

"신 맥철장. 폐하께 첫 승전보를 안기겠나이다"

장군 맥철장은 수하장수들을 이끌고 진격을 했다. 소라소리와 북소리들이 울려 퍼졌고 군사들은 벌떼처럼 부교를 옮겼고 군사들은 그 위를 건너기 시작했다.

첫 전투가 시작된 것이다.

장군 맥철장이 이끄는 군사들이 고구려 영토를 향해 함성을 지르며 달려나가기 시작했다. 그 모습을 수나라 군주 양광은 흐뭇한 모습으로 지켜보았다.

장군 맥철장은 고구려 영토 강가 근처에 갔다. 하지만 이내 당황해야만 했다. 부교의 끝이 고구려 영토에 닿지 않았다.

"멈추거라"

장군 맥철장은 당황하면서 군사들에게 멈추라고 명령했다. 공부상서 우문개가 계산을 잘못해 부교의 끝이 고구려 영토에 닿지 않은 것이었다. 그 모습을 장군 온사문은 바라보고 있었다.

"궁수 앞으로"

장군 온사문이 명령을 내리자 궁수 부대가 앞으로 전진했다. 수나라 군사들을 쏘아 맞출 수 있는 충분한 거리였다. 장군 온사문은 당황한 장군 맥철장의 눈을 보았다.

"쏴라"

고구려 궁수들이 쏘는 불화살이 수나라 장군 맥철장의 군사들에게 쏟아졌다.

"방패부대 앞으로"

장군 맥철장은 당황하며 방패부대를 불렀다. 방패부대들이 장군 맥철장 앞으로 나아갔다. 방패부대들이 고구려의 화살을 막아내기 위한 몸부림을 펼쳤다. 하지만 고구려 궁수부대들이 쏜 화살이 너무나 강력해 일부 방패부대 군사들이 무너지기 시작했다. 부교 위에 서 있는 장군 맥철장은 어떻게 할 방법이 없었다.

"포차부대 준비"

고구려 진영에서는 궁수부대가 불화살을 쏘는 가운데 포차부대가 준비를 하기 시작했다.

"쏴라"

포차부대에서 돌이 날아가기 시작했다. 돌을 맞은 부교는 여지없이 파괴되기 시작했다. 많은 수나라 군사들이 물속에 빠져야 했고 물속에서 살려달라고 허우적거려야 했다.

물속에서 허우적거리는 수나라 군사들은 고구려 궁수들의 좋은 훈련 도구였다. 궁수들은 화살을 쏘아댔고 많은 수나라 군사들이 물속에서 죽어야만 했다.

부교가 짧다는 것이 이처럼 커다란 치명타가 됐다.

"물가로 나와 접전하라"

장군 맥철장은 군사들에게 이렇게 주문했다. 이에 수나라 군사들은 부교에서 내려 고구려 접경 물가로 진격했다. 하지만 고구려 군사들은 이미 높은 곳에서 내려다보며 공격하기 때문에 수나라 군사들은 언덕에 오르지 못해 결국은 패배를 해야만 했다. 수없이 날라 오는 화살에 결국 장군 맥철장과 전사웅, 맹차 등의 장수들은 전사 했다. 이에 군사를 거두어 부교를 끌고 서쪽 언덕으로 돌아가야만 했다.

곳곳에서는 수나라 군사들의 비명소리밖에 들리지 않았다. 낙담할 수밖에 없었다.

첫 전투에서 패배였다.

"첫 전투에서 첫 패배라니"

수나라 군주 양광은 화를 냈다. 공부상서 우문개가 계산을 잘못해 부교가 짧아 패배했다는 사실이 믿겨지지 않았다. 공부상서 우문개 역시 수나라 군주 양광이 어떤 식으로 나올지 몰라 공포에 떨었다.

"폐하. 신을 죽여주시옵소서"

수나라 군주 양광은 당장이라도 죽이고 싶었다. 하지만 차마 죽일 수는 없었다. 워낙 총애한 신하였고 이번 전쟁에 있어서 가장 필요한 인물 중 한 명이었다. 공부상서 우문개가 있어 신무기를 개발했다. 게다가 이제 부교를 다시 만들어야 하는 입장이었다.

"공부상서는 부교를 다시 만들라"

수나라 군주 양광은 이 말만 던졌다. 용서를 하겠다는 말도 죽이겠다는 말도 없었다. 그저 부교를 다시 만들라는 말 뿐이었다. 공부상서 우문개는 그 말이 무엇을 뜻하는지 너무나 잘 알았다. 적보다 우리가 군사가 더 많을 경우 가장 중요한 것은 사기와 시기였다. 첫 전투 실패로 인해 사기가 떨어질 경우 더 이상 사기를 떨어뜨리지 말아야 했다. 그러기 위해서는 빠른 시간에 빠르게 공격해서 적진을 빠르게 초토화시켜야 하는 것이었다. 그러기 위해서 필요한 것은 부교였다. 부교를 제대로 만들 수 있는 사람이 공부상서 우문개 자신밖에 없다는 것을 공부상서 우문개 자신도 잘 알고 있었다. 수나라 군주 양광은 그것을 이야기하고자 했다. 빠른 시일 내에 부교를 다시 만들어 적진을 빠르게 공략하는 것. 이것이 수나라 군주 양광이 주문한 것이었다.

공부상서 우문개는 자신에게 시간이 없다는 것을 잘 알고 있었다. 그날부로 다시 부교를 만들기 시작했다. 고구려 적진 앞부분이 파괴된 것 이외에 다행히 전체적인 것이 온전히 보존돼 있었다. 공부상서 우문개는 자신의 군졸들을 채근했다.

그 다음날 부교는 완성됐다. 이번 부교는 지난 부교와 달리 고구려 진영에 맞닿는 부교였다.

"폐하. 드디어 부교가 완성됐나이다"

"좋아. 진격하라"

수나라 군사들은 다시 부교를 넘기 시작했다. 장군 온사문을 비롯한 고구려 군사 1만과 말갈족 1만 군사는 처절하게 저항했다. 하지만 50만 대군이 넘어오는 것을 막기에는 역부족이었다. 군사의 사기가 높고 장수가 죽음으로 자리를 지키려 하지만 엄청나게 밀려오는 숫자 앞에서는 어쩔 수 없었다. 또한 요수가 수나라와의 전쟁의 마지막 전투장소가 아니었다. 고구려 말갈 군사 1만 명이 몰살당했지만 그만큼 처절한 저항을 수나라에게 보여주고 요동성으로 물러났다.

수나라 군주 양광은 요동으로 향했다. 일단 요동성을 함락해 1차 후방기지로 만든 후 다시 일부 부대를 재편해 요동성 인근 성인 백암, 개암, 비사성 등을 차례로 쳐부수고 나머지 부대는 고구려 장안성으로 진격하는 전략을 세웠다. 이에 일부 부대는 백암, 개암, 비사성 등에서 고구려 지원군이 요동성으로 진격하지 못하도록 발목을 잡는 역할을 하라고 지시를 내렸다. 그리고 자신은 대규모 부대를 이끌고 요동성으로 향했다.

요동성.

요동성은 요동 지역의 최고 요새이자 고구려의 관문이었다. 수나라 군주 양광은 자신의 형제 한왕 양량이 임유관을 버리고 고구려 깊은 곳에 갔다 임유관이 함락되면서 쓰디쓴 패배를 해야만 했던 사실을 너무나 잘 알고 있었다. 때문에 요동성은 꼭 함락시켜야 했다.

요동성은 태자하를 해자로 삼아 평지에 세운 성으로 100척 가까운 큰 성이었다. 이 산성 안에는 50만 석의 군량미가 비축돼 있었다. 그리고 그 주변 평야는 모조리 불타 식량이라고는 찾아볼 수 없었다.

"지독한 놈들이구만. 평야를 다 불 태우고 식량을 한 톨도 남기지 않다니"

요동성 주변에 평야는 그리 많지는 않았지만 요동성 주민들이 먹고 살만큼의 식량을 구할 수 있는 기반이었다. 그런 기반을 완전히 불태우고 없앴다는 것은 장기전을 생각하고 있다는 것이다. 수나라 군주 양광도 그것이 두려워졌다. 속전속결 그것만이 이번 전쟁에서 승리할 수 있는 것이라 판단했다.

113만 대군. 물론 이 대군이 여러 방면으로 흩어져서 고구려 성을 공격하고 있는 중이었다. 요동성은 그중에서도 중요한 요새이기 때문에 많은 군사가 배치된 상황이었다. 수나라 각 장수들이 고구려 산성을 저마다 점령하고 요동성마저도 점령을 한다면 수나라는 승리를 얻을 것이라고 장담했다.

"오늘 공격으로 요동성을 박살냅시다"

"적들에 비해 우리는 많습니다. 폐하의 유능한 장수들이 오늘 안에 저 요동성을 폐하께 바치겠사옵니다"

요동성 벌판에는 운제, 소차, 전호피차, 발석차, 당차, 충차, 삼단노, 호차와 접첩교, 누차 등의 신무기가 등장했다.

무엇보다도 113만 대군이 까맣게 몰려 있었다. 보병 40대 기병 40대가 요동성 벌판에 꽉 찼고 그것은 하나의 장관이었다.

태대형 을지문덕은 그런 모습을 지켜보았다.

"태대형 어르신. 너무 많사옵니다"

요동성주는 요동성 벌판에 있는 수나라 군사들을 보자 질려버렸다. 자신이 저들을 막을 수 있을지 의문이었다.

태대형 을지문덕도 수나라 군사들을 바라봤다. 살아생전 저렇게 많은 군사들을 본 일이 없었다.

숫자.

그것은 사람의 마음을 압도하게 했다. 숨을 멈추게 했다. 태대형 을지문덕은 저들로부터 고구려를 지켜낼 수 있을지 의문이었다. 고구려에게 있어 가장 중요한 것은 숫자에 대한 두려움을 떨쳐버리는 것이었다. 113만을 맞이해 승리를 할 수 있는 확률은 그렇게 높지 않아 보였다. 하지만 초반 기세만 꺾을 수 있다면 숫자는 그저 숫자에 불과하다는 것을 너무나 잘 알고 있었다. 게다가 대대로 내려오는 고구려 전략과 전술이 있었기 때문에 고구려의 승리를 믿고 싶었다.

숫자는 배고픔에 약한 법이었다. 숫자가 아무리 많다 해도 배고픔에는 그저 숫자에 불과했다. 저들과 장기전을 하면 할수록 저들은 아귀처럼 달려들 것이 분명했다. 하지만 그 숫자는 숫자에 불과하지 힘이 되지 못하게 되는 법이었다. 고구려는 그저 그 많은 숫자를 도륙하면 되는 것이었다.

초반이 문제인 법이었다. 수나라는 숫자만 믿고 초반에 밀어붙일 기세를 보일 것이 분명했다. 고구려가 장기전으로 갈 것을 수나라도 알고 있기 때문에 수나라로서는 초반에 요동성을 함락하고 장안성으로 진격해야만 했다. 고구려는 요동성에서 저들의 발목을 잡아야 했다. 요동성 싸움은 그만큼 중요했다. 태대형 을지문덕도 그것을 너무나 잘 알고 있었다.

"많지요. 많고 말고요. 하지만 저는 요동성주를 믿습니다. 저들이 비록 113만 대군이기는 하나 저들은 오합지졸에 불과합니다. 요동성주. 우리가 살아 있는 것이 무엇입니까. 바로 고구려 때문이 아닙니까. 저들은 그런 고구려를 빼앗으러 왔소이다. 고구려는 우리가 지켜야 할 영토이자 정신이자 자존심입니다.

요동성주.

저들은 멀리서 온 군사들입니다. 그리고 요동성이 어떠한 성입니까. 바로 난공불락의 요새 아니옵니까. 저들은 결코 이 요동성을 넘지 못할 것입니다. 그리고 우리가 얼마나 많은 준비를 했습니까"

요동성주는 태대형 을지문덕의 말을 곰곰이 들었다. 그동안 저들을 맞이하기 위해 얼마나 엄청난 노력을 해왔던가. 요동백성들과 하나가 되어 저들을 맞이할 준비를 했다.

"마지막으로 점검을 해보거라"

요동성주는 비장들을 향해 명령을 내렸다. 태대형 을지문덕은 그런 모습을 흐뭇하게 지켜보았다.

"나는 요동성주만 믿겠소이다. 나는 요동성을 빠져나와 요동벌판을 불태우고 저들의 보급수송부대를 칠 것입니다. 요동성주 건승하시오"

"태대형 어르신만 믿겠사옵니다"

요동성주와 태대형 을지문덕은 그렇게 손을 마주 잡았다. 태대형 을지문덕이 요동성을 빠져나간지 얼마 되지 않아 수나라 진영에서부터 북과 나팔소리가 들리기 시작했다.

신호.

그것은 전투를 알리는 신호였다. 요동성주는 순간 마른 침을 삼켰다. 수나라 군대는 창이나 칼을 잡고서는 발로 땅을 구르기 시작했다.

"살. 살"

고구려 군사들을 죽이라는 신호였다. 수나라 113만 군대가 일제히 "살"을 외치니 땅은 진동을 했다. 그 진동소리는 요동성 깊숙한 곳에도 전달이 됐다. 요동성 군사들이나 백성들은 서로 두려움에 떨어야 했다. 요동성주 역시 두려움에 떨어야 했다. 하지만 침착한 모습을 보여야 했다.

수나라 군사들이 외치는 "살"이라는 소리 때문에 요동성 곳곳에 있는 초

가집들이 무너지기도 했다. 게다가 가재도구 역시 흔들리는 상황이 벌어졌다. 113만 대군이 외치는 소리는 그야말로 충분한 두려움으로 다가왔다.

요동성주는 군사들과 백성들을 향해 외치기 시작했다.

"요동성 백성들과 군졸들은 들어라. 저 수나라 오랑캐가 이제 우리 앞에 와 있다. 저들의 숫자는 상당히 많다. 이번 전투의 승리를 아무도 장담할 수 없다. 너희들에게 승리를 안겨줄 수 있다고 장담할 수 없다. 하지만 저들이 아무리 많다 해도 우리가 서로 합심만 한다면 충분히 물리칠 수 있다. 우리가 어찌 수나라 오랑캐에게 무릎을 꿇을 수 있겠는가. 제군들은 들을지어다. 이제 죽기를 각오로 싸워라. 그리고 고구려 백성으로서 고구려 군사로서 명예롭게 죽자. 우리 모두 여기를 무덤으로 해서 끝까지 싸워 이겨내자"

요동성주의 일갈에 백성들과 군사들은 환호성으로 응답했다. 조금은 사기가 오른 듯했다. 그 사이 수나라 군사들은 바둑판 위의 바둑돌처럼 천천히 움직이기 시작했다.

"궁수 준비"

요동성주는 궁수들을 준비시켰다. 궁수들은 치에 모여 수나라 군사들을 향해 화살을 날릴 준비를 했다. 요동성주는 수나라 군사들이 사정거리에 들어오기만을 기다렸다. 수나라 군사들은 멀리서 볼 때 천천히 요동성으로 접근하는 듯 보였다. 하지만 그들은 각종 신무기를 앞세워 요동성을 향해 빠르게 진격하고 있었다.

"조금만 더 기다려라"

요동성주는 침을 꼴깍 삼키면서 궁수들에게 준비를 시켰다. 궁수들은 불화살을 준비하고 쇠뇌를 준비했다. 궁수들 역시 경직된 모습이었다. 수나라 군사들은 점차 요동성을 향해 접근해오고 있었다. 이제 곧 전투는 시작될 것으로 생각됐다.

"쏴라"

요동성주의 명령이 떨어지자 궁수들은 일제히 불화살과 쇠뇌를 날리기 시작했다. 진격하던 수나라 군대 앞부분 중 일부가 쓰러지기 시작했다. 하지만 신무기를 앞세운 수나라 군사들 역시 방패부대를 앞세워 고구려의 화살을 막아내기 시작했다. 그리고 궁수부대 역시 화살을 날리기 시작했다. 화살과 화살을 공방전이 시작됐다. 수만의 화살과 수천의 화살의 공방은 처음부터 대결이 되지는 못했다. 하지만 다행인 것이 요동성이 워낙 높기 때문에 수나라에서 날리는 화살 대부분이 요동성을 넘지는 못했다.

문제는 신무기였다.

수천 개의 운제가 요동성 밑까지 다가왔다. 그리고 수나라 군사들은 일제히 요동성을 넘으려는 시도를 했다. 고구려 궁수들은 일제히 운제를 타고 올라오는 수나라 군사들을 향해 화살을 갈기기 시작했다. 그리고 일부 넘어오는 군사들을 칼과 창과 도끼로 찍어 떨어뜨렸다.

그리고 일부 군사들은 운제를 창으로 밀어 수나라 진영으로 떨어뜨렸다. 또한 기름을 붓기도 하고 돌로 찍어 내리기도 했다. 수나라 군사들과 고구려 군사들의 비명소리가 여기저기서 들리기 시작했다.

수나라 군사들에게 있어 치명적인 약점이 있었다. 그것은 숫자가 많으나 신무기인 운제를 통해 넘지 않으면 안되기 때문에 운제를 타고 올라오는 수나라 군사들의 숫자가 한정돼 있다는 것이었다. 때문에 고구려 군사들에게는 오히려 방어하는데 조금은 수월했다. 운제만 공격해서 운제를 쓰러뜨리면 됐다.

"운제를 쓰러뜨려라"

요동성주의 명령에 의해 창으로 밀어서 쓰러뜨리거나 갈고리를 걸어 쓰러뜨렸다. 운제는 물이 머금어져 있기 때문에 불화살보다는 이런 방법이 통

했다. 이렇게 해서 쓰러지는 운제가 상당했다.

요동성주가 이처럼 고구려 군사들을 독려하고 있을 때 어디선가 돌들이 날아왔다. 발석차였다. 수나라 군대에서 발석차가 발포되고 커다란 돌들이 날아와 요동성벽을 때렸다.

요동성주는 성벽을 살펴보았다. 다행히도 아직은 튼튼하다고 생각했다. 이번 전투를 위해 태대형 을지문덕과 그리고 백성들과 함께 요동성 보수에 얼마나 노력을 했던가. 그 노력의 산실이 열매를 맺고 있었다. 수나라 군대 발석차에서 돌들이 날아오고 있지만 쉽사리 무너지지는 않았다.

수나라 군대에서는 오히려 당황했다. 발석차로 돌들을 날리면 대부분의 성들이 무너지는데 고구려 산성은 무너질 생각을 하지 않았다. 그도 그럴 것이 수나라의 경우 토성이 많았다. 돌들로 쌓아올리는 성벽은 흔하지는 않았다. 때문에 발석차를 통해 성을 무너뜨리는 것은 쉬웠다. 하지만 고구려 산성은 돌을 쌓아올린 것이었다. 특히 화강암이 풍부하기 때문에 화강암으로 성을 쌓아올려 그만큼 튼튼했다.

"발석차로도 성을 무너뜨릴 수 없다니"

수나라 장수들은 당황해야 했다. 하지만 언젠가는 무너질 것이라는 기대감으로 계속해서 발석차에서 돌들을 쏘아댔다.

수나라 군대에서 충차들이 등장했다. 충차로 요동성문을 부수기 위함이었다. 하지만 충차들은 성문에 당도하기도 전에 부서지는 사고를 겪었다. 그것은 치에서 고구려 군사들이 갈고리를 떨어뜨려 충차의 지붕을 벗겨냈다. 그 이후 기름과 돌 그리고 화살을 퍼부어 댔다. 보호 역할을 하던 장갑 지붕이 날아간 상황이라 수나라 군사들은 속수무책으로 당해야만 했다.

공방전은 수 시간에 걸쳐 이뤄졌다. 수나라 군사들은 끊임없이 몰려들어왔고 고구려 군사들과 수나라 군사들은 끊임없이 죽어야했다.

백중지세. 고구려 군사들은 113만 대군을 맞이해 밀리지 않고 열심히 싸웠다. 하지만 숫자면에서 압도하지 않을 수 없었다. 점차 밀리는 형국으로 바뀌기 시작했다.

그런 모습을 인근 산에서 태대형 을지문덕이 바라보고 있었다.

"이제 우리가 나설 차례이옵니다"

녹족부인은 태대형 을지문덕에게 이렇게 고했다. 태대형 을지문덕은 고개를 끄덕였다. 이제 요동성을 살리기 위해 자신이 나서야 한다는 것을 너무나 잘 알고 있었다.

"녹족장군. 준비를 해주세요"

녹족부인은 고개로 대답을 하고는 말을 타고 어디론가 가버렸다. 태대형 을지문덕은 이제 조금 있으면 요동벌판은 그야말로 아비규환이 될 것이라는 것을 너무나 잘 알고 있었다.

녹족부인이 어디론가 사라지고 난 후 얼마 지나지 않아 불길이 치솟았다. 요동벌판 곳곳에서 불길이 치솟으면서 요동벌판이 불바다로 변하기 시작했다. 불은 요동성을 중심으로 해서 원을 그리며 요동성을 향해 진격하고 있었다. 그야말로 요동벌판 전체를 불태울 기세였다.

청야전술.

온 들판을 불태운다는 것은 어찌보면 무모한 작전일 수 있었다. 하지만 워낙 오래전부터 써왔던 작전이기 때문에 고구려에게는 너무나 익숙한 작전이었다. 원래 청야전술이라면 적들이 오기 전에 모든 들판을 불태워 식량을 없애는 것이었다. 하지만 지금의 경우에는 수나라 군사들이 너무 많기 때문에 화공작전과 병행을 한 것이었다. 요동벌판에 있는 곡식들은 수나라 군사들이 몰려오기 전에 이미 요동성 안으로 쓸어버리고 벌판을 그대로 놔두었

다. 그리고 수나라 군사들이 요동성을 점령하려 할 때 화공을 퍼부은 것이었다. 요동성을 중심으로 한 온 사방에서 불길이 일어났다. 요동성은 높이가 워낙 높고 해자가 있어 불길이 쉽게 접근을 못했다. 하지만 수나라 군대만큼은 달랐다. 불길은 수나라 군대를 향해 무섭게 돌진하고 있었다.

"불이야. 불이 났다. 불이 우리 쪽으로 오고 있다"

수나라 군사들은 당황해 했다. 당황한 것은 수나라 군사들뿐이 아니었다. 수나라 군주 양광도 당황해 했다.

"저런 미친 놈들을 봤나. 요동벌판 전체를 불태우다니"

불은 요동벌판 곳곳에서 날름거리며 모든 것을 없애기 시작했다. 수나라 군대는 이제 요동성을 치는 것보다 불을 끄는 것이 급했다. 그렇게 하지 않으면 자신들이 모두 불에 타 죽을 것이 분명했다.

"어서 불을 꺼라. 요동성으로 진격했던 군사들도 물러서 불을 꺼라"

수나라 군주 양광은 이렇게 명령을 내렸고 명령을 받은 수나라 군사들은 일제히 불을 끄기에 여념이 없었다. 또한 요동성을 공격하던 군사들도 불을 끄기 위해 뒤로 물러나기 시작했다. 요동성은 그 틈을 노려 일제히 화살 공격을 하기 시작했다.

불은 요동벌판 전체로 번져나가기 시작했다. 하지만 워낙 많은 수나라 군사들에 의해 몇 시간 만에 불은 진압 당했다.

첫 전투는 누가 이기고 지고가 없었다. 불이라는 변수로 인해 서로 한 발 물러난 상황이었다. 하지만 요동벌판 곳곳은 새카맣게 그을린 상황이었다. 요동벌판 곳곳에서도 곡식은 구경을 하지 못하게 됐다.

"이것이 바로 청야전술이군"

수나라 군주 양광은 말만 들었던 청야전술을 직접 구경한 것이었다. 자신의 국토를 불태워 식량을 모두 없애는 청야전술. 그것이 고구려 대대로 내려왔던 기본전술이었던 것이다. 그것을 수나라 군주 양광이 직접 경험한 것이었다.

"말 그대로 완전 미친놈들이구만. 자신들의 평야를 불태워 우리를 굶겨죽이겠다? 우리에게는 보급부대가 있으니 그리 큰 걱정은 안해도 된다. 또한 조만간 요동성을 공략할테니 큰 걱정 하지 않아도 된다"

수나라 군주 양광은 그리 생각했다. 오늘 같은 전력이라면 머지않아 요동성은 함락될 것이라 믿었다. 무엇보다 요수 쪽이 걱정이었다. 요수를 떠나왔지만 요동벌판이 불태워졌다면 수나라 군사들에게 있어 가장 중요한 것은 보급부대가 무사히 요동벌판까지 보급을 해주는 것이었다. 그렇기 때문에 요수지역 병참기지가 가장 중요하다 판단했다. 수나라 군주 양광은 다시 요수지역으로 돌아가면서 장수들에게 요동성 공략을 하라고 지시를 내렸다. 아울러 사소로운 것 하나라도 장수들이 임의로 결정하지 말고 일일이 자신에게 보고하라고 했다. 수나라 군주 양광은 그만큼 장수들의 능력을 믿지 못했다.

"제장들은 여기에 남아 요동성을 공략하되 사사로운 것 하나하나 짐에게 보고하라"

수나라 군주 양광은 이렇게 명령을 내리고 다시 요수로 돌아갔다. 요수로 돌아간 수나라 군주 양광은 형부상서 위문승 등에 명령을 내렸다.

"천하에 사면을 하고 요수 동쪽 백성들을 위무할 것이며 10년 동안 조세를 면제케 하고 군현을 두어 서로 통섭케 하라"

수나라 군주 양광은 요수가 상당히 중요한 지역이라는 것을 알았기 때문에 요수 동쪽 백성들을 포섭하기 위한 정책을 발표한 것이었다.

탁군과 요수 그리고 요동성으로 이어지는 군사전략적 기지를 통해 보급품 수송에 무리가 없게 하고 이를 바탕으로 고구려 장안성으로 쳐들어가기 위한 전략을 세운 것이었다.

요동벌판에 남아 있던 수나라 장수들은 금방 요동성을 공략할 수 있을 것이라 판단했다. 하지만 그것은 수나라 장수들만의 착각이었다.

전투는 의외로 장기전에 돼버렸다.

그러던 어느 날 수나라 장수들은 군막에 모여 작전회의를 했다.

"이번에는 반드시 저 요동성을 함락시켜야 하오"

장군 우중문이 이렇게 이야기를 하자 여러 장수들이 그 말에 응했다.

"발석차를 통해 아무리 두들겨도 무너질 기미가 보이지 않고 있습니다. 때문에 발석차보다는 오히려 충차 등을 보강해서 성문을 아예 부서버리는 것이 좋겠습니다. 그리고 운제를 더 보강해야 합니다"

"딴은 그렇게 생각하고 있었소이다. 생각보다 저들의 기세가 만만치 않아요. 하지만 충차를 통해 저들의 성문을 부순다면 우리가 승리를 하지 못하란 법이 없소이다"

수나라 군대는 또다시 요동성으로 진격했다. 이번에는 충차를 상당히 많이 보강했다. 고구려 군사들이 아무리 갈고리로 충차의 지붕을 벗겨내고 돌과 기름 그리고 화살을 퍼부어도 워낙 많은 충차를 당해낼 수 없었다. 충차는 성문에 내달았고 이내 성문을 부수기 시작했다.

"쿵. 쿵"

성문을 부수려는 충차의 소리가 온 천지를 뒤흔들었다. 요동성주는 마음이 급해졌다. 성문이 부서지는 날에는 모든 것이 다 날아가는 그런 판국이었다.

요동성주는 부하들에게 명령을 내렸다.

"성루에 항복 깃발을 꽂고 물을 뿌려 먼지를 제거한 후 성문을 열어라"

요동군사들과 백성들은 깜짝 놀랐다. 결국은 항복을 하기로 결정한 것이라 판단했다. 요동성주의 명령이기에 실행에 옮겨야 했다. 성루에 항복 깃발이 올라가고 물이 뿌려지고 성문은 열렸다.

좋아 한 것은 수나라 장수들이었다. 두 달 만에 항복을 받아낸 것이었다.

장군 우중문은 요동성으로 들어가려고 했다. 그때 위무사상서우승 유사룡이 말을 꺼냈다.

"장군. 폐하께서 요수로 가기 전에 하신 말씀 기억하십니까"

"무엇이었소?"

"요동성 함락에 일어나는 모든 것을 일일이 보고하라는 말씀이옵니다. 만약 폐하께 보고 하지 않고 요동성에 들어갈 경우 우리는 경을 칠 것이 분명합니다"

"딴은 그렇군. 그러면 일단 폐하께 보고하고 요동성주에게는 일단 대기하고 있으라고 하라"

수나라 군대는 요동성문이 열렸음에도 불구하고 들어가지 못했다. 요동성주는 그 틈새를 노려 성문을 고쳤다.

요수로 갔던 전령이 돌아온 시간은 며칠 지난 후였다. 수나라 군주 양광의 명령은 요동성에 들어가 항복문서를 받아갖고 오라는 것이었다. 수나라 장수들은 요동성으로 들어갈 생각에 들떠있었다.

"오늘 푹 쉬고 내일은 요동성으로 들어가자"

장군 우중문은 제장들에게 그렇게 명령을 내렸다. 그날 밤 수나라 진영은 평온한 밤을 보내고 있었다. 곳곳에서 보초를 서는 군사의 수는 많이 줄어들었다. 어차피 내일이면 접수하게 될 요동성이기 때문에 보초를 많이 세울 필요가 없다 판단했었다. 그것은 무기창고도 마찬가지였다.

그런데 그런 무기창고를 향해 소리 없이 다가오는 발걸음이 있었다. 녹족부인이 이끌고 있는 별동대였다. 별동대는 무기창고를 지키고 있던 보초들

을 소리 소문 없이 죽여 버렸다. 그리고 무기창고에 기름을 붓기 시작했다. 특히 충차 등에 기름을 더 많이 부어버렸다. 그리고 이내 무기창고에 불을 놓았다. 불은 삽시간에 무기창고 전체를 태우기 시작했다. 평소 전장 같으면 불 공격에 대비하기 위해 각종 신무기에 물을 머금게 했지만 요 며칠 사이 전투가 없었고 내일이면 요동성의 완전한 항복을 받기로 했기 때문에 신무기에 물을 머금게 할 이유가 없었다. 때문에 신무기는 그야말로 땔감으로 변해버렸다. 기름 먹은 신무기는 불에 활활 타기 시작했다.

"불이야. 불이야"

수나라 군사들은 "불이야"를 외치며 불을 끄기 위해 이리저리 뛰어다녔다. 녹족부인이 이끄는 별동대는 그 틈새를 노려 소리 소문 없이 빠져나왔다. 불은 무기창고 절반을 태워버렸고 신무기의 절반은 당장 사용 못하게 됐다.

수나라 장수들은 군막에 모였다.

"이게 무슨 일인가"

장군 우중문은 화가 난 목소리로 제장들을 다그쳤다.

"형님. 아무래도 고구려 놈들이 거짓항복 한 것 같습니다. 저들은 거짓항복하고 나면 우리가 폐하께 보고 드리는 시간 그 틈새가 있다는 것을 알고 그 사이에 방비를 한 것 같습니다. 그리고 우리가 방심한 틈새를 노려 무기창고를 불태운 것 같습니다"

장군 우문술은 이 모든 것이 고구려의 계략이었다고 장군 우중문에게 설명했다. 그제야 장군 우중문은 요동성주에게 속았다는 사실을 알았다. 수나라 장수들은 요동성주에게 속아 신무기 절반을 불태워버렸다.

"그래, 우리가 쓸 수 있는 신무기가 어느 정도 되는가"

"절반도 채 안되옵니다. 이런 식이라면 요동성 함락도 쉽지는 않을 것으로 예상 됩니다"

위무사상서우승 유사룡이 이렇게 보고하자 장군 우중문은 주먹으로 책상을 쳤다.

"그렇다면 공부상서에게 알려 신무기를 다시 제작해달라고 해야겠구만"

"형님. 딱하십니다. 신무기가 '금 나와라 뚝딱' 하면 나오는 도깨비 방망이에게서 나오는 줄 아십니까. 최소 일 년은 걸릴 것입니다"

"끄으응~ 그렇다면 신무기 없이 요동성을 함락해야 한다는 일인데"

수나라 장수들은 참으로 난감해했다. 신무기가 있다 해도 함락하기 어려운 요동성이었다. 그런데 신무기가 절반도 안되는 상황에서 요동성을 함락할 수 있을지 이제 그것도 의문이 됐다. 무엇보다도 고구려의 배신에 치를 떨었다.

"오늘 다시 요동성을 공격해서 저들을 다 쓸어버리겠다. 당장 출격 준비하라. 그리고 폐하께는 이 사실을 고하거라"

"네, 장군"

수나라 군대는 다시 요동성을 진격할 준비를 하기 시작했다. 하지만 요동성도 방비할 시간을 벌었다. 요동성문은 이미 튼튼하게 보수됐고 성벽 곳곳도 보수를 마쳤다. 요동성주는 회심의 미소를 지었다. 태대형 을지문덕이 요동성을 떠나면서 당부했던 말이 생각났다.

"만약 요동성이 함락될 기미가 보이면 항복을 하시오. 저들은 항복 사실을 저들의 왕에게 보고해야 하기 때문에 그만큼의 시간이 우리에게 있소이다. 그 사이 성벽 등을 보수하고 저들의 공격을 방비하시오. 그리고 난 후 다시 저들과 싸우시오"

태대형 을지문덕의 전술에 요동성주는 감탄하지 않을 수 없었다. 비장들이 성루로 모여들었다.

"성주님. 수나라 군대들이 또다시 움직이기 시작 했습니다"

요동성주는 이제 걱정이 없었다. 이미 방비는 다 끝났고 수나라 군대는 신무기가 없는 형편이었다. 싸울만 했다. 아니 싸워서 이길 수 있을 정도였다. 숫자가 아무리 많아도 그것은 이제 숫자에 불과했다. 두 달 가까이 이어져 온 전투를 통해 요동군사들과 백성들은 오히려 자신감이 붙었다.

수나라 군사들은 또다시 요동성으로 진격했다. 그리고 지리한 싸움은 계속됐다.

"요동성 놈들이 거짓항복을 했다고?"

수나라 군주 양광은 대노했다. 거짓항복이란 있을 수 없는 일이었다. 수나라 군주 양광은 요동성 남쪽에 행차해 그 성지와 형세를 관찰했다. 요동성 남쪽 곳곳을 살펴보더니 장수들에게 이야기하기 시작했다.

"그대들이 힘을 다하지 아니해도 내가 그대들을 죽이지 못할 줄로 여기느냐"

수나라 군주 양광이 이렇게 이야기하자 수나라 장수들이 다 벌벌 떨면서 낯빛이 변했다. 수나라 군주 양광은 한다면 하는 인물이었다. 요동성을 함락시키지 못한다면 아마도 수나라 장수 모두의 목을 벨 기세였다.

"요동성 서쪽 수리에 짐의 육합성을 만들라. 내 거기에 머물면서 친히 진두지휘하겠노라"

명령이 떨어지자 요동성 서쪽 수리에 육합성이 만들어졌다. 그 후에도 수많은 전투가 있었으나 요동성은 함락되지 못했다.

7월을 넘기자 수나라 군주 양광은 초조해지기 시작했다. 요동성에 들어온 시기가 5월인데 이제 7월을 맞이한 것이었다. 북쪽은 금방 여름을 맞이하고 곧바로 가을이 오고 그리고 겨울이 온다는 사실을 수나라 군주 양광이 너무나 잘 알고 있었다. 지리멸렬하게 전투가 이어지면 이는 수나라에게 상당히 불리하게 작용한다는 것도 잘 알고 있었다.

"별동대를 조직 해야겠다. 30만 별동대로 장안성을 쳐들어가야겠다"

별동대.

수나라 장수들은 깜짝 놀랐다. 그동안의 전략과는 전혀 다른 것이었다. 수나라의 기본 전략은 탁군과 요수 그리고 요동성을 잇는 보급기지를 마련하고 이를 바탕으로 고구려 장안성을 쳐들어가는 것이었다. 하지만 요동성 함락이 쉽지 않자 요동을 포기하고 고구려 장안성으로 직접 쳐들어가는 별동대를 조직하겠다는 것이다.

"폐하. 그것은 너무나 위험한 일입니다"

병부시랑 곡사정은 별동대를 구성해 고구려 장안성으로 쳐들어가는 것은 위험한 일이라고 간했다.

"폐하. 별동대에게 보급이 원활히 이뤄지지 못한다면 별동대는 식량 문제로 난관에 처할 것이 분명합니다. 별동대가 보급부대 없이 고구려 장안성으로 쳐들어간다는 것은 있을 수 없습니다"

"짐은 거기에 대해서도 살펴둔 바가 있다. 별동대는 각자 100일치 식량을 짊어지고 고구려 장안성으로 향한다. 그렇게 되면 보급부대가 따로 필요가 없느니라"

"하지만 장안성까지 갔다 해도 장기전이 될 경우 어떻게 해야 합니까"

"만약 장기전이 된다고 해도 거기에 따로 준비를 내놓았노라. 내호아가 이끄는 수군이 고구려 장안성으로 진격한다면 고구려는 수나라 육군과 수군 모두를 맞이하게 되는 셈이다. 이렇게 됐는데 장안성이 함락되지 않겠는가"

수나라 장수들은 고개를 끄덕였다. 설마 수나라 육군과 수군 모두 장안성

을 공격했는데 장안성이 함락되지 않을 수 없을 것이라 생각했다.

그때부터 수나라 진영은 바삐 움직였다. 수나라 장수들 중 좌익위대장군 우문술, 우익위대장군 우중문, 좌효위대장군 형원항, 우익위대장군 설세웅, 우군위장군 신세웅, 우어위장군 장광근, 우무후장군 조효재, 탁군태수 겸 검교좌무위장군 최홍승, 검교우어위호분장랑 위문승 등이 압록수 서쪽으로 모이게 했다. 이들 부대 중 일부는 요동성을 함락하려 했던 부대도 있었고 일부 부대는 다른 지역 성을 침략하려는 부대도 있었다.

30만 5천 명의 수나라 군사들은 100일치 식량과 갑옷, 무기와 아울러 의자, 융구, 화막을 짊어져야 해서 그 무게가 3석 이상 됐다.

결국 수나라 군사들마다 지고 있는 짐이 워낙 무거워 행군 자체가 힘든 상황이었다. 수나라 군사들은 불평을 늘어놓기 시작했다.

"젠장, 이렇게 무거워서 어떻게 고구려 장안성까지 간담"

"이러다가 압록수까지 가기도 전에 우리가 먼저 죽겠소이다"

무거움에 못이긴 수나라 군사들 중 일부는 군막 밑 구덩이를 파고 묻기 시작했다. 행군한지 며칠이 지난 밤 장군 우문술은 자신의 처소에서 잠이 오지 않자 밖으로 바람을 쐬러 나왔다. 그때 군막 한 구석에서 수근 대는 소리가 났다. 장군 우문술은 무슨 일이 있나 해서 소리가 나는 쪽으로 슬며시 갔다. 그곳에서는 수나라 군사들이 식량을 몰래 버리고 있었다.

"네 이놈들. 여기서 무엇을 하느냐"

수나라 군사들이 혼비백산하면서 흩어지려 했다. 그 중 몇 놈을 잡았다.

"네 이놈. 여기서 무엇을 하려고 했느냐"

수나라 군졸들과 비장들이 허겁지겁 모여들기 시작했다. 장군 우문술은 군막 밑을 보았다. 그 밑에는 식량이 묻어져 있었다.

장군 우문술은 더 이상 묻지 않아도 수나라 군사들이 무엇을 하려고 했는지 직감이 왔다. 짐 무게를 못 이겨 슬며시 버리고 행군하기 위해 군막 밑에 식량을 묻는 것이었다.

"네 이놈. 식량을 여기에 묻다니. 너희가 그리고 수나라 군졸이라 할 수 있느냐. 여봐라. 이놈들 목을 당장 베거라. 아울러 제장들과 군졸들에게 고하노라. 군량을 버리는 자는 지위고하를 막론하고 목을 베겠다"

추상같은 명령이 떨어졌다. 하지만 수나라 군사들은 행군을 하면 할수록 식량을 묻는 사례가 늘어났다. 결국 압록수에 당도하기 전에 식량은 바닥나기 시작했다.

그렇게 압록수에 30만 5천 대군이 모였다.

압록수에 모인 대군은 그야말로 진퇴양난의 상황이 됐다. 이미 식량이 바닥난 상황에서 고구려 장안성을 돌아가야 하느냐 아니면 다시 요동성으로 회군을 하느냐의 갈림길에 놓여있었다.

좌익위대장군 우문술은 요동성으로의 회군을 주장했다.

"이대로 고구려 장안성으로 쳐들어간다는 것은 무리가 있소이다. 이번 별동대는 애시당초 힘든 것이라 할 수 있습니다. 100일치 식량을 등에 짊어지고 고구려 장안성으로 진격한다는 것은 있을 수 없는 일이었습니다. 폐하께 말씀드리고 회군을 하는 것이 좋겠습니다"

이러자 우익위대장군 우중문이 진격을 주장했다.

"아우의 말도 맞네. 하지만 여기서 물러난다면 폐하를 뵐 면목이 없지 않은가. 여기 압록수에서 장안성까지는 그리 멀지 않은 거리일세. 게다가 내 호아가 이끄는 수군이 곧 장안성에 당도한다니 이대로 진격하면 장안성 함락은 따논 당상일세"

수나라 장수들은 압록수에 모여 연일 이와 같은 논의를 하고 있었다.

11. 청야, 고구려 천하가 모두 불 타오르다

함거 안에서.

불탄 냄새가 장군 을지문덕의 코끝을 찔렀다. 장안성을 빠져나와 패수를 건너니 평야는 그야말로 온 천지가 불타 흔적도 없었다. 장군 을지문덕은 함거 안에서 불탄 평야를 바라보았다.

너무나도 처참했다. 늦가을 이맘때면 농부들이 곡식을 수확하고 평야에는 벼이삭들이 빼곡하게 쌓여있어야 했다. 하지만 평야는 그야말로 불탄 흔적 밖에 없었다. 아무것도 없다는 표현이 정확했다. 먹을 것이라고는 구경을 할 수 없었다.

이맘때면 농가 굴뚝에는 연기가 피어올라야 했다. 하지만 굴뚝에 연기가 나게 할 수 있는 곡식들은 아무것도 없었다. 그저 적막강산이란 표현이 적절했다.

장군 을지문덕은 미간을 찌그렸다.

"이보게. 잠깐 쉬었다 가면 안되겠나"

장군 을지문덕은 호송하는 장수에게 부탁했다. 호송하는 장수는 한동안 눈치를 살피더니 함거문을 열어줬다. 장군 을지문덕은 오랫동안 앉아 있어서 그런지 쉽게 일어나지 못했다.

"끙"

아픈 소리와 함께 무릎을 딛고 일어난 장군 을지문덕은 함거를 빠져나와 가까운 나무로 향했다. 나무 역시 불에 탄 흔적이 역력했다. 이미 불에 타 나무의 기능을 상실했다. 이 나무에게 잎이란 사치스러운 것이었다.

장군 을지문덕은 나무를 쓰다듬었다. 그리고 나무를 자세히 보았다. 나무에게서 그으름이 나왔다. 장군 을지문덕의 손바닥은 이미 그으름으로 검게 물들었다. 장군 을지문덕은 나무를 다시 쓰다듬었다. 그런데 문득 푸른색이 보였다.

이끼였다.

불탄 나무에게서 이끼가 나기 시작했다. 나무는 그해 여름 불타 없어졌지만 또 다른 생명이 나오고 있는 것이었다. 생명은 그야 말로 끈질긴 것이었다. 지난여름 고구려 온 천하를 불태웠지만 그 불탄 자리에서 새로운 생명이 다시 탄생하고 있는 것이었다. 장군 을지문덕은 지난여름 승리를 위해 고구려 온 천하를 죽였지만 그 죽음 뒤에는 새로운 생명이 다시 싹트고 있는 것이었다.

장군 을지문덕은 눈물을 흘렸다. 고구려 천하도 마찬가지일 것이었다. 올해 겨울 굶주림에 수많은 백성들이 없어질 수도 있다. 하지만 또 다른 생명이 탄생해 고구려를 지탱할 것이다. 죽은 나무에 또 다른 생명이 나오는 것처럼 고구려도 그렇게 새로운 생명을 가질 것이라 생각했다.

"새로운 생명이라…… 어차피 생명은 나면 죽는 법. 이제 또 다른 생명을 꿈꿔야 하지 않겠냐"

스승 강이식은 장군 을지문덕에게 다가와 이렇게 전했다.

"그러게 말입니다. 이 죽은 나무에 이끼가 다시 나듯 고구려는 또 다른 생명을 품을 것으로 봅니다"

"그러게 말이다. 이것이 너의 청야전술 덕분 아니겠느냐"

장군 을지문덕은 말없이 썩은 미소만 보였다. 수나라 대군을 죽이기 위해 펼쳤던 청야전술이 결국 고구려 백성들을 죽이게 되고 그 청야전술로 인해 또 다른 생명을 잉태하게 되는 것이었다.

정말 아이러니 하지 않을 수 없었다. 장군 을지문덕은 자신이 사용한 청야전술에 대해 후회도 미련도 두지 말아야 한다고 결심했다.

압록수에 30만 5천 대군이 모였다는 소식이 태대형 을지문덕에게 들어갔다.

별동대. 수나라의 속셈이 무엇인지 대충은 짐작이 갔다. 하지만 별동대는 압록수에 모여 더 이상의 진격을 하지 않고 있었다. 무엇인가 꼼수를 노리고 있다는 것이 직감적으로 들어왔다.

태대형 을지문덕은 압록수 건너에서 수나라 진영을 살펴보기로 했다. 저들을 물릴 칠 수 있는 방법을 강구했다. 30만 5천의 별동대. 그들은 부푼 꿈을 안고 장안성으로 진격했지만 압록수에 다다르기 전에 벌써 지쳐있었다. 지금 수나라는 선택을 해야 하는 상황이었다. 그리고 태대형 을지문덕도 선택을 해야 하는 상황이었다.

태대형 을지문덕은 어떤 것이 고구려에게 이득이 될지 계산을 하기 시작했다. 이대로 수나라 군사들이 요동성으로 회군을 한다면 수나라 군사들은 독을 품고 요동성을 함락시키려 할 것이 분명했다. 요동성이 함락되면 결국 장기전으로 가야하는 상황이었다. 곧 추운 겨울이 다가오지만 요동성이 함락되면 수나라 군사들은 요동성에서 월동할 것이 분명했다. 그렇다면 저 30

만 5천 별동대를 무너뜨려야 했다. 그렇게 하자면 30만 5천 별동대를 요동성으로 회군 시키는 것이 아니라 고구려 장안성으로 끌어들여 몰살을 시켜야 했다. 아니면 압록수에 잡아두어야 했다. 이미 수나라 별동대는 식량이 바닥나 있었다. 그렇기 때문에 시간을 오래 끄는 자체가 고구려에게 승리를 가져오는 것이라 태대형 을지문덕은 생각했다. 태대형 을지문덕은 수나라 진영을 살펴야 겠다고 생각하니 거짓항복을 해야 겠다고 생각했다. 만약 거짓항복을 할 경우 수나라는 수나라 군주 양광에게 거짓항복에 대한 보고를 해야 하고 그 보고를 하는 동안 시간은 그만큼 뺄 수 있다 생각 됐다. 또한 그것이 이번 전쟁의 승패를 좌우하는 것이라 믿었다.

"부인. 이번 별동대 어찌 생각하오"

녹족부인에게 태대형 을지문덕이 물었다.

"제가 생각하기에는 요동성으로 회군하자는 쪽과 장안성으로 진격하자는 쪽이 반반인 줄 아옵니다"

"그러하죠. 그런데 요동성으로 회군할 경우 우리가 상당히 불리할 것으로 생각되는데 어떠하오"

"저의 생각도 그러하옵니다"

"그러면 저들을 압록수에 잡아두거나 고구려 깊숙한 곳으로 유인해야 할 필요가 있다 생각하는데"

"그러하옵니다. 저들이 일단 압록수에 오래 있는 것 자체가 저들에게 위험한 것입니다. 이미 식량이 바닥을 보이고 있습니다. 그렇기 때문에 시간을 오래 끌면 끌수록 저들은 위험에 빠지게 됩니다. 또한 만약 고구려 깊숙이 처들어온다고 해도 저들은 식량 때문에 대패하고 말 것입니다. 하지만 요동성으로 회군한다면 저들은 분명 요동성을 함락시키고 우리에게 위협을 가할 것입니다."

"그러면 내가 수나라 진영으로 가봐야겠어요. 거짓항복을 해서 시간을 끌어야겠소"

녹족부인은 깜짝 놀랐다. 태대형 을지문덕이 직접 수나라 진영으로 가겠다는 것이다. 거짓항복을 해서 시간을 끌던가 별동대를 고구려 깊숙한 곳으로 유인해 몰살을 시키기 위해 태대형 을지문덕이 직접 적진으로 들어가 유인책을 펼치겠다는 것이다.

"장군. 너무 위험합니다. 다른 사람을 시켜도 될 줄로 아옵니다"

"아니에요. 내가 직접 가야겠어요. 저들에게 진정 항복이라고 믿게 하자면 고구려 총사령관인 내가 가야 저들이 믿을 것이라 생각하오"

딴은 그러했다. 거짓항복이 최소한 믿도록 하기 위해서는 고구려 총사령관인 태대형 을지문덕이 직접 나서야 했다.

녹족부인은 태대형 을지문덕을 쳐다봤다. 워낙 강경한 눈빛이어서 설득을 할 수 없다는 것을 깨달았다.

그럴 바에야 같이 적진으로 들어가는 것이 녹족부인에게 편했다.

"장군. 그러면 제가 동행 하겠나이다"

"아니오. 부인을 위험한 곳에 보낼 수 없소이다. 내 혼자 다녀오리다"

"아닙니다. 장군이 가시는 곳은 어디든 가겠나이다"

태대형 을지문덕은 녹족부인을 쳐다봤다. 한때 연모한 사람이었지만 이제는 든든한 동반자가 됐다. 한때는 연모의 정 때문에 가슴을 앓았지만 이제는 진정한 인생의 동반자로 태대형 을지문덕을 지켜주는 수호신이 됐다. 그것이 너무나 고마웠다.

"부인. 너무나 고맙소이다"

그 다음날 수나라 진영은 발칵 뒤집어졌다. 고구려의 총사령관이라 할 수 있는 태대형이 항복을 전달해왔다는 사실에 놀랐다.

수나라 장수들은 막사에 모여 대책을 논의했다.

"도대체 저의가 무엇이라 생각하는지 이야기들 해보시오"

"제가 보기에는 무엇인가 의도가 있사옵니다. 갑자기 항복이라뇨. 요동성만해도 거짓항복으로 우리가 많은 피해를 보았지 않았습니까. 이번에도 필경 그러하옵니다. 을지문덕의 말을 들을 필요 없이 감금해야 합니다. 감금하고 을지문덕의 목을 쳐서 우리의 사기를 높혀야 합니다"

"아닙니다. 항복한 사절을 죽이는 법은 없습니다. 저들의 의도를 정확하게 파악해야 합니다. 일단 을지문덕의 말을 들어봅시다"

수나라 장수들은 감금해서 죽여야 한다는 목소리와 일단 이야기를 들어보자는 목소리가 반반으로 나뉘었다.

결국은 결론을 내지 못하고 수나라 군주 양광에게 보고가 올라갔다. 수나라 군주 양광은 일단 고구려 태왕이든 태대형 을지문덕이든 항복해 온 사람을 붙잡으라 명했다.

수나라 군주 양광에게 이런 명을 받자 수나라 장수들은 태대형 을지문덕에게 수나라 진영으로 직접 오라고 명했다. 태대형 을지문덕은 녹족부인을 이끌고 혈혈단신으로 수나라 진영으로 들어갔다.

태대형 을지문덕과 장군 우중문은 처음으로 대면했다.

"그대가 을지문덕인가"

"그렇소"

"항복이라. 그대의 항복을 믿어도 괜찮은가"

"믿어도 좋소이다"

"네 이놈. 요동성처럼 거짓항복을 하려는 건 아닌가"

"하하하. 무슨 그런 말씀을 하십니까. 거짓항복이라뇨. 그런 것은 없소이다"

"그렇다면 그대의 왕이 직접 나와 항복을 해야 하는 것 아니냐"

"물론 그러하옵니다. 하지만 항복이라는 것이 절차가 있고 순서가 있는 것 아닙니까. 아무리 항복이라 하지만 그래도 일개의 국왕인데 압록수까지 나와서 항복을 할 수는 없지 않습니까. 그대들이 고구려 장안성으로 오면 우리 태왕 폐하께서 친히 납셔서 항복을 올릴 것입니다"

순간 수나라 장수들은 동요했다. 고구려 장안성으로 직접 가면 친히 나와 항복을 한다는 소식이었다. 믿어야 할지 몰랐다. 아니, 믿고 싶었다. 식량도 바닥이 난 상황에서 전투를 한다는 것은 힘들다는 것을 알고 있었다.

"알겠네. 막사에 가서 쉬고 있게나"

태대형 을지문덕과 녹족부인이 물러나자 수나라 장수들은 갑론을박이 벌어졌다.

"폐하의 말씀대로 을지문덕을 붙잡아야 합니다"

장군 우문술이 이렇게 고하자 위무사상서우승 유사룡이 반대했다.

"저들이 만약 진정으로 항복을 하는 것인데 저들을 붙잡는다면 항복해온 저들과 적이 되는 것입니다. 결국은 또 다시 싸움을 벌여야 합니다. 저들을 풀어주고 저들의 왕이 친히 나와 항복을 받게 하는 것이 좋으리라 생각합니다"

"하지만 저들의 항복을 진정으로 믿으시오. 저들은 거짓항복을 하는 것이오. 그렇기 때문에 저들을 붙잡아야 합니다"

우익위대장군 설세웅도 붙잡아야 한다고 주장했다. 하지만 위무사상서우승 유사룡은 끝까지 반대했다.

"저들을 붙잡는다고 해서 해결될 것이 아닙니다. 붙잡지 말고 놓아주고 저들의 왕이 친히 나와 항복을 하게끔 해야 합니다"

이처럼 수나라 진영은 갑론을박이 한창 벌어졌다. 그러는 사이 태대형 을지문덕과 녹족부인은 따로 마련한 막사로 나아가고 있었다. 장군 우중문은 자신들의 치부를 드러내기 싫어 살이 통통히 찐 군사들로만 막사 주변을 채웠다. 그리고 나머지 군사들은 보이지 않게 했다. 태대형 을지문덕과 녹족부인은 그 와중에도 정보를 얻기 위해 수나라 진영 이곳저곳을 살펴보았다.

그때였다.

"어이, 사슴발. 저기 물 좀 갖고 와"

수나라 군사들 사이에서 이런 목소리가 튀어나왔다. 순간 녹족부인은 그쪽으로 돌아봤다. 쌍둥이 두 명이 물그릇을 갖고 수나라 비장에게 다가가고 있는 장면을 목격했다. 순간 어렸을 때 버려진 쌍둥이가 생각났다. 분명 그러했다. 쌍둥이었다.

핏줄은 핏줄을 부르는 법이었다. 녹족부인은 아무 말도 하지 않았지만 그 두 사람은 자신이 버린 쌍둥이란 사실을 분명해졌다.

녹족부인은 동행하고 있는 수나라 군사들에게 물었다.

"저 두 쌍둥이는 왜 사슴발이란 별명을 얻었소"

"아, 저 두 사람. 고구려 사람인데 발이 사슴발 모양이라 사슴발이란 별명 얻었소. 왜 그러우?"

"미안한데. 우리 태대형 어르신을 수발들 군졸이 필요한데 기왕이면 고구려말을 하는 사람이었으면 좋겠소이다. 저 두 사람을 태대형 어르신 수발드는데 사용했으면 좋겠는데 괜찮겠소?"

"음~ 뭐 그러하오"

수나라 군졸은 그렇게 허락했다. 태대형 을지문덕과 녹족부인은 막사로 들어왔다. 태대형 을지문덕은 의자에 털썩 앉았다. 하지만 녹족부인은 이미 한 정신 나간 상황이었다. 자신이 그토록 애가 타게 찾던 두 아들이 살아 있었다. 너무나 고마웠다. 이 상황에서 살아남아서 얼마나 다행인지 몰랐다.

"부인. 무슨 일 있소?"

"장군. 아니옵니다"

녹족부인은 태대형 을지문덕을 바라봤다. 차마 이야기를 못했다. 자신의 자식을 찾았다는 이야기를 할 수 없었다. 더군다나 태대형 을지문덕의 자식이라고 이야기할 수 없는 상황이었다. 나중에 이 모든 전쟁이 끝나고 나면 이야기하리라 다짐했다.

두 쌍둥이 군졸이 이윽고 들어왔다. 녹족부인은 그윽한 눈으로 그들을 쳐다보았다.

"장군님의 수발을 들게 된 사람들이옵니다"

"오, 어서들 오시게. 말 들어보니 고구려 사람이구만"

"예, 어렸을 때 고구려에 있었는데 중국 상인에게 팔려 수나라로 오게 돼 이렇게 수나라 군졸이 됐습니다"

"그렇구만. 그래. 고향이 어딘가"

"고향이 어딘지는 모르옵니다. 하도 어렸을 때라 기억이 가물가물합니다. 다만 바닷가 어디인걸로 기억합니다"

녹족부인은 자신의 두 아들이란 생각이 확연히 들었다. 두 아들에게 다가갔다.

"혹, 발이 사슴발이지 않느냐"

"그러하온데. 당신이 그것을 어찌 아오?"

두 아들은 의아한 눈빛으로 녹족부인을 쳐다보았다.

"아들들아. 내가 니 에미다"

녹족부인은 두 아들을 얼싸 안고 펑펑 울었다. 태대형 을지문덕은 깜짝 놀랐다. 물론 두 아들은 갑작스런 상황에 어안이 벙벙했다.

"아들들아. 내 발을 보아라. 내가 바로 니 에미다. 너희들 등에 일곱 사마

귀가 있지 않느냐"

쌍둥이는 깜짝 놀랐다. 자신의 등에 일곱 사마귀가 나있는 것을 이 여장부가 어찌 알았을까 생각했다. 녹족부인은 말 없이 발을 보여줬다. 발은 그야말로 사슴발이었다. 쌍둥이는 놀라는 눈빛을 하며 자신의 발도 녹족부인에게 보여줬다.

그제야 두 아들은 녹족부인이 자신의 어머니인 것을 알았다. 녹족부인과 두 아들은 얼싸안고 펑펑 울었다.

녹족부인은 그동안 두 아들을 만나기 위해 노력해왔다. 그리고 이를 위해 군대에 자원을 했고 태대형 을지문덕 밑에서 일을 해왔다. 언젠가 수나라에 가서 두 아들을 볼 수 있을 것이라 믿었다. 이런 믿음이 현실이 된 것이었다. 녹족부인으로서는 죽어도 여한이 없다 생각했다.

녹족부인과 두 아들은 그렇게 한동안 눈물을 뿌렸다. 하지만 이내 눈물을 거뒀다.

"어머니. 이러고 있을 시간이 없습니다. 우중문은 어머니와 태대형 어르신을 붙잡아 목을 칠 것입니다. 여기서 탈출해야 합니다. 저희들이 앞장 서겠습니다"

태대형 을지문덕과 녹족부인은 이러고 있을 때가 아니라 판단했다. 두 아들은 태대형 을지문덕과 녹족부인을 이끌고 살며시 수나라 진영을 빠져나왔다. 그리고 곧바로 강가로 향했다.

장군 우중문은 태대형 을지문덕이 수나라 진영을 빠져나간 사실을 알게 되자 추격군을 편성해 쫓아갔다.

태대형 을지문덕과 녹족부인이 강가에 다다르자 때마침 배가 있었다. 그런데 배는 네 사람 모두 탈 수 없을 정도의 조각배였다. 두 아들은 태대형 을지문덕과 녹족부인을 태우고 자신들은 다른 지역으로 도망가려 했다. 그러자 녹족부인은 자신들과 같이 가자고 아들들을 설득했다.

"아들들아. 이렇게 우리가 만났는데 어찌 다시 헤어지려 하느냐"

"어머니. 보시다시피 이 배는 너무 적어 네 사람 모두 탈 수 없습니다. 그리고 네 사람이 모두 탔다가는 모두 몰살 당하옵니다. 저희는 목숨을 부지할 자신이 있으니 너무 걱정마시옵소서. 언젠가 살아 있다면 다시 만날 날이 있을 것입니다"

녹족부인은 두 아들을 슬픈 눈으로 쳐다봤다. 두 아들들은 녹족부인을 설득하고 이내 태대형 을지문덕에게 이야기를 나눴다.

"태대형 어르신. 수나라 진영은 이미 식량이 바닥 났습니다. 이번 별동대의 장안성 공략에 대해 회의감을 느끼는 병사들이 많사옵니다. 만약 이대로 요동성으로 회군할 경우 고구려와의 장기전은 불 보듯 뻔합니다. 하지만 수나라 군사들을 고구려 깊숙이 유인한다면 수나라 군대는 패배를 할 것이고 수나라 군주 양광은 물러갈 것입니다. 때문에 시간을 끄는 것도 중요하지만 적을 고구려 깊숙이 유인해 적들을 섬멸시키시옵서소"

태대형 을지문덕은 고개를 끄덕였다. 수나라 별동대의 식량이 바닥났다면 이미 승패는 갈렸다고 보아야 할 문제였다. 식량이 바닥났다면 수나라 별동대를 압록수에 묶어두는 것보다 수나라 별동대를 고구려 깊숙이 유인해 적들을 섬멸하는 게 맞는 것이었다. 그에 대한 준비를 해야 한다고 마음 먹었다.

멀리서 추격군의 소리가 들리기 시작했다.

"시간이 없사옵니다. 어머니. 태대형 어르신. 어서 가시옵소서"

두 아들은 이렇게 인사를 하고 배를 밀었다. 그리고 자신들은 멀리 사라졌다. 녹족부인도 슬퍼할 겨를 없이 배를 저었다. 멀리서 추격군이 다가왔다. 장군 우중문이 이끄는 추격군이었다.

"태대형. 그대에게 할 말이 있으니 배를 돌리시오"

태대형 을지문덕은 배에서 큰 소리로 외쳤다.

"내 장안성에 가서 태왕 폐하께 항복을 권유 할테니 그대들은 어서 장안성으로 오시오"

추격군은 화살을 쏘아댔다. 하지만 그 화살은 태대형 을지문덕과 녹족부인을 실은 배에 닿지도 못했다.

수나라 진영은 발칵 뒤집혀졌다. 수나라 군주 양광이 태대형 을지문덕을 붙잡으라 명령을 했지만 결국 놓친 셈이었다. 이러자 수나라 별동대 진영은 태대형 을지문덕을 쫓기 위해 압록수를 건너야 하느냐 아니면 다시 회군을 해야 하느냐의 토론이 또다시 이어졌다.

"지금이라도 을지문덕을 추격하면 성공할 수 있다"

장군 우중문은 태대형 을지문덕을 뒤쫓아야 한다고 주장했다. 이에 대해 장군 우문술은 태대형 을지문덕을 더 이상 추격해서는 안된다고 주장했다.

"형님. 형님의 말씀도 사실이지만 현재 우리 진영에는 식량이 없사옵니다. 섣불리 추격하다가 적진 깊숙이 들어가면 오도 가도 못하는 진퇴양난에 빠질 우려가 있사옵니다. 그러하오니 추격을 하지 않는 것이 옳다고 봅니다"

이에 대해 장군 우중문을 화를 냈다.

"장군이 30만의 병력을 갖고 능히 소적을 깨뜨리지 못한다면 무슨 낯으로 폐하를 뵐 수 있겠는가. 옛날의 명장이 능히 성공한 것은 결정권이 한 사람에게 있었기 때문이었다. 이렇듯 사람마다 각 마음을 갖고 있으니 어찌 적을 이길 수 있겠는가"

이 말에 일단 장군 우문술은 말을 잇지 못했다. 장군 우문술도 분함을 감추지 못했다. 태대형 을지문덕을 잡을 수 있는 절호의 기회를 놓쳤기 때문

이다. 하지만 지금 추격을 한다면 분명 승리를 거둘 수 없을 것이라는 것이 명백했다. 장군 우중문의 고집을 한 편으로는 이해하지만 한 편으로는 이해를 못했다.

그때 수나라 군주 양광에게 보고를 올렸던 전령이 다시 왔다. 수나라 군주 양광은 태대형 을지문덕을 놓쳤다는 말에 크게 분노했다. 그리고 태대형 을지문덕을 추격해 반드시 사로잡으라고 했다.

수나라 군주 양광의 명령이 떨어지자 장군 우문술도 어쩔 수 없었다. 압록수를 건너 태대형 을지문덕을 추격해야만 했다.

태대형 을지문덕은 깊은 고민에 빠졌다. 수나라 별동대를 압록수에 잡아놓던가 유인책으로 고구려 깊숙한 곳으로 끌어들어야 한다는 것은 기본 전략이나 만약 고구려 깊숙한 곳으로 끌어들일 경우 어쩔 수 없이 압록수, 살수 끝내는 패수 지역 평야까지 불태워야 하는 상황이었다.

그러자면 백성들의 고초가 상당할 것이라는 생각이 들자 태대형 을지문덕은 차마 그 전술을 짤 수 없었다. 백성들이 고초를 겪는 전투는 할 수 없었다. 하지만 수나라 별동대를 고구려 깊숙한 곳으로 유인해 사기를 완전히 떨어뜨린 다음 퇴각할 때 공격을 해야 승리를 장담할 수 있었다.

"장군, 무슨 걱정이 있사옵니까"

녹족부인이 그런 태대형 을지문덕의 고민하는 모습을 보았다.

"부인, 수나라 저 별동대를 고구려 깊숙한 곳으로 끌어들이는 것에 대한 고민을 하고 있었습니다"

"그게 무슨 고민이시옵니까. 수나라 별동대를 고구려 깊숙한 곳으로 끌어들이다가 퇴각하는 뒤를 쳐서 승리를 얻어내는 것이 가장 최선의 방법이 아니옵니까?"

"나도 그걸 알고 있습니다. 하지만 그렇게 하자면 고구려 전역을 불태워야 하는 상황입니다. 그렇게 되면 결국 고생은 백성들이 하게 되는 것이옵니다"

 녹족부인은 태대형 을지문덕이 고민하는 이유를 깨달았다. 아무리 압록수, 살수, 패수 지역 평야의 소유주가 귀족들이기는 하나 그 땅에서 농사짓는 사람들은 백성들이었다. 태대형 을지문덕의 입장에서는 차마 청야전술을 펼치기에는 어려웠다.

 그때 왕제 고건무가 태대형 을지문덕을 찾아왔다.

 "태대형. 청야전술 때문에 고민하고 있다고 들었소이다"

 "왕제 전하. 그리하옵니다. 만약 청야전술을 한다면 고구려 전역이 불타는 게 됩니다. 이것을 해도 될지 모르겠사옵니다"

 "뭐가 문제요"

 "지난 임유관 전투의 경우에도 청야전술을 사용했습니다. 하지만 그때는 그저 요동의 일부 지역에 불과했습니다. 하지만 이번의 경우에는 압록수를 비롯해 살수 그리고 고구려 장안성 인근 평야까지도 불태워야 할 수도 있습니다. 이렇게 되면 고구려에게도 상당한 타격을 입는다고 생각합니다"

 "그야 물론 그렇소이다. 하지만 생각을 해보오. 현재 논밭 중 고구려 백성들이 갖고 있는 논밭이 얼마나 되오. 전부 귀족들이 소유하고 있소이다. 타격을 입는다면 백성들이 아니라 귀족들이 입는 것이오. 귀족들의 경제적 기반은 이번 기회에 무너질 수 있소이다. 게다가 우리가 군대를 장악하고 있소이다. 귀족들을 몰아낼 수 있는 절호의 기회라 생각하는데 어떻소이까"

 딴은 그러했다. 이번에 만약 고구려 전역을 불태운다면 귀족들의 경제적 기반은 무너질 것이 분명했다. 이미 귀족들 사병을 관군으로 편입시킨 상황에 귀족들 경제적 기반마저 무너진다면 왕실의 권한은 강해질 것은 분명했다. 왕제 고건무의 말을 듣자니 그러했다.

왕권강화.

태대형 을지문덕이 꿈꾸는 세상은 그러했다. 왕권이 강화돼야 고구려 백성들은 편안한 삶을 살 수 있다 믿었다. 그렇기 때문에 귀족들을 무너뜨려야 했다. 이번 전투가 어쩌면 귀족들을 무너뜨릴 수 있는 절호의 기회라 생각했다. 전시상황에서 전투를 위해 귀족들의 평야를 모두 불태우겠다는데 귀족들이 반발할 수도 없는 입장이었다. 귀족들에게는 명분이 약했다. 하지만 왕제 고건무와 태대형 을지문덕은 명분이 강했다. 고구려를 살리기 위해 어쩔 수 없이 할 수밖에 없는 것이라는 것이었다.

왕제 고건무는 이번 전쟁에서 청야전술을 통해 귀족들 평야를 다 불태우고 그리고 이번 전쟁에서 승리를 이끌어낸 후 전쟁이 끝난 후 귀족들을 쓸어버릴 것이라고 다짐했다. 그런 좋은 기회를 놓치고 싶지 않았다.

"태대형. 이번에 우리가 전쟁에서 승리하기 위해서는 청야전술이 무엇보다도 필요하오. 적들이 고구려 장안성까지 쳐들어 올 것이 분명하오. 그들이 식량보급을 제대로 하지 않게 하려면 청야전술이 필요하단 말이오. 반드시 청야전술을 써서 이번 전쟁을 승리로 이끌기 바라오. 나는 수나라 수군들을 장안성에서 막아보겠소"

왕제 고건무는 이렇게 몇 번을 다짐하고 고구려 장안성으로 다시 돌아갔다. 백성들을 위해 청야전술을 사용해야 할 지 고민했던 태대형 을지문덕은 청야전술을 결국 사용키로 했다.

수나라 별동대는 기어이 압록수를 건넜다. 수나라 별동대는 태대형 을지문덕의 군대를 압박했다. 태대형 을지문덕의 군대는 몇 번 제대로 싸워보지도 못하고 퇴각했다. 태대형 을지문덕의 군대를 하루에 일곱 번 싸워 일곱 번 모두 이기는 상황이 벌어졌다. 수나라 별동대는 신이 났다. 수나라 별동대는 태대형 을지문덕의 군대를 쫓아 고구려 깊숙이 들어오기 시작했다.

그 사이 녹족부인이 이끄는 별동대는 밤마다 수나라 별동대 주변의 평야를 불태우기 시작했다. 이미 살수 지역 평야도 상당 부분 불에 타들어갔고 고구려 장안성 근처의 평야도 불에 타들어갔다.

고구려 전역이 불길에 휩싸였다. 수나라 군사들이 지나간 자리는 녹족부인이 군사들을 이끌고 평야를 불태웠다. 수나라 군사들은 태대형 을지문덕의 군대를 쫓으면서도 식량을 구하고자 했다. 하지만 이미 불타버린 평야에서 식량을 구하기란 힘들었다. 오히려 자신들이 불에 타지 않을까 걱정했다.

그러나 장군 우중문만은 이런 계략을 눈치 채지 못했다. 연전연승하는 것에 대한 기쁨에 도취해 있었다. 장군 우중문은 조만간 태대형 을지문덕을 붙잡고 영양태왕을 수나라 군주 양광 앞에 꿇릴 수 있을 것이라 생각했다.

태대형 을지문덕의 군대는 살수에서도 패배를 해 고구려 장안성 근처까지 밀려 내려왔다. 수나라 별동대는 기고만장해질 수밖에 없었다. 하지만 수나라 별동대는 먹을 것을 구할 수 없었다. 승리는 했지만 얻은 것은 아무 것도 없었다. 그야말로 손가락을 빨아야 하는 심정이었다.

장군 우문술은 그것이 걱정됐다.

"형님. 적진 깊숙이 이렇게 들어와도 괜찮을지 모르겠습니다"

"아우. 무슨 소리인가. 고구려 군사들이 강하다고 들었는데 알고 보니 이렇게 약한 줄 몰랐네. 내 조만간 폐하께 장안성과 고구려 왕의 목을 바칠 것이니 아우는 두고 보게"

"형님. 아무래도 이상하옵니다. 아무리 우리 군대가 많다고 하나 태대형 을지문덕이 제대로 싸워보지도 못하고 저리 달아나는 것이 이상하옵니다. 추격을 멈추서야 합니다"

"쓸데없는 소리 말게. 이제 곧 장안성이란 말일세. 아우는 괜한 소리로 군사들의 사기를 꺾지 말게나. 이제 장안성에 가면 수군 장수 내호아가 우리를 기다릴 것일세. 식량이 우리를 기다리고 있단 말일세. 내호아의 식량으로 배를 두둑이 먹고 나면 우리가 장안성을 치는 것은 그다지 어려운 일이 아니란 말일세"

장군 우중문이 장군 우문술을 안심시켰지만 장군 우문술은 무엇인가 찜찜했다.

패수의 밤이 깊었다. 수나라 장수 내호아가 이끄는 수군을 인솔하고 패수로 진입했다. 약 삼천여 척의 수나라 군선들이 소리 소문 없이 패수를 역류해 장안성으로 향했다.

"하하하. 고구려 수군들이 다들 어디로 갔단 말인가. 모두들 내가 온 줄 아무도 모르고 있는 모양이구만"

수나라 장수 내호아는 워낙 조용한 상황에 대해 이렇게 표현했다. 하지만 부원수 주법상은 달랐다.

"대원수. 조심하셔야 합니다. 고구려 수군이 대단하다고 들었습니다. 조심하고 또 조심해야 합니다"

"그럴 필요가 있소이까. 우리 수군이 현재 6만이란 말이에요. 6만. 고구려 군대는 모두 요동지역으로 집결했기 때문에 현재 고구려 장안성에는 6만의 수군을 막아낼 군사가 없소이다. 내 장안성을 쓸어버리고 고구려 왕의 목을 폐하께 바칠테니 두고 보시오"

그때 비장이 다가왔다.

"대원수님. 저쪽에 고구려 전투선이 보이옵니다"

실제로 고구려 전투선이 눈에 보이기 시작했다. 하지만 고구려 전투선은 수나라 수군에 비해 숫자가 너무나 약했다. 수나라 장수 내호아는 한 번에 쓸어버릴 자신이 있었다. 저들을 쓸어버리고 고구려 장안성으로 진격해 모두 도륙내고 싶었다.

"부원수. 첫 전투의 승리를 보여주지. 모두 공격 준비하라"

그때였다. 고구려 전투선에서 불화살이 날아왔다. 선제공격을 한 것이었다.

"저런 가사로운 놈들. 공격하라"

수나라 전투선에서 불화살이 날아왔다. 불화살 공방은 한동안 이어졌다. 하지만 수나라 전투선의 숫자가 워낙 많아 고구려 전투선의 피해가 막심해졌다. 결국 고구려 전투선은 도망치기 시작했다.

"하하하. 고구려 수군이 고작 저 정도였단 말인가"

첫 전투는 싱겁게 끝났다. 하지만 이 모든 것을 패수 언덕에서 왕제 고건무가 지켜보고 있었다. 왕제 고건무는 깃발을 움직여 고구려 전투선을 지휘하고 있었다. 수나라 전투선과의 전투에서 수나라에게 패배한 듯 보였지만 실제로 고구려 전투선에는 큰 피해는 입지 않았다. 하지만 수나라 입장에서 바라보면 큰 피해를 입은 것처럼 보였다.

그렇게 첫 전투가 끝나고 날이 밝았다. 패수 강변에는 고구려 군사들을 구경할 수 없었다. 이때부터 수나라 수군 진영은 회의에 들어갔다.

수나라 장수 내호아는 지금 당장 장안성으로 쳐들어가야 한다는 주장을 펼쳤다. 하지만 부원수 주법상은 30만 5천 별동대가 장안성에 도착하면 함께 공격해야 한다고 주장했다.

"대원수님. 30만 5천 별동대를 기다리셔야 합니다. 선제공격은 무리 옵니다"

"하하하. 이미 장안성에는 정예병이 없다. 이미 요동으로 다 물러간 상황

이니 우리 수군만으로 장안성을 함락시킬 절호의 기회란 말이야. 만약 별동대 기다렸다가 별동대 그것도 우중문이 전공을 세우면 나는 여기서 기다리다가 닭 쫓던 개가 되는 것이 아닌가"

"하오나. 만약이란 것이 있사옵니다"

"하하하. 장수가 돼서 그리 겁내면 어쩌하겠는가. 그렇다면 자네는 여기 진영에 있게 나는 장안성으로 진격 하겠네"

수나라 장수 내호아는 6만 명의 수군 중 4만의 군사를 이끌고 장안으로 향했다. 부원수 주법상은 패수에서 멀찍이 물러나 만약의 상황에 대비했다.

수나라 장수 내호아는 우선 척후병을 보냈다. 그런데 척후병의 보고가 이상했다. 장안성 외성 성문이 활짝 열려있다는 것이었다.

수나라 장수 내호아도 이때만큼은 의심을 했다. 고구려의 속셈이 무엇인지 궁금했다. 그래서 고구려 외성 성문 쪽으로 향했다. 수나라 장수 내호아가 고구려 외성 성문에 당도할 때 고구려 군사들이 나와 있었다. 바로 왕제 고건무가 이끄는 군사들이었다.

"네 이놈. 나는 고구려 왕제 고건무다. 감히 우리 강토를 넘보다니 오늘 너의 제삿날인줄 알아라"

수나라 장수 내호아는 고구려 군대를 보았다. 그리 많지 않은 군대였다. 숫자가 상당히 적은 군대를 보니 자만심이 생겼다.

"고구려 장안성이 수도인데도 불구하고 남아 있는 군대가 저것밖에 안된단 말인가. 장안성은 이제 내 차지구나. 저놈들을 잡아 죽여라"

수나라 군대가 고구려 군대를 향해 진격했다. 고구려 군대는 얼마동안 싸우다가 외성으로 도망갔고 일부 군대는 외성에서 다시 중성으로 도망갔다. 수나라 군대는 그리하여 외성으로 진입했다.

외성에 진입한 수나라 군대는 다시 중성 성문 쪽으로 향했다. 하지만 중성

성문은 굳게 걸어 잠겨있었다. 수나라 장수 내호아는 지금 당장 중성 성문을 부수고 들어가야 할지 외성에서 하룻밤 지내고 내일 쳐들어가야 할지 고민에 빠졌다.

수나라 장수 내호아는 수나라 군대를 바라봤다. 워낙 오래된 시간 동안 전투를 한 지라 군사들에게 휴식이 필요했다.

"오늘밤 외성에서 기거하고 내일 다시 중성을 공략한다"

수나라 장수들과 군사들은 그날 밤 외성에서 기거하기로 했다. 수나라 장수 내호아는 외성을 둘러싼 성문만 제대로 지키면 일단 방비를 할 수 있을 것이라 판단했다. 그리고 장수들과 군사들에게 외성에 있는 집들을 선택해 하룻밤 기거하라고 했다. 그리고 그 집에 있는 물건들을 약탈해도 좋다고 명령을 내렸다.

수나라 군사 4만은 외성에 있는 집에 뿔뿔이 흩어졌다.

외성에 있는 한 절간에도 어둠이 찾아왔다. 그 어둠 속에서 웃음을 짓는 사람이 있었다. 왕제 고건무였다. 왕제 고건무는 밤이 오기를 기다렸다.

"왕제 전하. 밤이옵니다. 저들은 이미 곯아떨어졌나이다"

"우리 개마부대를 준비시켰는가"

"그리하옵니다"

개마부대.

광개토태왕 이후 사라졌던 개마부대였다. 개마부대는 말과 기수 모두 철갑옷을 입힌 것을 말한다. 고구려에서 생산된 철이 우수하기 때문에 가볍고 강했다. 그래서 개마부대 편성이 쉬웠다. 하지만 산악지대에서 개마부대는 소용이 없었다. 산악지대는 기동성을 요구하기 때문에 개마부대보다는 경기병이 오히려 유리했다. 다만 광개토태왕 때는 후연을 격파하기 위해 개마

부대를 사용했다. 후연은 평야지대에서의 전투였기 때문에 개마부대의 위용은 대단했다. 하지만 광개토태왕 이후 평야 전투가 없어지면서 개마부대도 자연스럽게 사라졌다.

그런 개마부대를 다시 부활시킨 것이다. 소수병력으로 다수에게 피해를 입히기 위해서는 개마부대가 유용했기 때문이었다.

오백 명의 개마부대가 준비가 됐다. 이제 사냥만 남았다. 수나라 군사들은 외성의 집집마다 틀어박혀 잠을 청하고 있었다. 설마 외성 내부 절간에 오백 명의 개마부대가 숨어 있을 것이라고는 상상도 못했다. 왕제 고건무가 이끄는 개마부대는 천천히 절간에서 빠져나왔다. 그리고 불화살을 준비했다. 개마부대는 외성을 돌아다니면서 불화살을 갈겨댔다. 외성 전체가 불바다를 이루고 있었다.

"불이야"

수나라 군사들은 단잠을 자고 있다가 깨어나서는 당황해 했다. 수나라 장수 내호아도 마찬가지였다. 처음에는 수나라 군사들이 실수로 불을 낸 것이라 여겼다. 하지만 그 불길이 심상치 않았다.

그런 와중에 수나라 장수 내호아는 수나라 군사들이 철갑말과 철갑옷을 입은 군사들에게 속수무책으로 당하고 있는 모습을 보았다.

망연자실 그 자체였다. 수나라 군사들은 고구려 개마부대와 싸우려 했다. 하지만 수나라 칼과 창은 개마부대의 철갑옷에 부딪히자 부러지고 파손됐다. 개마부대 앞에서 칼과 창은 속수무책이었다. 도저히 이길 자신이 없었다.

저승사자.

수나라 군사들에게 있어 지금 왕제 고건무가 이끄는 개마부대는 그야말로 저승사자였다. 개마부대를 향해 저항을 하면 할수록 수나라 군사들의 목은 달아났다. 외성 곳곳에서는 비명소리와 함께 목들이 땅바닥을 나뒹굴고 있었다. 왕제 고건무가 이끄는 개마부대는 그야말로 사냥감을 본 사냥꾼마냥 수나라 군사들의 목을 베어버렸다. 수나라 군사들은 처음에는 저항을 했지만 점차 도망가기 바빴다.

"퇴각하라"

이는 수나라 장수 내호아도 마찬가지였다. 처음보는 개마부대의 위력에 그만 기가 눌려버렸다. 저항을 하면 할수록 수나라 군사들의 목숨만 앗아가진다는 사실을 알고는 퇴각을 해야겠다고 생각했다.

퇴각 명령은 내렸지만 수나라 군사들은 외성에 있는 가가호호에 기거해 있었기 때문에 명령 전달은 제대로 이뤄지지 못했다. 퇴각하라는 소리를 듣기도 전에 수나라 군사들의 목숨은 그저 황천길로 향했다.

수나라 장수 내호아는 자신만이라도 살아남아야겠다는 생각에 외성 성문을 빠져나와 부원수 주법상이 머물고 있는 패수 강변으로 말을 달렸다. 수나라 장수 내호아의 뒤를 잇는 군사들은 그저 몇 명에 불과했다. 수나라 장수 내호아는 수나라 군사들이 달아나거나 말거나 자신이 살아야겠다는 생각에 뒤도 돌아보지 않고 그저 말을 내달렸다.

왕제 고건무는 중성을 향해 신호를 보냈다. 그제야 중성의 성문이 열리면서 고구려 경기병들이 쏟아져 나왔다. 고구려 경기병들은 외성을 빠져나와 수나라 장수 내호아를 추격하기 시작했다.

수나라 장수 내호아가 정신 없이 패수 강변으로 말을 달렸지만 고구려 경기병의 추격 역시 만만치 않았다. 시간이 조금만 더 있더라면 붙잡힐 뻔한 위기에 처해 있었다. 하지만 수나라 장수 내호아는 운이 좋았던지 패수 강변에 있는 부원수 주법상의 전투선에 무사히 들어갈 수 있었다.

이날 살아 돌아온 군사가 수천에 불과했다. 4만의 대군이 고작 500명의 개마부대에게 몰살을 당한 것이었다.

"내 수많은 전투를 치렀지만 그런 무서운 부대는 처음이다"

수나라 장수 내호아는 자신이 살아 있다는 사실이 믿기지 않을 정도였다. 왕제 고건무가 이끄는 개마부대의 위력이 이렇게 대단할거라고는 생각도 못했다.

"그러게 제 말씀을 들으셨으면 이런 패배는 하지 않으셨을 것 아닙니까. 차라리 잘 됐습니다. 지금이라도 장안성을 다시 치는 것이 좋겠습니다"

"나는 그러게 싫네. 부원수는 개마부대의 위력을 몰라서 그러는데 개마부대의 위력을 보았다면 선제공격을 하라고 명령을 내리지 않을 것이네. 나는 패수 하구로 물러날 생각이야. 패수 하구에서 별동대를 기다리겠네"

이렇게 해서 수나라 수군은 패수 하구로 물러나 별동대를 기다렸다.

12. 여수장우중문시 그리고 압사의 살수대첩

"살수다"
함거를 호송하는 군사들이 외쳤다. 장군 을지문덕은 정신이 번쩍 났다.

살수.

살수는 초겨울을 맞이해 칼바람이 불고 있었다. 바람은 울음을 만들었다. 그 바람의 울음은 장군 을지문덕의 귓전을 흔들었다. 살수는 넘실거렸다. 장군 을지문덕을 향해 커다란 손짓을 하고 있었다. 무엇인가 호소를 하고 싶어 하는 듯했다. 울음과 호소는 장군 을지문덕의 눈과 귓전을 때렸다. 이곳에서 얼마나 많은 사람이 희생됐던가. 이곳에서 얼마나 많은 사람들이 죽어야 했던가.

울음을 울지 않는 것이 이상했다. 파도가 호소를 하지 않는 것이 이상했다. 수없이 많은 죽음이 장군 을지문덕을 향해 울음을 터트리고 있었다. 수많은 억울함이 장군 을지문덕의 마음속에 들어왔다.

그들은 죄가 없는 사람들이었다. 그저 수나라 군주 양광의 명령에 고구려로 왔다. 그리고 그들은 죽어 나가야 했다. 그들은 그저 아무것도 모르고 죽음을 맞이해야 했다. 그들은 그렇게 죽어나갔다.

한 줄기 바람이 함거를 흔들었다. 수나라의 억울한 군사들이 함거를 흔들어 하소연하는 듯 했다. 장군 을지문덕은 눈을 감고 그들의 억울함을 들으려 했다. 억울함은 바람의 울음소리가 돼 장군 을지문덕의 귓전을 때렸다. 눈을 감아도 그들은 읍소를 하면서 장군 을지문덕에게 호소하는 모습이 선하게 보였다.

장군 을지문덕은 새삼 지난여름 일이 생각났다.

자신의 전술이 틀리지 않았다는 것은 확신했었고 아직도 확신하고 있다. 하지만 자신의 전술로 인해 수없이 많은 목숨이 사라졌고 앞으로도 많은 목숨이 사라질 것이다. 이번 겨울을 통해 또 다시 많은 목숨들이 없어질 것을 생각하니 새삼 눈물이 또 다시 앞을 가렸다.

"옛날 생각이 나느냐"

스승 강이식은 또 다시 함거 안에 앉아 장군 을지문덕에게 이야기를 건넸다.

"네, 지난 여름 이곳에 수많은 목숨을 뿌렸나이다"

"딴은 그러하지. 그 덕분에 고구려는 명맥을 유지하고 있는 것 아니냐"

"명맥을 유지하고 있다고 하나 백성들이 저리 고통을 받고 있는데 승리했다 할 수 있을까요?"

"백성들이 고통을 받고 있는 게 진정 청야전술 때문이라 생각하느냐"

장군 을지문덕은 그에 대한 대답을 제대로 하지 못했다. 분명 백성들이 고통을 받는 것은 귀족들 때문이란 사실을 알고 있었다. 귀족들이 자신의 창고인 부경에서 식량을 대대적으로 푼다면 아마도 백성들이 고통 받는 일은 없었을 것이라 생각했다. 하지만 백성들이 고통받는 원인을 제공한 것은 청

야전술이었다.

　장군 을지문덕은 그리 생각했다.

　"다 제가 못난 탓이옵니다"

　스승 강이식은 하늘을 쳐다보았다.

　"네가 못나서 그랬다? 하하하. 그렇다면 살수대첩에 대해 후회하느냐"

　"아까전에도 말씀드렸다시피 결코 후회는 없사옵니다"

　살수대첩. 장군 을지문덕은 살수대첩만 생각하면 지난 여름의 끔직한 일이 생각났다. 비록 적이라 하지만 살수에 무참히 수장 시킨 수나라 군사들의 비명소리가 아직도 귀에 쟁쟁하게 들려왔다.

　"타닥타닥"

　불은 시뻘건 혀를 내밀며 고구려 온 천하를 휘감아 돌았다. 압록강에서 시작한 청야전술은 수나라 군대를 따라 남으로 남으로 내려왔다. 녹족장군이 이끄는 별동대는 수나라 별동대가 당도하기 전에 불을 놓았다. 고구려 전역이 불타야했다. 수나라 별동대가 장안성을 향해 밀려 내려가는 지역은 고구려에서 가장 비옥한 땅이었다. 고구려 식량공급기지로 고구려 온백성의 먹을 것을 책임지는 지역이었다. 하지만 이곳은 귀족들이 차지하고 있는 지역이기도 했다. 돈 되는 곳에는 항상 기득권이 몰린다. 그것은 불변의 원칙이었다. 귀족들은 이 평야를 잡고 왕실을 압박했다. 물론 왕실도 평야지대를 차지하고 있었다. 때문에 왕실과 귀족의 힘겨루기는 평야지대를 누가 더 많이 차지하느냐였다. 왕실이 평야지대를 많이 차지하는 경우도 있지만 대부분 귀족들이 차지하고 있었다. 이제 그 평야지대를 태대형 을지문덕이 불을 놓음으로써 귀족들의 경제적 기반을 무너뜨리려 하는 것이었다. 두 마리 토끼를 잡는 셈이었다.

거대한 불은 고구려 평야를 불태우는 동안 백성들은 그 장면을 안타깝게 바라봐야 했다. 비록 땅의 주인은 귀족이지만 그 밑에서 실제 사랑하는 사람은 백성들이기 때문이다. 안타까운 심정으로 바라봐야 했고 울음을 터트려야 했다.

귀족들 역시 경악해했다. 설마 태대형 을지문덕이 고구려 전역을 불태울 줄은 몰랐다. 하지만 태대형 을지문덕은 고구려 전역을 불태웠다. 귀족들은 뭐라 항의하고 싶었다. 하지만 침묵을 해야 했다. 안보라는 측면을 강조하고 국가가 누란지위에 처해있다고 하니 더 이상 주장할 수 없었다. 그저 태대형 을지문덕의 행동을 지켜봐야 했다. 귀족들이 해야 할 일은 그것이었다.

수나라 별동대는 하루에 일곱 번 싸워 일곱 번을 이겼다. 이제 고구려 장안성만 남은 것이었다. 별동대는 일단 장안성 30리 밖에 주둔했다. 장안성을 향해 최후의 결전만 남았다고 생각했다.

하지만 수나라 군사들은 태대형 을지문덕이 이끄는 군대와 싸우느라 며칠 동안 제대로 먹지도 못하고 싸움만 했다. 수나라 군사들은 지칠대로 지쳤다. 싸움에서 이기는 것도 이기는 것이 아니었다.

수나라 별동대는 압록수에서 이미 식량의 태반을 잃어버렸다. 그런 와중에 태대형 을지문덕의 군대는 싸움을 하는 듯하면서도 퇴각했다. 장군 우중문은 그런 태대형 을지문덕의 전략도 모르고 그저 무조건 장안성으로 전진했다. 전진하는 고구려 지역마다 이미 녹족부인이 이끄는 별동대는 청야전술로 평야를 다 태워버렸다. 수나라 별동대로서는 식량을 구하고 싶어도 구하지 못하는 상황이 됐다. 고구려 군대를 쫓기 위해서는 기동력이 빨라야 했다. 그러다 보니 있던 식량마저도 버려야 했다. 하지만 가는 곳 마다 식량을 구할 수 없었다. 결국 수나라 별동대는 실속 없는 승리를 거두고 있었다.

실속 없는 승리. 그것이 수나라 군사들이 처한 상황이었다. 장안성 30리 밖에 주둔하면서 일단 숨고르기에 들어갔지만 먹을 것이 없어 군사들은 지쳐갔다.

장안성 근처에 평야가 있지만 그 평야는 이미 녹족부인이 이끄는 별동대에 의해 모두 태워지고 쌀 한 톨도 남아 있지 않았다. 수나라 군사들은 식량을 찾기 위해 여기저기 백방으로 나서보았지만 쌀을 구경하기 힘들었다. 배에서는 꼬르륵 하면서 밥을 달라 외쳤지만 쌀 한 톨도 들어가지 못했다.

"형님. 우리가 을지문덕과 지금까지 싸워서 이긴 게 이긴 게 아닙니다. 실속이 없습니다. 식량은 구경도 못하고 있습니다. 군사들이 동요하고 있습니다. 특단의 대책을 내려야 합니다"

"아우. 나도 알고 있네. 이제 장안성을 공격하면 우리는 배불리 먹을 수 있을 것이란 말야"

장군 우중문과 우문술은 식량 걱정을 하며 대화를 하기 시작했다.

"형님은 딱도 하십니다. 저 장안성을 보셨습니까? 그야말로 철옹성입니다. 저 철옹성을 어찌 함락시킬 수 있다 합니까. 그러지 말고 전령을 보내 항복을 권해보는 것이 어떻습니까?"

"딴은 그러하이. 그러면 전령을 보내 항복을 권해보도록 하지"

장군 우문술은 전령을 보내 항복을 권하기로 했다. 그런데 장군 우문술은 태대형 을지문덕의 화답에 깜짝 놀랐다. 태대형 을지문덕의 화답은 고구려가 항복 준비를 하려고 토지와 인구 대장을 조사하는 중이니 수나라 군대는 성 밖에서 5일만 기다려 달라고 하는 것이었다. 수나라 장수들은 동요했다. 5일을 기다려야 하느냐 아니면 지금 당장 쳐들어가야 하느냐로 갑론을박이 벌어졌다.

하지만 장군 우문술을 비롯해 화친파들은 일단 기다려보자고 했다. 그래서 5일을 기다리기로 했다. 하지만 5일이 지나도 10일이 지나도 항복하는 기미는 전혀 보이지 않았다.

"아우, 아우가 항복을 기다려보자고 해서 일이 이렇게 된 것 아닌가"

장군 우중문은 아우인 장군 우문술에게 화를 냈다. 공연히 기다려 굶주린 군사들의 사기를 더 꺾이게 했다는 것이었다. 장군 우문술도 그제야 자신이 태대형 을지문덕에게 속았다는 사실을 깨달았다. 이제는 방법은 하나였다. 장안성을 함락시키는 방법 이외에는 아무런 방법이 없었다.

장군 우문술이 선봉에 서서 장안성을 쳐들어가기로 했다. 장군 우문술이 이끄는 군대가 장안성으로 진격했다.

그때였다. 장안성 치에서 고구려 궁수들이 나타나더니 화살을 비 오듯 퍼부어 댔다. 요동부터 많은 짐을 짊어지고 왔던 수나라 군사들이었기 때문에 방패를 도중에 모두 버리고 장안성까지 진격해왔다. 수나라 군사들은 화살을 막을 방패가 없었다. 그저 속수무책으로 고구려 궁수들이 쏘는 화살에 쓰러져야 했다.

장안성 성루에서 한 장수가 나타났다.

"나는 고구려 장수 고승이다. 감히 장안성을 공격하려 하느냐"

천지가 떠나갈 듯한 목소리였다. 장군 우문술은 더 이상 공격했다가는 자신의 군사만 모두 죽어날 것이라 판단해 결국 퇴각 명령을 내렸다.

수나라 별동대 진영은 그날 밤은 그야말로 초상집 분위기였다. 30만 5천의 별동대를 갖고 있으나 장안성을 함락시키기는 결코 쉽지 않을 것이라는 판단이 내려졌다. 결단을 내려야 했다. 하지만 퇴각을 하자니 수나라 군주 양광의 진노를 어찌 받아들여야할지 막막했다.

"장군. 고구려에서 전령이 왔습니다"

비장 하나가 들어와 장군 우중문에게 이렇게 고했다. 장군 우중문은 고구

려에서 갑자기 전령이 온 것이 의아해 했다.

"들여 보내거라"

고구려 전령은 자신은 태대형 을지문덕이 보낸 전령이란 사실을 이야기 했다.

"저는 태대형께서 보낸 전령이옵니다. 여기 태대형 어르신이 보낸 서찰이 있습니다"

고구려 전령은 서찰을 하나 들고 장군 우중문에게 나아갔다. 장군 우중문은 서찰을 받아보자마자 펼쳐 읽었다.

神策究天文
妙算窮地理
戰勝功旣高
知足願云止

신기한 책략은 천문을 헤아리고
기묘한 계산은 지리를 꿰뚫는구나.
싸워 이긴 공이 이미 높았으니
족한 줄 알아서 그치기를 원하노라.

장군 우중문은 이 말 뜻이 무엇인지 몰랐다. 도대체 태대형 을지문덕이 자신에게 이 서찰을 보낸 의미가 무엇인지 몰랐다. 그래서 장군 우문술에게 건네줬다.

"아우야. 이게 도대체 무슨 의미냐"

장군 우문술은 서찰을 보자마자 부르르 떨기 시작했다. 그리고 서찰을 이내 찢어버렸다.

"형님. 우리는 을지문덕에게 속았습니다. 이 서찰은 형님을 조롱하는 서찰이옵니다. 그동안 하루에 일곱 번 싸워 일곱 번 이긴 것이 형님의 능력 때문이 아니라 을지문덕이 봐줘서 그렇게 된 것이라는 것을 우회적으로 알리는 서찰이옵니다. 을지문덕 이 사람 무섭습니다. 빨리 퇴각하지 않으면 우리는 몰살 당합니다. 어서 퇴각 준비를 하십시오"

"아우야. 그게 무슨 소리냐. 우리가 일곱 번 싸워 일곱 번 이긴 것이 을지문덕이 봐줘서 그렇게 된 것이라니?"

"이럴 시간 없습니다. 우리 모두 몰살 당합니다. 제발 퇴각 준비하시옵소서"

장군 우중문은 아직도 사태 파악을 하지 못했다. 그때 고구려 전령이 또 다른 이야기를 꺼내기 시작했다.

"태대형 어르신께서 장군께 또 하실 말씀이 있다고 합니다"

"그게 무엇이냐"

"태대형 어르신께서 태왕 폐하와 함께 요동성 육합성에 수나라 폐하를 알현하고 항복을 올린다고 하니 요동으로 되돌아가라는 말씀이셨습니다"

"항복이라…… 하하하. 그러면 그렇지. 아우야. 거봐라. 항복을 한다고 하지 않았느냐. 우리는 이제 요동으로 되돌아가자"

"형님. 항복이든 아니든간에 요동으로 빨리 되돌아갑시다"

장군 우문술은 그것이 거짓항복이란 것을 알았다. 하지만 우매한 장군 우중문을 설득해 요동으로 되돌아가게 하기 위해서는 아무래도 좋았다.

그렇게 해서 수나라 별동대는 요동으로 되돌아갈 준비를 하기 시작했다. 하지만 수나라 군사들은 허탈감에 빠졌다. 아무런 수확도 없이 요동으로 돌아가는 자신들이 비참하게 느껴졌다.

태대형 을지문덕은 멀리서 수나라 군대를 보았다. 그들은 이제 확실히 패잔병이다. 요동성을 떠나올 때만해도 수나라 군사들은 이렇게 패잔병이 될 것이라고 생각도 못했다. 하지만 과중한 압박과 함께 고구려 산하에서 벌어진 참혹한 모습에 수나라 군대는 그저 고향에 빨리 가고 싶어 할 뿐이었다. 이미 굶주림에 시달린 군사들은 그저 고향에 돌아간다는 말에 신날 수밖에 없었다.
　수나라 군대 어느 한 사람 한 사람을 살펴봐도 싸우려고 하는 의지는 없었다. 그저 고향에 갈 수 있다는 생각밖에 없었다. 그들은 생존을 위해 북으로 북으로 움직여야 했다.

고향.

　누구나 고향을 그리워할 수밖에 없었다. 수나라 군사들도 예외는 아니었다. 그들은 전형적인 농민군으로 고향에 가면 농사를 지을 밭이 있는 사람들이었다. 이 먼 타국땅에 와서 전쟁을 하고 싶은 생각이 전혀 없는 그냥 농사꾼인 셈이었다. 다만 수나라 임금의 명령 하나로 이렇게 수천 리 끌려와서 이제 다시 고향으로 가고 있는 셈이었다.
　퇴각하는 군대에서는 군율이란 찾아볼 수 없었다. 더군다나 상당 기간 굶어 있던 군사들이었다. 그들에게 있어서는 오로지 생존, 자기 자신만이 살아남는 생존만 있을 뿐이었다.
　그들에게 있어 윗선에서의 명령은 이제 무의미한 것이 됐다. 그동안 윗선의 명령에 따라 평양성으로 진격했지만 남은 것은 굶주림과 허탈한 회군뿐.
　그저 고향으로 돌아간다니 신이 날 따름이었다. 더군다나 고구려 군대와 싸움다운 싸움을 제대로 해본 적도 없었다. 고구려 군사들은 싸움만 하면 달아나기 바쁜 사람들이었다. 그런데 윗선에서는 경계를 늦추지 말라고 채근하고 있다. 그런 채근이 절대 귀에 들어올 일이 없다.

군율.

    태대형 을지문덕은 수나라 군대는 점차 군율이 무너지고 있다는 것을 직감했다. 수나라 군사들에게 있어 수나라 장군들의 명령은 이제 더 이상 명령이 아니었다. 오로지 개인적인 행동뿐이었다.

    물론 장군 우문술은 이를 경계했고 이에 군사들에게 경계를 늦추지 말라고 채근했다. 하지만 군사들은 장군 우문술에 대해 원망을 했다. 태대형 을지문덕의 시를 이해하지 못한 장군 우중문도 고구려 군사들의 기습공격은 절대 없다고 장담했다.

    하나같이 고향으로 돌아가기 위한 오합지졸에 불과했다.

    태대형 을지문덕은 멀리서 이들을 바라보았다. 하지만 아직 진형은 갖추고 있었다. 스승 강이식으로부터 누차 들어왔던 것이 진형이었다. 어떤 진형을 어떻게 갖췄느냐에 따라 전쟁의 승패가 갈린다는 것이었다. 군사가 아무리 많아도 진형이 흐트러지면 그 전쟁은 이미 끝난 것이나 마찬가지였다. 하지만 진형만 제대로 갖춰진다면 소수의 군사로도 얼마든지 상대를 이길 수 있었다. 그것이 전쟁이었다. 때문에 전쟁을 위해 평소에 그렇게 진법 연습을 해야만 했었다. 태대형 을지문덕도 스승 강이식으로부터 계속적으로 들어왔던 말이 진법이었다. 진법이 무너지면 모든 것이 끝이었다.

    그동안은 30만 명이기 때문에 섣불리 공격할 수 없었다. 더군다나 진법을 유지하면서 행군을 했기에 섣불리 공격할 수 없었다. 태대형 을지문덕은 이 날만 기다렸다.

살수대첩.

강이란 군대의 진형을 무너뜨릴 수 있는 가장 좋은 기회라 할 수 있다. 행군하는 동안 방형진을 펼쳤다. 방형진은 행군을 하는데 있어 최적의 진법이었다. 게다가 고구려 기병의 기습을 막을 수 있는 최적의 진법이었다. 하지만 살수를 넘기 위해서는 장사도의진으로 바뀌어야 한다. 즉, 뱀꼬리가 늘어지듯이 군사들은 길게 늘어져야만 했다. 장사도의진은 지난 임유관 전투에서 왕제 고건무가 수나라 수군 주라후 부대를 격파했을 때 수나라 수군 주라후가 펼쳤던 진법이었다. 중간이 취약한 것이 장사도의진이었다. 따라서 왕제 고건무는 수나라 수군의 중간을 공략했었다.

이제 태대형 을지문덕은 수나라 군사들을 살수에 몰살 시킬 작정이었다. 살수가 중간에 있으니 장사도의진의 앞뒤를 공격한다면 겁에 질린 수나라 군사들은 살수 중간으로 몰릴 수밖에 없었다. 그렇게 되면 압사의 광경이 펼쳐지게 되는 셈이었다.

살수에 도착한 수나라 군사들은 도강에 대해 걱정을 했다. 30만 대군이 살수를 건너기란 쉽지 않다는 것을 알고 있었다. 그리고 배를 구하기도 힘들었다.

이때 수나라 장수들은 몇몇 스님이 살수에서 가장 얕은 지점을 건너가는 모습을 보았다. 수나라 장수들은 장사도의진으로 살수를 건너면 되겠다 판단했다.

이미 몇몇 스님(물론 태대형이 심어놓은 세작이지만)이 살수를 건너갔기 때문에 수나라 군사들도 자신이 붙으면서 살수를 건너기 시작했다.

살수를 건널 수 있는 지점이 너무 협소하기 때문에 군사들은 살수를 건너기 위해 장사도의진으로 바꾸어야 했다. 장사도의진으로 바꾸면서 후방의 진형이 흐트러졌다. 이미 건너간 군사들 역시 진형을 제대로 갖추지 못하게 됐다. 수나라 장수들은 진형을 갖추라고 했지만 이미 굶주림에 시달린 수나라 군사들은 수나라 장수들의 명령이 귀에 들어오지 않았다. 그저 자기 차례가 되기만을 기다렸다. 누가 봐도 영락없이 오합지졸의 군사들로 돌변했다.

수나라 군대는 장사도의진으로 인해 호리병 모양이 돼버렸다. 후방이 조금 비대하고 전방은 약간 홀쭉한 호리병 모양이 됐다.

문제는 수나라 군사들이 살수를 건너면서 진형은 흐트러졌다. 먼저 건너던 군사들도 강변에서 젖은 옷을 말리느라 진형이 흐트러졌다. 젖은 옷으로 인해 군사들은 더욱 지칠대로 지쳐 있었다. 이미 굶주림에 시달린 군사들에게 있어 젖은 옷은 무거운 짐에 불과했다. 굶주림과 피곤에 찌든 군사들은 싸움이라는 것이 싫었다. 싸울 의지는 전혀 없었다. 건너지 못한 군사들은 건너기 위해 채근하다가 진형이 흐트러졌다.

장군 우문술은 초조한 눈빛이 역력했다. 장군 우중문은 그런 우문술을 향해 질문을 던졌다.

"아우야, 왜 그리 초조해 하냐?"

"형님. 생각해보십시오. 진형이 흐트러졌습니다. 만약 고구려 군이 공격해온다면 우리는 영락없이 살수 물귀신의 밥이 될 것이옵니다"

"하하하. 그건 아우가 몰라서 그렇다. 이미 항복하기로 한 고구려가 공격을 할 수 있겠느냐. 또한 공격해온다고 해도 우리는 30만이다. 30만. 도저히 이길 수 없는 그런 숫자이니라"

"그건 형님께서 모르시고 하시는 말씀이옵니다. 전쟁은 숫자로 하는 것이 아니옵니다. 어서 빨리 건너서 진형을 갖춰야겠습니다"

"딴은 그렇기도 하겠구나. 애들아. 어서 빨리 건너자꾸나"

태대형 을지문덕은 그런 모습을 가만히 지켜보았다. 태대형 을지문덕은 손을 들었다. 강 건너 장군 온사문의 눈빛이 반짝였다. 장군 온사문은 무엇을 해야 하는지 너무나 잘 알고 있었다.

태대형 을지문덕은 손을 내렸고 명적은 밤하늘을 울리면서 하늘로 치솟았다. 그리고 또 하나의 불화살이 하늘로 치솟았다.

장군 온사문은 기병 1만을 끌고 건너 강가로 나타났다. 이미 건넜던 10만의 수나라 군사들이 미처 진형을 갖추기 전이었다.

기병 1만의 군사들은 수나라 군사들을 향해 화살을 날렸다. 말과 사람이 하나가 되어 수나라 진영을 무참히 짓밟았다. 수나라 군사들은 처음에는 고구려 기병 1만 명을 진압하려고 했었다. 하지만 날랜 기병을 잡기란 쉽지 않았다. 오히려 점차 자신들의 숫자가 더욱 줄어들 뿐이었다.

장군 온사문을 비롯한 기병 1만 명은 동에서 서에서 나타나 수나라 군사들을 괴롭혔다. 화살은 비 오듯 쏟아졌고 수나라 군사들은 무기력하게 쓰러지기 시작했다. 방패부대가 있다면 화살을 막아낼 수 있었겠지만 방패 역시 일찌감치 버렸던 상황이라 고구려 군사들이 쏘는 화살을 막아낼 방법이 없었다.

사냥.

태대형 을지문덕은 그 상황이 너무나 익숙했다. 바로 임유관 전투에서 스승 강이식이 수나라 군량 수송부대를 사냥하던 그 상황이 다시 연출된 것이다. 장군 신세웅 부대의 군사들은 이미 사냥감이나 다름없었다. 고구려 군사들은 토끼, 노루, 호랑이를 활로 사냥하듯이 수나라 군사들을 사냥했다. 수나라 군사들은 속수무책으로 화살을 맞아 쓰러질 수밖에 없었다. 수나라 군사들이 저항을 하려고 해도 워낙 빠르게 움직이는 고구려 기병을 따라잡기란 불가능했다. 더군다나 자신들은 살수를 건너오느라 몸이 축축이 젖어 행동이 굼떠 있는 상황이었다. 또한 수나라 군사들은 이미 싸울 의지마저도 없었다. 그저 고구려 기병들의 화살을 온몸으로 받아내면서 죽어가야만 했다.

그 중에는 창을 던져 혹은 화살을 날려 고구려 기병들을 제압하려 했다. 하지만 창이나 화살은 고구려 기병 앞에 떨어지기만 할 뿐 고구려 기병에 타격을 입히지는 못했다. 수나라 활이 뛰어나기는 했지만 고구려 맥궁에는 사정거리가 미치지 못했다.

고구려 기병은 자신들이 어렸을 때 산야를 돌아다니며 사냥감을 사냥하던 실력을 여지없이 발휘했다. 이제 수나라 군사들은 사냥감이 돼 도망치기에 급급했다. 수나라 군사들은 도망치다가 화살에 맞고 외마디 비명을 지르면서 쓰러졌다.

그때였다. 북쪽 산등성이에서 횃불이 치솟았고 함성소리가 들렸다. 횃불로 보아 어림잡아도 15만 정도는 돼보였다. 수나라 장군 신세웅은 당황했다. 고구려 군사가 저리 많을 줄은 몰랐다. 고구려 기병이 우리를 도륙하고는 저 군사들이 다 쏟아져 나올 것이 분명했다. 현재 있는 고구려 기병도 못 당하는데 저 군사들마저도 쏟아져 나온다면 패배는 분명했다.

하지만 횃불은 그저 위장술에 불과했다. 태대형 을지문덕이 녹족부인과 그의 별동대 그리고 살수 근처에 사는 백성 1만 명에게 횃불 10만 개를 준비해두라고 하고 북쪽 산등성이에 횃불을 설치했었다. 그리고 고구려 기병들이 수나라 군사들을 도륙하고 있을 때 횃불을 밝히고 함성을 지르게 했었다. 하지만 수나라 군사들은 이런 사정을 전혀 모르고 있었다.

수나라 장군 신세웅은 다급한지 퇴각명령을 내렸다. 장군 신세웅이 퇴각명령을 내리지 않아도 이미 수나라 군사들은 퇴각을 결심했다. 강 건너에

있는 본진과 합류를 해야 자신들이 살 수 있기 때문이었다.

그때였다.

장군 신세웅 부대의 건너편에 있는 수나라 후방에서도 명적이 울리면서 불화살이 하늘로 치솟았다. 그리고 지축을 뒤흔들리더니 고구려 군사들이 쏟아져 나왔다. 우선 고구려 기병들이 수나라 후방 군사들을 향해 화살을 날렸다. 비처럼 쏟아지는 화살은 수나라 진영으로 쏟아졌고 수나라 군사들은 하나둘 쓰러지기 시작했다. 그리고 고구려 보병들이 수나라 진영을 향해 돌격해 들어갔다.

이미 후방에 있던 20만 수나라 군사들은 겁에 질렸다. 진영이 흐트러진 수나라 군사로서는 노도같이 몰려오는 고구려 군사들을 막기엔 역부족이었다. 물론 후방에 수비부대가 있었다. 하지만 고구려 기병에 의해 수비부대 진형은 이미 무너진지 오래였다. 결국 후방부대들은 고구려 군사들에 의해 여지 없이 도륙됐다. 비록 수나라 군사들은 고구려 군사보다 몇 배 많은 상황이지만 이제 숫자는 그저 숫자에 불과했다.

고구려 기병들이 쏘는 화살에 대책 없이 당할 수밖에 없었고 고구려 보병들의 창과 칼에 무참히 도륙 당할 수밖에 없었다.

수나라 후방에 있는 장군 우중문·우문술은 장군 신세웅이 강 건너에서 고전하고 있는 사실을 모른 채 자신들이 살아남기 위해서는 강을 빨리 건너 장군 신세웅과 합류해야 한다는 생각밖에 없었다. 그만큼 전쟁 상황은 긴박했고 정보 전달 체계가 완전히 무너졌었다.

"강을 건너야 산다. 강을 건너라"

장군 우중문·우문술은 이와 같은 명령을 내렸다. 하지만 강 건너에서는 장군 신세웅이 "퇴각하라"는 명령을 내렸다.

결국 수나라 군대는 서로 살수의 중간지점을 향해 노도같이 밀고 나가는 상황이 벌어졌다. 살기 위해 서로가 서로를 향해 움직이는 것이었다. 엄청난 물결이 살수 중간을 향해 움직이기 시작했다. 30만 대군이 살수 중간을 향해 움직이면서 서로 살기 위한 아비규환이 펼쳐졌다.

살수 중간에 맞닿은 군사들은 서로 자신의 동료라는 것을 알았기 때문에 움찔했다. 하지만 뒤에 있는 군사들은 그런 상황을 전혀 모르기 때문에 전진하고 또 전진했다.

"멈춰라" "멈춰"

살수 중간에 있는 군사들이 외쳤다. 하지만 그런 외침은 뒤에 있는 군사들에게 더 이상 들리지 않았다. 살기 위해서는 앞으로 진격해야 했다. 결국 살수 중간에 있는 군사들은 뒤에서 밀려오는 군사들 때문에 압사를 당해야 했다. 동료들은 압사된 시체를 밟고 또 다시 진격했다. 하지만 자신들도 곧 압사 당할 수밖에 없다는 사실을 깨달았다. 하지만 뒤로 물러날 수도 없는 상황이 됐다.

"날세. 나. 같은 편이란 말야"

"윽~, 같은 편을 죽이다니"

이런 외침은 전혀 소용없었다. 일단 자신이 살자면 동료를 짓밟아야 했다.

압사의 살수.

수나라 군사들의 형태를 한 마디로 표현하자면 이렇게 표현됐다. 살수 중간에 있던 수나라 군사들은 자신이 죽을 수밖에 없는 운명이란 것을 뼈저리게 느끼고 있었다. 하지만 어쩔 수 없었다. 뒤로 후퇴를 하고 싶었지만 뒤에서 아무 것도 모르는 군사들은 그저 살수 중간을 향해 전진하고 전진했다. 살수 중간에 있는 군사들이 아무리 외쳐도 뒤에 있는 군사들은 그 소리를 듣지도 못하고 깨닫지도 못했다. 그저 전진에 전진뿐.

사실 고구려의 선제공격의 위력은 그다지 대단하지는 않았다. 하지만 죽

음이란 공포가 수나라 별동대를 감싸면서 고구려의 선제공격이 먹혀들어 간 것이었다.

죽음.

살수 중간에 수나라 군사들은 곧 자신들은 어쩔 수 없이 죽어야 된다는 사실을 깨달았다. 뒤로 후퇴도 할 수 없었고 앞으로 전진도 못하는 그냥 그런 상황에서 뒤에서 군사들이 노도와 같이 밀려오자 그저 앞으로 떠밀릴 듯이 전진했다. 그리고 곧 시체가 됐다.

상황이 이러지 살수 중간 지점은 아비규환이 따로 없었다. 동료들을 짓밟아 죽이고 또 죽어나가야 했다.

동료를 발로 밟고 서로 앞으로 전진을 할 수밖에 없었다. 살수 중간에 시체들이 쌓이기 시작했다. 수나라 군사들에게 있어 시체는 동료이기 전에 이미 귀찮은 존재가 됐다. 그 시체를 밟고 또 다시 전진을 했다. 일부 군사들은 앞에 밀려오고 있는 동료가 귀찮은지 창으로 칼로 적이 아닌 동료를 베기 시작했다. 처음에는 일부 지역만 벌어진 일이었지만 시간이 흐를수록 수나라 군사 전체가 서로가 서로를 죽이는 그런 참혹한 살육을 저질렀다. 살기 위해서 적이 아닌 동료를 죽이는 것이었다.

앞으로 전진 하는 자신의 동료들을 향해 칼을 겨누고 창을 겨누고 서로 죽이고 죽는 그런 상황이 벌어졌다. 설사 다른 동료들을 죽여서 앞으로 전진 했다고 하지만 다시 밀려오는 동료들에 의해 짓밟히고 죽어 나갔다. 그 시체 위를 다시 동료가 짓밟고 나가야 했다.

호리병 모양의 진형은 고구려 공격에 의해 살수를 기준으로 타원형으로 바뀌었다. 고구려의 공격을 받은 수나라 군사들은 살기 위해 살수로 뛰어들었다. 30만 대군은 살수의 중간지점을 향해 뛰어들었다. 문제는 건널 수 있는 지점이 너무나 좁았고 그 지역을 벗어나자마자 물속 깊이가 사람 키를 넘길 정도였다. 하지만 강의 깊이는 워낙 달라지기 때문에 얕은 곳을 조금만 벗어나도 그 깊이를 헤아릴 수 없었다. 게다가 물살은 너무나 셌다. 수나라 군사들은 굶주림과 피곤으로 힘을 쓸 수 없었다. 이에 수나라 군사들은 강 한복판에서 허우적거리다가 이내 물속으로 사라졌다. 강을 건널 수 있는 지점의 폭이 너무나 좁기 때문에 나머지 지역으로 해서 건너려는 군사들은 수영실력이 뛰어나지 못하면 물귀신이 돼야만 했다. 수영을 잘한다고 자부하던 군사들도 굶주림과 피곤 앞에서는 아무것도 할 수 없었다. 그저 급류에 떠밀려 가야만 했다. 그래서 얼핏 보기에는 고구려가 수공을 퍼부은 것처럼 보였다.

살수는 참혹한 현장이었다. 동료를 짓밟고 칼과 창으로 찌르고 물귀신이 되는 현장이었다. 그리고 깊은 물속에서 허우적거리는 상황이 됐다. 며칠 전의 살수와는 전혀 다른 상황이었다. 강 곳곳에서는 살려달라는 수나라 군사들의 절규가 하늘을 찔렀다. 고구려 군사들도 그런 참혹한 현장을 차마 볼 수 없었다.

이미 짓밟힌 동료의 몸을 타고 넘어가다 다시 동료들에 의해 칼이나 창으로 무참히 살해되고 그 위를 다시 다른 동료가 지나가는 진풍경이 벌어졌다.

"멈춰라"

"멈추거라"

"살수를 건너지 말고 고구려 군사들을 공격하라"

상군 우중문·우문술·신세웅이 이제야 상황을 알아채고는 수나라 군사들을 진정시키기 위해 거의 기를 쓰고 외쳤고 비장들도 그들의 싸움을 멈추게 하기 위해 온갖 노력을 다했다. 하지만 이미 무너진 진형에서 그들의 명

령은 땅에 떨어진지 오래됐다. 그들의 명령소리는 이미 들리지도 않았고 고구려 군사의 힘에 겁을 먹은 수나라 군사들은 살기 위해 자신의 동료를 죽이고 또 죽였다.

수나라 군사들에게는 이미 수나라 장수들의 명령은 안중에도 없었다. 죽음을 앞둔 수나라 별동대로는 살기 위해 수나라 장수들의 명령보다는 자신의 판단에 의지해야 했다.

수나라 군대는 이날 고구려 군사들에게 죽은 것보다 자신들에 의해 죽은 군사의 숫자가 더 많았다. 이미 겁이 질린 군사들에게 있어 장수들의 명령은 그저 허공에 대고 지르는 메아리에 불과했다.

태대형 을지문덕은 그런 광경을 멀리서 바라봤다. 장군 온사문이 옆으로 다가왔다.

"태대형 어르신. 대승이옵니다. 고구려 역사에 길이 남을 대승이옵니다. 태대형 어르신의 전략이 놀라울 따름이옵니다"

태대형 을지문덕은 장군 온사문을 지긋이 바라봤다.

"대승이지. 대승이고 말고. 하지만 마음 한 편에서는 편치 않구나. 저 수나라 군사들은 무슨 죄가 있어서 저렇게 비참하게 죽어야 하는지······"

태대형 을지문덕은 말을 잇지 못했다. 서로 적국의 백성이기 앞서 온누리의 백성이기에 수나라 군사들의 떼죽음에 대해 애통해 하고 있는 것이다.

"태대형 어르신. 어르신의 생각이 어떠하신지 짐작은 하옵니다. 하지만 저들은 적국의 군사들이옵니다. 저들에게 동정을 베풀기 앞서 고구려 백성들을 살피소서"

"하긴 고구려 백성들을 짓밟으려고 온 사람들이지. 내 생각이 짧았다. 온사문 장군. 다시 대대적인 공세를 펼쳐라"

"네, 알겠사옵니다"

수나라 군사들은 그 사이 간신히 군사들을 진정시키고 대열을 정비했다. 하지만 이미 많은 숫자가 처참한 시체가 돼버렸다. 장군 우중문·우문술은 낙담할 수밖에 없었다. 자신들이 태대형 을지문덕을 너무 얕잡아 본 것이 패인이었다. 하지만 후회하기에는 이미 때가 늦었다.

이제 전열을 정비하고 다시 요동성으로 갈 수밖에 없었다. 요동성에 가서 양광에게 죽음으로 죄를 물을 수밖에 없었다.

30만 별동대.

30만 대군이면 나라 하나를 망하게 할 수 있는 군사력이다. 그런 군사력을 믿고 장안성까지 진격한 자신들이었다. 고구려 군대와 비교해봤을 때 절대 패배할 수 없는 군사력이었다. 하지만 하늘은 수나라의 승리를 허락하지 않았다. 하늘은 수나라를 버리고 자신들을 버렸다. 철저히 버렸다.

이제 그 30만 별동대를 실수에 수장시키고 수나라 군주 양광에게 나아가 죄를 청해야겠다는 생각밖에 들지 않았다. 그보다는 이 참혹한 현장에서 빨리 벗어나야겠다는 생각뿐이었다.

그때였다. 또 다시 함성 소리가 들리면서 고구려의 본격적인 공격이 시작됐다.

장군 우중문·우문술이 어찌할 바를 모르고 발만 동동 구르고 있었다. 그때 장군 신세웅이 "장군들, 제가 후미를 맡을 테니 장군들은 어서 빨리 빠져나가서 폐하께 원군을 요청하십시오"

장군 우중문·우문술은 장군 신세웅을 바라봤다. 세 사람은 서로 알고 있었다. 후미에 남아 있는 사람은 곧 죽음이라는 사실을……

"장군. 어찌 장군 혼자 사지에 남겨놓고 우리만 살 수 있겠소. 내가 남을 테니 장군이 폐하께 가서 원군을 요청하시오"

장군 우중문이 외쳤다. 하지만 장군 신세웅은 결심이 섰는지 그 말에 동조하지 않고 자신이 남아있겠다고 했다. 이미 기울어진 전장. 살아서 폐하를 볼 경우 자신은 죽을 운명이란 것을 너무나 잘 알고 있었다. 이래 죽으나 저래 죽으나 자신의 목은 적국의 저잣거리 혹은 자국의 저잣거리에 매달려 있어야 할 판이었다. 장군인지라 기왕지사 적국의 저잣거리에서 매달려 있는 편이 이름을 드높일 수 있을 것이라 판단해 자신이 남아 있겠다고 한 것이었다.

장군 우중문도 장군 신세웅의 결심을 읽었던지라 더 이상 권유를 하지 않았다. 무엇보다 고구려 군사들의 추격이 만만치 않은 상황에서 왈가왈부 했다가는 자신들의 군사 모두를 잃어버릴 가능성이 있기 때문이었다.

장군 신세웅은 창을 비껴 잡고 고구려 추격군을 향해 돌진했다. 그 뒤를 추종군사들이 따랐다. 장군 우중문·우문술은 남은 군사들을 이끌고 혈로를 뚫고 탈출에 성공했다.

장군 온사문 역시 창을 비껴 잡고 달려오는 장군 신세웅을 바라보았다. 지긋이 미소를 짓고는 창을 비껴 잡고 장군 신세웅과 한바탕 싸움을 벌였다. 10합을 넘어 20합 그리고 30합이 지났다.

수나라 군사들 역시 살기 위해 최선을 다했다. 고구려 보병들을 발견하는 즉시 칼로 창으로 고구려 보병들을 죽였다. 하지만 이미 고구려 보병들은 자신들보다 상당히 많은 숫자가 돼버렸다. 고구려 보병들은 노도와 같이 밀려왔다. 수나라 군사들은 지쳐갔고 하나둘씩 쓰러져갔다. 그 숫자는 점차 줄어들기 시작했다.

장군 신세웅도 이제 자신의 운명이 얼마 남지 않았음을 직감했다. 다만 장군 우중문·우문술이 이끄는 수나라 군사들이 무사히 여기를 빠져나가주기만을 바랄 뿐이었다.

장군 온사문이 기합소리를 넣었고 창이 하늘을 향했다. 그 이후 장군 신세웅의 목은 땅바닥을 굴렀다. 장군 온사문은 창끝으로 신세웅의 목을 찌르고는 하늘을 향해 버쩍 치켜 올렸다. 그러자 고구려 군사들은 함성을 질렀다.

장군 온사문은 수나라 군사들을 추격하려고 했다. 하지만 태대형 을지문덕은 그것만은 막았다. 고구려 군사들이 싸움을 벌이느라 피로도가 누적됐기 때문이었다. 또한 장군 우중문은 모르겠지만 장군 우문술의 경우 추격에 대해 어느 정도 대비했을 것이라 판단했다.

"형님, 을지문덕에게 우리가 놀아난 꼴입니다"

장군 우문술은 이렇게 낙담했다. 장군 우중문은 아직도 자신들이 패배했다는 사실이 믿기지 않았다. 더군다나 현재 자신들의 수하군사들이 1만여 명도 안된다는 사실에 망연자실할 수밖에 없었다. 양광을 보기 민망할 정도였다.

"아우야, 어떻게 폐하를 봬야 할 지 모르겠구나"

"형님, 일단 폐하께 가서 죄를 청합시다. 그보다도 을지문덕의 추격을 대비하면서 폐하께로 가야 합니다. 만약 대비를 하지 않을 경우 이마저도 있는 군사를 잃을 것입니다"

"딴은 그렇구나. 기습에 대비하면서 폐하께로 가자꾸나"

장군 우중문·우문술 부대는 패잔병으로 낮에는 숨고 밤을 낮 삼아 양광이 있는 요동성으로 향했다. 하지만 태대형 을지문덕은 그 패잔병들을 가만히 내버려두지 않았다. 계속해서 뒤를 추격해 죽이고 또 죽였다. 수나라 군대는 고구려의 기습작전에 속수무책으로 당해야 했다. 고구려 군사들은 이미 싸울 기력을 잃고 진이 무너진 수나라 군대를 도륙했었다.

수나라 군사들은 태대형 을지문덕의 추격을 막으면서 요동성까지 도망을 갔다. 요동성에 도착하니 살아남은 군사가 2천여 명밖에 되지 않았다. 하지

만 그 숫자들도 모두 얼이 빠져 고구려의 '고' 자만 나와도 벌벌 떠는 그런 상황이 됐다.

"뭐라, 살아 돌아온 군사가 2천?"

수나라 군주 양광은 망연자실했다. 분명 떠나갈 때는 30만 별동대였다. 하지만 살아 돌아온 인간은 2천여 명 정도였다. 망연자실하지 않을 수 없었다. 더군다나 요동성 공략 역시 쉽지 않은 상황이었다. 전황의 분위기는 확실히 꺾였다. 수나라 본진은 요동치기 시작했다.

수나라 군주 양광도 이제 전세가 역전됐다는 사실이 믿기지 않았다. 게다가 식량 조달이 되지 않고 있었다. 수송부대들이 고구려 기병들에게 당했다는 소식이 계속 들려왔다.

요동벌판에 머물고 있던 수나라 군사들은 초조해졌다. 식량이 없었다. 식량을 구하러 돌아다녔지만 도저히 찾을 수 없었다. 수나라 군주 양광은 점차 초조해졌다. 요동 벌판에서 계속 있어야 하나 혹은 수나라 본토로 다시 돌아가야 하는가라는 고민에 빠졌다. 수나라 군주 양광은 회원진에 대한 걱정도 대단했다. 적의 기습부대가 만약 회원진을 공격한다면 이번 전쟁은 그야말로 물거품이 되기 때문이었다. 고구려의 별동부대 특히 조의부대는 수나라에 있어 골치덩어리였다. 곳곳에서 나타나 식량부대를 기습해 식량 조달에 상당한 차질을 빚고 있었다. 그나마 숫자로 밀어붙여서 간간히 식량이 요동성에 도착하고는 있었다. 하지만 겨울이 온다면 그마저 쉽지 않을 수 있다. 회원진에 아무리 60년 이상의 먹을 것을 쌓아둔다 해도 소용이 없는 것이었다. 이에 요동성에서 오래 버티고 있을 수는 없었다.

이는 장군 우중문·우문술 등 별동대에 참여했던 수나라 장수들은 퇴각하고 싶은 마음이 굴뚝같았다. 하루빨리 이 지옥과도 같은 고구려에서 벗어나고 싶었다. 하지만 장군들은 아무런 권한이 없기 때문에 수나라 군주 양광의 결정만을 기다렸다. 결정이 만약 조금이라도 늦게 이뤄진다면 수나라 군사들은 요동벌판에서 겨울을 나야만 했다. 백암성 등 공격해 함락시킨 후 요동지역의 성들에게 군사들을 배치한다 해도 워낙 조그마한 성들이기 때문에 수나라 백만 대군을 수용할 수 없었다. 더군다나 요동성이 저렇게 떡 하니 버티고 있기 때문에 백암성 등의 인근 성을 함락시켜도 실리가 없었다. 그저 겨울을 한 벌판에서 나야 하는 판국이었다. 그나마 요동성이 크기 때문에 요동성을 점령한다면 요동성에서 겨울을 날 수 있었다. 하지만 요동성의 저항이 만만치 않기 때문에 쉽게 점령할 수 없다는 사실을 수나라 군주 양광은 너무나 잘 알고 있었다.

결정.
우두머리에게 있어 결정은 쉬운 것이 아니었다. 자신의 결정에 따라 백만 대군의 목숨이 왔다 갔다 하는 것이었다. 뼈아픈 패배를 인정하고 그리고 수나라 본토로 돌아가야 한다는 사실을 너무나 잘 알고 있었다. 하지만 패배를 인정하고 싶지 않았다. 수나라 본토로 돌아간다면 수나라 백성들의 조롱을 어떻게 들어야 할지 난감했다. 게다가 후대 사람들이 자신을 어떻게 평가할지도 고민이었다.

패배를 인정하지 않고 이대로 그냥 고구려 장안성으로 다시 쳐들어가고 싶었다. 하지만 식량 없이는 안된다는 사실을 너무나 잘 알고 있었다.

"패배를 인정하시고 이제는 돌아가셔야 합니다"

병부시랑 곡사정은 수나라 군주 양광에게 이렇게 간곡하게 고했다. 자신이 설마 죽는 한이 있더라도 고구려 원정이 실패했음을 수나라 군주 양광에게 인식시키고 싶었다.

수나라 군주 양광 역시 어금니를 꽉 깨물었다. 인정해야만 했다. 싫지만

자신이 패배했다는 사실을 인정해야만 했다. 이제 더 이상의 희생을 막아야 했다. 동아시아 패권을 자신이 쥐고 싶었지만 고구려가 동아시아 패권을 쥐었다는 사실을 인정해야만 했다.

자존심.

전쟁이 발발하는데는 수많은 이유가 있다. 일개 장군의 입장에서는 전쟁에서 승리하면 그만한 전리품을 얻을 수 있었다. 하지만 군주의 입장이라면 달랐다. 전쟁은 곧 자존심의 대결이었다. 상대가 죽느냐 내가 죽느냐의 생사의 갈림길도 있지만 자존심의 문제였다.

동북아의 가장 최강자를 가리는 자존심의 대결. 수나라 군주 양광과 고구려 영양태왕은 그러했다.

그런 자존심의 대결에서 수나라 군주 양광은 대패한 것이었다. 인정하기 싫었다. 하지만 인정해야 했다.

"장안으로 돌아가자"

수나라 군주 양광은 어쩔 수 없이 수나라 본토로 회군하는 명령을 내렸다. 그렇게 살수대첩은 끝났다.

13. 개선 그리고 또 다른 폭풍우

고구려 장안성은 한바탕 축제 분위기였다. 수나라 113만 부대를 무너뜨린 태대형 을지문덕이 개선하고 돌아온다는 소문이 고구려 장안성에 쭉 퍼졌다. 고구려 장안성 백성들은 태대형 을지문덕을 맞이할 준비를 했다. 왕궁에서도 역시 분주히 움직였다.

태대형 을지문덕이 이끄는 부대가 고구려 장안성 입구에 들어섰을 때는 어안이 벙벙할 정도였다.

수많은 백성들이 나와서 태대형 을지문덕을 연호했다.

"을지문덕 장군 고맙습니다"

"태왕 폐하 만세"

"고구려 만세"

고구려 장안성 길가에는 물이 뿌려져 먼지가 흩날리는 것을 막아 너무나 깨끗했다. 수많은 사람들이 길거리로 뛰쳐나와 태대형 을지문덕의 늘름한 모습을 구경했다. 건물의 창가에는 저마다 사람들이 얼굴을 내밀고 태대형 을지문덕의 모습을 구경했다. 어린아이들은 군대 옆을 달리기 하면서 쳐다봤다. 아낙네들은 수줍은 듯한 모습으로 군사들을 쳐다봤다. 화동들이 나와 길가에 꽃을 뿌렸다. 어떤 백성들은 자신의 옷을 벗어 태대형 을지문덕의 앞길에 깔았다. 태대형 을지문덕은 입가에 미소를 띄우며 백성들을 향해 손을 흔들었다. 오랜만에 백성들과 태대형 을지문덕의 입가에 미소가 보였다.

고구려 장안성은 완전 축제 분위기였다. 곳곳에서 태대형 을지문덕의 전승에 대해 이야기하고 칭송했다. 살수대첩은 두고두고 사람들의 입방아에 오르내렸다.

"아, 글쎄. 자네 살수에서 살아남은 군사가 2천 명도 채 안된다는 군"

"하하하. 그러게 말일세. 그것보다도 자네 수나라 괴수 양광이 꽁지에 불붙인 채로 수나라 본토로 돌아가는 모습을 보았어야 했네"

"그럼 자네는 보았다는 얘긴가?"

"그럼, 나는 바로 앞에서 보았지. 태대형님이 미소를 지으며 수나라 괴수 양광을 보내는데 양광은 걸음아 나 살려라하고는 수나라 본토로 돌아갔지 않았는가"

"그럼 자네도 참전을 했단 말인가"

"그럼, 그렇고 말고"

"자네 대단하이. 여보게 주모. 이 친구 이번 전투에 참전했다네"

"아, 그러세요. 그러면 제가 오늘 술값은 안 받겠습니다"

"하하하. 주모 고마우이. 자, 그럼 마시세"

고구려 장안성은 오랜만에 활력이 넘쳤다. 수나라 침략으로 분위기가 침체됐었지만 대승을 거두면서 거리는 활기가 넘쳐났다. 그런 거리를 태대형 을지문덕이 걸으면서 오랜만에 웃을 수 있었다.

수나라 침략이 예상되면서 참으로 오랫동안 웃음을 잃었었다. 그야말로 몇 년을 준비해왔던 전쟁이었기에 태대형 을지문덕은 웃음을 잃고 살았었

다.

  웃음은 태대형 을지문덕의 몫만은 아니었다. 영양태왕도 오랜만에 웃음을 되찾았다. 자신의 재위 기간 동안 수나라를 상대로 두 번씩이나 그것도 대군을 상대로 두 번씩이나 대승을 이뤘다는 것이 믿기지 않았다.

  고구려 신하들과 백성들 중 일부는 수나라와의 전쟁에서 패배할 것이라는 회의론이 팽배했었다. 하지만 자신의 재위기간 동안 대승을 거둔 것이다. 역사에 기리 남을 얘깃거리였다. 후세 사람들이 수나라와의 전쟁에 대해 이야기하면서 자신의 이름이 거론될 것이라고 생각하니 마냥 기뻤다.

  "수나라 30만 대군과 113만 대군을 물리친 태왕"

  후세 사람들이 자신을 이렇게 불러줄 것이라 생각하니 밥을 먹지 않아도 배불렀다. 이것은 어디에서도 있을 수 없는 기록이었다. 고구려 역사상 이처럼 대승을 거둔 적이 없었다. 그것도 두 번씩이나 그러했다. 뿌듯했다. 이제 고구려 역사가들은 이번 전투를 이야기하며 영양태왕 자신에 대해 이야기할 것이 분명했다. 그리고 고구려 후세 백성들은 영양태왕의 업적에 대해 칭송할 것이 분명했다. 돌아가신 추모태왕을 비롯한 태열제 선조에게 부끄럽지 않은 태왕이 됐다 생각이 들었다.

  고구려의 역사가 전쟁의 역사인 것만은 분명했다. 그 중 가장 큰 전쟁이자 길이 남을 전쟁이라면 수나라와의 전쟁이 될 것이고 그 수나라와의 전쟁을 두 번씩이나 치른 태왕은 자신이라고 후세 사람들은 이야기할 것이다.

  영양태왕은 태왕궁에서 태대형 을지문덕을 기다렸다. 왕궁에 들어선 태대형 을지문덕을 만조백관이 맞이했다. 모두들 만연의 웃음을 띄웠다. 영양태왕도 편전에서 태대형 을지문덕을 맞이했다.

  "신 을지문덕. 서토 오랑캐를 무찌르고 돌아왔습니다"

  "오! 태대형. 그간 수고가 많았소이다. 그대 덕분에 짐뿐만 아니라 만백성이 이제 발을 뻗고 잘 수 있게 됐소이다. 수나라 오랑캐를 무찌른 것은 다 그대의 공이 컸소이다"

"신이 한 일은 별로 없사옵니다. 다 태왕 폐하의 홍복이옵니다"

오랜만에 벌어진 술자리였다. 오랜만에 나오는 웃음들이었다. 만조백관과 영양태왕은 서로 술잔을 기울이며 즐거운 술자리를 가졌다.

"태왕 폐하. 이번에 태대형이 실로 뛰어난 전공을 세운 것은 역사에 남을 것입니다. 아울러 폐하의 왕명(王名)도 기리 남을 것이옵니다"

기분 좋은 술자리는 계속 이어졌다. 연회는 삼일밤낮을 이어갔고 수나라와의 전쟁에 대한 이야기로 이야기꽃을 피웠다.

"태왕 폐하. 우중문 장군이 신의 모습을 보자마자 도망치는 것이 아주 가관이었습니다. 하하하"

장군 고승이 이렇게 태왕에게 이야기하자 만조백관은 깔깔 대며 웃었다.

"어디 그것뿐입니까. 왕제 고건무 역시 대단했습니다. 수나라 수군 장수 내호아가 꽁무니를 내빼는 꼴이란 꼭 이러하옵니다"

장군 고승은 엉덩이를 바짝 내놓고는 헐레벌떡 뛰는 시늉을 했다. 그 모습을 본 만조백관은 더욱 크게 웃었다.

"하하하. 짐의 사촌 고승의 업적 또한 짐이 잘 알고 있소이다. 고 장군도 수고했고 모두 수고했습니다. 특히 태대형의 수고가 더욱 컸소이다. 자 태대형과 여러 제장을 위해 건배 제의를 하는 바이옵니다"

만조백관은 잔을 높이 들었다. 그리고 술을 마셨다.

"신 태대형. 태왕 폐하께 아뢰옵니다. 신이 한 것은 아무것도 없사옵니다. 다 태왕 폐하의 영명하신 계략 덕분이옵니다"

"하하하, 아니오. 그대의 계략은 신출귀몰이 따로 없소이다. 113만 대군을 그대가 아니면 누가 물리칠 수 있었겠소"

"성은이 망극하옵니다"

하지만 이런 상황을 못마땅하게 생각하는 사람이 있었다. 바로 막리지 연태조. 막리지 연태조는 전쟁 기간 동안 귀족들이 사병이 관군으로 편입됐지만 다시 자신들에게 돌려주지 않을 것이라는 것을 잘 알고 있었다. 하지만 이야기는 꺼내야 한다고 생각했다.

"태왕 폐하. 신 막리지 연태조 폐하께 아뢰옵니다. 이제 전쟁도 승리를 거뒀으니 저희 욕살들이 내드렸던 사병들을 다시 복귀시킴이 어떠하런지요"

막리지 연태조는 영양태왕에게 이렇게 건의했다. 순간 분위기가 정적을 감돌았다. 태대형 을지문덕과 왕제 고건무는 전쟁을 치르기 위해 귀족들 사병까지 관군으로 편입시켰던 것이 새삼 떠오르기 시작했다. 왕제 고건무가 나섰다.

"태왕 폐하. 비록 전쟁이 끝났다고는 하나 백성들을 살리기 위해서 그리고 질서를 유지하기 위해서는 군대가 필요합니다. 당분간 군대를 유지시켜야 합니다"

"태왕 폐하. 왕제 전하의 말씀도 옳다고 봅니다. 하지만 수나라 대군이 쳐들어오는 상황도 아니고 전후복구를 위해 저희들도 신명을 다 바쳐 노력할 것이옵니다. 굳이 어디에 소속돼 있느냐가 중요한 것이 아니라고 봅니다. 따라서 관군에 편입됐던 사병들을 다시 저희에게 돌려보내주심이 어떠하런지요"

순간 귀족들과 왕제 고건무와의 보이지 않는 알력이 보였다. 이대로 가면 잔칫집 분위기가 망칠 것으로 보였다.

"그건 짐이 더 생각해볼 요량이오. 더 생각해보고 나중에 알려주겠소"

잔칫집 분위기는 그렇게 해서 끝나버렸다.

하지만 귀족들은 태대형 을지문덕의 대승에 대해 기분이 썩 좋은 것만은 아니었다.

외부와의 전투가 끝나면 내부와의 전투가 시작되는 법이었다. 더군다나 왕실과 귀족 간의 전투는 너무나 오래된 전투였다. 왕실과 귀족 간의 전투는 고구려 개국서부터 계속 이어져 온 전투였다. 왕실은 왕권 강화를 위해 귀족들을 억압해야 했고 귀족들은 자신들의 세력을 키우기 위해 왕실을 압박해야 했다. 지금은 귀족이 위기에 처해진 판국이었다. 사병들은 수나라와의 전투로 인해 관군으로 편입됐다. 귀족들은 수나라와의 전투를 위해 군비를 지출해야만 했다. 그런데다 수나라 군사들이 장안성까지 밀고 왔기에 압록수서부터 장안성 근처 평야까지 모두 청야전술로 불태워야만 했다. 그 중 대부분이 바로 귀족들의 재정적 기반이 되는 땅이었다. 그런 땅을 모두 불태워 올해 귀족들은 재정적 수입을 기대하지 못하는 상황이 됐다. 귀족들은 사병뿐만 아니라 노비도 많이 거느리고 있기 때문에 많은 비용이 지출되는 편이었다. 그런데 태대형 을지문덕이 청야전술을 하면서 귀족들이 소유한 평야를 모두 불태우면서 귀족들은 경악하지 않을 수 없었다. 귀족들은 태대형 을지문덕을 원수처럼 느껴지기에 이르렀다. 하지만 태대형 을지문덕을 어찌할 방법이 없었다. 이미 백성들은 태대형 을지문덕을 영웅으로 칭송하고 있었다. 게다가 태대형 을지문덕은 수나라와의 전투를 통해 자신의 군대를 갖추게 됐다. 반면 귀족들은 수나라 전투 때문에 사병들을 빼앗기고 경제적 기반마저 흔들거리는 상황이었다. 귀족들은 태대형 을지문덕이 두려울 수밖에 없었다. 특단의 대책이 필요했다. 이런 상황이 지속되면 귀족의 기반은 여지없이 무너질 것이 뻔했다. 언제 어느 때 태대형 을지문덕이 귀족들의 목을 노릴 지 아무도 모르는 판국이었다. 특히 왕제 고건무와 힘을 합쳐서 귀족들을 압박한다면 귀족들은 속수무책으로 당해야 했다. 귀족들의 수장인 막리지 연태조는 그에 대해 걱정하지 않을 수 없었다. 하지만 이미 사병은 빼앗기고 경제적 기반마저 무너진 상황이었기에 딱히 별다른 대책이 없었다.

귀족들은 막리지 연태조의 집에 모여들었다.

"막리지, 태대형에 대해 태왕 폐하의 배려와 관심이 대단하다는 것이 느껴졌사옵니다. 이러다가 우리 귀족들이 큰 타격 입는 것 아닌지 모르겠습니다"

막리지 연태조는 눈을 지그시 감았다. 아닌 게 아니라 이번 전쟁을 통해 가장 피해를 본 사람들은 귀족들이었다. 물론 고구려 백성이지만 귀족들 눈에는 자신들이 가장 큰 피해를 입었다 생각하고 있었다.

지난 임유관 전투의 경우 요동벌판에서 벌어진 전쟁이기에 청야전술을 해도 귀족들에게 큰 타격이 없었다. 하지만 이번 전쟁은 달랐다. 적들이 장안성 코앞까지 온 상황이고 압록수뿐만 아니라 살수 그리고 장안성 근처의 모든 산하를 불태웠던 대대적인 작전이었다. 압록수와 살수 그리고 장안성 근처의 평야는 귀족들의 경제적 기반이었다. 그런 경제적 기반을 모두 불태웠으니 귀족들에게 타격이 가해진 것은 사실이었다. 또한 이번 전쟁 때문에 귀족들 사병이 모두 관군으로 추출되면서 귀족들이 보유하고 있는 사병의 숫자가 현저히 줄어들었다. 즉, 이번 전쟁을 통해 사병과 경제적 기반 모두 무너지기 일보직전이었다. 이런 이유로 귀족들은 태왕을 상대로 사병들을 돌려달라고 주장했다. 하지만 왕제 고건무와 태대형 을지문덕 그리고 태왕은 사병들을 돌려주고 싶은 생각이 없었다.

지금까지 벌여왔던 귀족들과의 전쟁을 이제 끝내고 싶었다. 사병을 혁파하고 토지를 재정비해서 귀족들의 힘을 몰락시키고 싶었다. 그런 절호의 기회가 찾아온 것이다. 이미 많은 사병들이 관군으로 편입됐고 이들을 갖고 귀족들을 압박할 수 있기 때문에 절호의 기회를 결코 놓치고 싶지 않았다.

막리지 연태조의 집에 모인 귀족들은 그것에 대해 걱정을 하고 있었다.

"막리지. 이대로 가면 태왕 폐하와 왕제가 우리 귀족들을 상대로 무슨 짓을 할 지 모릅니다. 대비를 하셔야 합니다"

막리지 연태조도 그 사실을 너무도 잘 알고 있었다. 왕제 고건무가 자신을 대상으로 그동안 얼마나 압박을 해왔던가. 그 사실을 알고 있기 때문에 가만히 있다 당할 수 없다 판단했다. 하지만 전쟁영웅을 지금 당장 어떻게 한다는 것은 쉽지 않다는 것도 알고 있었다. 백성들이 보고 있었다. 백성들 앞에서 권력다툼을 보이고 싶지는 않았다. 하지만 태대형 을지문덕과 왕제 고건무는 제거의 대상이었다.

왕제 고건무와 태대형 을지문덕은 이런 기회를 놓치고 싶지 않았다. 이제는 귀족들을 청소하고 왕권을 강화할 시기라 생각했다. 몇몇 강경파들은 왕제 고건무와 태대형 을지문덕을 지지하고 나섰다. 특히 장수들은 더욱 그러했다. 장수들은 이번 기회에 귀족들을 확실하게 청소하고 새로운 권력 세력으로 떠오르기를 간절히 바라고 있었다. 그런 이유로 수나라와의 전투가 끝난 이후 왕제 고건무 집에 모이는 일이 잦아들었다. 물론 귀족들의 움직임이 심상치 않았기 때문에 그에 대한 대비를 하자는 차원에서의 모임도 많이 이뤄지고 있다.

왕제 고건무 집에 태대형 을지문덕이 찾았다. 물론 장수들도 포함됐다.

"왕제 전하. 이대로 사병을 다시 귀족에게 돌려주실 요량이옵니까. 그것은 아니되옵니다. 귀족들을 압박할 수 있는 이 얼마나 좋은 기회이옵니까"

왕제 고건무도 이번이 가장 좋은 기회라는 것을 알고 있었다. 그동안 왕권이 귀족들에게 얼마나 휘둘렸던가. 귀족들간의 싸움에 태왕들이 궁궐을 빠

져나와 피신을 해야 할 정도였다. 또한 귀족들에게 왕권이 휘둘려야 하는 상황이 여러 번 있었다. 이제 이런 악순환을 끝내야 하는 절호의 기회였다. 귀족들에 비해 관군들이 월등히 많은 이때가 귀족들을 압박할 수 있는 절호의 기회였다.

왕제 고건무도 그런 사실을 너무나 잘 알고 있었다. 하지만 사병을 관군에 계속 편입시킬 명분이 약했다. 비록 전후복구와 질서유지란 명분이 있었으나 사병을 관군으로 계속 편입시키기에는 약했다.

"소장이 한 말씀 올려도 되겠나이까"

장군 온사문이 입을 뗐다.

"저들은 분명 사병을 자신들에게 다시 편입시키고자 노력을 할 것이 불을 보듯 뻔합니다. 그 수장으로는 막리지 연태조가 있겠죠. 분명 그들은 무엇인가 일을 꾸밀 것이 분명합니다. 그들이 꾸미는 일이 무엇이며 그들의 행동 하나하나 살펴봐야 할 것입니다"

왕제 고건무는 고개를 끄덕였다.

"딴은 그러하이. 안시성주 아들 양만춘은 어떠한가"

안시성주 아들 양만춘은 얘기를 듣고 있다 대답했다.

"저도 장군 온사문 말씀에 동의하는 바입니다. 저들은 왕권이 강화되는 것을 두고 보지 않을 것입니다. 따라서 왕제 전하와 태대형께 해를 입히는 일을 할 것이 분명합니다. 그것이 무엇인지 파악해야 합니다"

"음, 그러면 장군 온사문이 저들의 동태를 예의주시하기 바란다"

왕제 고건무는 장군 온사문에게 이와 같은 명령을 내렸다.

태대형 을지문덕은 왠지 불길한 예감이 들었다. 곧 피바람이 몰아칠 기세였다. 수나라 군대를 물리치고 나자 이제는 내부 문제들이 불거져 나오고 시작했다. 하지만 언젠가는 불거져 나올 문제였다. 저들을 죽이지 않으면 내가 죽는 냉정한 정치세계에서 당연한 일일 수도 있었다. 태대형 을지문덕은 아무래도 좋았다. 하지만 반드시 필요한 것이 왕권 강화라는 것을 알고 있기 때문에 자신은 아무렇게 돼도 괜찮다고 생각했다. 이번을 기회로 귀족들의 세력이 약화되고 왕권이 강화된다면 자신의 몸을 희생해도 좋다고 생각했다. 그렇게 생각했다.

막리지 연태조를 비롯한 귀족 세력들의 움직임은 당분간 없었다. 막리지 연태조가 아직 이렇다 할 결정을 못 내렸기 때문이다. 귀족들은 초조해질 수밖에 없었다. 장군 온사문이 사람들을 붙여서 자신들을 감시하고 있다는 것을 알고 있었기 때문에 귀족들이 당분간 움직임을 자제해야만 했다. 귀족들은 정중동을 선택했다.

막리지 연태조를 비롯해 귀족들은 지금 가장 큰 위기에 봉착한 셈이었다. 대형 온달을 따르던 그의 후예장수들과 왕제 고건무가 하나로 연합해 귀족들을 압박하고 있는 셈이다. 더군다나 사병들을 관군에 편입시킨 상황이고 자신들의 경제적 기반마저 약화시킨 상황이었다. 무엇인가 특단의 대책을 내놓아야 했다. 자칫하면 자신들의 기반이 완전히 무너지기 일보직전이었다. 자칫하면 자신들의 목이 달아날 위기에 처해 있었다. 반전이 필요했다.

하지만 막리지 연태조는 귀족들에게 이렇다 할 이야기를 하지 않고 있었다. 귀족들은 답답해했다. 막리지 연태조가 어떠한 대책을 내놓아야 하는데 아무런 대책도 내놓지 못하고 있었다. 귀족들은 이러다 어느 날 갑자기 자신들의 목이 날아가는 것 아니냐는 두려움에 떨었다.

더욱이 사병으로 있다 관군에 편입된 군사들은 연일 태대형 을지문덕에 대해 칭송을 했다. 귀족들 앞에서도 거리낌 없이 칭송을 했다. 귀족들은 그런 것이 두려웠다. 귀족들은 자신들의 옛날 사병들이 태대형 을지문덕의 명

령 하나에 자신들의 목을 칠까봐 두려워졌다.

귀족들은 날마다 만나 대책을 강구했다. 하지만 막리지 연태조는 별다른 말을 꺼내지 않았다. 그리고 자신 혼자 고민을 했다.

그러던 어느 날 막리지 연태조는 영양태왕을 만났다.
"태왕 폐하, 신 막리지 연태조 한 말씀 올리겠사옵니다"
"그래, 말씀해보시오"
"지금 가장 필요한 것이 전후복구 자금이라 생각되옵니다. 왕실 재정을 비롯해 조정의 재정이 이번 전쟁을 치르느라 부족하다는 점을 잘 알고 있습니다. 이에 고구려 신하된 도리로서 무엇인가 해야 한다는 생각이 들었습니다"

영양태왕은 막리지 연태조가 어떤 것을 내놓을지 궁금해 했다.
"신 막리지 연태조. 전후복구를 위해 신의 재산 절반을 왕실에 바치겠나이다"

영양태왕은 깜짝 놀랐다. 전후 복구를 위해 자신의 재산을 내놓겠다고 하는 것이다. 하지만 곧바로 막리지 연태조가 무엇인가 조건을 제시할 것이라는 것이 불 보듯 뻔하다는 생각이 들었다.

"음, 막리지께서 고구려를 위해 이렇게 애써주시니 막리지 그대는 만고의 충신이오"
"태왕 폐하께서 그리 말씀해주시니 몸 둘 바를 모르겠나이다"
"재산을 반이나 헌납하겠다니 이만큼 큰 결단이 어디 있겠는가. 허나 반드시 그에 상응하는 것이 있을 터 막리지가 원하는 것이 무엇인지 알려달라"
"태왕 폐하, 고구려의 백성으로 당연한 일이라 생각합니다. 하오나 태왕 폐하께서 그리 말씀하신다면 한 말씀 올리겠습니다. 소신의 재산 반을 헌납하는 대신 소신의 재산을 갖고 전후복구를 해줄 사람으로 장군 온사문을 추천하는 바입니다. 그리고 귀족들의 사병을 귀족들에게 돌려주시기 바랍니다. 하지만 그냥 돌려달라는 것이 아닙니다. 이 사병들을 전후복구 사업에 동참시키고자 합니다"

영양태왕은 고민에 빠졌다. 막리지 연태조가 추천해준 사람이 왕제 고건무 사람인 장군 온사문이란 점에서 의아해했다. 그리고 재산 헌납의 전제조건으로 사병들을 귀족에게 돌려주라는 것이었다. 상황으로 봐서는 절대 사병들을 귀족에게 돌려줄 수 없었다. 하지만 명분이 너무나 약했다. 게다가 소속은 귀족이지만 전후복구에 사병들을 배치시키겠다고 하니 그다지 나쁜 조건은 아니었다.

"음, 짐이 좀 고민을 해봐야 할 문제요. 나중에 답을 해주겠소"

영양태왕은 막리지 연태조에게 이렇게 대답했다. 막리지 연태조가 영양태왕을 알현했다는 소식이 들리자 귀족들은 불난 호떡집 마냥 요동쳤다.

막리지 연태조가 자신의 재산 절반을 헌납하겠다는 소식이 들리자 귀족들은 모두 막리지 연태조가 미쳤다고 생각했다.

"아니, 막리지께서 제대로 미치신 거 아니야. 재산의 절반을 헌납하시다니. 이게 될 법한 소린가"

영양태왕은 막리지 연태조의 행동에 의구심을 품었다. 하지만 당장 전후복구에 필요한 자금이 왕실에는 없었다. 국고도 전쟁을 하느라 거의 바닥을 보였다. 지금 당장 전후 복구를 하지 않으면 백성들은 전쟁의 승리에 도취하기 전에 고구려 왕실을 원망할 것이 불을 보듯 뻔했다. 막리지 연태조의 제안에 수긍을 해야 하는 입장이었다. 그러지 않아도 귀족들에게 재산 헌납에 대해 이야기를 할까 고민을 했었던 차였다. 싫지 않은 제안인 것만은 틀

림없었다. 게다가 장군 온사문에게 전후복구를 맡기라고 했다. 막리지 연태조 자신의 사람이 아닌 왕제 고건무의 사람에게 전후복구를 맡기라고 한 것이었다. 때문에 별다른 의심을 할 수 없는 상황이었다.

하지만 왕제 고건무를 비롯한 태대형 을지문덕 그리고 온달 대형의 후예들은 영양 태왕에게 막리지 연태조의 제안을 받아들이지 말아야 한다고 주청했다.

"태왕 폐하. 막리지는 늙은 너구리 같은 사람이옵니다. 막리지의 제안을 받아들이지 마시옵소서"

왕제 고건무는 영양태왕에게 이렇게 건의를 했다. 하지만 영양태왕의 답은 없었다. 영양태왕은 고민에 빠졌다. 하지만 막리지 연태조의 제안을 받아들일 수밖에 없다는 사실을 알고 있었다. 왕실과 조정은 자금이 없었다. 어쩔 수 없이 받아들여야 하는 제안이었다.

왕제 고건무는 막리지 연태조를 생각하며 이를 갈았다. 하루빨리 막리지 연태조를 쳐야겠다 생각했다. 하지만 명분이 없었다. 아무리 왕권강화를 외치는 것이라고는 하지만 무작정 막리지 연태조를 칠 수는 없었다. 명분을 만들어야 했다. 왕제 고건무는 태대형 을지문덕을 통해 명분을 만들어야 겠다고 생각했다. 그러는 사이 막리지 연태조는 생존을 위한 몸부림을 하고 있었다.

막리지 연태조 집은 어느 날부터 궁궐 창고에 옮길 재산을 구분하기 시작했다. 막리지 연태조는 주로 식량 등은 자신의 창고에 옮겨놓았고 황금 등의 재산을 궁궐 창고로 옮기게 했다.

"식량은 그대로 놔두고 황금만 마차에 실어라"

"어허, 왕실에 갖고 갈 황금이니라. 소중히 다뤄라"

어느 맑은 날 오후에도 막리지 연태조는 궁궐로 옮길 재산을 직접 고르고 있었다. 막리지 연태조는 자신의 노비들에게 호통을 치기도 했다.

그때 귀족들이 몰려왔다.

"아니, 여기 웬일들인가"

막리지 연태조는 귀족들을 반갑게 맞이했다. 하지만 귀족들은 마차에 실린 황금 등을 보며 한숨을 자아냈다.

"웬일이기는요. 막리지. 제정신입니까. 폐하께 재산 절반을 헌납하시다니요"

"하하하. 그 일 때문에 온 모양이구려. 그대들도 폐하께 재산 절반을 헌납하게"

"재산 헌납이 그리 쉬운 문제입니까"

"하하하. 그러지 말고 사랑방으로 가세"

막리지 연태조와 귀족들은 사랑방으로 들어갔다. 그제야 막리지 연태조는 정색을 하고 귀족들에게 이야기를 하기 시작했다.

"그대들은 아직도 내가 재산 절반을 헌납한 이유를 모르는가?"

귀족들은 의아해했다.

"두고 보게. 내 몇 달 안돼 이 재산들 전부 되찾을 테니"

귀족들은 더욱 의아해했다. 서로 쳐다보며 막리지 연태조가 드디어 미쳤다고 생각했다. 그런 모습을 막리지 연태조는 바라보았다.

"이런, 한심한 사람들하고는…… 지금 고구려에 가장 필요한 것이 무엇이라 생각하는가. 바로 식량일세. 태대형 을지문덕이 청야전술을 펼치고 난 후에 가장 부족한 것이 식량일세. 지금 고구려 전역을 돌아보게나. 백성들은 굶주려 있단 말일세. 황금이 많으면 무슨 소용이 있나. 결국 식량이 없어 굶어죽게 생겼는데. 다행히 우리 귀족들은 식량을 많이 확보해놓았네. 태대

형 을지문덕이 청야전술을 펴면서 식량을 저장할 창고가 부족하게 됐고 결국 귀족들 식량창고를 이용하게 됐네. 일단 우리 수중에 들어온 이상 식량의 출처가 어디든 우리 것이란 말일세. 왕실은 지금 당장 황금이 확보될지는 모르겠지만 식량을 확보하지 못한다면 왕실을 향한 백성들의 원성은 높아질 것일세. 우리는 식량을 조금씩 풀면서 백성들에게 마음을 얻고 왕실은 식량 때문에 미움을 받게 되는 셈이라네. 결국 왕실은 식량 확보를 위해 노력할 것이네. 그렇게 하자면 돌궐이나 거란 아니면 신라와 백제 혹은 왜로부터 식량을 확보해야 하네. 하지만 알다시피 최근 가뭄이 들어 신라와 백제도 사정이 여의치 않은 편이네. 더군다나 신라는 적대국일세. 왜는 너무 멀어서 안되고 돌궐이나 거란은 자신들 자급자족하기도 힘든 상황일세. 결국 식량 부족은 계속 될 것이란 말이지. 그렇게 되면 헌납한 재산 이상 벌 수 있는 절호의 기회가 아니겠는가"

귀족들은 그제야 막리지 연태조의 말에 수긍을 하기 시작했다. 딴은 그러했다. 태대형 을지문덕이 살수대첩을 위해 압록수와 살수 그리고 장안성 일대 평야를 다 태우고 식량을 창고에 저장하게끔 했다. 그 틈을 노려 귀족들은 자신의 식량창고에 노획한 식량을 저장하게끔 했다. 또한 귀족들은 전쟁 중에 백성들을 상대로 식량을 구입해 저장하게 했다. 피난 백성들 중 일부는 귀족들에게 식량을 판매하기도 했다.

그런 식으로 귀족들은 엄청난 식량을 구입하거나 압수하거나 빼앗아 자신의 집에 저장시켜놓았다.

막리지 연태조를 만난 귀족들은 그 다음날부터 자신의 재산을 내놓았다. 귀족들의 재산이 왕궁 창고로 옮겨지기 시작했다. 왕궁은 오랜만에 활기가 돌았다. 이 자금으로 전후복구를 해야 했다. 자금은 충분했다. 관군으로 있었던 사병들은 귀족들에게 다시 편입됐다.

영양태왕은 귀족들로부터 갹출한 자금을 갖고 전후복구를 하라고 장군 온사문에게 명령을 내렸다.

장군 온사문은 고민에 빠졌다. 가장 시급한 것은 평야를 정비해 내년 농사를 준비해야 했고 가장 필요로 하는 것이 식량이었다.

"왕제 전하. 현재 가장 필요로 하는 것이 식량이옵니다. 그러나 지금 식량 확보가 어렵사옵니다"

왕제 고건무도 그 고민에 빠졌다. 자금은 풍부하나 식량이 없었다. 식량을 구해야만 했다. 그러지 않으면 고구려 백성 절반이 굶주림에 허덕이면서 죽음을 맞이해야 했다.

"나도 그걸 알고 있소이다. 하지만 어디서 식량을 구해야 할지 고민이오"

"귀족들은 식량을 갖고 있사옵니다. 귀족들에게 식량을 구해야지요"

"그것 또한 알고 있소이다. 하지만 귀족들에게 다시 식량을 내놓으라고 할 경우 귀족들이 어찌 나올지 고민이오"

딴은 그러했다. 귀족들은 이미 재산의 절반을 헌납했다. 그 사실은 고구려 백성 모두가 알고 있는 실정이었다. 하지만 정작 중요한 식량은 내놓지 않았다. 황금은 유용하나 당장 식량을 구할 수 없어 결국 무용지물이나 마찬가지였다.

왕제 고건무와 태대형 을지문덕은 막리지 연태조를 비롯한 귀족들이 잔머리를 썼다고 생각했다. 그리고 이를 갈았다. 이제는 귀족들을 치고 싶어도 이미 관군으로 편입된 사병들이 다시 귀족들 품으로 다시 돌아갔다. 이제 관군만으로 귀족들을 치기에는 위험해 보였다. 더군다나 귀족들을 칠 명분을 아직도 찾지 못했다. 명분을 찾아야 했다. 그러기에 앞서 귀족들보고 식량을 내놓으라고 독촉해야 했다. 왕제 고건무는 영양태왕을 알현해 귀족들에게 식량을 내놓으라 독촉하라고 주청을 했다.

"소신들보고 다시 식량을 내놓으라니요. 아무리 전후복구가 우선이라 해도 그럴 수 없사옵니다. 더군다나 백성들을 구휼하기 위해 식량을 내놓고 있사옵니다. 왕실을 통해서가 아니더라도 백성들을 위해 일할 수 있는 기회는 여러 가지 있다고 생각합니다"

막리지 연태조를 비롯해 귀족들은 영양태왕이 식량을 내놓으라 하자 반발을 했다. 영양태왕은 난감해 했다. 아무리 영양태왕이라지만 강제로 식량을 빼앗을 수는 없었다. 더군다나 귀족들은 사병이 채워지면서 군사력이 다시 강해졌다. 귀족들에게 식량을 빼앗는다는 것은 있을 수 없는 일이 됐다.

영양태왕은 자신의 결정에 대해 후회를 하기 시작했다. 귀족들에게 재산 중 식량을 헌납하라고 명령을 내려야 했다고 후회를 했다. 하지만 그 후회는 이제 소용없는 후회가 됐다. 귀족들에게 식량을 내놓으라고 하기에는 명분이 너무도 약했다.

더군다나 귀족들로부터 식량을 얻은 백성들은 귀족들에 대해 불만이 없었다. 반면 왕실에 대해서 불만이 쌓여가기 시작했다.

식량을 빨리 확보해야 했다. 그렇지 않으면 귀족들의 세력이 더욱 커질 것은 불을 보듯 뻔했다. 불과 몇 개월 만에 전세가 역전된 셈이다.

"왕제. 무슨 뾰족한 방도가 없겠는가"

"태왕 폐하. 귀족들은 절대 식량을 내놓지 않을 것으로 예상됩니다. 지금 딱히 방법이 없습니다"

"그럼 어찌해야 하나"

영양태왕도 왕제 고건무도 상당히 난감해 했다. 뾰족한 수가 없었다. 식량을 구하기 위해 적대국인 신라로 갈 수도 없었다. 백제국 역시 사정이 여의치 않은 것이 사실이다. 식량을 구할 수 있는 곳은 오로지 귀족들이었다.

식량.

수나라 군사들을 패퇴시켰던 가장 강력한 무기인 식량이 결국 귀족의 무기가 돼 왕실을 겨누고 있다. 상당한 모순이었지만 이제 식량 해결은 절체절명의 숙제가 됐다.

수나라 군사들은 고구려에 오면서 기아에 허덕였다. 그런 수나라 군사들이 물러나자 이제 고구려 백성들이 기아에 허덕이기 시작했다.

귀족들은 식량 장사를 하기 시작했다. 식량 가격은 기하급수적으로 상승했다. 백성들은 전답을 팔기도 하고 가재도구를 팔기도 해서 식량을 구입했다. 그나마 있는 집 백성들은 그러했다. 하지만 아무것도 없는 백성들은 그저 굶주림에 죽음만 기다려야 하는 처지였다. 유리걸식을 해서 돈을 모으면 식량을 구입해야 하고 식량을 구입하지 못하면 결국 죽음을 기다려야 했다.

나라에서 전후복구 자금으로 백성들에게 돈을 나눠주면 백성들은 그 돈을 갖고 귀족들에게 찾아가 식량을 구하기도 했다. 하지만 그것도 병아리 오줌 만큼이었고 대다수 백성들에게 혜택이 돌아가지도 못하는 실정이었다.

거리에는 유리걸식하는 백성들이 넘쳐나기 시작했다. 오가는 사람들 중 돈이 좀 있을 법한 사람들에게 돈을 달라고 손을 내밀었다.

"한 푼 줍쇼. 불쌍한 애들이 굶주림에 죽어가고 있어요"

태대형 을지문덕은 눈살을 찌푸렸다. 자신의 청야전술이 고구려 백성들에게 이처럼 참혹한 광경을 만들 것이라고는 몇 개월 전만해도 생각지도 못했다.

그러나 귀족들은 날로 번창해 갔다. 식량 장사로 인해 왕실에 재산을 바치

기 전보다 더 부자가 됐다. 왕실에 재산을 헌납하느라 반이나 비어있던 창고가 다시 꽉 채워지기 까지는 며칠도 안 걸렸다.

백성들은 당장의 굶주림에 의해 다음해 뿌릴 씨앗까지도 먹어야 했다. 튼튼한 남자나 예쁘장한 여자는 귀족들 노비를 자청했다. 노비가 되면 먹을 것을 먹을 수 있다는 소문이 퍼지면서 귀족들 집에는 사람들이 구름같이 모여들었다.

남자들은 사병으로 키우고 밤마다 귀족들은 새로 들어온 계집아이를 품고 잠에 들었다. 귀족들은 날마다 모여 자신들의 재산이 얼마나 불려 졌는지 혹은 어젯밤 품은 계집아이에 대해 이야기를 풀었다.

귀족들은 나라의 어려움이 곧 자신에게는 기회가 됐다. 예나 지금이나 지도부는 나라가 어렵다며 서민의 고삐를 죄고 결국 자신의 배를 불리는데 노력하기에 여념이 없었다. 귀족들은 식량장사, 인간장사를 통해 자신의 세력을 기하급수적으로 불려나갔다.

그것이 귀족이었다. 귀족들은 서민의 고통에 대해서는 나몰라라 했다. 그저 자신의 식구 자신의 가솔만 배불리 먹이면 됐다. 그리고 자기 자신의 권력이 유지되기 위해 노력하는 그런 존재였다.

태대형 을지문덕이 살수대첩을 승리로 이끌면서 귀족들은 위기를 맞이해야 했다. 하지만 막리지 연태조의 번득이는 생각으로 관군에 편입된 사병들을 다시 귀족에게 편입시켰고 반토막 났던 귀족들의 재산은 몇 배로 불어난 상황이었다. 귀족들은 오히려 전쟁 전보다 더 재산과 권력을 갖게 된 셈이었다. 그렇게 귀족들은 위기를 기회로 만들었다.

하지만 내면에는 찜찜한 것이 있었다. 그것은 태대형 을지문덕. 태대형 을지문덕을 제거하지 않고서는 자신들의 화려한 날도 언젠가는 끝날 수도 있음을 알았다.

귀족들은 다시 걱정하기 시작했다.

아닌 게 아니라 태대형 을지문덕과 왕제 고건무는 귀족들의 식량 장사에 대해 못마땅해 했다. 왕제 고건무와 태대형 을지문덕은 밤마다 왕제 고건무 집에 모여 귀족들의 식량 장사에 대해 불평불만을 토로했다.

하지만 날로 커지는 귀족들을 견제하기 힘들었다. 그렇다고 귀족들을 견제하지 않으면 왕권은 바닥에 떨어질 것이라 생각했다. 시간이 없었다. 무엇인가 행동을 해야만 했다.

"막리지를 제거 합시다"

왕제 고건무는 태대형 을지문덕에게 이렇게 제안했다. 막리지 연태조만 제거한다면 나머지 귀족들을 제거하는 것은 쉬울 것이라 생각했다. 하지만 막리지 연태조를 제거하기 쉽지 않다는 사실을 너무나 잘 알고 있었다.

"태대형이 은밀히 사람을 모아 막리지를 제거하는 게 어떠하오"

"신 태대형. 왕제 전하의 말씀을 받잡겠사옵니다"

귀족들이 뭉친다면 상대하기 쉽지는 않겠지만 귀족들 각개격파 한다면 귀족들과의 싸움에 대해 그다지 어렵지 않을 것이라 생각했다.

태대형 을지문덕은 왕제 고건무를 만나고 난 후 고심에 빠졌다. 막리지 연태조가 한번 움직일 때마다 주변을 호위하는 사병만 100명이나 됐다. 그들은 모두 일당백의 사람들이었다. 그들을 제거하고 막리지 연태조를 제거한다는 것은 불가능에 가까울 정도였다. 하지만 해야만 했다. 고구려의 발전을 위해서라도 해야만 했다.

태대형 을지문덕은 왕실 자금을 갖고 군인들을 모으기로 결정 했다. 관군들을 움직여 막리지 연태조를 죽일 수는 없었다. 관군들을 움직이게 되면 기록이 남게 되고 그 소식은 막리지 연태조에게 들어갈 것이 뻔했다.

용병이 필요했다. 또한 용병을 지휘할 지휘관이 필요했다.

"제가 그 일을 맡겠습니다"

어느 날 녹족부인이 태대형 을지문덕에게 자신이 용병을 규합하겠다고 자원을 했다.

"부인. 이것은 위험한 일입니다. 부인의 생명이 위험할 지도 모릅니다"

"알고 있사옵니다. 하지만 저는 이미 고구려를 위해 제 목숨을 바치겠다고 한지 오래이옵니다. 장군께서 저를 걱정해주시는 것을 잘 알고 있으나 저는 이미 지난 시절에 죽은 목숨이옵니다. 고구려와 장군과 폐하를 위해 다시 제 목숨을 내놓겠습니다. 더군다나 저의 가장 큰 원수 중 하나입니다. 제게 두 가지 한이 있었습니다. 하나는 수나라인데 이번 살수대첩을 통해 한을 갚았습니다. 나머지 한은 말씀 안드려도 아실 것으로 생각합니다."

태대형 을지문덕은 녹족부인을 쳐다봤다. 평생을 바쳐 사모해왔던 여인. 하지만 이제 사모도 할 수 없는 그런 사이가 됐다. 서글픈 인생이었다. 태대형 을지문덕은 녹족부인을 껴안고 싶었다. 하지만 이내 꾹꾹 참아야 했다. 너무나 고마웠다. 자신을 위해 희생하고 자신을 위해 모든 것을 바친 여인이었다. 그런 녹족부인에게 경의를 표하고 싶은 심정이었다.

녹족부인은 조심스럽게 사람들을 규합하기 시작했다. 그렇게 해서 모은 사람이 500여 명이 됐다. 고구려 장안성 인근 산 빈터에 산채를 짓고 군사훈련을 시작했다.

또 다른 도전이었다. 지난 살수대첩은 수나라 군주라는 거대한 산을 무너뜨리기 위한 것이라면 이번에는 막리지 연태조를 무너뜨리기 위한 것이었다. 막리지 연태조는 자신이 어릴 때부터 불편한 관계를 유지해왔던 인물이었다. 이제 그 인물을 무너뜨리기 위해 은밀한 계획을 실행에 옮기고 있는 것이었다. 고구려를 위한 것이었다. 그리고 고구려 백성들을 위한 것이었다. 태대형 을지문덕의 눈에는 막리지 연태조는 고구려에 필요 없는 인물이었다. 이번 고수 전쟁을 통해 막리지 연태조는 오히려 상당한 부를 축적해 버렸다. 그를 치지 않으면 자신이 죽고 그리고 고구려 왕실이 죽고 고구려 백성이 죽을 수밖에 없었다. 따라서 막리지 연태조를 죽여야 했다.

비장 대걸중상이 주도적으로 이 일에 적극 참여하려 했다. 장군 온사문도 참가를 하려고 했다. 하지만 태대형 을지문덕이 말렸다. 이 일은 워낙 중대하고 위험한 일이기 때문에 많은 사람들이 관여한다면 득이 아니라 오히려 해가 될 가능성이 있었기 때문이었다.

녹족부인은 500여 명의 사람들을 군사로 만들려고 노력했다.

"태대형의 행동이 이상합니다"

막리지 연태조 집에 모인 귀족들은 저마다 태대형 을지문덕의 행보에 대해 이야기를 하기 시작했다. 태대형 을지문덕이 최근 고구려 장안성을 비우는 날이 많았다. 그리고 어디론가 사라져서는 며칠 후가 돼야 나타났다. 막리지 연태조도 그런 사실을 알고 있기 때문에 첩자를 붙여보았다. 하지만 첩자들은 태대형 을지문덕의 행보를 쫓아가지 못했다. 태대형 을지문덕은 그만큼 주의를 기울였다. 태대형 을지문덕은 막리지 연태조가 자신을 주목하고 있다는 사실을 너무나 잘 알고 있었다. 그래서 행동에 특별히 주의를 기울였다. 특히 막리지 연태조 앞에서는 더욱 조심했다.

"태대형. 요즘 장안성을 자주 비우신다고?"

"아, 막리지. 그저 전쟁이 끝나 무료해 사냥을 즐길 뿐이옵니다"

태대형 을지문덕은 막리지 연태조를 만난 자리에서 은밀히 군사를 모집해 훈련하고 있다는 사실을 숨기기 위해 노력했다. 막리지 연태조는 태대형 을지문덕의 눈을 살펴보았다. 태대형 을지문덕이 거짓을 고하고 있는지 알

아보기 위함이다. 하지만 태대형 을지문덕은 막리지 연태조가 자신의 행동에 대해 알아보기 위해 노력하고 있다는 점을 잘 알고 있었다.

정치적 싸움.

그것은 전쟁보다 더 치열했다. 전쟁은 전쟁터에서 상대를 죽이기만 하면 되지만 정치 싸움은 전쟁터가 따로 없었다. 게다가 전쟁터는 눈에 보이지만 정치 싸움터는 눈에 보이는 것이 아니었다.

머리싸움.

치열한 머리싸움에서 누가 이기느냐가 중요했다. 머리를 누가 잘 굴리느냐에 따라 승부는 결정됐다. 더군다나 표정을 숨겨야 했다. 표정이 드러나면 그야말로 정치싸움에서 지는 것이었다. 싫은 인물이라도 그 앞에서는 웃음을 지어야 했다. 그것이 정치였다.

막리지 연태조. 태대형 을지문덕에게는 죽이고 싶을 정도로 미운 인물이었다. 하지만 지금은 만연의 미소를 지으며 안 그런 척해야 하는 상황이었다. 내가 당신 향해 칼을 겨누고 있소라고 했다가는 당장 자신이 죽어야 할 판국이니 만연의 미소를 띄우면서 아닌 척해야 했다.

"사냥이라…… 백성들은 굶주림에 있는데 태평세월이군요"

"하하하. 폐하께서 워낙 선정을 베푸시고 막리지께서도 백성을 위한 마음이 워낙 좋으셔서 곧 태평성대가 오겠지요"

입에 침을 바르고 거짓말을 했다. 속으로는 주먹이 몇 번씩 오갔다. 마음속에서는 이미 막리지 연태조의 눈가는 멍이 들어 있고 입술은 찢어져있었다. 하지만 태대형 을지문덕은 만연의 미소를 지어야 했다.

막리지 연태조는 태대형 을지문덕이 거짓말하고 있다는 사실을 너무나 잘 알고 있었다. 하지만 물증이 없었다. 물증이 없는 상황에서 그냥 몰아세우면 오히려 당한다는 사실을 알고 있기에 그냥 속아주는 척 했다.

막리지 연태조도 태대형 을지문덕을 제거해야 겠다는 생각을 품기 시작했다. 그렇지 않으면 언젠가 자신에게 칼을 들이댈 것이 분명했다. 관군에 편입됐던 사병을 비록 귀족들에게 다시 편입 시켰지만 무엇인가 큰일을 벌이고 있다는 사실은 분명했다. 문제는 태대형 을지문덕을 제거할 명분이 필요했다. 백성들이 전쟁 영웅으로 떠받들고 있는 상황에서 무작정 제거한다면 그야말로 위험한 도박이었다.

막리지 연태조는 고민에 다시 들어갔다. 집에서 몇날 며칠을 꼼짝도 하지 않고 밖으로 나오지 않았다.

막리지 연태조에게는 태대형 을지문덕의 제거는 이제 운명과 같은 것이 됐다. 명분이 없었다. 태대형 을지문덕은 이번 전쟁을 통해 백성의 영웅이 됐다. 이런 영웅을 섣불리 제거했다가는 귀족들은 백성들로부터 비난을 면치 못하고 백성들로부터 뭇매를 맞을 것이 분명했다.

고민을 해야 했다. 명분을 찾아야 했다. 정적을 제거할 뚜렷하고 좋은 명분을 찾아야 했다. 막리지 연태조는 그런 고민을 해야 했다.

정치의 생명은 명분찾기였다. 명분이 확실하면 상대 정적을 죽이는 것은 쉬운 일이었다. 백성들로부터 명분을 얻어 상대 정적의 모든 것을 빼앗아야 했다. 상대 정적의 모든 것을 빼앗지 않으면 내가 빼앗기고 내가 죽어야 하는 것이 냉혹한 정치의 현실이었다.

막리지 연태조는 그렇게 고민이 깊어갔다.

14. 피할 수 없는 운명, 그리고 패배

어느 날 부터인가 이상한 일이 일어났다. 왕궁 앞에 백성들이 모여 왕궁을 향해 소리를 높였다.

"태왕 폐하. 태대형 을지문덕을 문책하십시오"

백성들이 살수대첩의 영웅이자 승리자인 태대형 을지문덕을 문책하라는 상소를 하기 시작했다.

그들의 이야기는 이번 전투에서 굳이 청야전술을 사용하지 않아도 되는데 청야전술을 사용했고 그로 인해 백성들이 고통을 받았다는 것이다. 백성들이 현재 굶주림에 허덕인 원인이 바로 태대형 을지문덕 때문이라는 것이다.

처음에 십여 명 정도로 시작됐다. 십여 명의 백성들이 모여 태대형 을지문덕의 단죄를 요청했다. 군사들은 그들을 내쫓았다. 창으로 위협하고 칼로 위협했다. 그리고 많은 백성들은 태대형 을지문덕을 단죄하라고 요청한 백성들을 향해 돌을 던지거나 매를 가하기도 했다. 하지만 날이 갈수록 단죄 요청하는 백성들의 숫자는 늘어났다.

백성의 숫자.

전쟁에서 숫자는 아무 것도 아니었다. 수나라 백만 대군 역시 숫자는 많았지만 결국 무너졌다. 하지만 여론은 그러하지 않았다. 정치판에서는 그러하지 않았다. 여론은 숫자싸움이었다.

백성의 숫자는 날로 늘어만 갔다.

"뻔하지. 귀족들에게 식량을 구한 백성들이 태대형 어르신을 모함하는 것이야"

백성들은 날마다 모여 이런 대화를 나눴다. 그 말이 맞았다. 막리지 연태조를 비롯한 귀족들은 백성들에게 식량을 나눠주면서 왕궁 앞에 가서 태대형 을지문덕의 단죄를 상소하라고 은밀히 시켰다. 그야말로 은밀히 이뤄졌다. 하지만 소문은 기하급수적으로 퍼져나갔다. 백성들은 먹고 살기 위해 태대형 을지문덕을 팔아야 했다.

백성들도 알고 있었다. 태대형 을지문덕이 수나라 군사들을 물리친 영웅으로 청렴하고 결백한 사실을 백성들은 너무나 잘 알고 있었다. 하지만 굶주림 앞에서는 어쩔 수 없었다. 귀족들의 유혹에 넘어갈 수밖에 없었다. 귀족들은 식량을 보여주며 유혹을 했다. 처자식과 부모가 굶주림에 죽어나가는 꼴을 볼 수 없었다. 배고픔에 몰리면 사람은 없던 용기도 생기고 없던 거짓말도 하게 마련이었다. 식량을 받은 백성들은 없던 거짓말을 만들어 태대형 을지문덕을 모함하기 시작했다.

백성들은 약한 존재였다. 살기 위해서는 태대형 을지문덕을 모함해야 했다. 그 모함의 소문은 급속도로 번져나갔고 첨삭되면서 소문은 이상한 방향으로 흐르기 시작했다.

귀족들은 막리지 연태조의 집에 모였다.

"막리지. 백성들이 과연 태대형을 단죄하라고 외치고 있지만 이것이 진정으로 먹혀들어 갈지 의문입니다"

막리지 연태조는 빙그레 웃었다.

"하하하. 겁나시오. 그렇게 겁낼 것 없소이다. 태대형이 수나라와의 전투를 계기로 재산을 축적했다는 소문은 그야말로 뜬소문에 불과하오. 하지만 삼인성호란 말이 있소이다. 백성들은 불확실한 정보에 휩쓸리기 마련이고 그 소문은 곧 사실로 둔갑할 것이외다. 그게 소문인 게지오"

"하오나 군사들이 저렇게 저지하고 있으니……"

"지금은 숫자가 저리 적으니 저지할 수밖에요. 하지만 저 숫자가 늘어나면 저들을 저지할래야 저지할 수 없소이다. 두고 보시오. 불확실한 소문은 곧 장안성 뿐만 아니라 온 나라에 퍼질 것이외다. 저들에게 필요한 것은 그것이 사실인지 여부보다는 배고픔을 해결해줄 것이 필요한 것이오. 저들이 지금 배고픈 것에 대해 누구 탓을 하고 싶은 심정이외다. 내가 이렇게 못살고 배고픔에 허덕이게 된 것은 왕실 때문이다 혹은 귀족 때문이다 이렇게 탓을 하고 싶어 하오. 그것이 백성이오. 생각을 해보시오. 자식들이 죽어나가고 부모가 죽어나가는데 나라를 원망하지 않는 백성이 어딨단 말이오. 분명 우리 고구려는 위기에 처해있소이다. 그리고 우리 귀족들도 위기에 처해있소이다. 고구려의 위기와 귀족의 위기를 벗어나게 하려면 희생양이 필요한 법이오. 백성들은 지금 현재 자신의 상황이 자기 때문이 아닌 누구 때문이라는 생각을 갖고 지금 처해 있는 상황에 대해 위로를 받고 싶을 것이오. 우리는 그 탓의 대상을 우리에게서 태대형으로 옮기는 것에 불과하오. 우리는 저들 백성에게 죽지 않을 정도로만 먹을 것을 주고 우리의 정적을 처리해달라고 하면 그만이오"

백성들은 궁궐로 매일 모였다. 그리고 태대형 을지문덕을 단죄하라는 요구의 목소리가 냈다. 이에 군사들은 백성들을 쫓아내고 수많은 백성들도 그들을 쫓아내려 했다.

그런 노력은 허사였다. 굶주림에 허덕인 백성들에게 귀족들은 그야말로 구세주였다. 식량에 갈망했다. 굶어 죽기는 싫었다. 결국 귀족들로부터 먹을 것을 받은 백성들은 궁궐로 갔다.

백성들을 쫓아내면 다시 모여들었다. 모여드는 백성들의 숫자는 날로 늘어만 갔다. 굶주림에 위협받은 백성들은 귀족들에게 식량을 받았고 식량을 받은 백성들은 또 다른 소문을 퍼뜨리기 시작했다.

"태대형이 청야전술을 사용한 것이 자신의 배를 채우기 위한 것이라면서"

"아, 글쎄. 태대형 집 비밀창고에 가면 곡식과 황금이 넘쳐난다는구만"

"그래? 태대형 어르신 그렇게 안 봤는데 역시 속물이었어"

"그래, 그 많은 곡식과 황금으로 무엇을 한다고 하던가"

"글세, 왕실을 전복하고 자신이 태왕이 되겠다고 한다더군. 장안성 근처 어느 산에서인가 군사들을 모아 훈련을 한다는 소문도 있던데"

이런 소문이 날이 갈수록 백성들 사이에 퍼지기 시작했다.

처음에는 '카더라' 통신이었다.

"누가 무엇을 했다더라"

처음의 출발은 이런 식이었다. 하지만 입을 건너 건너서는 그 카더라 통신이 눈덩이 불 듯이 불어났다. 카더라 통신은 "했데"로 변질됐고 "했다"로 완성됐다. 태대형 을지문덕이 하지도 않았던 사실 마저도 나오고 태대형 을지문덕을 비방하는 백성들이 점차 늘어나기 시작했다.

불확실한 소문은 새로운 형태의 옷을 갈아입고 새로운 모습으로 재탄생

됐다. 인간은 원래 뒷담화를 좋아하는 동물이었다. 사람들은 만나서 하는 것이 유명인에 대한 사생활에 대한 이야기뿐이었다. 사생활에 대한 이야기는 처음에는 조그마한 것에서 출발했다. 하지만 그것은 곧 확대재생산을 하기 시작했다. 없던 것이 만들어지고 그 만들어진 화제를 공유하며 사람들은 즐거워했다. 태대형 을지문덕에 대한 소문도 마찬가지였다. 처음에 출발은 진짜 사소한 것이었다. 하지만 사람들은 태대형 을지문덕에 대한 뒷담화를 계속하다 보니 없던 일까지 만들어졌다.

태대형 을지문덕에게는 엄청난 치명타가 되기도 했다. 태대형 을지문덕의 입장에서는 상당히 억울한 감이 없지 않아 있지만 해명을 할 수도 없는 소문이 돼버렸다. 해명을 한다는 것 자체가 우스울 정도가 됐다.

세 사람이 모이면 없던 호랑이도 나타난다고 했다. 처음에는 백성들이 태대형 을지문덕을 두둔했다. 하지만 날이 갈수록 태대형 을지문덕을 단죄해야 한다는 목소리가 점차 높아졌다. 처음에는 귀족들이 동원한 백성들이 많았다. 하지만 날이 갈수록 백성들은 자발적으로 참여하기 시작했다. 그 숫자는 기하급수적으로 늘어났다.

태왕궁 앞에서는 기이한 현상이 일어났다. 태대형 을지문덕을 단죄하라는 백성들의 목소리와 함께 단죄해서는 안된다는 백성들의 목소리가 한데 뒤섞였다.

백성들은 날마다 태왕궁 앞에서 싸움을 벌였다. 일부 격한 백성들은 서로 주먹질을 하면서 싸웠다. 군사들은 그들을 제압하느라 정신이 없었다.

"이 사태를 어찌 해결해야 하오"

영양태왕의 근심은 날로 늘어났다. 제가회의를 소집한 영양태왕은 이번 사태를 수습할 방안을 찾아보라고 했다.

"신. 막리지 연태조 아뢰옵니다. 태대형 을지문덕은 저 수나라 오랑캐를 무찌른 영웅이란 사실은 변함이 없사옵니다. 하지만 대승을 거두기에는 이번에 상당히 많은 피해를 안은 것이 사실이옵니다. 백성들은 현재 굶주림에 죽어나가고 있습니다. 백성들은 태대형 을지문덕에 대한 원망의 목소리가 높습니다. 저들의 불만을 잠재워야 합니다"

영양태왕은 막리지 연태조를 바라보았다. 백성들의 터무니없는 목소리를 잠재워야 한다는 사실은 너무나 잘 알고 있었다. 하지만 뾰족한 방법이 없었다.

"신. 막리지 연태조 아룁니다. 태대형 을지문덕이 장안성 근처에 군사들을 모아 대대적인 훈련을 한다는 소문도 있사옵니다"

"그 소문은 짐도 들어 알고 있소. 하지만 구체적인 증거가 있소?"

"신도 구체적인 증거를 찾고자 하나 증거를 찾을 수는 없었습니다"

영양태왕은 막리지 연태조가 쓸데없는 모함을 한다고 생각했다. 하지만 태대형 을지문덕에 대한 소문이 계속적으로 올라오니 의심을 하기 시작했다. 왕제 고건무를 불러 알아봐야겠다고 생각했다.

"폐하. 태대형은 그럴 사람이 아니옵니다. 그건 막리지 연태조를 비롯한 욕살들이 낸 뜬소문에 불과합니다"

왕제 고건무는 영양태왕에게 막리지 연태조를 제거하기 위해 군사를 모집한다는 사실을 알리지 않았다. 알릴 수 없었다. 만약 영양태왕이 알게 된다면 귀족들을 제거하는 것에 대해 영양태왕마저도 엮이게 되는데 만약 실패할 경우 영양태왕 자리가 흔들릴 가능성이 있기 때문이다.

"태왕 폐하께 말씀드려야 하지 않겠습니까"

장군 온사문은 왕제 고건무에게 이렇게 보고를 했다. 하지만 왕제 고건무는 그것에 대해 반대했다.

"태왕 폐하께 아뢰는 것은 반대다. 태왕 폐하는 모르시게 해야 한다. 만약 잘못될 경우 우리가 뒤집어써야지 태왕 폐하께 누를 끼쳐서는 안된다. 그렇기 때문에 태대형 을지문덕에게 손해가 되더라도 일단 보고는 드리지 않는 것이 좋을 듯하다"

장군 온사문은 안타까워했다. 태대형 을지문덕이 자칫하면 누명을 뒤집어 쓸 판국이었다.

장군 온사문은 태대형 을지문덕을 찾아갔다.

"태대형 어르신. 이 일을 어찌하면 좋사옵니까. 태왕 폐하께 알려야 하지 않겠습니까"

"하하하. 소문은 그저 소문이니 곧 그칠 것일세. 태왕 폐하께 알리는 것은 좋지 않다고 생각하네.

날로 늘어나는 소문에 영양태왕의 근심은 더욱 깊어졌다. 전쟁영웅이 하루아침에 역적이 된 셈이었다. 영양태왕은 처음에는 그 뜬소문을 믿지 않았다. 하지만 계속 올라오는 소문에 태대형을 점차 의심하기 시작했다. 진실을 알고 싶었다. 그러하기에 영양태왕은 태대형 을지문덕을 만나 대화를 하기로 했다.

"짐은 태대형을 믿네"

"태왕 폐하의 하해와 같은 성은을 어찌 갚아야 할지 모르겠습니다"

태대형 을지문덕은 영양태왕을 알현한 자리에서 눈물을 뿌렸다. 자신을 중심으로 이뤄진 온갖 누명에 대해 영양태왕에게 변명을 하지 않았다. 변명을 한다는 것 자체가 우스운 일이라 생각했다. 다만 막리지 연태조를 제거하는 날 이런 누명은 벗어지리라 믿었다. 때문에 영양태왕께 자신이 군대를 모집해 막리지 연태조를 제거한다는 전략에 대해 보고를 하지 않았다.

"태대형은 이 의자를 어떻게 보는가"

영양태왕은 자신이 앉는 의자를 가리켰다. 태대형 을지문덕은 태왕이 어떤 말을 하려는지 갈피를 못잡았다.

"이 자리는 참으로 외로운 자리일세. 그리고 이 자리는 의심의 자리일세. 이 자리를 빼앗기지 않으려면 모든 것을 의심하고 또 의심해야 한다는 것일세.

태대형은 혹 삼인성호라는 말을 들어봤는가"

삼인성호. 세 사람이 모이면 없던 호랑이도 생긴다는 것이다. 태대형 을지문덕은 순간 영양태왕의 의중을 깨달았다. 태왕은 태대형 을지문덕을 조금 의심하기 시작했다는 것이다. 물론 영양태왕은 태대형 을지문덕을 믿었다. 하지만 워낙 많은 사람들이 반란에 대해 이야기를 하니 마음 한 구석에서는 혹 그럴 수도 있다는 의심의 싹이 트기 시작했다.

"신 태대형 을지문덕 폐하께 아뢰옵니다. 제가 폐하께 반기라도 들 것이라고 생각하시옵니까"

"물론 태대형이 그러지 않을 것이라는 것을 잘 알고 있지만 워낙 많은 사람들이 반기에 대해 이야기를 해서"

"폐하. 차라리 저를 죽여주시옵소서"

태대형 을지문덕은 또다시 눈물을 뿌렸다. 자신의 충성을 내보일 수도 없는 것이었다. 그렇다고 막리지 연태조를 죽이기 위해 비밀 결사대를 만들었다고 이야기할 수 없는 일이었다.

"먼훗날 폐하께 모든 사실을 밝히겠지만 지금은 저를 무조건 믿어주시기 바랍니다"

태대형 을지문덕은 어쩔 수 없었다. 그저 자신이 모든 죄를 뒤집어 쓸 수밖에 없었다. 단지 영양태왕이 더 이상 의심을 하지 않기를 바랄 뿐이었다.

태대형 을지문덕에 대한 좋지 않은 소문은 기하급수적으로 퍼져나갔다. 그리고 귀족들 역시 영양태왕을 만나 태대형 을지문덕을 문책하라는 목소리를 높이기 시작했다.

영양태왕은 처음에는 못들은 척 했다. 하지만 날이 갈수록 점차 목소리는 높아졌고 영양태왕은 태대형 을지문덕이 전쟁영웅으로 부각되는 점이 무서웠다. 아직까지는 모든 군권이 태대형 을지문덕에게 있었다. 물론 사병들은 귀족들에게 편입돼 있었지만 관군의 수장은 태대형 을지문덕이었다. 이런 태대형 을지문덕이 조만간 반기를 들 것이라는 소문이 자꾸 퍼지면서 영양태왕은 불안해했다.

그런 어느 날 막리지 연태조가 태왕을 알현했다.

"신 연태조. 폐하께 아뢰옵니다"

"그대는 또 무슨 일로 짐을 보자고 한 것이오"

"태대형이 반기를 들 것이라는 소문을 들어 아실 것입니다"

"짐도 들었소이다"

"그러면 장안성 근처 산악지대에 산채를 짓고 군사훈련을 하고 있다는 사실도 알고 계시옵니까?" "짐도 알고 있소이다"

"폐하께서는 태대형을 믿사옵니까?"

단도직입적인 질문이었다. 영양태왕의 눈빛은 흐려졌다. 뭐라 대답할지 모르는 질문이었다.

"신은 태대형의 충성을 믿사옵니다. 하지만 워낙 이런 소문이 돌고 있기 때문에 반기를 들 것이라는 것에 대해 의심을 하지 않을 수 없사옵니다"

"그러면 어찌하면 좋소이까"

"태대형의 충심을 시험할 수 있는 좋은 기회가 있습니다"

"그것이 무엇이오"

"군사 훈련하는 곳을 태대형이 직접 토벌하라 명하십시오. 태대형이 직접 토벌하겠다고 하면 충심을 갖고 있는 것이고 만약 못하겠다고 하면 다른 마음을 품고 있다는 것을 의미 합니다"

영양태왕으로서는 괜찮은 제안이었다. 태대형의 충심을 알 수 있는 좋은 기회라 판단했다. 하지만 태대형 을지문덕을 비롯한 왕제 고건무 등은 청천벽력 같은 엄명이었다.

특히 태대형 을지문덕은 너무나 안타까웠다. 토벌을 하라는 명령은 녹족부인을 죽이라는 명령이었다. 평생을 바쳐 사모해오고 녹족부인을 위하는 일이라면 많은 것을 해주고 싶었던 태대형 을지문덕이지만 지금 어떤 선택을 내려야 할지 모를 지경이었다. 그저 두 눈에 눈물이 흘러내리고 있었.

의심.

의심은 또 다른 의심을 낳게 된다. 태대형 을지문덕이 영양태왕의 명에 대해 거절을 한다면 태왕은 태대형의 충심을 의심할 수밖에 없고 결국 모두를 파멸로 몰아가는 것이었다.

사랑을 택해야 하느냐 충심을 택해야 하느냐의 기로에 놓여있었다. 태대형 을지문덕은 고민에 빠질 수밖에 없었다. 그런 모습을 왕제 고건무는 안타깝게 쳐다봤다.

더 이상 숨길 수 없다 판단해 군사훈련의 목적에 대해 영양태왕에게 알려야겠다고 생각해 왕제 고건무는 영양태왕을 알현했다.

"폐하. 태대형의 충심을 의심하지 말아주시기 바라옵니다"

왕제 고건무는 태대형 을지문덕을 변명하기에 여념이 없었다. 영양태왕은 그런 왕제 고건무를 쳐다봤다.

"아우. 아우는 태대형의 충심을 믿는가"

"그러하옵니다. 태대형이 누구입니까. 바로 수나라 오랑캐를 몰아낸 고구려의 영웅이 아니옵니까. 태대형은 고구려를 위해 태어났고 고구려를 위해 자라왔고 폐하를 위해 평생을 살아왔습니다"

"그건 짐도 알고 있다. 하지만 짐은 태대형의 충심을 시험하고 싶다. 태대형이 짐을 위해서라면 직접 토벌할 것으로 기대하고 있다"

"하오나, 태대형을 의심하시면 안되옵니다"

영양태왕은 왕제 고건무를 유심히 쳐다봤다. 그리고 의자를 가리켰다.

"동생. 동생도 저 의자가 탐나는가?"

왕제 고건무는 깜짝 놀랐다. 식은땀이 주르르륵 흘러내렸다.

"폐하. 그 무슨 천부당만부당 하신 말씀이옵니까. 민망하옵니다"

"동생이 저 의자가 탐나지 않고서야 태대형을 어찌 그리 두둔하는가"

왕제 고건무는 자신과 태대형 을지문덕의 충심을 몰라주는 것에 대해 답답해했다. 왕제 고건무는 더 이상 안되겠다 싶어 태왕에게 모든 사실을 밝히려고 했다.

그때 막리지 연태조와 태대형 을지문덕이 알현을 신청했다.

"신 태대형 을지문덕 폐하께 아뢰옵니다. 폐하께서 원하신다면 직접 토벌군을 이끌고 토벌하러 가겠나이다"

막리지 연태조는 만연의 웃음을 지었다. 작전이 성공한 것이다. 태대형 을지문덕으로서는 어쩔 수 없는 선택이었다. 왕제 고건무는 안타까운 시선으로 바라봤다. 그리고 태왕에게 무엇인가 이야기하려고 했다.

"왕제는 더 이상 짐을 설득하려 하지 말라. 이미 태대형이 토벌군을 직접 이끌고 토벌하겠다고 하니 짐은 태대형을 믿고 태대형이 성과를 거둬서 짐에게 나타나리라 기대한다"

영양태왕은 그렇게 이야기하고는 편전을 나갔다. 왕제 고건무는 허탈감에 빠졌다. 자신이 태대형 을지문덕을 위해 어떤 것도 해줄 수 없다는 사실에 화가 치밀어 올랐다. 하지만 이미 왕명으로 떨어진 것이라 실천을 하지 않을 수 없는 상황이었다.

태대형 을지문덕은 갑옷을 입기 시작했다. 태대형 을지문덕의 눈가에는 눈물이 고였다. 녹족부인을 위해 살았던 반평생인데 이제 녹족부인을 죽이러 가야 하는 상황이었다. 왕제 고건무가 찾아왔다.

"태대형. 내가 폐하를 알현해 다시 한 번 출정을 고려해달라고 요청할테니 조금만 기다려주시오"

"왕제 전하. 이미 늦었사옵니다. 폐하는 이미 저의 충심을 의심하기 시작했습니다. 제가 녹족부인과 각별한 사이이기는 하나 저는 고구려 백성이옵니다. 그리고 폐하의 백성이옵니다. 폐하께서 가라시는 곳이 설사 지옥이라 해도 갈 수밖에 없는 폐하의 신하이옵니다. 녹족부인도 이런 저의 마음을 알 것이라 믿사옵니다"

왕제 고건무는 태대형 을지문덕이 갑옷을 입는 내내 안타까운 시선으로 쳐다봤다. 태대형 을지문덕의 군사가 출정을 했다.

이미 산채에는 태대형 을지문덕의 군사들이 출발한 사실을 첩보를 통해 알고 있었다. 녹족부인은 이제 이 산채가 곧 자신의 무덤이란 사실을 깨달았다.

"남을 사람은 남고 갈 사람은 가거라"

군사들은 가지 않겠다고 했다. 하지만 더 이상의 희생은 안된다는 것을 알고 있기 때문에 몇 명 사람들만 제외하고는 모두 산에서 내려가게 했다. 그리고 녹족부인은 단아한 한복으로 갈아입고는 산채 마당에 나와 무릎을 꿇고는 태대형 을지문덕의 군사들이 오기만을 기다렸다.

태대형 을지문덕의 군사들이 쳐들어 온 것은 반식경이 지나서였다. 녹족

부인과 그의 군사들 몇 명은 단아하게 앉아 태대형 군사들을 기다렸다. 태대형 을지문덕이 말을 타고 오자 녹족부인은 환한 미소를 지으며 태대형 을지문덕을 맞이했다.

하지만 일부 군사들은 왜 이렇게 했어야 했냐는 원망의 눈빛을 보냈다.

"장군. 장군을 믿었건만 장군이 저희를 이렇게 배신할 수 있사옵니까"

한 군사가 이렇게 외치자 녹족부인은 그 군사를 제어했다. 그리고 환한 미소를 지었다.

"장군. 어서 오십시오. 장군께서 하시려는 것을 하시기 바랍니다"

태대형 을지문덕은 슬픈 눈으로 녹족부인을 쳐다봤다. 하지만 녹족부인은 미소를 지으며 눈을 지긋이 감았다.

"부인, 왜 이러시오. 차라리 도망이라도 갔었다면 추격하는 시늉이나 했지. 이게 무슨 일이란 말이오"

태대형 을지문덕은 녹족부인을 잡고 하소연을 했다. 녹족부인은 지그시 감았던 눈을 뜨면서 온화한 눈빛을 태대형 을지문덕에게 보냈다.

"장군, 제가 만약 도망쳤더라면 장군은 더 곤란한 지경에 처할 것이 아니옵니까. 저는 장군을 위해 사는 더부살이 몸이옵니다. 장군을 위해서라면 이깟 목숨 뭐가 그리 중요하단 말입니까. 장군께서 이루고자 하시는 일을 어서 해주시기 바랍니다"

태대형 을지문덕은 일어서서 하늘을 바라보았다. 얄궂은 운명의 장난에 대해 개탄해했다. 막리지 연태조가 너무나 미웠다. 자신의 심리를 너무나 잘 꿰뚫고 있는 막리지 연태조를 죽이고 싶었다.

그때였다. 갑자기 칼 꺼내는 소리가 들리더니 뭔가 깊숙이 찌르는 소리가 났다. 태대형 을지문덕이 순간적으로 녹족부인을 쳐다봤다. 녹족부인은 이미 자신의 품에 간직하고 있던 칼을 꺼내 자신의 배를 찔렀다.

"부인. 이게 무슨 짓이오"

태대형 을지문덕은 황급히 칼을 치우려고 했다. 하지만 녹족부인은 여장부라 칼을 배에 찌른 상태로 계속 유지했다. 태대형 을지문덕은 힘으로 칼을 뺏으려 했지만 빼앗지 못했다.

"장군. 저는 장군이 있어 행복했사옵니다. 내세에서라도 우리 부부의 연을 맺어 백년해로를 했으면 좋겠습니다"

"흑흑흑. 부인. 이게 무슨 짓이오. 이러지 않아도 되는데 이런 얼토당토 안한 선택을 한 것이오. 내 부인이 없는 이 세상 어찌 살라고 이러는 것이오"

"장군. 사내는 눈물을 보이는 법이 아니랍니다. 장군 부디 고구려를 위해 애써주시기 바랍니다. 이제 전 아버지에게 갑니다"

녹족부인은 이 말을 하더니 땅바닥에 쓰러졌다. 그리고 이내 숨을 거두었다. 태대형 을지문덕은 녹족부인을 껴안고 울부짖었다. 모든 것이 미웠다. 막리지 연태조도 미웠고 순간적이나마 태왕도 미웠고 왕제 고건무도 미웠고 무엇보다도 녹족부인을 구하지 못한 자신이 너무나 미웠다. 그리고 자기 자신을 위해 자살이라는 방법을 택한 녹족부인 역시 미웠다.

녹족부인이 죽었다는 소식을 들은 막리지 연태조 역시 마음이 편치 않았다. 비록 어린 시절 젊은 욕정에 못 이겨 그녀의 몸을 탐하려 했으나 이제 와서는 그것이 상당히 잘못된 것이라는 것을 깨달았고 그녀가 잘되기만을 바랬다. 하지만 이제 사늘한 주검이 됐다는 소식을 들으니 자신이 뭔가 잘못하고 있었구나라는 것을 깨달았다. 그러면서 어쩌면 녹족부인이 죽음을 택한 것도 자신이 이런 것을 깨달으라는 것일 수도 있겠구나라고 생각했다.

태대형 을지문덕의 눈빛은 이번 일이 있은 후부터 달라졌다. 특히 막리지 연태조를 바라보는 눈빛이 너무나 달라졌다. 하지만 영양태왕은 이번 일 있고 난 후 태대형 을지문덕을 확실히 믿게 됐다.

귀족들은 고구려의 경제권과 군사력을 모두 자신이 가져왔다 생각해 다소 안심을 했다. 하지만 이번 일이 있고 난 후 더욱 불안에 떠는 사람은 막리지 연태조였다. 태대형 을지문덕이 자신을 대하는 눈빛이 워낙 달라졌다는 것을 느꼈고 살기가 느껴졌다. 무엇인가 특단의 대책을 내야 한다는 생각이 들었다.

막리지 연태조는 정적 태대형 을지문덕을 이참에 확실히 제거해야 겠다 생각했다. 그리고 실천으로 옮겼다.

태대형 을지문덕에 대한 단죄를 묻는 백성들은 점차 더 늘어나기 시작했다. 귀족들도 들고 일어나기 시작했다. 귀족들은 매일 영양태왕에게 압박을 가했다. 영양태왕은 난감한 상황에 처했다. 영양태왕은 태대형 을지문덕의 충심을 더 이상 의심하지 않고 태대형 을지문덕을 가까이 두고 싶어 했다. 하지만 귀족들과 백성들은 단죄를 해야 한다고 요구하고 있는 상황이었다. 영양태왕으로서 난감해 하는 상황이었다.

태대형 을지문덕은 이런 상황에 대해 너무나 잘 알고 있었다. 막리지 연태조에 대한 미움은 더욱 커져갔다.

"왕제 전하. 막리지의 횡포를 더 이상 두고 보고 있으실 작정이시옵니까"

"태대형. 나도 막리지의 횡포에 분을 품고 있소. 하지만 쉽게 흥분해서는 안되는 것이기에 지금 때만 노리고 있는 중이오"

"하지만 때만 노리다가는 우리가 죽습니다. 아니 당장 제가 죽습니다"

"태대형. 내가 있는 한 그대는 죽지 않을 테니 안심하고 있으시오"

태대형 을지문덕은 왕제 고건무에게 하소연했다. 왕제 고건무도 막리지 연태조의 횡포에 대해 분개하고 있지만 때를 못 만났고 결국 막리지 연태조의 눈치만 보는 상황이 되어 버렸다. 그렇지만 왕제 고건무는 태대형 을지문덕에게 자신이 평생 보호해줄테니 안심하고 있으라고 설득했다. 태대형 을지문덕은 왕제 고건무를 믿는 것 이상 달리 방도가 없었다.

막리지 연태조와 귀족들은 매일 영양태왕을 알현해 태대형 을지문덕에 대한 단죄를 주청했다. 머리가 아픈 영양태왕은 어느 날 왕제 고건무를 불렀다.

"신. 고건무 태왕 폐하를 알현합니다"

"오오. 왕제 오서 오라. 다름이 아니라 태대형에 대한 처리를 어찌해야 할지 모르겠다"

왕제 고건무는 영양태왕을 바라봤다. 며칠 사이 수척해진 영양태왕의 모습이 보였다. 연일 막리지 연태조와 귀족들의 태대형 을지문덕 단죄 주청에 시달린 영양태왕의 모습이었다.

"폐하. 신을 죽여주십읍소서. 폐하를 제대로 모시지 못해 이런 불충을 저질렀사옵니다"

"왕제는 태대형의 처리에 대해 어찌 생각하는가?"

"폐하. 귀족들의 요구를 절대 들어주어서는 안됩니다. 저들의 요구 하나를 들어주면 저들은 또 다시 폐하께 요구할 것이고 그것이 하나에서 출발해 백이 될 것이고 만이 될 것입니다. 저들은 청산의 대상이지 협력의 대상은 아니옵니다"

"왕제도 그렇게 생각하는가? 난 태대형을 잃고 싶지 않네"

"폐하께서 그렇게 생각하면 그렇게 밀고 나가시기 바랍니다"

"하지만 저들의 거센 요구를 피할 방법이 없단 말이야"

"폐하. 그러면 저들에게는 제가 완강히 반대를 해서 태대형에 대한 단죄를 못하겠다고 하십시오"

"음~ 그것도 좋은 방법이군"

영양태왕은 오랜만에 표정이 밝아졌다. 일단 귀족들의 요구에 대해 회피

할 명분을 찾았기 때문이다. 귀족들이 계속 요구해 오면 왕제 고건무의 반대 때문에 못하니 왕제 고건무를 설득해보라고 이야기하면 되는 것이었다. 그만큼 편한 명분도 없었다. 왕제 고건무 역시 태대형 을지문덕을 끔찍이 아끼고 사랑하기 때문에 귀족들의 단죄 요구에 철저히 반대할 것이라고 태왕은 믿었다.

그 다음날도 막리지 연태조는 영양태왕을 알현했다.

"신 막리지 연태조. 폐하께 오늘도 주청드리옵니다. 태대형에 대해 단죄를 해주십시오"

"막리지 또 왔소이까. 그대는 참으로 끈질기기도 합니다. 좋소이다. 단죄를 하지요. 하지만 왕제 고건무가 너무나 극렬히 반대하고 있습니다. 왕제 고건무가 찬성을 한다면 태대형에 대해 단죄를 하겠소이다"

막리지 연태조에게는 천청벽력 같은 어명이었다. 영양태왕을 설득하는 것보다 왕제 고건무를 설득하는 것이 더 힘들었기 때문이었다. 태대형 을지문덕과 왕제 고건무는 어릴 때부터 워낙 친분이 두텁고 서로 의지해왔던 인물이었다. 따라서 왕제 고건무가 태대형 을지문덕의 단죄를 찬성한다는 것은 고목나무에 꽃이 피는 것과 같았다.

막리지 연태조는 막막했다. 왕제 고건무를 설득할 명분을 찾아야 했다. 그래야만 태대형 을지문덕을 단죄할 수 있기 때문이었다.

막리지 연태조는 칩거에 들어갔다. 그날부터 막리지 연태조는 태왕을 알현하는 일이 없었다. 대신 백성들과 귀족들의 요구는 더욱 거세졌다.

막리지 연태조는 며칠 동안 집밖에 나오지 않았다. 왕제 고건무와 정치적 협상을 해야 하는 상황이기에 왕제 고건무에게 줄 선물을 생각했다.

왕제 고건무의 목표가 무엇일까 생각했다. 왕제 고건무가 늘상 외치는 것은 왕권 강화였다. 왕권강화. 귀족들의 힘을 줄이고 왕권을 강화한다는 것이다. 왕권강화가 되면 왕제 고건무에게 좋은 점이 무엇일까도 생각해봤다. 그리고 왕제 고건무가 왜 늘상 왕권강화를 외치는지도 생각해봤다. 태왕과 왕제 고건무와의 관계도 생각해봤다.

막리지 연태조는 그렇게 며칠을 보냈다. 그리고 며칠 후 왕제 고건무의 집을 방문했다.

"막리지께서 여기는 어인일로 오셨습니까"

"왕제 전하와 술 한 잔 하고 싶습니다"

왕제 고건무는 막리지 연태조와 술상을 마주하게 됐다. 두 사람은 서로 술을 따라서 마시기만 할뿐 한동안 대화가 없었다. 서로 눈치만 보고 있는 실정이었다.

"뭐 술만 마시자고 제 집에 온 것은 아닐테고 막리지께서 저의 집에 어인 일이시옵니까"

"왕제 전하. 전하의 목표가 무엇이옵니까?"

왕제 고건무는 갑자기 뜬금없는 질문에 의아해 했다.

"제 목표라니. 저는 태왕 폐하께서 선정을 베푸시는 것이 목표이옵니다"

"왕제 전하. 저도 알만큼 안 나이입니다. 남자로 태어나 웅대한 기상을 품는 것은 당연한 일 아닙니까. 왕제 전하 역시 그런 포부를 갖고 있으리라 생각하옵니다만"

왕제 고건무는 순간 당황했다.

"막리지. 그 무슨 막말이시옵니까. 이 이야기는 안 듣는 걸로 하겠습니다"

"하하하. 그렇게 역정만 내시지 마시고 제 말씀을 들어보시는 게 어떠하련지요. 자고로 남자란 포부를 갖고 태어나고 꿈을 향해 돌진합니다. 왕제 전하께서도 나름대로 꿈을 갖고 계속적으로 도전해왔다고 저는 생각합니다. 태왕 폐하께서 선정을 베푸시는 것도 중요하지만 왕제 전하의 마음속에

는 다른 뜻도 있는 것으로 알고 있습니다. 태왕 폐하께서는 왕권강화와 귀족정치로 분열을 시켜 한쪽만 생각하고 한쪽만 움직이고 계십니다. 이래갖고는 고구려의 발전이 없사옵니다. 고구려가 발전하려면 하나의 목표를 갖고 두 세력이 합심해 열심히 움직이는 것이옵니다. 즉, 왕실과 귀족들이 하나가 돼야 합니다. 하지만 태왕 폐하께서는 오로지 왕권 강화만 외치시면서 귀족들을 누르려 하십니다. 태왕 폐하께서 태왕에 오르신 이후 그동안 왕실과 귀족들의 반목이 얼마나 심했습니까. 이제 그것을 청산할 때가 되었다고 생각합니다. 왕제 전하께서 이제 낡은 사고를 청산하고 새로운 시대를 여셔야 합니다. 왕제 전하. 제가 고구려를 생각하는 마음을 헤아려 주시기 바랍니다"

왕제 고건무의 흔들리는 눈빛을 막리지 연태조는 보았다. 이 기회를 놓쳐서는 안된다고 생각한 막리지 연태조는 더욱 몰아쳐갔다.

"왕제 전하. 정치란 무엇이옵니까. 바로 백성들은 편안히 하고 잘살게 하는 것 아니옵니까. 그러자면 왕실과 귀족의 대립된 모습을 보여주기 보다는 모두 편안히 화합하는 모습을 보여줘야 한다고 생각합니다. 그저 대립하고 시기하고 반목하는 모습을 백성들에게 보여준다면 그 백성은 희망을 모두 잃고 도탄에 빠지게 돼있습니다. 하지만 지난 평원태왕 폐하와 지금의 태왕 폐하는 어떠하옵니까. 귀족들은 무조건 제거의 대상이고 눌러버려야 할 대상으로 규정하고 귀족들을 압박해왔습니다. 그러니 귀족들은 반발할 수밖에 없었습니다. 이런 식으로 계속 간다면 백성들은 왕실과 귀족들을 버릴 것이옵니다. 더군다나 서토 오랑캐를 물리쳤다고 하나 서토 오랑캐는 아직도 우리 고구려를 호시탐탐 노리고 있나이다. 이럴 때 필요한 것은 화합이옵니다. 지금의 태왕 폐하처럼 귀족들을 누르기 보다는 서로 화합하는 모습을 보여줄 새로운 사람이 필요한 셈입니다. 비록 왕제 전하와 우리 귀족들이 지금까지 반목해왔지만 정치란 어디 그런 것입니까. 어제의 적이 오늘의 동지가 될 수 있는 것이 바로 정치이옵니다. 왕제 전하께서 이점을 생각해 주시기 바랍니다"

막리지 연태조는 이렇게 이야기하고 왕제 고건무의 집을 나섰다. 왕제 고건무는 막리지 연태조의 말을 곰곰이 씹었다. 영양태왕이 후손이 있으나 귀족들이 합심해 왕제 고건무를 태왕 자리에 앉힐 수 있다는 제안이었다. 왕제 고건무로서는 순간 당황해 하면서 정신이 나갈 수밖에 없었다.

왕제 고건무는 그 이후로 칩거에 들어갔다. 장군 온사문은 태대형 을지문덕의 집을 방문했다.

"태대형 어르신. 막리지가 왕제 전하를 뵈었다는 사실을 알고 계십니까?"

"응, 알고 있네"

"혹, 왕제 전하께서 다른 말씀 없으셨습니까?"

"아직 없네"

"그러면 막리지가 도대체 무슨 이유 때문에 왕제 전하를 뵈었는지 알고 계십니까"

"나도 잘 모르네. 다만 무슨 일이 있겠는가"

"그래도 소인은 좀 불안하옵니다"

"쓸데없는 소리 말고 군사훈련이나 열심히 하게. 수나라 동태가 심상치 않아. 아무래도 내년에 다시 쳐들어 올 기세야"

장군 온사문은 태대형 을지문덕이 너무 편한 소리를 한다고 생각했다. 태대형 을지문덕도 왕제 고건무와 막리지 연태조가 어떤 대화를 궁금한 것은 사실이었다. 하지만 태대형 을지문덕은 왕제 고건무를 믿었다.

며칠 후 제가회의가 또다시 개최됐다. 막리지 연태조를 비롯해 귀족들이

회의에 참석했다. 왕제 고건무와 태대형 을지문덕도 제가회의에 참석했다.

"신 막리지 연태조. 폐하께 말씀드리옵니다"

"설마 태대형에 대한 단죄 이야기를 또 하자는 것은 아니지요. 알다시피 태대형 단죄는 왕제의 승낙이 있어야 하오. 왕제의 승낙을 받아오시오. 그렇지 않은가. 왕제?"

왕제 고건무는 말없이 고개만 숙였다. 귀족 모두의 눈이 왕제 고건무에게 향했다. 왕제 고건무는 눈을 질끈 감고서는 다시 눈을 떴다.

"신. 고건무 태왕 폐하께 말씀 올리겠나이다. 자고로 전쟁은 승리하는 것이 중요합니다. 하지만 그것보다 더 중요한 것은 백성을 살피는 것이라 생각합니다. 이번 전투는 분명 이긴 전투였나이다. 하지만 백성들은 더욱 생활이 궁핍해졌습니다. 이렇게 된 원인이 무엇이라 생각하옵니까. 그것은 바로 청야전술 때문이옵니다. 태대형이 이번 전투에서 쓸데없는 청야전술을 펼쳤사옵니다. 청야전술 없이도 서토 오랑캐를 물리칠 수 있었나이다. 하지만 태대형은 백성들의 궁핍한 생활은 돌아보지 않을 채 오로지 승리에만 매달려 청야전술을 펼쳤나이다. 이에 대한 단죄를 하셔야 합니다"

영양태왕을 비롯한 귀족들은 깜짝 놀랐다. 정작 태대형 을지문덕도 깜짝 놀랐다. 태대형 을지문덕은 하늘이 노랗게 변하면서 아무런 생각이 나지 않았다. 왕제 고건무가 최근 들어 행동이 수상하다는 생각이 들었지만 이런 식으로 나올 줄은 꿈에도 몰랐다.

영양태왕은 태대형 을지문덕을 조용히 불렀다. 태대형 을지문덕은 이제 더 이상 어떻게 할 수 없는 거대한 권력의 힘이 자신을 짓누르고 있다는 것을 깨달았다.

권력.

권력 앞에서 한껏 약해지는 것이 인간이다. 인간은 권력 앞에 노예일 수밖에 없다. 그것이 태왕이거나 왕제이거나 막리지이거나 똑같은 것이었다.

권력은 어제의 적도 오늘은 친구가 될 수 있고 어제의 친구가 오늘은 적이 될 수 있게 하는 수단이다. 그게 권력인 것이었다.

누구나 권력 앞에 명분은 있다. 하지만 그 명분 안에 감춰진 진실은 알 수 없는 것이었다. 왕권강화를 외치는 사람은 그 사람만의 명분이 있고 귀족정치를 강화해야 한다고 외치는 사람에게는 그 사람만의 명분이 있다. 하지만 그 뒤에 감춰진 진실은 아무도 모르는 것이었다. 하지만 한 가지 확실한 것은 어느 누구나 권력 앞에서는 작아지고 힘없는 존재가 된다는 것이다. 권력 앞에서는 무릎을 꿇을 수밖에 없는 존재가 바로 인간이다.태대형 을지문덕은 누구를 원망하기에는 이미 늦었다 판단했다. 다만 영양태왕만은 다치면 안된다는 생각이 들었다. 영양태왕은 그래도 고구려의 중심이었다. 중심이 흔들리면 고구려는 수나라 말발굽에 또다시 흔들릴 수 있기 때문이었다. 지금은 권력싸움에 눈이 멀어서는 안된다고 생각했다. 이 지긋한 권력싸움에서 누군가는 양보해야 한다고 생각했다.

재기.

다시 또 나서면 된다.

태대형 을지문덕은 이렇게 생각했다. 일단 권력싸움에서 자신은 패배했다. 그렇기 때문에 지금은 물러나야 한다고 판단했다. 그것이 고구려와 고구려 백성들을 살리는 길이라 여겼다.

"태대형. 어서 오게"

"신 태대형. 폐하를 알현합니다"

"태대형. 이를 어찌해야 할 것인가"

태대형 을지문덕은 아무런 대답을 하지 않고 그저 땅바닥만 쳐다봤다.

"귀족들이 태대형을 단죄해야 한다고 주장할 때 짐은 귀족들에게 만약 왕제가 태대형 단죄를 주청한다면 받아들이겠다고 왕명을 내렸도다. 왕제는 귀족들의 요구를 반대해왔지만 어제 왕제가 태대형을 단죄해야 하니 어찌해야 하는가?"

태대형 을지문덕은 땅바닥만 계속 주시했다. 영양태왕은 태대형 을지문덕을 계속 주시했다.

"짐은 태대형을 잃고 싶지 않도다. 태대형이 오랫동안 짐의 곁에서 짐을 보좌했으면 좋겠다"

태대형 을지문덕은 얼굴을 들어 영양태왕의 용안을 살폈다. 태대형 을지문덕 자신도 영양태왕의 바람대로 했으면 좋겠다고 생각했다. 하지만 현실은 그렇게 내버려두지 않고 있었다. 이제 결단을 내려야 할 시간이 다가오고 있었다.

"폐하. 저도 그렇게 하고 싶습니다. 하지만 현실은 냉정하고 냉혹한 것입니다. 이제 저들이 하고자 하는 것을 그대로 하게끔 해주시기 바랍니다. 폐하는 신을 버리셔야 합니다. 그래야 폐하가 살고 고구려가 살고 고구려 백성들이 사옵니다"

영양태왕은 서글픈 눈으로 태대형 을지문덕을 바라보았다. 태왕 자신을 위해 평생을 몸 바친 사람. 고구려를 위해 열심히 일한 사람. 그 사람이 태대형 을지문덕이었다. 하지만 권력싸움에서 패배를 해 이제 태왕 자신이 태대형 을지문덕을 내쳐야 하는 시간이었다. 영양태왕도 알고 있었다. 자신의 바람대로 이뤄지지 않는다는 것을 너무나 분명히 알고 있었다.

"폐하. 신이 폐하를 모신지도 수십 년이 됐사옵니다. 하지만 폐하와 신의 관계는 여기까지인가 보옵니다. 폐하께서 신을 버리시지 않으면 저들은 폐하를 향해 얼마나 더 많은 압박을 할지 눈에 선합니다. 저들이 하라는 대로 해줘야 합니다"

"짐이 그대를 볼 낯이 없구나. 짐이 태대형에게 약속을 하하겠네 이 상황이 잠재워지면 그대를 꼭 부르겠노라고"

"폐하. 성은이 망극하옵니다"

태대형 을지문덕은 무릎을 꿇고 눈물을 뿌렸다. 영양태왕도 그런 태대형 을지문덕의 모습을 측은한 눈빛으로 바라보았다.

왕명은 순식간에 실행됐다. 태대형 을지문덕을 태대형이란 직책을 빼앗고 멀리 흑수부 말갈 지역으로 귀양을 보낸다는 교지가 내려졌고 장군 을지문덕은 그 왕명을 받잡았다.

장군 을지문덕은 함거에 타고 소는 울음을 내면서 멀리 북쪽을 향해 움직였다. 함거는 북으로 북으로 향했다.

장군 을지문덕은 자신이 지난 살수전투 현장을 둘러보면서 많은 감회에 젖었다. 그렇게 압록수에 이르렀다.

압록수에 다다른 태대형 을지문덕은 또 다른 감회에 젖었다.

"압록수에 왔구나"

스승 강이식은 함거 안에서 장군 을지문덕을 바라보았다. 장군 을지문덕은 스승 강이식이 또 다시 함거 안에 있다는 사실을 깨달았다. 살아온 나날을 돌아보니 참으로 많은 사건이 벌어졌었다. 그 중심에는 항상 스승 강이식이 있었다. 장군 을지문덕에게 있어 스승 강이식은 그야말로 아버지와 같은 존재였다.

"그러게요. 스승님. 이제 압록수입니다. 이제 이 강을 건너면 영원히 돌아오지 못할 것 같사옵니다"

"다시 돌아가고 싶으냐?"

"글쎄요. 막상 태왕의 하해와 같은 품에서 벗어난다고 하니 기분이 좀 그러하옵니다"

"이제는 잊어야 한다. 태왕도 잊고 왕제도 잊고 고구려도 잊고 고구려 백성도 잊어라. 생각하면 할수록 고구려는 너를 버릴 것이다. 모든 것을 잊고 이제 앞으로 어떻게 살아갈지를 생각하라"

"이제 제가 할 일은 하나이옵니다. 그저 스승님께서 그러하셨듯이 아이들에게 고구려의 무예와 기상을 가르쳐줄 겁니다"

"그래라. 그렇게 해라. 그게 이제 남은 너의 생의 숙제이니라"

 장군 을지문덕은 푸른 강물을 바라보았다. 유난히 빨리 찾아온 겨울이지만 강물의 빛깔은 푸르렀다. 저 강물을 벗 삼아 고구려는 탄생했고 고구려는 성장했고 고구려는 발전하고 있다. 저 강물이 계속 흐르는 한 고구려는 계속 될 것으로 장군 을지문덕은 믿었다. 비록 장군 을지문덕은 저 강물을 건너가지만 저 강물은 계속 흐르고 장대한 역사를 맞이할 것이다.

 장군 을지문덕은 건너갈 배를 구하러 군사들이 움직이는 사이 함거 안에서 강물을 바라보며 이와 같이 생각했다.

"왕제 전하를 미워하느냐?"

 스승 강이식은 이렇게 물었다. 장군 을지문덕은 입가에 미소를 띠웠다.

"미움? 미움이란 게 무엇입니까? 결국 집착이 아니옵니까! 저는 왕제 전하를 미워하지 않습니다. 왕제 전하도 사람이옵고 권력에 욕심을 갖는 것은 당연하다 여기옵니다. 다만 그 권력을 백성들을 위해 사용하기를 간절히 바랄 뿐이옵니다"

 그때였다. 저 멀리서 먼지를 일으키며 달려오는 무리가 있었다. 함거를 호위하는 장군은 바짝 긴장했다. 혹시나 장군 을지문덕을 추종한 세력이 함거를 탈취하려는 무리일 거라 생각했다.

"멈추시오. 함거를 멈추시오. 우리는 왕제 고건무의 군사들이오"

왕제 고건무는 군사들을 이끌고 장군 을지문덕을 향해 달려오고 있었다. 장군 을지문덕은 바짝 긴장했다. 눈을 질끈 감았다. 장군 을지문덕은 압록수 이 자리가 자신의 죽음의 자리라 직감했다. 모든 것을 이제 포기해야 하는 상황이었다.

장군 고건무는 압록수에 다다르자 말에서 내렸다.

"나는 왕제 고건무다. 그대 호위장은 들어라. 내 죄인과 할 얘기가 있으니 잠시 자리를 물리거라"

"왕제 전하. 하지만 어찌 왕제 전하께서 죄인과 접촉을 하시려 하옵니까"

"어허. 무엄하다. 왕제인 내가 죄인과 이야기를 나누겠다는데 무엄하게 감히 왈가왈부 하느냐"

"하오나"

"네 진정 내 칼 맛을 보아야 정신 차리겠느냐"

"네? 하오면 잠시뿐이옵니다"

호위장은 함거에서 물러났다. 왕제 고건무는 함거 쪽으로 다가갔다. 그리고 장군 을지문덕을 가만히 바라보았다. 장군 을지문덕은 함거 안에서 가만히 앉아 있었다.

"원망스럽지 않소이까. 태대형"

"저는 이제 태대형이 아니라 죄인이옵니다. 왕제 전하께서 하시고자 하는 일을 하시지요"

"태대형. 내가 잘못했소이다. 내가 권력에 눈이 먼 것이 사실이오. 난 강한 고구려를 꿈꿔왔소. 그리고 그 꿈을 위해 평생을 바쳤소이다. 수나라 오랑캐도 건들지 못한 강한 고구려. 그리고 그 고구려에 사는 행복한 백성들. 그것이 내 꿈이었소. 왕권강화를 외치는 것도 바로 그런 부분이었소이다. 하

지만 어느 순간부터 내가 권력에 눈 먼 속된 인물이란 것을 이번에 깨달았소이다. 막리지가 나를 왕으로 추대할 수도 있다면서 거래를 해왔소이다. 그 거래 참으로 뿌리치기 어렵더이다. 나도 어쩔 수 없는 인간인가 보오. 태대형. 나를 원망하시오. 평생 원망하시오. 하지만 난 태대형의 희생을 잊지 않겠소이다. 태대형의 희생을 발판 삼아 위대한 고구려를 만들겠소이다"

"왕제 전하. 부디 소인 같은 죄인은 잊으시고 위대한 고구려를 만들어 주시기 바랍니다. 그것이 저의 평생소원입니다"

"내 어찌 태대형의 소원을 모른 척 하겠소. 태대형 조금만 기다려주시오. 내가 왕위를 물려받고 귀족들의 반발이 누그러들 때쯤 되면 그대를 다시 중앙으로 부르겠소이다"

장군 을지문덕은 일단 왕제 고건무가 자신을 죽일 의사가 없다는 사실에 안도를 했다. 하지만 왕제 고건무의 약속이 무의미하다는 것을 잘 알고 있었다. 귀족들이 자신의 출현에 대해 달가워하지 않을 것이 분명했다. 그리고 결정적으로 왕제 고건무가 자신을 중앙으로 불러들이지 않을 것이라는 것도 알고 있었다.

"왕제 전하. 말씀만으로도 감사합니다. 부디 그 말씀 그 약속 잊지 말아주시기 바랍니다. 그리고 왕제 전하께 한 말씀 올린다면 곧 수나라가 다시 쳐들어 올 것입니다. 부디 수나라로부터 고구려를 지켜주시기 바랍니다. 그리고 귀족들을 너무 믿지 말아주시기 바랍니다. 특히 막리지와 그 가족들을 주의하시기 바랍니다. 왕제 전하께서 그들의 힘에 의해 왕위에 오르실지 모르지만 그들의 힘에 의해 폐위가 될 수도 있습니다. 귀족들은 자신의 이익에 반한다면 가차 없이 행동하는 집단입니다"

"나도 알고 있소이다. 그렇기 때문에 태대형이 필요한 것이오. 내 부디 그대를 다시 부를테니 그때까지 건강하시오"

태대형은 쓴웃음을 지었다. 정치란 어차피 명분싸움이다. 왕제 고건무의 지금까지 명분은 왕권 강화였다. 이를 위해 평생을 바친 것이었다. 하지만 그 내부를 들여다보면 권좌를 계속 노리고 있던 어쩔 수 없는 속물인 셈이었다. 지금의 태왕을 위해 노력했을 가능성도 있다. 하지만 결국 권좌 앞에서 왕제 고건무는 무릎을 꿇은 셈이었다. 그렇기 때문에 태대형 을지문덕도 이렇게 머리 보내는 것이었다. 그것이 정치인 셈이다.

왕제 고건무는 호위장을 다시 불렀다. 그리고 황금을 쥐어주었다.

"태대형을 잘 모셔라"

호위장은 장군 을지문덕을 배 위에 실었다. 삐그덕 소리를 내며 배는 스르르 움직이기 시작했다. 왕제 고건무는 강가에서 그 배를 바라보았다. 때마침 강가는 안개가 깔리면서 모든 것이 조용했다. 그저 뱃사공의 삿대질하는 소리만 강에 울려 퍼졌다. 장군 을지문덕은 배 위에서 왕제 고건무를 바라보았다. 이것으로 왕제 고건무와의 인연은 모두 끝이 나는 것이었다. 참으로 기나긴 인연이었다. 그 인연이 끝나고 이제 장군 을지문덕은 고구려가 잘되기를 바라는 촌부로 가야 하는 시간이었다.

삐그덕 소리는 처량하게 강가를 울려 퍼졌다. 강물은 그렇게 유유히 흘러만 갔다. 저 강물은 분명 유구한 세월 동안 흐를 것이다. 그 강물이 때로는 격변해 백성들을 괴롭히겠지만 그 강물은 다시 평온을 되찾고 새로운 생명을 불어넣어 줄 것이다. 저 강물이 있는 한 고구려는 영원할 것이다. 장군 을지문덕은 그렇게 생각하고 배를 타고 유유히 강을 건넜다. 배 안에는 스승 강이식과 녹족부인이 장군 을지문덕과 더불어 나란히 앉아 있었다. 안개는 자욱하게 깔리면서 점차 아무것도 보이지 않게 됐다. 장군 을지문덕을 태운 배는 그렇게 점차 사라져 갔다.

15. 뒷마무리

　수나라 군주 양광은 그 후 두 번이나 고구려를 쳐들어왔다. 고구려는 여러 차례 위기를 넘기면서 수나라의 침략을 막았다. 수나라는 고구려 침략으로 인해 나라는 위기에 처하게 됐고 급기야 망해버렸고 당나라가 들어섰다. 고구려 역시 많은 변화를 겪었다. 영양태왕은 수나라 침략을 잘 막아냈으나 얼마 지나지 않아 승하했고 왕제 고건무가 막리지 연태조의 전략에 의해 그 뒤를 이어 태왕이 됐다. 바로 영류왕이었다. 영류왕은 귀족의 뒤를 업고 태왕의 자리에 올랐기 때문에 귀족들의 입장을 대변해줬다. 고구려는 강경파들이 잠잠해졌고 당과 화친을 맺어야 한다는 온건파가 득세하기 시작했다. 그 수장은 막리지 연태조였다.

　막리지 연태조에게는 아들 연개소문이 있었다. 막리지 연태조는 그나마 귀족들과의 조화는 잘 이루려 했다. 하지만 연개소문은 막리지 연태조와는 달리 막리지에게 모든 권한이 집중돼야 한다는 권력 집중을 부르짖었다. 이에 귀족들은 연개소문에 대해 별로 탐탁지 않게 생각했다. 심지어는 귀족들이 연개소문을 죽여야 한다는 생각까지 품었다.

연개소문은 막리지 연태조가 죽자 영류왕을 살해하고 대막리지에 올랐다. 결국 아버지 막리지 연태조의 뒷받침이 됐던 온건파들을 모두 몰살시킨 셈이었다. 연개소문은 자신의 정치적 기반을 확고히 해야 하기 때문에 당태종과 치열한 싸움을 하게 됐다.

귀양 갔던 장군 을지문덕은 그 이후 어떻게 살았는지 역사서나 전설 어느 곳에서도 살필 수 없었다.

어기선 약력

1970년 강원도 속초출생.
중동고등학교와 단국대학교 법학과를 졸업했다.
월간 캐드캠과 대한저널의 기자로 근무하다.
월요신문, 폴리뉴스, 월요시사 지의 정치부기자로 재직했으며.
현재는 아시아뉴스통신의 정치부 기자로 근무하고 있다.

청(淸野)야

2009년 8월 20일 발행
2009년 8월 27일 1쇄

지 은 이 / **어기선**
펴 낸 이 / **윤현호**
펴 낸 곳 / **뿌리출판사**
홈페이지 / **www.rootgo.com**
E-mail / rootgo@dreamwiz.com / bp1115@naver.com
주　　소 / 서울시 성동구 성수 2가 3동 317-10 2층 우편번호 / 133-835
전　　화 / (代)2247-1115, 466-4516, 팩스 / 466-4517
출판등록 / 서울시 등록(카) 제 1-551호 1987.11.23

ⓒ 2009. 어기선

값 / 10,000원
ISBN 89-85622-69-1

*잘못된 책은 바꾸어 드립니다.
*인지는 저자와의 협의에 의하여 생략합니다.